brenda novak
donde pertenecemos

Cualquier forma de reproducción, distribución, comunicación pública o transformación de esta obra solo puede ser realizada con la autorización de sus titulares, salvo excepción prevista por la ley.
Diríjase a CEDRO si necesita reproducir algún fragmento de esta obra.
www.conlicencia.com - Tels.: 91 702 19 70 / 93 272 04 47

Editado por Harlequin Ibérica.
Una división de HarperCollins Ibérica, S.A.
Núñez de Balboa, 56
28001 Madrid

© 2017 Brenda Novak, Inc.
© 2019 Harlequin Ibérica, una división de HarperCollins Ibérica, S.A.
Donde pertenecemos, n.º 196 - 1.9.19
Título original: Right Where We Belong
Publicada originalmente por Mira® Books, Ontario, Canadá

Todos los derechos están reservados incluidos los de reproducción, total o parcial. Esta edición ha sido publicada con autorización de Harlequin Books S.A.
Esta es una obra de ficción. Nombres, caracteres, lugares, y situaciones son producto de la imaginación del autor o son utilizados ficticiamente, y cualquier parecido con personas, vivas o muertas, establecimientos de negocios (comerciales), hechos o situaciones son pura coincidencia.
® Harlequin, HQN y logotipo Harlequin son marcas registradas por Harlequin Enterprises Limited.
® y ™ son marcas registradas por Harlequin Enterprises Limited y sus filiales, utilizadas con licencia. Las marcas que lleven ® están registradas en la Oficina Española de Patentes y Marcas y en otros países.
Imagen de cubierta utilizada con permiso de Harlequin Enterprises Limited.
Todos los derechos están reservados.

I.S.B.N.: 978-84-1328-165-0
Depósito legal: M-18278-2019

Querido lector:

Muchas de mis novelas de Silver Springs tratan de hombres que han tenido que enfrentarse de niños a situaciones de extrema dificultad, y fueron enviados a un centro para muchachos llamado New Horizons con la intención de que modificaran su conducta. Aiyana Turner, fundadora de New Horizons, ha dedicado su vida a lograr que los muchachos del rancho consigan tener una vida plena, y el amor que les ofrece se ha traducido en numerosas ocasiones en un éxito.

Esta es la historia de Gavin, uno de los muchachos que ella terminó por adoptar tras su llegada a New Horizons. La particularidad de Gavin es su capacidad para superar su trágica infancia mejor que otros miembros de la familia Turner. No solo es funcional, sino que su pasado le ha vuelto sensible hacia las necesidades de los que le rodean. Sabe cómo ayudar y está dispuesto a hacerlo. Y eso le convierte en un héroe especial, por suerte para la heroína de nuestra historia. Savanna Gray se encuentra inmersa en un mundo de dolor, y Gavin es el hombre indicado para que su vida sea un poco más sencilla.

A menudo he sentido curiosidad hacia esas mujeres que, para su propio espanto, descubren que su esposo es un violador o un asesino. La prensa se centra en el crimen y su perpetrador. Nunca nos hablan de cómo su familia ha recogido los pedazos para pasar página, suponiendo que lo hayan conseguido. Esta historia es un romance, pero también una historia sobre la superación de un terrible golpe.

Dedico mucho tiempo a relacionarme por Facebook con mis lectores. Si tú también utilizas Facebook, te gustará mi página www.Facebook.com/brendanovakauthor. También puedes unirte a mi grupo de lectores online. Lo forman 8000 maravillosos ratones de biblioteca, y hacemos un montón de cosas divertidas (camisetas del grupo, marcapáginas personalizados y autografiados, la «caja del lector profesional», de cada mes, un programa de cumpleaños, un evento anual en persona, un pin conmemorativo para todo el que haya leído más de cincuenta novelas Novak, y mucho más). Encontrarás el enlace para unirte al grupo, y obtener toda la información que busques, en mi página web, en www.brendanovak.com.

Espero que te guste la historia de Gavin y Savanna…

Brenda Novak

Dedicado a Debra Watson Duncan, miembro de mi grupo de lectores online, y una de mis lectoras favoritas. ¡Gracias por todo tu apoyo y amor, Debra!

Capítulo 1

—¡Lo sabías! ¡Tenías que saberlo!

El vitriolo que destilaban esas palabras hizo que a Savanna Gray se le erizara el vello de la nuca. Ella solo intentaba comprar leche en el supermercado, acompañada de sus hijos, y jamás se habría imaginado que sería acosada aunque, desde la detención de su esposo, tenía la sensación de que toda la ciudad se dedicaba a lanzarle dagas. Los crímenes cometidos por Gordon habían sacudido hasta la médula la pequeña y hermética ciudad de Nephi, en Utah.

—¡Ni te atrevas a irte! —dijo alguien detrás de ella—. Sé que me has oído.

Savanna se quedó helada pues, en efecto, había estado a punto de salir huyendo. Sentía las emociones tan a flor de piel que apenas era capaz de salir de su casa. Deseó poder encerrarse en ella, echar las cortinas y no volver a ver a sus vecinos nunca más. Pero tenía dos hijos, que dependían de ella, y ella era lo único que les quedaba. En ese momento, los niños la miraban con expresión expectante.

—Mami —dijo Branson, de ocho años—, creo que esa señora te está hablando.

Savanna cerró las manos con fuerza en torno al carrito de la compra y se dio la vuelta. Estaba decidida a defenderse mejor contra esa clase de actitud de lo que había estado haciendo hasta el momento. Y entonces reconoció a Meredith Caine.

La imagen de Meredith, con la ropa desgarrada, el maquillaje corrido y el labio sangrando mientras su hermana, que la acompañaba en esos momentos, intentaba consolarla, había aparecido en las noticias en varias ocasiones mientras la policía buscaba al hombre que la había atacado en el cuarto de lavadoras situado en el sótano del edificio de apartamentos en el que vivía. Ese hombre había resultado ser el esposo de Savanna. Desde su arresto, la casa de Savanna había sufrido el lanzamiento de huevos en dos ocasiones. Alguien había conducido sobre el césped, dejando atrás unos profundos surcos. Y alguien había lanzado una botella contra su coche aparcado y los cristales se habían esparcido por el camino de entrada. Pero nunca había tenido que enfrentarse a una de las víctimas de Gordon, solo a sus familiares o amigos, o a algún otro miembro de la comunidad, todos indignados por los asaltos.

Enfrentarse a Meredith no era fácil. Savanna deseó poder fundirse con el suelo y desaparecer, poder hacer cualquier cosa que evitara el encuentro. Meredith no lo entendía. Savanna la había visto en televisión, sintiendo la misma compasión y miedo que sentían las demás mujeres de los alrededores. No tenía la menor idea de que estaba viviendo con el responsable, durmiendo con él, y permitiéndole actuar sin generar sospechas por la ilusión, que ella había contribuido a crear, de que se trataba de un buen padre de familia. Ella misma lo había creído un buen padre de familia, de lo contrario jamás se habría casado con él.

—Meredith, déjalo. Vámonos —su hermana intentó llevársela, pero Meredith permanecía clavada en el sitio, los ojos brillantes, cargados de odio.

—¿Dónde estabas tú, eh? —gritó—. ¿Cómo no te diste cuenta de que tu marido se dedicaba a acosar mujeres por las noches?

Durante los últimos siete años de los nueve que habían estado casados, Gordon había trabajado como técnico de campo de mantenimiento de equipos de minería, lo que implicaba viajar grandes distancias hasta diferentes minas, y trabajar en horarios irregulares. Savanna estaba convencida de que, tal y como le aseguraba él, estaba en la carretera o reparando algún equipo. No tenía ni idea de que estaba por ahí, acechando a mujeres. A pesar de lo que parecían pensar todos, que por el mero hecho de vivir con él debería haberse dado cuenta de su verdadero carácter, él nunca había hecho nada para ponerse en evidencia.

—Yo creía... creía que estaba trabajando —aseguró.

—¿Creías que estaba trabajando? ¿Todas esas horas? —bufó Meredith.

—Sí.

Savanna no se había dedicado a controlarlo. Ya tenía bastante con los niños, la casa y su propio trabajo como agente local de seguros en horario de nueve a cinco. Además, Gordon siempre tenía una excusa para las ocasiones en que regresaba a casa después de lo esperado, y siempre era una excusa razonable. Había fallado otra pieza del equipo y había tenido que regresar a la mina. La furgoneta no arrancaba y había tenido que esperar a que le llevaran una batería nueva. El tiempo era demasiado malo para ponerse en carretera...

¿Debería haber desconfiado de esas excusas?

—Quizás deberías haber prestado un poco más de atención a lo que hacía —espetó Meredith.

—Y ojalá lo hubiera hecho —Savanna empezó a temblar—. Escucha, me encantaría hablar contigo, explicarte mi versión para que pudieras entenderlo. Pero, por favor, aquí no, no delante de mis hijos.

Meredith ni siquiera miró a Branson y a Alia. Estaba demasiado enfadada, demasiado ansiosa por infligirle a Savanna una fracción del dolor que ella misma había soportado.

—A tu marido no le importaron mis hijos cuando me rodeó el cuello con las manos y casi me ahogó. Gracias a él, desde entonces, no he sido capaz de practicar sexo con mi propio marido.

—¡Meredith! —exclamó la hermana, evidentemente más consciente de la presencia de los niños y, seguramente, de la atención que estaban despertando.

Alia, la hija de seis años de Savanna, tironeó de la manga de su madre.

—Mami, ¿por qué la ahogó papá? —susurró audiblemente, sus enormes ojos azules llenándose de lágrimas.

—Tu padre... —la garganta de Savanna se cerró hasta que apenas pudo respirar, mucho menos hablar—. Hizo algunas cosas malas, cielo. ¿Te acuerdas de cómo hablamos de ello cuando se marchó?

—¿Cosas? —Meredith saltó de inmediato sobre el comentario—. Ese hombre es pura maldad. Pero tú no dejas de mentir, ni a ellos ni a ti misma.

La hermana de Meredith consiguió por fin llevársela, dejando a Savanna de pie ante la sección de lácteos refrigerados, sintiéndose como si acabaran de darle un puñetazo en el estómago.

—Se acabó el espectáculo —murmuró a los que se habían detenido a observar la escena.

—Los niños del cole dicen que papá agarró a tres mujeres y les arrancó la ropa —aseguró Branson, la voz apenas un susurro, mientras seguía con la mirada a Meredith y a su hermana, que se dirigían hacia la caja en el otro extremo del pasillo—. Es verdad, lo es.

No lo había formulado como una pregunta. El niño empezaba a ser consciente de que Gordon no era tan inocente como habían deseado que fuera.

El que su hijo tuviera que aceptar la terrible verdad, sobre todo a su tierna edad, le habría roto el corazón a Savanna, de no tenerlo ya roto en mil pedazos.

—¿Han estado hablando de tu padre en el colegio?

Desde la detención de Gordon, Branson prácticamente se había cerrado en banda cuando se trataba de hablar de su padre, fingiendo que nada había cambiado. Savanna le preguntaba, casi a diario, cómo le iba en la escuela, y él insistía en que todo iba bien.

Pero el comentario que acababa de hacer el niño le hacía pensar que no era así, y eso le hizo sentirse aún peor.

—¿Mami? —el labio inferior de Alia tembló mientras levantaba la mirada en busca de seguridad.

Savanna se arrodilló y abrazó a los dos pequeños.

—No os preocupéis. Todo va a salir bien. Vosotros no tenéis la culpa de lo que hizo vuestro padre.

A Savanna también le gustaría pensar que ella tampoco la tenía, pero una parte de ella temía que quizás fuera más responsable de lo que le gustaría admitir. ¿Había sido tan ilusa, tan confiada, como decía todo el mundo?

Sin duda lo había sido, o no se encontraría en esa situación. Y el apoyo que había manifestado hacia su esposo, incluso después de que hubiera sido arrestado, solo había logrado empeorar la opinión que tenía la gente de ella. Se había sentido desesperada por confiar en su marido por encima de los demás, por proteger a su familia, y por eso lo había hecho, hasta que las evidencias fueron abrumadoras. Sin embargo, ese proceso, el del espanto, la negación, el aplastante dolor y, finalmente, la aturdida aceptación, no lo había presenciado nadie. La gente la veía como alguien unida a él, amante y apoyo del monstruo que había violado a tres mujeres. Y, dado que él ya no deambulaba libre por la ciudad, ella se había convertido en el objetivo del resentimiento de todos.

–Los chicos no deben hacer daño a las chicas –observó un perplejo Branson.

–Tienes toda la razón, cielo –concedió Savanna–. No hay que hacerle daño a nadie.

–Entonces… ¿por qué iba a querer papá ahogar a esa mujer?

Savanna abrazó a sus hijos con más fuerza mientras las lágrimas se acumulaban en sus ojos.

–No lo sé.

Era la misma pregunta que ella misma se hacía a diario, pero para la que no tenía respuesta. No tenía ninguna respuesta para todas esas horribles cosas que había hecho Gordon. A fin de cuentas, ella nunca le había negado a su esposo la intimidad física. Aparte de algún detalle, que siempre había achacado a rarezas personales, tenía la convicción de que disfrutaban de una vida sexual sana. Sin embargo, desde que se había destapado todo el asunto, no podía dejar de preguntarse si no debería haberse mostrado más seductora, aventurera o excitante con él. A lo mejor si ella le hubiera satisfecho, él no habría ido en busca de otras cosas, y nada de eso habría sucedido…

Savanna se incorporó y apartó el carrito de la compra a un lado, dejó los artículos que había metido y tomó a cada hijo de una mano.

–¿Adónde vamos? –preguntó Branson mientras ella los arrastraba hacia el extremo más alejado de la tienda, para evitar toparse de nuevo con Meredith, camino de la salida.

–A casa –contestó.

–¿Y la leche?

–Ya la compraremos más tarde –Savanna era incapaz de quedarse ni un minuto más en la tienda.

Tras sujetar a los niños con los cinturones de seguridad, se sentó al volante de su pequeño Honda que, por suerte, no había sido incautado por la policía, como la furgoneta que Gordon solía utilizar para ir al trabajo.

–¿Estás triste, mami? –preguntó Alia.

–No, cielo –contestó ella.

«Triste», ni se acercaba. La pesadilla que había comenzado cuando la policía había aparecido con esa orden de registro no había hecho más que empeorar. Savanna no dejaba de repetirse a sí misma que sobreviviría y volvería a pisar suelo firme, que sería capaz de estabilizar su vida, pero había sido demasiado idealista. Aún faltaban dos meses para que se iniciara el juicio, y a saber cuánto durarían los procedimientos legales. Gordon y sus crímenes eran la comidilla de todo el mundo, no hablaban de otra cosa, y así seguiría en un futuro previsible.

Dadas las pruebas, seguramente sería condenado, pero aunque no lo fuera, Savanna era incapaz de seguir con él. Esperaba no tener que volver a mirarlo a la cara. Ya no se sentía segura en su presencia, ni sentía que sus hijos estuvieran seguros con él. Ya había solicitado el divorcio, pero sabía que eso no bastaría para que desapareciera de su vida para siempre. Era el padre de sus hijos. Las repercusiones de sus acciones les perseguirían durante una o dos décadas, quizás más.

En cuanto llegaron a su casa, dio de cenar a Branson y a Alia y les ayudó con los deberes, pero su mente no estaba puesta en la tarea. Continuó toda la tarde como una autómata, intentando seguir adelante hasta la hora de acostarlos, momento en que podría llamar a su hermano pequeño.

A las nueve y media de la noche los arropó, se sirvió una copa de vino y se la llevó al dormitorio. Cerró la puerta con llave y llamó al móvil de Reese.

—Hola, hermanita. Estoy con alguien —saludó él en cuanto descolgó—. ¿Puedes ser breve?

Savanna parpadeó para contener las lágrimas contra las que llevaba horas peleándose. ¿Breve? La condición de sospechoso de Gordon, las evidencias, el registro de su casa, la detención… más bien parecía el proceso más largo e invasivo que hubiera soportado jamás, y también uno de los más dolorosos.

—No puedo seguir aquí, Reese.

—¿A qué te refieres? —respondió su hermano—. ¿En esa casa o en Nephi?

—En Nephi. En Utah. Tengo que irme de aquí, dejar la zona. No quiero volver a ver a esta gente.

—Pero ya lo hemos hablado. Dijiste que sería mejor mantener a los niños en su colegio en lugar de arrancarlos de sus amigos y profesores. Ya han perdido a su padre.

—Eso fue lo que pensé en su momento, pero he cambiado de idea. No creo que sea bueno para ellos quedarse aquí, aguantar tanta energía negativa. Y sé que para mí no es bueno. Necesitamos empezar de nuevo.

—¿A qué viene el repentino cambio de opinión? —preguntó Reese tras una pausa.

—Te lo he dicho. No puedo soportar la ira de los demás, que me culpen. Tengo la sensación de que todos me odian. Y no creo que la situación vaya a cambiar en breve.

—¿Qué quieres decir? ¿Por qué iban a odiarte? Tú no violaste a esas mujeres. No pensarán que hayas podido ayudar a Gordon de alguna manera…

—Nadie ha lanzado esa acusación, gracias a Dios. Ahora mismo solo me culpan por no haberme fijado en las señales que debería haber visto —Savanna contempló la copa con tristeza—. Y quizás tengan razón. Ya no sé qué debería, o no, haber hecho. ¿Otra mujer se habría dado cuenta de que era demasiado reservado? ¿Habría llamado a su oficina para verificar sus horarios y lugares de trabajo? ¿Otra mujer habría registrado sus cosas y descubierto ese «kit del violador», que ocultaba en el cobertizo?

—Ya hemos hablado de esto. No tenías ningún motivo para dudar de él. Incluso teníais una vida sexual normal, al menos eso me dijiste.

—Y así era, mayormente. Pero ¿cómo iba a saberlo yo? Me casé con él a los veinte años, y es el único hombre con el que he estado. ¿Quién soy yo para decidir qué es normal y qué no entre dos personas? Solo puedo juzgar por mi propia experiencia. Quizás tú deberías ilustrarme.

—Yo nunca he estado casado. Hasta ahora, mi relación más larga ha durado dos meses.

Aun así, Reese tenía más experiencia sexual que ella. Pero, cada vez que bromeaba sobre eso, ella se preguntaba por qué su hermano no se había comprometido con nadie todavía.

Supuso que algún día lo haría, a fin de cuentas solo tenía veinticuatro años. En cualquier caso, ese era un tema para otra ocasión. Esa noche estaba demasiado hundida por culpa de Gordon y de lo que había hecho.

—Encontraron sangre de una de esas mujeres en nuestra furgoneta. ¿Te lo dije? Estuvo llevando a su familia de paseo en un vehículo que seguía teniendo sangre de una mujer a la que había violado.

—Me lo dijiste. Ese fue el momento en que los dos decidimos que ya no podíamos mantener la confianza en él, ¿recuerdas?

Savanna se mesó los cabellos y se contempló en el espejo del tocador. Ya ni siquiera se parecía a la mujer que solía ser. No se había molestado en cortarse el pelo, ya que no había querido ir a la peluquería que solía frecuentar, sabiendo que todos estarían hablando de ella, por tanto su peinado ya no se parecía al bob que había llevado cuando su mundo se hundió. Lo único que podía hacer era recoger la gruesa mata pelirroja en una coleta, o dejarla suelta y rizada. Siempre le había gustado el tono azul grisáceo de sus ojos, pero la mirada estaba vacía, hundida, traumatizada. ¿Quién era esa persona que la miraba con el rostro tan pálido que casi se le veían las venas?

—A lo mejor debería haber visto la sangre.

—Tienes hijos. Los niños se raspan las rodillas y los codos de vez en cuando, ¿verdad? y Gordon arreglaba maquinaria de minería, lo cual significa que sin duda alguna vez se haría un corte. ¿Por qué ibas a suponer, por unas cuantas gotas de sangre, que se dedicaba a lastimar mujeres?

Savanna se apartó del espejo, incapaz de soportar ver su imagen reflejada.

—No lo sé. Pero todo el mundo opina que debería haberme dado cuenta de algo, y empiezo a dudar de mí misma. La mañana después de que hubiera violado a Meredith, vi que tenía arañazos en el brazo. Le pregunté cómo se los había hecho y me explicó que la furgoneta había caído en una zanja que no había visto en una mina y que se había arañado con unas zarzas mientras intentaba colocar un tablón bajo la rueda trasera. Cierto que tenía pinta de ser una herida causada por cuatro uñas clavadas en el brazo, pero... en su momento no pensé en ello.

—Solo ha pasado un mes desde la detención de Gordon, Savanna. Seguro que las cosas se calmarán.

Ella percibió en su hermano una nota de impaciencia. Últimamente no hacía más que escuchar sus problemas y, por amable que fuera, y por mucho que intentara apoyarla, ella llevaba mucho tiempo desmoronándose, desde que había descubierto que su marido era el principal sospechoso de la cadena de violentos ataques sexuales que había asolado la población de Nephi, aterrorizando a su buena gente. Comprensiblemente, Reese estaba deseoso de regresar a su vida habitual. A fin de cuentas, era el más pequeño de sus hermanos, y no estaba habituado a tener que servir de apoyo. Era Savanna la que había cuidado de ambos tras la muerte de su hermano mayor y sus padres, hacía poco más de un año.

Reese ya había recibido su dosis de tristeza durante los últimos catorce meses. Y ella se sintió como una idiota por no haberse dado cuenta de que había agotado sus reservas de compasión, de que había llegado el momento de seguir adelante sola.

—Te dejo tranquilo —le dijo bruscamente.

—Luego te llamo, ¿de acuerdo? —contestó él tras un breve silencio.

Seguramente se sentía culpable por haber dejado traslucir su impaciencia. Pero estaba con alguien, él mismo se lo había dicho. En cualquier caso, si había sido capaz de seguir adelante después de haber perdido de golpe a tres miembros de su familia, y si empezaba a sentirse bien de nuevo, no sería ella quien continuara arrastrándolo hasta el fondo.

—No hace falta —le aseguró—. Estoy bien. Solo quería que supieras que, en cuanto pueda, me voy a mudar a otra parte.

—Eso lleva su tiempo. Primero tendrás que vender la casa, ¿no?

—No.

—¿La vas a dejar sin más?

—¿Por qué no? Yo no tengo parte en su propiedad. Gordon la hipotecó en cuanto la heredó de su abuela. Tal y como está el mercado de ventas... esto lleva un par de años, o más, patas arriba.

—¿Y qué pasa con el crédito?

—La casa está a su nombre. Nunca me incluyó en el préstamo o las escrituras. Si su madre quiere salvar la casa, que dé un paso al frente y se ocupe de pagar las mensualidades. Voy a dejar aquí todas sus cosas –de hecho ya las había metido en cajas, que había guardado en el garaje–, y la llave estará bajo el felpudo.

–¿Y adónde vas a ir? ¿Volverás a Long Beach?

–No.

Habían vendido la hermosa casa de cinco dormitorios y cuatro baños, propiedad de sus padres, en Los Ángeles, donde se habían criado, y luego se habían repartido los beneficios. Reese había pagado los préstamos de estudiante y el resto lo estaba invirtiendo en la universidad. Su idea era ser médico. Savanna había gastado una buena parte de su herencia en la defensa de Gordon, un desperdicio de dinero.

–¿Adónde entonces? –insistió su hermano.

–A la granja de Silver Springs –era el único sitio al que podía ir. Lo único que le quedaba.

–Savanna, no. Ese lugar necesita muchas reparaciones. Papá apenas había empezado con las obras cuando... cuando sufrieron el accidente de barco. ¿Cómo vas a poder vivir allí?

–Yo misma me ocuparé de las obras.

¿Por qué no? Algo había que hacer con esa propiedad. Y ninguno de los dos había querido ponerla en venta. Esa casa no había sido una adquisición inmobiliaria más para su padre, aunque había especulado mucho en ese campo durante toda su vida. Había sido la granja de sus abuelos. Su padre guardaba muy buenos recuerdos de ese lugar, y estaba ilusionado ante la perspectiva de devolverla a la familia donde, según él, pertenecía.

–¿Con qué dinero? –quiso saber Reese.

–Con el dinero que aún me queda de la venta de la casa de Los Ángeles.

–Ese dinero no te cundirá mucho, no si lo empleas en las reparaciones y para subsistir.

—Sin hipoteca ni alquiler, debería conseguir realizar una renovación básica y sobrevivir durante un año, si me administro bien.

—¿Y qué harás cuando hayas concluido la restauración?

—No lo sé, Reese. En el peor de los casos tendré que venderla y seguir mi camino, decidir qué hacer a continuación. Y en el mejor de los casos, conseguiré una hipoteca sobre la propiedad, te daré tu parte y reconstruiré mi vida en Silver Springs.

Su hermano soltó un juramento.

—¿Qué pasa? ¿No te gusta la idea?

—No me gusta a lo que te enfrentas. No es justo. Primero perdemos a papá, mamá y Rand, y luego, por si no fuese bastante, ¿Gordon empieza a violar mujeres? ¿Cómo es posible que todo eso le suceda a una misma persona?

Savanna no contestó a la pregunta. Su mente se había ido por la tangente.

—Quizás por eso no me di cuenta.

—¿No te diste cuenta de qué? –preguntó Reese, evidentemente confuso.

—De lo que hacía Gordon. Estaba tan destrozada que no le prestaba tanta atención a mi marido como debería. Apenas conseguía mantenerme en pie, intentando superarlo.

—Pero el verano pasado violó a una de las tres mujeres. A las otras dos las atacó hace seis meses, casi una detrás de otra. ¿A qué se debe esa brecha entre medias si tu duelo por mamá, papá y Rand fue el motivo que desató su comportamiento?

—Quizás no exista esa brecha. La policía cree que hubo más víctimas. Están repasando casos parecidos sin resolver en las ciudades y pueblos alrededor de las minas donde trabajaba.

—Mierda...

—No lo estás entendiendo. Lo que digo es que mi dolor, el hecho de estar inmersa en mis propios problemas, podría ser lo que le hizo comenzar con sus actividades.

—Lo he entendido, pero eso no es ninguna excusa. Por Dios, estabas llorando la pérdida de más de la mitad de tu familia. Debería haber intentado apoyarte, para variar.

Savanna tomó un sorbo de vino. Gordon nunca se había mostrado especialmente atento, no en un sentido emocional. Contribuía con su trabajo y su sueldo al mantenimiento de la familia, igual que ella, pero no se comprometía en exceso. Pasaba mucho tiempo fuera, y cuando regresaba se mostraba cansado y distante.

Aun así, ella había pensado que su matrimonio era bastante decente, que podría funcionar. Sus padres habían estado juntos durante treinta y dos años antes de morir. Esa era la clase de vida que ella quería, una vida dedicada a la familia, y se había propuesto hacer que durara, aunque Gordon no fuera perfecto.

—Tienes razón. No sé qué fue lo que desató su comportamiento. Sigo preguntándomelo.

—Algo va mal en su cabeza. Eso fue lo que lo desató.

—Ojalá pudiera volver a utilizar el apellido de papá —ella se apoyó contra el cabecero de la cama y se tapó los pies con una manta.

—¿Y por qué no puedes?

—Porque yo sería una Pearce, y mis hijos serían Gray.

—Pues cambia también sus apellidos.

—Con el tiempo lo haré. Pero ahora no. No puedo añadir eso a todo lo demás.

—De todos modos, en California nadie va a asociarte con el violador de Nephi, Utah.

—Gracias a Dios no habrá nadie siguiéndome con la mirada cada vez que vaya a la gasolinera o a una tienda —oyó la voz de una mujer al fondo—. Te dejo. Que pases una buena noche.

—¿Savanna?

—¿Sí? —ella volvió a pegar el teléfono a la oreja.

—Llámame cuando tengas todo listo para mudarte. Te ayudaré a recoger tus cosas, y conduciré la furgoneta.

Reese estudiaba en la universidad de Oregon, en Eugene, no demasiado cerca de Utah. Estaban a finales de abril y pronto tendría los exámenes. Pero ella no podía esperar a que él dispusiera de tiempo para ayudarla.

—No hace falta, hermanito. Ya me ocupo yo.

Savanna respiró hondo y colgó, se terminó el vino y consiguió resistirse al impulso de servirse otra copa. Debía tener cuidado, no podía permitirse caer en la bebida. La madre de Gordon había sido alcohólica, por eso su padre los había abandonado hacía mucho tiempo. Ella era incapaz de olvidar algunas de las inquietantes historias que él le había contado: de regresar a casa y encontrar a su madre inconsciente en el sofá, empapada en su propia orina; de su madre casi muriendo a consecuencia de la inhalación de humo tras quedarse dormida con un cigarrillo encendido; de su madre gritando y soltando juramentos, lanzándole objetos cuando era niño. Quizás Dorothy fuera el motivo de la maldad de su hijo. El detective encargado del caso había dicho que la violación era más un tema de poder y control, de venganza, que de satisfacción sexual. Pero tampoco podía decirse que las víctimas de Gordon se parecieran a Dorothy. Y en los últimos años, Gordon se había reconciliado con su madre.

No había una respuesta sencilla, decidió mientras empezaba a hacer las maletas. Una parte de ella sentía que debían quedarse hasta el final de curso. Aunque acababa después que el semestre de Reese en la universidad, solo quedaban seis semanas. Pero una vez tomada la decisión de trasladarse, no se sentía capaz de esperar siquiera ese tiempo.

Capítulo 2

Hacía dos meses que Gavin Turner había abandonado su estudio encima de la tienda de artículos de segunda mano de Silver Springs, California, bohemia ciudad de cinco mil habitantes, no lejos de Santa Bárbara, para comprarse una casa, una cabaña construida en 1920, situada sobre un terreno de cuatro mil metros cuadrados, a las afueras de la ciudad. Tras vivir en un espacio minúsculo, rodeado de edificios, casi no sabía qué hacer con tanto sitio. Sus amigos bromeaban sobre su lejana ubicación, llamándolo «el quinto pino», pero a él le gustaba vivir en el campo, cerca de las montañas Topatopa, adonde iba a menudo a practicar senderismo o ciclismo de montaña. Siempre le había gustado estar al aire libre. La belleza y la soledad de la naturaleza le proporcionaban paz. Estaba bastante seguro de que no habría sido capaz de sobrellevar su complicada infancia sin el amor de la naturaleza. Y de la música, por supuesto. Casi todas las noches tocaba la guitarra y había empezado a actuar, cantando, en algunos bares de la zona y a lo largo de la autopista 101, que bordeaba la costa californiana. Aún no había conseguido ningún contrato importante, tan solo algunas actuaciones para comunidades costeras o de granjeros, sobre todo hacia el norte. Quería dedicarse a la música, pero había mucha competencia y sentía que, para intentar lograr lo que deseaba, debería trasladarse a Nashville, donde sucedían un montón de cosas en la industria musical, pero aún no podía centrarse en eso. No mientras su madre, o mejor dicho, la mujer que consideraba su madre, lo necesitara. De momento se contentaba con cantar en un local diferente cada semana. El dinero que conseguía se añadía a lo que ganaba trabajando en el rancho para muchachos New Horizons, el internado para chicos problemáticos que su madre adoptiva había fundado hacía más de veinte años, y al que él mismo había asistido para estudiar en el instituto.

La noche era cálida y las cigarras se mostraban ruidosas mientras él permanecía sentado en el porche, vestido con una sencilla camiseta y vaqueros desgastados, escribiendo una nueva canción. Acababa de hacer un alto para tomarse un respiro mientras se preguntaba si debería adoptar un perro, le gustaba la idea, dado que no había podido tener mascotas en la ciudad, cuando una furgoneta de mudanzas pasó traqueteando por su carretera.

Casi nunca recibía visitas, pero nadie más vivía en esa carretera, de modo que se levantó de la silla y dejó la guitarra a un lado.

La furgoneta, sin embargo, no se detuvo. La mujer que conducía, estaba casi seguro de que era una mujer, aunque lo había supuesto únicamente por su tamaño ya que en la oscuridad no resultaba fácil verlo, apenas miró en su dirección. Centrada en lo que tenía delante de ella, continuó avanzando como si hubiera tenido un largo día y deseara acabar con ello cuanto antes, sin importarle el camino lleno de baches.

¿Quién era? ¿Y adónde iba? La única casa que había cerca de allí era el rancho al que su cabaña había pertenecido tiempo atrás. El rancho llevaba tres años, o más, vacío. Por lo que le habían contado, ni siquiera estaba en venta, aunque, de todos modos, no se habría podido permitir una propiedad más grande.

Gavin hundió las manos en los bolsillos y contempló el bamboleo de la furgoneta que se alejaba. Aunque la carretera era, supuestamente, de mantenimiento privado, hacía años que nadie la mantenía en absoluto y los baches eran profundos y difíciles de esquivar, y esa mujer daba la impresión de acertar en todos.

¿Significaba que tenía vecina nueva? De ser así, ¿cómo iba a apañárselas para llegar hasta su casa? El puente sobre el arroyo que dividía ambas propiedades había desaparecido con las últimas lluvias.

Sin embargo, ella no parecía estar al tanto. Al menos no daba la impresión de reducir la velocidad...

Gavin echó a correr tras ella para advertirle del peligro antes de que acabara en el agua. Situándose al lado de la furgoneta, la golpeó en el lateral con fuerza en un intento de llamar su atención sin que esa mujer lo aplastara contra un árbol en el reducido espacio que quedaba.

—¡Eh! ¡Oye! ¡Para!

La mujer parecía reacia a que la detuviera. O eso, o tenía miedo del encuentro con un extraño allí en medio de la nada. Incluso después de frenar, apenas bajó la ventanilla lo suficiente para que pudieran oírse el uno al otro.

—¿Sucede algo?

Él rodeó un arbusto espinoso para poder acercarse lo suficiente para verla. Tendría su edad, una mata caótica de rizos cobrizos y ojos claros, y lo observaba con una cautela que él no había visto nunca. Dos niños, un chico y una niña más pequeña, se inclinaron hacia delante para mirar por encima de, supuso él, su madre.

—No puedes ir por aquí —le explicó mientras gesticulaba hacia la carretera–. El puente fue arrastrado por la corriente.

–¿Qué puente? –preguntó ella.

–El puente que había sobre el arroyo –Gavin la miró sorprendido.

–¿Quieres decir antes de llegar a la casa? –la mujer frunció el ceño.

Gavin espantó a un mosquito. El año había sido húmedo y, tras la llegada de la primavera, esos pequeños y viciosos monstruos habían aparecido con mucha energía. Era la única pega que tenía vivir en el campo.

–¿Nunca habías estado aquí?

–No.

Él se limpió la sangre de un arañazo en el brazo. Ese condenado arbusto lo había taladrado antes de poder evitarlo.

–Llevas ahí todas tus pertenencias, ¿verdad? Te estás mudando.

–Sí –ella por fin bajó la ventanilla del todo–, pero solo había visto las fotos que mi padre me había mandado.

–Entonces él es el dueño de la casa.

–Ya no. Murió en un accidente de barco hace poco más de un año. Ahora la propiedad nos pertenece a mi hermano pequeño y a mí.

–Entiendo. Siento tu pérdida.

–No tanto como yo –ella volvió a fruncir el ceño.

–¿De dónde sois? –Gavin desvió la mirada hacia los niños.

–Yo nací y crecí en Los Ángeles, Long Beach. Pero llevo viviendo en Utah desde que fui allí a estudiar a la universidad. Allí nacieron mis hijos.

–En Nephi –intervino el niño, visiblemente orgulloso de poder añadir ese fragmento de información.

–¿Nephi? –dijo Gavin–. Nunca había oído hablar de ese lugar.

—Es pequeño, pero no demasiado lejos de Salt Lake Valley, que quizás sí te suene —le aclaró la mujer—. Unas dos horas al sur.

—Eso está muy lejos de aquí —él soltó un silbido—, sobre todo para recorrer la distancia en una furgoneta de mudanza.

—Ni te lo imaginas —ella sopló contra un mechón de sus rizados cabellos para apartarlos de la cara—. Salimos a las cuatro de la mañana y no hemos parado desde entonces. Según el GPS, esto está a tan solo diez horas, pero nos ha llevado casi el doble recorrer el camino con dos niños en un vehículo que no es capaz de superar los noventa kilómetros por hora —ella miró hacia delante—. Entonces, ¿cómo llego hasta la casa? ¿Puedo rodearla? ¿Hay otra carretera, o…?

—Me temo que no —la interrumpió él—. Solo esto.

—¿Quieres decir que no voy a poder llegar hasta la casa? —ella enarcó las cejas.

—Esta noche no. Alguien tendrá que reparar ese puente antes de que puedas cruzarlo, sobre todo con este mamotreto —Gavin golpeó el lateral de la pesada furgoneta.

—Tiene que ser una broma —la mujer parecía abatida.

—Odio ser el portador de tan malas noticias, pero no.

A pesar de la evidente decepción que mostraba la mujer, él no podía cambiar la realidad.

Ella tomó el móvil, antes de arrojarlo de nuevo sobre el asiento delantero, y soltó un juramento.

—¿Has dicho una palabrota, mami? —los ojos de la niña se abrieron enormes.

—He dicho «mecachis» —murmuró ella.

—No, no has dicho eso —insistió el niño.

—¿Qué sucede? —preguntó Gavin mientras intentaba no sonreír ante la conversación.

—La batería del móvil está muerta. No he podido recargarla. El encendedor del coche no funciona. Y supongo que el aire acondicionado tampoco. Por eso conseguí una tarifa tan buena.

¿Habían estado viajando sin aire acondicionado en un día tan caluroso? Sin duda por eso se los veía a punto de desmoronarse. Gavin sacó su móvil del bolsillo y tecleó la contraseña antes de ofrecérselo.

—Si necesitas llamar, puedes usar el mío.

Ella lo rechazó con una mano.

—No, no hay nadie más que los niños y yo. No tenía intención de hacer una llamada. Iba a buscar un motel. Pero quizás tú conozcas alguno al que podría acercarme.

—El Mission Inn es agradable y su tarifa razonable.

—¿Está lejos? ¿Por dónde se va?

—¡Un momento! ¿No nos vamos a quedar? —exclamó su hijo—. Dijiste que habíamos llegado a casa. ¡Dijiste que podríamos salir del coche!

—Quiero hacer caca —añadió la niña lloriqueando.

—No esperaba encontrarme con un puente roto, ¿de acuerdo? Tengo que pensar dónde podemos pasar la noche. No deberíamos tardar mucho más —les aseguró a los niños, visiblemente agotada.

Gavin volvió a limpiarse el arañazo del brazo.

—Escuchad, ¿por qué no venís a mi casa un rato? tengo refrescos y zumos para los niños. Podrán ir al baño y beber algo mientras os reservo una habitación desde mi ordenador.

El niño abrió la puerta, como si hubiese estado esperando la invitación, pero la mujer lo agarró del brazo.

—No te muevas de ahí.

—¿Por qué? —protestó el muchacho, aunque obedeció—. Ha dicho que podíamos tomar un refresco.

—Gracias por la invitación —ella se volvió hacia Gavin—. Eres muy amable, pero nosotros... seguiremos nuestro camino.

«¿Cómo?», se preguntó él. No iba a ser fácil dar media vuelta con esa furgoneta, no en esa carretera tan estrecha. No podría utilizar el camino de entrada a su casa, no con un vehículo tan alto. Los cables de la luz colgaban muy bajos. Iba a tener que salir marcha atrás todo el rato hasta el desvío de la carretera.

–¿Estás segura? –insistió él–. Porque a mí no me importa –alzó las manos en el aire para demostrar que era inofensivo–. Soy consciente de que ahora mismo somos dos extraños, pero soy vuestro nuevo vecino, de modo que pronto nos conoceremos mejor.

Al verla dudar, Gavin tuvo la sensación de que quería confiar en él, pero no se atrevía a hacerlo.

–Recular en esta carretera es complicado –añadió él–. Sobre todo en la oscuridad. Puede que te ganes la vida conduciendo camiones y seas especialmente buena con esta clase de cosas, pero…

–No –interrumpió ella con suficiente exasperación como para revelarle a Gavin lo que ya había sospechado: llegar a California sin sufrir ningún incidente había supuesto todo un reto–. Tuve que vender mi coche para no complicar aún más las cosas teniendo que remolcarlo.

–¿Y por qué arriesgarte a empotrarte en una valla o caer en una zanja? Yo esperaría hasta mañana, a no ser que estés decidida a irte esta noche. Te traeré una linterna e intentaré guiarte, si eso es lo que quieres.

La mujer apoyó la frente sobre el volante.

–¡Me apetece mucho un refresco, mami! –suplicó la niña–. ¡Y quiero hacer caca!

–Vamos –la animó Gavin–. En cuanto os encontremos una habitación, os llevaré a la ciudad. Podrás dejar la furgoneta aquí hasta mañana, hasta que encuentres a alguien que os ayude a cruzar.

—¿Conoces a alguien que podría ayudarnos? —preguntó ella.

Gavin miró hacia el arroyo en cuestión, a pesar de que la noche y los árboles no le permitían verlo.

—Se me dan bastante bien las chapuzas. Estoy seguro de que, con el material adecuado, podré construir algo que podría servir de momento.

El día siguiente era sábado y no tenía que ir a New Horizons. Ni tenía ningún plan hasta la noche. Cantaba en Santa Bárbara.

—¿Cuánto va a costar?

—La mano de obra nada. No me importa ayudar. De modo que lo que cueste la madera y el resto del material. Necesitarás que un constructor de verdad haga una estructura permanente.

La mujer suspiró.

Él inclinó la cabeza para llamar su atención.

—Por cierto, soy Gavin Turner.

—Savanna. Y estos son Branson y Alia.

No le dijo su apellido, pero él tampoco insistió.

—Encantado de conoceros. Llevo viviendo aquí quince años y jamás le he hecho daño a nadie. No hay motivo para tenerme miedo —decidió no mencionar lo que sí había hecho antes de eso. Algunas cosas era mejor callarlas.

—Tampoco estoy segura de que fueras a contármelo si fueras el asesino del hacha, pero... de acuerdo —la mujer claudicó y los niños saltaron del vehículo antes de que pudiera cambiar de idea.

Savanna observó a Gavin con atención. No era excesivamente corpulento o imponente. Debía medir entre metro ochenta y metro ochenta y tres, tenía los hombros anchos y las manos grandes, pero su constitución era delgada y llevaba los oscuros cabellos recogidos en un moño masculino, la barba y el bigote muy cortos. Le dio la impresión de ser un artista o un músico, o quizás un vegetariano, aunque en Nephi no había conocido a muchos de esos. Gordon no soportaba a los hombres como Gavin y siempre se burlaba de su estilo de vida hippy, sobre todo si llevaban tatuajes, y Gavin lucía unos cuantos. Tenía un brazo cubierto de dibujos, un saxofón, una guitarra y notas musicales, así como el rostro de un cantante.

Savanna era muy consciente de que si el hombre con el que se había casado había resultado ser peligroso, cualquiera podría serlo. Pero el rostro de Gavin estaba delicadamente esculpido, y su mirada era tan dulce, los ojos grandes y marrones bordeados de una gruesa capa de pestañas, que resultaba difícil tenerle miedo. Y aunque no le hubiese dado la impresión de ser un pacifista, sus delicadas maneras la habrían tranquilizado. Había estado gastándoles bromas a los niños desde que habían llegado a su casa. El modo de relacionarse con ellos le recordaba a su padre, lo que le hizo pensar que estaba siendo una paranoica desconfiando de él.

La gente mala no era divertida, ¿verdad?

Al menos no por la experiencia que ella tenía. Gordon nunca había sido famoso por su sentido del humor...

–¿Sprite o Pepsi? –Gavin se volvió hacia ella después de que Alia hubiera por fin conseguido hacerse con su refresco.

–Nada, gracias –Savanna sacudió la cabeza.

Llevaba todo el día con el estómago revuelto. No estaba enferma, solo era pura ansiedad, pero no tenía sentido empeorar el problema con toneladas de azúcar y burbujas.

–¿Una cerveza?

–No.

—¿Agua?

—Eso sí estaría bien.

Gavin le sirvió un vaso de agua de una jarra que guardaba en la nevera. Al acercárselo, ella no pudo evitar pensar, una vez más, cómo habría juzgado Gordon al nuevo vecino únicamente por su aspecto. Y aun así, era Gordon, el típico estadounidense, campeón de lucha libre, corpulento de mandíbula cuadrada, ojos verdes y cabellos rubios y cortos, el que había supuesto un peligro para la sociedad. Savanna había visto las fotos de la escena del crimen, cómo había golpeado a las víctimas, antes y durante cada violación. El detective se las había mostrado con el fin de alterarla y sacudir su fe ciega en él para que así hablara más libremente sobre su marido.

Gavin abrió una cerveza y bebió un buen trago.

—¿Y bien? ¿Qué os trae por California?

Su mirada se posó en la mano izquierda de Savanna y ella comprendió que buscaba un anillo de boda. Había aparecido de repente y sin dar ninguna explicación y era evidente que él intentaba descubrir quién era y qué hacía en Silver Springs, sola con dos niños, con la intención de instalarse en una vieja casa derruida.

—Ya no estoy casada —le explicó, aunque no fuera la respuesta a su pregunta.

Gavin no pareció sorprenderse de que ella hubiera interpretado correctamente sus pensamientos.

—¿Desde hace poco?

—Sí —el divorcio aún no era firme, pero ella no consideró necesario explicarle los detalles. Lo fundamental era que ya no se consideraba casada. Gordon se había negado a firmar los papeles, intentaba convencerla de que aún la amaba y que le habían acusado erróneamente, pero su abogado insistía en que, en cuanto fuera condenado, sobre todo por unos crímenes tan repugnantes, no iba a poder dilatar el proceso por más tiempo. La ley estaría enteramente de parte de ella–. Estoy empezando de nuevo.

–¿Y tienes idea de cuánto tiempo vas a ser mi vecina?

–Por lo menos un año. Soy dueña de la mitad, como te he explicado. Me aprovecharé de ello mientras pueda. ¿Por qué pagar un alquiler?

–Entiendo la lógica –le aseguró Gavin, con gesto compungido–. ¿Pero qué te explicó tu padre del estado de la casa?

–Sé que no está en buenas condiciones. Las casas necesitadas de reforma casi nunca lo están.

–Dudo mucho que esta sea siquiera habitable.

–Eso no importa. Precisamente he venido para hacerla habitable.

–¿Tienes experiencia con restauraciones?

–No –contestó ella tras beber un trago de agua–, pero hoy en día en YouTube se encuentra un tutorial para casi cualquier cosa.

Gavin soltó una carcajada y ella no pudo evitar sonreír. Le gustaba que se hubiera dado cuenta al instante de que bromeaba. Gordon se habría puesto histérico y le habría advertido de lo difícil que podía ser restaurar una casa. Siempre se lo tomaba todo al pie de la letra.

–Puede que también encuentres un vídeo sobre cómo conducir marcha atrás una enorme furgoneta de seis metros de largo por una estrecha carretera de campo, en plena oscuridad –sugirió él mientras abría el portátil–. ¿Lo comprobamos?

–¿Por qué no? Puede que te evite el viaje a la ciudad –contestó ella, aunque era evidente que él también bromeaba.

–No me importa acercaros –abrió el buscador y tecleó «Mission Inn, Silver Springs, California».

—¿Qué hacías para ganarte la vida en Utah? —preguntó mientras empezaban a aparecer unos cuantos enlaces.

—Era auxiliar administrativa en una oficina de seguros —Savanna sopesó si debía añadir lo que Gordon había hecho para contribuir, pues de ninguna manera habrían podido subsistir solo con su sueldo, pero se mordió la lengua. Cuanto menos le contara de él, mejor.

—¿Auxiliar administrativo? Debería habérmelo figurado.

—¿Habértelo figurado? —repitió ella.

—Trabajo de oficina. Contratos. Es lo mismo.

En esa ocasión fue Savanna la que rio.

—¿Y tú qué? ¿Cómo te ganas la vida? —ella señaló la guitarra que había llevado con él al interior de la casa—. ¿Eso te delata?

—Compongo y canto, hago algunas actuaciones de vez en cuando. Pero también tengo un trabajo de día.

—Que consiste en...

Tras abrir el enlace del Mission Inn, marcó el número desde su móvil.

—Mantenimiento y reparaciones en el rancho para muchachos New Horizons.

—Por rancho no te refieres a un rancho, ¿verdad? ¿Estás hablando de uno de esos internados para adolescentes que exhiben un mal comportamiento?

—Sí. Aceptamos chicos problemáticos. Unos cuantos han vivido situaciones traumáticas y... —Gavin parecía estar a punto de soltar un juramento, pero se contuvo al mirar a los niños—, cosas. Otros simplemente están enfadados. O son narcisistas. O ambas cosas.

—En Utah también hay ranchos para muchachos. Mi esposo, mi exmarido, estuvo en uno de esos durante un año —Savanna bajó el tono de voz para que Branson y Alia, que estaban intercambiándose los refrescos, no oyeran lo que estaba diciendo–. Debería habérmelo tomado como una señal de advertencia y haberme mantenido apartada de él.

–Yo salí de New Horizons –la sonrisa del vecino había desaparecido.

Savanna sintió arder sus mejillas. ¿Por qué había dicho eso? Había decidido no hablar de Gordon, no arrastrar con ella toda esa negatividad.

–Lo siento –se disculpó–. No pretendía… Bueno, cada persona es un mundo. No hay dos historias idénticas.

–No pasa nada –la tranquilizó él, aunque desde ese momento la charla fue más distante. Gavin la ayudó a reservar una habitación por cien dólares la noche y los llevó hasta la ciudad.

–Gracias por tu ayuda –dijo ella mientras se bajaba de la camioneta.

–No hay de qué.

Savanna deseó poder decir algo que compensara su metedura de pata. Se sentía cansada y frustrada por no haber logrado llegar hasta su casa después del largo viaje. De lo contrario habría cuidado más sus palabras. Pero él le había explicado que trabajaba en New Horizons, y ella había asumido que entendería hasta qué punto algunos de esos chicos podrían ser conflictivos, incluso peligrosos. Jamás había esperado que le anunciara que él también había estado al otro lado.

Pensó en ofrecerle otra disculpa, pero supuso que lo mejor sería dejarlo estar.

–Buenas noches.

Capítulo 3

A pesar del día tan largo, de lo agotada que estaba después de conducir durante mucho tiempo mientras intentaba que sus hijos estuvieran contentos y entretenidos, Savanna permanecía despierta. Alia dormía a su lado y Branson solo en la otra cama, dado que últimamente había vuelto a mojar la cama. Por suerte, lo que Gavin le había dicho de ese lugar era verdad. El Mission Inn era un motel bastante decente, tan bueno o mejor que cualquiera que pudiera encontrarse en Nephi. Estaba muy cómoda allí, pero se sentía ansiosa e inquieta. La decisión de mudarse había sido muy importante. Había alejado a sus hijos de lo único que habían conocido hasta entonces. De vuelta en California, solo le quedaba rezar para haber tomado la decisión correcta… para todos.

El hecho de que ni siquiera hubiera sabido que iba a tener que cruzar un puente para llegar a la casa resultaba muy significativo, sin duda habría más sorpresas. ¿Sería capaz de afrontarlas?

Esperaba que sí, pero la traición de Gordon la había conmocionado. Nunca antes se había sentido tan insegura sobre el futuro. Ese hombre, básicamente, había aniquilado toda su vida.

«Paso a paso». Tenía que vivir el momento.

Y ese momento la llevaría al siguiente, y pronto amanecería, y aún no estaba preparada para afrontar el día. Su nuevo vecino no había quedado en nada concreto al dejarlos en el motel, no había fijado una hora para recogerla. Simplemente le había dicho: «Hasta mañana». ¿Le había ofendido con el comentario sobre los muchachos del rancho? ¿Regresaría Gavin a recogerlos? ¿Iba a tener que encontrar a alguien que la ayudara a cruzar el arroyo para poder instalarse en su casa?

Si no dormía algo no iba a poder con ello. Pero la hora que marcaba el reloj digital que había entre las dos camas se burlaba de su intento de ignorar cómo pasaban los minutos. Optó por darle la vuelta al reloj y, sin querer, tiró el móvil al suelo.

Al asegurarse de que no se había interrumpido el proceso de carga, pues no podía pasar otro día más sin él, vio que su suegra le había enviado otro de esos odiosos mensajes que, seguramente, le habría llegado mientras la batería estaba muerta.

¿Cómo has podido despedir a los abogados de Gordon? ¿Sabes qué clase de defensa le proporcionará un abogado de oficio? ¡Ninguna defensa! ¿Acaso intentas enviarlo a la cárcel para el resto de su vida?

Dorothy, supuestamente, había dejado de beber. Pero aunque así fuera, la madre de Gordon se había enmendado tan tarde en la vida que no tenía ninguna credibilidad. A duras penas se ganaba la vida trabajando en una tienda de saldos, pero, como de costumbre, nunca tenía nada para darle a su hijo. Esperaba que ella empleara el dinero heredado de sus padres para proporcionarle a Gordon el mejor abogado posible.

Savanna frunció el ceño y releyó algunos de los mensajes que su suegra le había enviado a lo largo de las últimas semanas. No había contestado a ninguno, ni había contestado las llamadas de Dorothy. Sabía que la madre de Gordon intentaba hacerle sentirse culpable con el fin de manipularla. Pero seguía sorprendiéndole el hecho de que esa mujer aún pensara que era ella la que lo había decepcionado, cuando la realidad era que era Gordon el que la había decepcionado a ella... después de que su propia madre le hubiera fastidiado la infancia.

¿Has pedido el divorcio? Gordon ni siquiera lleva una semana en la cárcel. Debería darte una paliza. Si tan poca fe tienes en él, estará mejor sin ti.

Savanna no estaba segura de que Gordon estuviera mejor sin ella, pero lo contrario era definitivamente cierto.

¿Por qué no contestas a mis llamadas? ¿De qué va a servir que me evites? Tienes a mis nietos, ¡por el amor de Dios! Tengo derecho a verlos.

Y, sin embargo, nunca antes había mostrado el menor interés por Branson y Alia. De vez en cuando, cuando iba a su casa a cenar, les llevaba una bolsita de caramelos, pero hasta ahí llegaba su implicación en la vida de los niños. Savanna jamás olvidaría el disgusto de Branson aquella vez que su abuela le había prometido asistir a la función del colegio y luego no había aparecido. Dos días más tarde había llamado para ofrecer una excusa patética que ni siquiera tenía sentido.

¿Cómo puedes fingir ser una amante esposa después de haber abandonado a Gordon a la primera de cambio?

Él siempre ha besado el suelo que pisas, ha sido un buen marido y un buen padre. ¿Y tú le haces esto?

¿También estaba siendo un buen marido y padre mientras acechaba a mujeres, las secuestraba y las violaba? ¿Cómo podía Dorothy afirmar algo tan ridículo?

Pero así era Dorothy. La realidad nunca le había preocupado demasiado.

Él jamás te habría abandonado cuando más lo necesitabas. Él habría creído en ti, habría luchado por ti hasta el final, y tú deberías estar haciendo lo mismo por él.

¡La policía había encontrado rastros de sangre de Theresa Spinnaker en su furgoneta! ¿Acaso Dorothy deliraba?

¡Cobarde! No podrás evitarme eternamente.

Después de ese mensaje, Dorothy había llegado en coche desde Salt Lake, pero Savanna se había negado a dejarla entrar en su casa. Cuando su suegra había empezado a soltar juramentos y a dar patadas en la puerta, ella había llamado a la policía, que había acompañado a Dorothy fuera de la propiedad. Esa noche Savanna había recibido el peor mensaje de todos.

Gordon te matará en cuanto salga de la cárcel.

Savanna siempre se estremecía cuando leía esas palabras. Lo único que las hacía soportables era el hecho de que no pensaba que Dorothy lo hubiera dicho literalmente.

Obligándose a soltar el móvil, Savanna apartó a Alia,

pues apenas podía moverse y ya se sentía claustrofóbica debido a las circunstancias, e intentó, de nuevo, dormirse.

La tarifa del motel incluía el desayuno, de modo que Savanna pudo dar de comer a sus hijos a la mañana siguiente, aunque seguía sin estar segura de que Gavin fuera a aparecer. A las diez aún no había sabido nada de él. Y la noche anterior ni siquiera le había pedido su número de móvil.

¿Estaba sola?

Supuso que sí. Estaba pensando en cómo contratar ayuda para volver a su nueva casa, pensando en si un anuncio en la aplicación *Craiglist* funcionaría en esa ciudad, cuando sonó el teléfono de la habitación.

Pensó que sería el gerente del motel. Había solicitado abandonar la habitación tarde, por si acaso necesitaba el tiempo extra. Pero resultó ser Gavin.

—¿Habéis desayunado? —preguntó.

—Sí —respondió ella.

—Entonces, ¿estáis preparados para irnos?

—Sí, lo estamos —Savanna suspiró aliviada.

—Estupendo. He comprado la madera para el puente y, de paso, he echado un vistazo a un par de tutoriales. No deberíamos tener problemas.

De modo que por eso no había llegado antes. Había ido de compras. Y se notaba que estaba bromeando con lo de los tutoriales. Pero estaba tan contenta de oír su voz que no se le ocurrió nada ingenioso que contestar, únicamente mostrar su gratitud.

—¡Vaya! Eso es muy amable por tu parte. Temía que… temía que quizás cambiaras de idea sobre lo de ser tan buen vecino.

—No te dejaría tirada. Habría llamado antes, pero dado

que tenía que ir a comprar la madera a Santa Bárbara, pensé que mejor os dejaba dormir.

—Los niños de esta edad no duermen hasta tan tarde —tampoco solían mojar la cama, pero el pobre Branson había sufrido otro accidente durante la noche. Por suerte había puesto un mantel de plástico debajo de las sábanas para no tener que preocuparse por si estropeaba el colchón. Savanna se sentía mal por él. Sabía que el niño se avergonzaba, y odiaba el hecho de que su hijo tuviera tanto sufrimiento porque su vida estuviera patas arriba.

—Aun así, gracias. Te agradezco el detalle.

—No hay de qué. Espero aquí fuera.

Ella colgó el teléfono, llamó a recepción para comunicar que dejaba libre la habitación y reunió las pocas cosas que habían llevado con ellos, metiéndolas en la mochila del colegio que le había tomado prestada a Branson.

—Gavin ha llegado, vámonos —anunció a los niños mientras les empujaba fuera de la habitación del motel y se encontraba con su nuevo vecino, esperando en el aparcamiento con el motor en marcha.

—¡No sabía que tu camioneta fuera azul! —exclamó Branson mientras se sentaba en el asiento de atrás—. Anoche me pareció negra.

—Pues claro que es azul —contestó Gavin—. ¿Acaso existe un color mejor?

Branson sonrió resplandeciente mientras se hacía a un lado para dejarle sitio a su hermana.

—No —contestó.

—¿Tienes más refrescos? —preguntó Alia.

—En casa hay más —él sonrió al reflejo de la niña en el espejo retrovisor.

Mientras colocaba la mochila entre sus hijos, Savanna contempló la madera que llenaba la caja de la camioneta de Gavin.

—Ahí hay mucha madera –observó mientras se sentaba en el asiento delantero.

—Una buena parte del viejo puente está esparcida por la propiedad, pero está tan podrido que no creo que podamos aprovechar nada, de modo que creo que vamos a tener que empezar de cero.

—Claro –murmuró ella mientras suspiraba.

Estaba claro que nada iba a resultarle fácil, aunque viendo la ciudad a plena luz del día se sintió más animada. A su lado, Nephi parecía triste y deprimida. En Silver Springs se notaba la riqueza y abundancia tan prevalente en muchas zonas de Los Ángeles. Murales pintados con mucho gusto cubrían algunos edificios del centro. No había locales vacíos o en mal estado, y había algo más. Le llevó un rato darse cuenta, pero tras recorrer varias manzanas, se hizo evidente.

—¡No hay cadenas!

—¿Cadenas? –repitió Gavin.

—Ya sabes, franquicias como McDonald's, Best Western.

—Ah, eso. Aquí no están permitidas las cadenas comerciales. La ciudad apoya el comercio local.

—Nunca había oído de una ciudad que adoptara una actitud tan firme.

—Bienvenida a California –Gavin sonrió.

El coste de la vida allí iba a ser más elevado si no podía correr a un centro comercial cada vez que necesitara algo de comida o material escolar para los niños, pero sin duda el sacrificio merecía la pena. Tenía ganas de regresar a la ciudad para explorarla, entrar en una tienda sin temor a ser reconocida y vilipendiada…

Se fijó en una tienda de segunda mano que parecía especialmente bien abastecida. Quizás allí encontraría algunas cosas para la casa.

—Este lugar tiene un fuerte sabor a suroeste —observó.

—Aquí hay mucha arquitectura de reminiscencia española —Gavin asintió.

—Como el motel en el que nos alojamos, muros blancos, tejado rojo, y la campana de la torre.

—¿Y eso es positivo o negativo para ti? —preguntó él.

—Me gusta. Está limpio y bien conservado, no medio derruido como algunas zonas de Nephi.

—¡Mira! En ese parque hay patos —exclamó Branson mientras señalaba por la ventana.

—Tendré que traerte aquí alguna vez —Savanna alargó el cuello para verlo.

—¡Y a mí también! —gritó Alia.

—Por supuesto. Os traeré a los dos —ella señaló hacia la derecha—. ¿Cómo se llaman las montañas que nos rodean? —el valle era muy estrecho, apenas siete u ocho kilómetros de ancho.

—Son las montañas Topatopa. Forman parte del parque nacional Padres.

—¿Aquí nieva, mami? —preguntó Alia.

Savanna miró a Gavin. Ni siquiera se le había ocurrido buscar esa información.

—En la ciudad no. La temperatura se mantiene bastante suave todo el año, pero en invierno se pueden ver los picos nevados de las montañas más altas.

Los edificios cedieron el protagonismo a los huertos de naranjos y pequeñas granjas a medida que se adentraban en el valle. Después de unos diez minutos, Gavin giró en la estrecha carretera que conducía al lugar en el que pronto viviría ella con sus hijos, la carretera que tanto le había costado a Savanna encontrar la noche anterior, sin GPS en el móvil.

—Por fin voy a poder contemplar ese arroyo del que tanto he oído hablar.

Gavin había aparcado la furgoneta de mudanzas en un ensanchamiento de la carretera cerca del desvío para poder pasar con su camioneta. En cuanto detuvo el vehículo, todos se bajaron. Los niños empezaron a correr y a jugar mientras Savanna permanecía junto a Gavin.

El arroyo, situado a unos seis metros del lugar en el que ella se había detenido la noche anterior, era mucho más ancho de lo que se había imaginado.

–¡Vaya! Menos mal que me viste pasar anoche.

–No dabas la impresión de reducir la velocidad –admitió él.

–Habría caído en el agua.

La corriente no era lo bastante fuerte como para arrastrar la furgoneta, ni la profundidad suficiente para haberse podido ahogar. Pero se habrían quedado atascados en el barro, y Savanna no tenía ni idea de cómo habría sacado la furgoneta de allí, sobre todo un viernes por la noche en medio del campo. Sin duda una grúa apropiada, y los daños causados al vehículo, le habrían costado una pequeña fortuna.

–Supongo que me lo debes –bromeó él.

Ella se quedó petrificada. ¿Qué le debía? ¿Estaba flirteando con ella?

La mirada de Savanna se posó en el rostro de Gavin. No quería ser injusta, no quería que ese hombre se esforzara inútilmente pensando que estaba dispuesta a mantener una relación con él.

–Te pagaré –le aseguró.

–¿Por evitar que cayeras a un arroyo? –él la miró con una extraña expresión.

–Por tu tiempo –ella comprobó que sus hijos no se hubiesen alejado demasiado. Se estaban ensuciando de barro, pero se divertían tanto buscando renacuajos que no les llamó para que regresaran. Después de la agitación de los últimos meses, se merecían un poco de diversión–. No espero que nadie trabaje gratis.

–No me importa ayudar al vecino –Gavin se encogió de hombros.

Ella intentó pasar a otro tema, pero no pudo evitar contestar a su observación.

–¿Me ayudarías tanto si yo fuera un hombre?

–¿Un hombre recién divorciado y con dos niños a su cargo, que acaba de mudarse a la puerta de al lado? Por supuesto –respondió él sin dudar.

Savanna suspiró aliviada. Quizás no estuviera coqueteando con ella. Quizás era lo que parecía ser, un vecino muy amable. Hacía tanto tiempo que no estaba soltera, y en una situación que pudiera animar a un hombre a hacer avances, que posiblemente había malinterpretado su actitud.

–De acuerdo, pero… quiero que sepas que he pasado por una experiencia muy complicada, y… y aún no lo he superado. No sé si lo lograré alguna vez. De modo que no hagas nada por mí porque… porque pienses que… ya sabes… podrías conseguir compañía femenina. No soy una opción.

–¡Eh! –Gavin la miró sorprendido–. ¿De dónde has sacado esa idea?

Branson y Alia se habían quitado los zapatos y los calcetines y vadeaban en el río con el agua a la altura de los tobillos. La profundidad era poca y la corriente lenta. No estaban prestando la menor atención a la conversación de los dos adultos, pero de todos modos ella bajó el tono de voz.

–Lo siento. No me gustaría que me tomaras por una grosera, pero me sentiría aún peor si pensaras que me estaba aprovechando de tu amabilidad. Prefiero dejar las cosas claras desde el principio. Tienes que cobrarme la madera, que te pagaré hoy mismo, y la mano de obra. Te pagaré una tarifa justa por todo, incluso por el trayecto al motel anoche.

Gavin se dirigió a su camioneta y sacó un par de guantes de cuero de debajo del asiento.

—Agradezco tu sinceridad, pero no voy a consentir que me pagues por llevaros anoche a la ciudad, y tengo unas cuantas horas libres que puedo dedicar a ayudarte para que puedas mudarte hoy mismo. No me debes nada, aparte de lo que he gastado esta mañana en material.

—¿Estás seguro?

Él se puso los guantes con expresión algo confusa.

—¿Me responderías a una pregunta?

—¿A cuál?

—¿Esta repentina actitud de rechazo tiene algo que ver con mi pasado en el rancho? Porque apenas nos conocemos y ya me estás diciendo que no quieres tener nada que ver conmigo. Admito que te encuentro atractiva. Muy atractiva…

—Tengo dos hijos —le interrumpió ella, como si eso lo explicara todo.

—Los conozco —contestó él mientras guiñaba un ojo—. Me gustan los niños. No tienen por qué ser míos. Pero tengo la sensación de que me estás metiendo en el mismo saco que a tu exmarido, solo porque los dos nos metimos en algún pequeño lío durante nuestra adolescencia.

Ese hombre era mucho más franco que cualquiera que ella hubiera conocido jamás. Impresionada por su sinceridad, Savanna se esforzó por encontrar una respuesta adecuada, y acabó aterrizando sobre el motivo de su preocupación. Ese «lío», que había mencionado pudiera no ser tan pequeño. El mal comportamiento de Gordon en esa época, su absentismo escolar, mentiras, robos y beligerancia en general, había revelado que algo no iba bien, y nunca se había solucionado, de lo contrario no habría hecho lo que hizo de mayor. Simplemente había aprendido a ocultar lo peor de sí mismo para poder encajar en la sociedad.

Aun así, no conocía a Gavin, no sabía si su comportamiento adolescente había sido peor o mejor que el de Gordon, y le debía el beneficio de la duda. No todos los chicos que acudían a un rancho de esos acababan siendo un criminal violento.

–Agradezco el cumplido. En serio. Después de lo que he vivido, cualquier palabra amable me resulta agradable. Y siento mucho lo que dije anoche sobre el rancho para muchachos. Tu pasado no tiene nada que ver.

–Entonces simplemente no te gusto.

Gavin lo dijo con un brillo en la mirada, como si fuera lo bastante hombre para aceptar una negativa, caso de que fuera la respuesta. Sin duda era el individuo emocionalmente más valiente que Savanna hubiera conocido jamás. Y no pudo por menos que admirar su autoconfianza. Gordon jamás habría arriesgado su ego de esa manera.

–No se trata de ti en concreto. Estoy harta de los hombres. De todos los hombres. Ojalá no me hubiese relacionado jamás con el hombre con el que me casé.

–Pero sin duda habrá habido otros hombres en tu vida –él la miró fijamente–, aparte de tu ex, que no hayan sido tan malos.

–Solo si incluyes a mi padre y a mis hermanos. Pero hasta ahí llega mi experiencia con ellos. Antes de Gordon no había tenido un novio formal. Lo conocí el primer día de universidad, y me quedé embarazada dieciocho meses después, momento en que ambos abandonamos los estudios para casarnos.

–Y el matrimonio duró…

–Hasta hace dos meses –no se correspondía con el momento en que había pedido el divorcio, sino al momento en que había empezado a dudar de la inocencia de Gordon, el verdadero punto de inflexión.

—Por tanto tienes... ¿cuánto? ¿Veintinueve años?

—Los tendré dentro de dos semanas —ella supuso que él debía ser de su misma edad. Por su aspecto, no podía ser mucho mayor.

—Eres muy joven para estar tan harta.

—No puedo evitarlo.

—Lo siento.

—¿Por...?

—Por lo que fuera que te hiciera.

Al parecer los niños se habían cansado de buscar renacuajos y habían empezado a buscar piedras que poder hacer saltar sobre la superficie del agua.

—Yo también lo siento, sobre todo por Branson y Alia.

Gavin regresó a la parte trasera de la camioneta y bajó la puerta trasera.

—Entiendo que te han herido recientemente, pero abjurar de los hombres para siempre me parece un poco extremo. Sin duda llegará un momento en que te recuperarás.

—No. Jamás —insistió ella.

Gavin empezó a sacar los tablones de la camioneta.

—«Jamás», es mucho tiempo. ¿No acabarás por sentirte sola?

—Probablemente.

—¿Y qué harás entonces?

Ella respiró hondo mientras reflexionaba sobre la pregunta. Sin duda iba a echar de menos alguna compañía en el futuro.

—Puede que me haga lesbiana.

Una sonrisa tironeaba de los labios de Gavin. Era evidente que no estaba seguro de si debería tomárselo en serio.

—¿Es una broma?

—No —contestó Savanna.

No era una opción que hubiera considerado nunca, pero sí se le antojaba que resolvería su problema. Jamás había oído hablar de una mujer violando a otra. Sin duda alguna vez, en algún lugar del mundo, habría sucedido, pero las probabilidades de encontrarse con esa anomalía debían ser muy bajas.

—No puedes juzgar a todos los hombres por las acciones de uno de ellos —le advirtió él.

No era la primera vez que se lo planteaba, pero Savanna aún se sentía demasiado traumatizada para ser justa.

—No, pero puedo tomar precauciones.

—Por ejemplo, cambiar tu orientación sexual.

—Eso es.

—Una decisión muy importante. Por favor, confírmame que al menos eres bisexual.

—Todavía no. Pero espero poder cambiar. Estoy dispuesta a intentarlo. Ya tengo dos hijos, de modo que no necesito a un hombre para formar una familia. Y sentar la cabeza con una mujer dulce e inofensiva que sea feliz ayudándome a cocinar, limpiar y criar a los niños… ¿qué podría haber mejor que eso?

Gavin acarreó dos tablones hacia una zona desprendida cerca de los pilares del viejo puente y ella intentó no admirar lo bien que le sentaban los vaqueros. Tenía un culo condenadamente bueno, eso debía admitirlo, a pesar de sus planes de un futuro sin hombres.

—Entiendo tu punto de vista —continuó él al regresar junto a la camioneta—. Una mujer dulce e inofensiva que cocine y limpie tiene su punto. Pero no todas las mujeres son inofensivas.

Savanna agarró un tablón, pero Gavin, que era el único que llevaba guantes, le hizo un gesto para que se apartara.

—Ya me ocupo yo.

–La mujer que busco será tan pasiva y comprensiva que apenas hablará –le explicó ella–. Puede que lo incluya en mi perfil de citas: «Busco lesbiana de maneras delicadas que adore a los niños, los libros y que aborrezca cualquier clase de violencia».

Él soltó una carcajada.

–¿Qué pasa?

–¿Por qué no pones un anuncio para buscar una compañera de piso? Puede que encuentres algo que te encaje mejor.

–No. Las compañeras de piso vienen y van. Creo que apostaré por una relación con alguien del mismo sexo, así añadiré el detalle del compromiso, pero también añadiré algo más a mi perfil... «imprescindible libido baja», ya que no estoy segura de ser capaz de agradar a una mujer en ese aspecto, ni de poder acostarme con ella siquiera.

–Por lo que veo, lo tienes muy claro –la carcajada fue aún más fuerte que la anterior.

–De momento no –ella se dio un golpecito con el dedo en la sien–. Pero está tomando forma.

–¿Y no echarás de menos tener a un hombre en tu cama? –Gavin regresó en busca de otro montón de tablones.

En esos momentos no, desde luego. Savanna se estremecía cada vez que recordaba la sensación de las manos de Gordon sobre su cuerpo. Que hubiera mantenido relaciones con alguien como él, alguien tan cruel, furioso, egoísta y decepcionante, le revolvía el estómago. Y, viéndolo en retrospectiva, algunas de las cosas que había hecho, el modo en que le rodeaba el cuello con las manos cuando hacían el amor, la aterrorizaban. ¿Se le había pasado por la mente la idea de estrangularla mientras gemía sobre su cuerpo? ¿Fantasías tan oscuras como esas habían aumentado su placer?

Dada la clase de persona que había resultado ser, no le extrañaría.

Por otra parte, lo que a ella le excitaba era el cuerpo de un hombre. Nunca se había sentido atraída hacia una mujer.

Al no recibir respuesta, Gavin se volvió para mirarla.

–Estás pensando en ello.

–Estoy pensando en la pasión.

–Pasión –repitió él.

–Sí. La clase que se ve en las películas. Si eso fuera verdad, sería mucho más difícil renunciar a los hombres. Pero…

–Espera un momento, ¿nunca has sentido esa clase de deseo? ¿Ni siquiera al principio de la relación con tu ex?

–Quizás –admitió ella. Aunque, esos sentimientos se habían esfumado rápidamente. Hacia el final, el sexo era más una obligación, algo por lo que había que pasar. Quizás por eso tenía la sensación de que pudiera ser, al menos, parcialmente responsable de lo que había hecho Gordon. Había intentado disimular su apatía, mostrar más entusiasmo, pero pudiera ser que no hubiera tenido mucho éxito fingiendo–. Ahora mismo todo eso me resulta muy lejano. Y aunque fuese así durante algún tiempo, no duró mucho.

–Tu marido debió cagarla en la cama –Gavin soltó un silbido.

Y no solo en la cama. Gordon la había cagado en muchos otros aspectos como marido. Quizás por eso había perdido ella el interés. Tenía la sensación de que, cada vez que él le pedía sexo, ella había intentado ignorar cierta frustración o inadecuación. Nunca lo había rechazado, pero quizás el consentimiento no hubiera sido suficiente.

–No lo sé. No tengo nada con lo que compararlo.

–Pues entonces te has rendido muy pronto.

—Mejor a salvo que lamentarlo —gruñó Savanna.

—¿Aunque te lo estés perdiendo?

Ella echó un vistazo a los niños, felizmente ocupados.

—Las lesbianas tienen consoladores y esas cosas. Estaré bien.

—De acuerdo —él levantó otro montón de tablones—, pero si te cansas de fingir, siéntete libre para hacerme una llamada. A mí me gusta tranquilo y suave, y no me interpondré en tu búsqueda de una pareja lesbiana.

Savanna lo miró boquiabierta, pero cuando él le guiñó un ojo y se marchó con los dos últimos tablones, estuvo bastante segura de que solo había pretendido escandalizarla.

Capítulo 4

Gavin no tenía ni idea de qué le habría pasado a Savanna. Pensaba que a lo largo del día se abriría, hablaría de ello, pero no lo había hecho. Ni siquiera le había dicho su apellido. Lo único que sabía era que el trauma que había sufrido le había dejado una profunda herida. Jamás había oído decir a una mujer que estaba pensando en cambiar de orientación sexual para no tener que volver a relacionarse íntimamente con un hombre. Estaba bastante seguro de que no hablaba en serio, pero aun así... Ni siquiera los niños mencionaban a su padre y, sin embargo, Savanna había reconocido que ese miembro de la familia lo había sido hasta recientemente.

¿Qué había ido tan terriblemente mal?

No dejó de preguntárselo durante todo el tiempo que dedicó a construir el puente provisional. Por suerte, dado que la estructura no estaba destinada a ser permanente, no le llevó mucho tiempo.

Cruzó los tablones sobre el agua y los fijó a ambos lados sobre sendos apoyos para que el tablón no resbalara. Luego los unió, amarrándolos, para hacerlo estable. Por último condujo la furgoneta hasta la casa, para asegurarse de que resistía, y ayudó a descargar los muebles y las cajas.

Junto con los críos, Savanna y él hicieron varios viajes antes de que lograra convencerla para que le dejara terminar a él y así ella pudiera entrar en la casa y empezar a acondicionarla. Hacía poco que él mismo se había mudado y sabía lo difícil que era organizarse, y eso que él no había tenido que preocuparse por nadie más.

Cada vez que encontraban algo pequeño y de poco peso, Branson y Alia ayudaban a transportarlo. Cuando colocó la última caja sobre la vieja y desgastada alfombra del salón, dio un paso atrás y contempló la escena.

—Bueno, ¿qué te parece la casa?

Savanna había empezado por la cocina, limpiando los cajones y los armarios. Era una pena que el lugar no estuviera en mejores condiciones. Sin duda estaba abrumada por la enormidad de la tarea que tenía por delante.

—Lo conseguiré —le aseguró ella, aunque su sonrisa parecía forzada.

Poco antes habían descubierto que alguien había forzado la entrada y robado algunas cosas. Ni siquiera tenía cocina.

—Puedes utilizar mi cocina hasta que tengas la tuya en funcionamiento —le ofreció Gavin—. Durante la semana no estoy en casa, no me molestarás.

Savanna estaba arrodillada en el suelo. Se puso de pie, las manos enguantadas y sujetando una bayeta mojada, y se quitó un mechón de cabellos del rostro con la ayuda del antebrazo.

—Te lo agradezco. Pero estoy segura de que todo estará en orden antes de lo que parece.

Él no pudo por menos que admirar su tozudo optimismo, pero lo cierto era que la tierra valía mucho más que esa casa. Una parte de él se preguntaba si no sería más sensato derribarlo todo y empezar a construir de cero.

—En cuanto al puente...

—¿Qué pasa con el puente? —ella ya le había pagado la madera.

—Lo que he construido solo aguantará unos pocos días, de modo que no esperes mucho a sustituirlo. Conozco a un tipo, James Glenn, que sería ideal para hacerlo —Gavin encontró un lápiz y una tarjeta de visita, que el agente inmobiliario que había vendido la propiedad había dejado sobre el mostrador de la cocina, y apuntó el número de teléfono de James tras buscarlo en su agenda de contactos del móvil—. Te hará un precio justo, y trabaja deprisa.

—Lo llamaré.

—Estupendo. Pues entonces me marcho.

—¿Por qué no te quedas un poco más? —ella lo detuvo—. Se me había ocurrido pedir una pizza. Estoy segura de que tú también estarás hambriento. Llevas horas ayudándome.

—¡Quédate! —exclamó Branson.

—No puedo —Gavin se mesó los cabellos—. Pero gracias.

—Siento la necesidad de hacer algo por ti —insistió Savanna—. Tú has hecho mucho por mí.

—Ya hemos hablado de esto —él enarcó una ceja.

—Solo son unas porciones de pizza…

—En otra ocasión. Tengo planes para esta noche.

—¡Oh! —Savanna parecía avergonzada por haber insistido—. Sin problema.

Gavin no sabría decir si ella estaba decepcionada ante su negativa, aunque en cierto modo le gustaría que así fuera. Como le había dicho junto al arroyo, la encontraba atractiva. Y no solo por su aspecto. Había algo en ella que le gustaba, y lo había percibido desde el primer momento, cuando había corrido tras ella para evitar que cayera al arroyo.

Regresó sobre sus pasos y anotó en la tarjeta su número de teléfono.

—Llámame si necesitas algo. Cuando tú me digas, haré una incursión al vertedero. Tendrás que deshacerte de toda la basura y demás desperdicios que se vayan acumulando.

—Eso es muy amable por tu parte.

—Soy un tipo amable —contestó él con una sonrisa.

Al mirarlo a los ojos, Savanna se sonrojó y apartó la mirada.

—¿Cuándo tienes que devolver la furgoneta? —preguntó Gavin.

—Esperaba poder devolverla hoy, pero tengo que llevarla a Los Ángeles, y también necesitaré comprar un coche, y se está haciendo tarde. De modo que pagaré por un día más y la devolveré mañana.

—Buena idea. ¿Qué clase de coche tienes pensado comprar?

Desde luego una furgoneta no sería. Cualquier cosa menos una furgoneta.

—Un SUV sería lo ideal, suponiendo que encuentre uno que me pueda permitir.

Ella lo acompañó hasta la puerta.

—Gracias de nuevo. No sé qué habría hecho sin tu ayuda.

—Todos necesitamos que nos echen una mano de vez en cuando.

Gavin tenía previsto comerse un sándwich, ducharse, recoger su equipo y recorrer el trayecto de veinte minutos hasta el bar en donde tocaba aquella noche. Sin embargo, en cuanto llegó a casa, se preparó el sándwich y se fue directo al ordenador. Si lo que habían sufrido Savanna y sus hijos era tan traumático como para convencerla de no volver a estar nunca más con un hombre, quizás fuera lo bastante serio como para haber salido en las noticias, sobre todo por el extraño comentario que había hecho al describir a su pareja lesbiana ideal, alguien que aborreciera la violencia.

La búsqueda de Nephi, Utah, lo llevó a un enlace que contenía información general sobre la ciudad. Básicamente tenía una población blanca, el noventa y siete por ciento. Casi todos casados, más del sesenta por ciento. Había sido fundada por los mormones y su población era de tan solo tres mil seiscientos habitantes, menos que Silver Springs. No tenía mucha industria. Lo más interesante parecía situarse en la zona de Provo/Orem, a una hora al norte, o incluso más lejos, en Salt Lake City.

Salió de la página y escribió: *Nephi, Utah, crimen*. Allí descubrió que la tasa de criminalidad era de un uno por ciento más que la media nacional. Por lo que pudo averiguar, se debía básicamente a los operativos antidroga y a los robos. Nada excesivamente serio. Al menos, esa fue su impresión hasta que se topó con un artículo del *Times–News*, que hablaba de un par de violaciones.

Dos mujeres habían sido atacadas en Nephi, una mientras caminaba hacia su puesto de trabajo como camarera, a primera hora de la mañana, y otra, una semana después, mientras llevaba la ropa sucia a la sala de lavadoras en el sótano del edificio en el que vivía. Ambas víctimas aseguraron que su atacante llevaba una máscara y blandía un cuchillo, que no paraba de soltar juramentos y de gritar que no lo miraran. Y, como muchos violadores, les había amenazado con regresar y matarlas si acudían a la policía.

La investigación había sido exhaustiva, pero la policía no había conseguido llegar a ninguna parte, hasta que las pruebas de ADN confirmaron que los crímenes estaban asociados con un tercer incidente en Springville, cerca de Provo. Y así fue cómo los detectives descubrieron que el violador estaba actuando en una zona mucho más extensa, y ampliaron su zona de búsqueda.

Gavin buscó más artículos sobre esos crímenes y encontró uno en el que una mujer de Provo había denunciado que un hombre la había seguido una noche tras el ensayo del coro, cerca de su iglesia mormona. Se había marchado sin abordarla, pero había hablado con ella el tiempo suficiente para que memorizara su matrícula. Eso había permitido que la investigación se centrara en un sospechoso en concreto.

Otro artículo más señalaba que alguien había sido por fin arrestado por los ataques: Gordon Gray, varón blanco de treinta años, esposo y padre.

Ahí estaba. El criminal tenía esposa e hijos. Encajaba. El sospechoso había actuado en y alrededor de Nephi. Eso también encajaba. Y Savanna había mencionado que su exmarido se llamaba Gordon, un nombre no demasiado común. Todo encajaba. Esa mujer había estado casada con el violador de tres mujeres. Las víctimas eran unas desconocidas para Gordon Gray, y tampoco se conocían entre ellas, lo que había dificultado su captura, pero la policía disponía de suficientes evidencias y seguían trabajando para intentar asociar a Gordon con más casos de violación sin resolver.

Gavin se echó hacia atrás. «¡Joder!». No era de extrañar que Savanna hubiera decidido hacerse lesbiana. Había vivido, y tenido hijos, con un hombre que había resultado ser un violento criminal. ¿La había maltratado Gordon a ella también?

Gavin quería leer más sobre la situación de la que su nueva vecina había escapado, aparentemente, pero si no se duchaba llegaría tarde a No Good Pete's. Y quizás no consiguiera ninguna actuación.

—Un violador —murmuró, todavía conmocionado mientras se quitaba la camiseta. ¿Cómo había podido relacionarse esa hermosa mujer, su nueva vecina, con un tipo como ese? ¿Se había dado cuenta de que algo no iba bien en su marido o había sido una sorpresa para ella?

Reese llamó después de que los niños se hubieran acostado.

—Anoche no me llamaste para decirme que habías llegado.

Savanna se había olvidado por completo. Había tenido muchas cosas en la cabeza. Cosas como quedarse con la furgoneta de la mudanza un día más antes de poder devolverla en Los Ángeles, comprarse un coche, lo que mermaría su presupuesto en un momento en que intentaba ahorrar al máximo. Cosas como que Gavin le había explicado que el estado de la casa podría ser peor de lo que ella se había temido, y así había sido. Que su vecino quizás no regresaría para ayudarla después de su comentario sobre el rancho de muchachos. Que las amenazas de su suegra podrían ser algo más que palabras si Gordon no era declarado culpable. Y también cosas como la gran pregunta subyacente a todo lo demás: la pregunta de si había hecho lo correcto para empezar.

—Lo siento —se disculpó—. Esto ha sido una locura.

—¿En qué sentido? Estás allí, ¿no? ¿Los chicos están bien?

Savanna estaba limpiando de nuevo. Había limpiado ya los armarios y sacado la cubertería y los platos de las cajas. En ese momento se dedicaba a organizar los cazos y sartenes.

—Sí, estamos aquí, todos bien.

—¿Y bien? ¿Es todo tal y como esperabas?

—No exactamente —estaba tan cansada que apenas podía moverse, pero tenía la intención de acabar la cocina para poder irse a la cama con la sensación de haber empezado con fuerza–. Silver Springs es impresionante. No me puedo creer que no haya sido elegido como uno de los mejores lugares en el que vivir. O… puede que sí lo haya sido. Yo nunca compruebo esas cosas.

–¿Qué hace que sea tan maravilloso?

–Está acurrucado en un bonito valle a tan solo una hora del mar. Es limpio y elegante, y parece mucho más acogedor que Nephi, aunque hasta ahora solo he conocido a dos personas, de manera que no puedo saberlo con certeza –añadió con una carcajada.

–A ti te gustaba Nephi.

Al principio desde luego no lo había odiado. Allí vivía la abuela de Gordon que, decepcionada con su única hija, le había dejado a Gordon su casa en herencia. Dado que su trabajo le exigía vivir en el centro de Utah, y que vivir en Nephi le ahorraba una buena cantidad de tiempo en la carretera, habían decidido instalarse allí en lugar de vender la casa y seguir en Midvale, a las afueras de Salt Lake, donde habían vivido durante la primera etapa de su matrimonio.

–Al final no.

–Espero que este lugar te trate mejor.

–Tengo un vecino extraordinariamente amable.

Al recordar la afirmación de Gavin de que la encontraba atractiva, Savanna no pudo evitar sonreír. Oír esas palabras en boca de un hombre atractivo y carismático sentaba bien. Pero se dijo a sí misma que seguramente se debía únicamente a que hacía mucho tiempo que nadie la veía como otra cosa que no fuera una esposa y madre agotada. Se había sentido halagada, no excitada, aunque tenía que admitir que también lo encontraba atractivo.

–Por lo que papá nos contaba del rancho, y por las fotos, yo tenía la impresión de que la casa estaba en medio del campo –dijo Reese.

A Savanna le costó volver a centrarse en la conversación. Para variar, por una vez estaba preocupada por algo que no fueran los crímenes de Gordon. Eso en sí mismo ya suponía todo un alivio.

—Y lo está. Estoy bastante segura de que la casa de Gavin debió formar parte en algún momento del rancho original, y que se segregó del resto. Seguramente sería un granero o un cobertizo de herramientas. No es muy grande, pero está guay. Y le encaja a la perfección.

—¿Quiere eso decir que Gavin es guay?

Reese había saltado sobre ella de inmediato, haciéndole desear no haberle proporcionado tanta información. Pero, en efecto, Gavin era guay, incluso algo exótico desde su punto de vista. Dada la homogeneidad de la gente con la que se había relacionado durante tanto tiempo en Utah, Gavin destacaba. La gente de Nephi no solo era mayoritariamente de raza blanca, casi todos profesaban la misma religión y tenían las mismas convicciones políticas, nada que ver con la diversidad que había conocido durante su infancia en California. Nunca antes había vivido en Silver Springs, y aun así tenía una fuerte sensación de haber llegado a casa.

—Sí.

—¿Cuántos años tiene tu vecino?

—No se lo pregunté, pero yo diría que es de mi edad.

—Doy por hecho que es soltero...

—Eso me pareció —al menos Savanna esperaba que Gavin no fuera el típico gilipollas que diría las cosas que le había dicho teniendo novia...

Su hermano dedicó varios segundos a procesar la respuesta antes de continuar.

—¿Es atractivo?

Savanna deseó no haberlo mencionado. Su intención no había sido la de poner a su hermano en alerta.

—A su manera. Quiero decir que no es del tipo atlético, como tú o Gordon. No es mi tipo. Es más... tipo estrella del rock.

—Qué interesante.

Ella sintió arder sus mejillas, como si hubiese revelado un secreto, una reacción ridícula. ¿Qué sabía ella que pudiera revelar? Gavin le había asegurado que la encontraba atractiva, muy atractiva, y ella no podía evitar recordar el énfasis que había puesto en esa palabra, pero no le había animado. Se sentía avergonzada porque la conversación que había mantenido con Gavin junto al arroyo no había sido la conversación normal entre dos personas que apenas se conocían.

—No tan interesante como pareces creer —contraatacó ella en un intento de dejar estar el tema—. Me siento agradecida por su amabilidad. Nada más. Si no me hubiese ayudado a cruzar el arroyo, todavía estaría alojada en el motel donde tuvimos que pasar la noche. Y ahí conocí a la otra persona. El gerente del hotel. De mediana edad e incipiente calvicie —ni la mitad de atractivo que Gavin, aunque tampoco había conocido antes a ningún hombre hacia el que se hubiera sentido tan rápidamente atraída.

—¿Tuviste que cruzar un arroyo? —preguntó Reese.

—No es muy grande, pero no se puede cruzar con una furgoneta de mudanzas. El puente había desaparecido, arrastrado por las fuertes lluvias.

—Me imagino que no fue una sorpresa agradable encontrarse con eso.

—Podría haber sido peor —Savanna se estremeció al pensar en cómo podría haber acabado la noche si Gavin no hubiera corrido tras ella para salvarla de caer al agua.

—¿Y qué tal la casa? ¿Vas a poder vivir allí?

Cansada de estar arrodillada, ella se sentó en el suelo con las piernas cruzadas y echó un vistazo a la cocina.

Había intentado no permitir que el estado de la casa la desanimara. Daba igual su aspecto en ese momento, estaba decidida a poner orden en todo, a hacerla acogedora. Pero desde que su padre había enviado esas fotos, varias ventanas se habían roto, la puerta trasera se había roto por culpa de una patada, alguien había disparado con un rifle, o alguna otra arma, a varias luces, abriendo también algunos agujeros en las paredes, y la cocina y el lavavajillas habían sido robados. La sustitución de esos dos electrodomésticos era lo primero en la lista para la renovación de la casa, y devorarían otra buena parte de su presupuesto. En cuanto a los electrodomésticos, solo había llevado con ella desde Nephi la lavadora y la secadora, dado que la nevera estaba estropeada de todos modos. Gracias a Dios Gavin tenía una carretilla con la que podría descargarlas. Durante todo el trayecto le había agobiado cómo iba a poder llevar los elementos más pesados al interior de la casa. Si había conseguido meterlos en la furgoneta había sido gracias a la ayuda de su vecina en Nephi.

–Tengo un montón de trabajo esperándome aquí. No hay manera de suavizarlo. Y deberías ver lo sucio que está todo. Hay colillas de cigarrillos y latas de cerveza por todas partes, por no mencionar la evidencia de presencia de animales.

–No te debería llevar mucho tiempo limpiar todo eso. ¿Tienes calefacción?

–No.

–¿No llamaste para que te dieran de alta todos los servicios antes de tu llegada?

–Sí. Algo va mal con la caldera. Por suerte en esta época del año no hace frío en esta zona. Durante el día estaremos bien y si de noche hace frío –como en ese momento–, puedo tapar a los chicos con mantas.

–Tienes que solucionar eso.

—Haré que alguien le eche un vistazo —Savanna esperaba que se tratara únicamente de un fusible roto. Reemplazar toda la unidad iba a resultar muy caro.

—¿Es la ciudad lo bastante grande para disponer de las tiendas y servicios que necesitas?

—Hay algunas cosas. Para todo lo demás tendré que ir a Santa Bárbara o Los Ángeles. En cualquier caso, arreglar el calentador está muy abajo en mi lista. Primero necesito comprar una nevera y una cocina para poder hacer la comida.

—¿No hay cocina?

—Alguien la robó.

—¿Y un microondas?

—Por lo visto había uno, pero también ha desaparecido.

—Maldita sea, Savanna. Deberías haber esperado a que yo pudiera acompañarte.

—Tenía que marcharme de allí —contestó ella—. En Nephi me estaba poniendo tan a la defensiva que jamás habría funcionado.

—Lo sé —su hermano suspiró—, pero ahora estás incluso más lejos de mí que antes...

—No, la distancia es casi la misma. Lo he comprobado —la distancia que los separaba había sido una fuente de inquietud—. Estaremos bien —al menos no tendría que preocuparse por tropezarse con alguna víctima de su marido, o soportar que su exsuegra apareciera y provocara otra discusión. Allí estaba sola, pero era una más, y tendría la oportunidad de recuperarse en un ambiente emocionalmente seguro.

—Sé que Branson —Reese bajó el tono de voz—, sobre todo Branson, está pasándolo mal con todo lo sucedido. ¿Crees que podrá adaptarse?

Savanna recordó los episodios de mojar la cama a los que se habían enfrentado desde la detención de Gordon.

—Sí, lo creo.

—Quizás debería acudir a terapia.

—Todos deberíamos acudir a terapia, pero no hay dinero para eso.

—¿Has tenido noticias de Gordon?

Al igual que su madre, su ex había intentado llamarla muchas veces, tantas como le era permitido utilizar el teléfono en la cárcel. Pero tras los primeros días, cuando ya había perdido completamente la fe en él, se había desmoronado, gritado su ira contra él mientras Gordon le suplicaba que ignorara las pruebas que le habían mostrado, cosa que ella no podía, y dejó de aceptar sus llamadas. Entonces él había empezado a escribirle largas y farragosas cartas en las que le aseguraba que la amaba, que era inocente. En la última había insistido en que había encontrado a Dios, que asistía a diario al estudio de la Biblia, y que rezaba para que ella comprendiera que la policía se había equivocado de hombre.

Savanna ni se había molestado en contestar. Cada vez que se comunicaba con él se sentía confusa y ni siquiera le había comunicado, ni a él ni a su madre, que se llevaba a los niños a vivir a California. Simplemente había hecho las maletas y se había marchado en cuanto había podido. Tenía intención de cambiar de número de teléfono, cortar todos los lazos que seguían uniéndola a Gordon. Pero todo eso requería tiempo y ocuparse de los detalles, y en ese momento estaba centrada en tareas más básicas.

—Hace un par de días que no —contestó.

—¿Y de Dorothy?

—Claro. Ayer me envió otro mensaje.

—¿Qué quería esta vez?

—Más de lo mismo. Está desesperada por convencerme de que le pague los abogados.

—¿Cómo puede seguir creyendo en su inocencia?

—No estoy segura de que le importe su inocencia. Ni tampoco que le importen sus víctimas. Lo que quiere es salvar a su niño.

—Después de todo lo que le ha hecho en el pasado, es impresionante que le defienda tanto ahora.

Savanna vio una araña avanzar por el suelo y se levantó de un salto. Odiaba las arañas.

—Qué ironía, ¿verdad? Y aun así asegura que le estoy arruinando la vida. Pero fue ella la que lo destrozó mucho antes que yo llegara.

—¿Y su padre? ¿Crees que hará algo por ayudar?

Savanna se estremeció y barrió la araña, apresurándose a echarla de casa.

—No. Gordon nunca se ha llevado bien con Ken. Después de abandonar a Dorothy no volvió a interesarse por ellos —lo que le había sucedido a Gordon durante su infancia no era justo. Tanto su madre como su padre lo habían dejado tirado, y él seguía en la misma línea—. Cuando pienso en su pasado, me siento mal por él, pero eso no cambia el presente. Tengo que hacer lo que pueda para preservar mi cordura y poder sacar adelante a los niños.

—Branson y Alia son estupendos. Lo van a superar, y tú también.

La araña la había puesto nerviosa, volviéndola más consciente de la suciedad y de todo lo que tendría que hacer para convertir ese lugar en un hogar.

—Espero que sea verdad, dado que no tenemos otra elección.

—¿Volverás a Utah para el juicio?

—No. No quiero volver para nada.

—Tenía entendido que se había barajado la posibilidad de que tú testificaras.

—El detective Sullivan me preguntó en una ocasión si estaría dispuesta a subir al estrado y hablar de lo reservado que era Gordon, y de lo mucho que se ausentaba de casa. Sullivan quería que yo confirmase que Gordon no estaba en casa cuando tuvieron lugar los ataques, pero ya tienen mi declaración jurada, que lo explica todo, y las pruebas forenses son más condenatorias que cualquier cosa que yo pudiera decir. Supongo que se pondrán en contacto conmigo si creen que el juicio no está yendo todo lo bien que sería de desear, pero ahora mismo no parecen necesitarme.

–¿Y si te lo piden? ¿Podrás hacerlo?

–Pues la verdad es que no lo sé. Preferiría no verme implicada.

–No te culpo.

Después continuaron hablando de la posibilidad de que Reese los visitara en cuanto hubiese terminado el semestre para ayudarla a arreglar unas cuantas cosas. Pero dado que su hermano también trabajaba como camarero, y no podía perder ese trabajo, no estaba seguro de cuántos días libres iba a poder disfrutar.

–Veré lo que puedo hacer y te avisaré –le prometió él antes de colgar la llamada.

Savanna terminó de sacar de las cajas todos los utensilios de la cocina. Después se dirigió al final del camino de entrada para comprobar si su vecino había vuelto a su casa. No sabría decir por qué, a pesar del cansancio, sentía la curiosidad suficiente como para hacer ese esfuerzo. Sencillamente no podía dejar de pensar en él. Supuso que lo estaba idealizando un poco, dado que era mucho más divertido pensar en esa nueva persona en su vida que en toda la oscuridad en la que había estado inmersa durante los últimos dos meses. De vez en cuando se descubría preguntándose cómo sería besar a un hombre sin afeitar. Gordon odiaba las barbas y los bigotes, incluso las perillas, y nunca los había llevado.

¿Sentiría el vello de Gavin sobre su rostro o únicamente sobre los carnosos labios de aspecto suave? ¿Cómo se comportaría en la cama un hombre de cabellos largos y que lucía tatuajes?

«Me gusta tranquilo y suave, y no me interpondré en tu búsqueda de una pareja lesbiana».

El hecho de que sintiera un cosquilleo cada vez que recordaba cómo había pronunciado esas palabras le indicó a Savanna que sería un desastre como lesbiana. Tampoco lo había dicho en serio.

Aun así, no le interesaba empezar otra relación. Estaba muy quemada. El vecino solo le había proporcionado algo con lo que soñar despierta, algo que no la intranquilizaba, y no veía ningún mal en fantasear si le ayudaba a soportar el día a día. No tenía ninguna intención de hacer realidad esas fantasías.

El cielo estaba plagado de estrellas. Hacía años que no se había fijado en ellas. Se detuvo para contemplar el cielo y sentir la brisa fresca atravesar su ropa. Se alegraba de haberse trasladado a California. Tenía la sensación de poder respirar por primera vez desde que hubiera comenzado la pesadilla con Gordon. Allí no tendría que preocuparse por si aparecía la policía para hacerle más preguntas, no tenía motivos para temer que cada coche que oía detenerse ante su casa pudiera ser de alguien buscando descargar su ira, no tenía que preocuparse por lo que podrían decirles a sus hijos, ni temer una nueva visita de su suegra. Se había liberado. Y aunque esa libertad implicara pagar el coste de vivir durante un tiempo en una granja desvencijada, estaba dispuesta a pagar el precio. Por primera vez desde que hubiera pronunciado el «sí quiero», nueve años atrás, se dio cuenta de que incluso su matrimonio había resultado asfixiante. Había aceptado que su destino en la vida era convertirse en la señora

Gray. Nunca se le habría ocurrido abandonar a Gordon, aunque solo fuera por sus hijos. Pero tras haber tomado la decisión pensando en ella, quizás algún día se alegraría de poder disfrutar de esa posibilidad de reinventarse.

Era una idea interesante, una que no había considerado durante las semanas de sufrimiento que había vivido, pero que de repente parecía sobrevolar en el aire de la noche, como una atractiva promesa. El futuro sería lo que ella hiciera con él...

Savanna respiró hondo y sonrió mientras se dirigía hacia el arroyo.

Desde donde estaba no conseguía ver la casa de Gavin, de modo que cruzó el puente y miró entre los árboles.

No se veía ninguna luz, y la camioneta tampoco estaba.

Pasaba de la medianoche. A esas horas debía estar con una mujer, ¿no?

Seguramente. Quizás incluso se quedaría a pasar la noche...

Savanna se dijo a sí misma que su vecino tenía derecho a hacer lo que quisiera, a ella le daba igual. Pero no se sintió demasiado aliviada ni feliz al darse media vuelta y echar a andar hacia la destartalada casa que esperaba su completa dedicación a la mañana siguiente.

Capítulo 5

Gavin estaba agotado cuando se adentró en la estrecha carretera que conducía hasta su casa. No Good Pete's estaba abarrotado y la gente no se había marchado hasta la hora del cierre del bar. Normalmente, le gustaba tocar en una sala llena de gente. Todos los músicos soñaban con ser bien recibidos. Pero su mente no había estado puesta en la música aquella noche. Había estado pensando en su nueva vecina, en lo guapa que era y en el hecho de que hubiera estado casada con un violador. ¿Cómo podía sucederle algo así a una mujer como ella? ¿Y cómo le había afectado a ella y a sus hijos?

También había elaborado mentalmente una lista de todas las cosas que iba a necesitar Savanna durante las siguientes semanas para convertir esa casa en un hogar, y tan preocupado estaba con todo lo que él podría hacer para ayudar que no se dio cuenta de que había un Toyota Pathfinder aparcado en el camino de entrada a su casa.

Reconoció el SUV de inmediato. Pertenecía a Heather Fox, su novia intermitente desde hacía unos años, que en esos momentos salía con Scott Mullins, un tipo al que Gavin conocía desde su llegada a Silver Springs a los catorce años.

–Por fin –lo saludó ella mientras bajaba del coche–. Tu actuación debe haberse prolongado.

–¿Sabías que tenía una actuación? –la afirmación de Heather le resultó extraña.

–Sí, lo vi en tu página web. Me gusta esa página, cómo la gente puede contratarte online.

Gavin ya se había olvidado de su página web.

–Resulta muy cómodo. Repaso todas las ofertas para asegurarme de que no estén demasiado lejos y negocio la duración del concierto, o el número de conciertos, pero también proporciona mucha información, ya que la gente puede ver dónde actúo y saber si un determinado día estoy libre o ya contratado.

–Es estupendo que tu carrera musical empiece a despegar. Te lo mereces. Tienes mucho talento.

Heather siempre lo había animado a perseguir su sueño. También había resultado halagadora en otros aspectos. Seguramente por eso de vez en cuando volvía a mantener una relación con ella, a pesar de no estar enamorado de ella.

–Gracias.

–¿Esta noche estuviste en Santa Bárbara?

Esa información también debía haberla obtenido de la página web, porque no había hablado con ella desde hacía tres semanas, en el Blue Suede Shoe, adonde había ido con Scott.

–Sí, en No Good Pete's.

–Vaya, pues nunca te he oído tocar allí. La próxima vez tendré que ir.

«¿Con o sin su novio de turno?», se preguntó Gavin, aunque no dijo nada.

–El sábado que viene me han vuelto a contratar.

–Perfecto. Santa Bárbara no está demasiado lejos. Pero… ¿por qué has vuelto tan tarde? ¿La mayoría de los bares no cierra a las dos?

A Gavin no se le escapó el tono de celos en su voz. Sospechaba que había estado con alguien. La última vez que había cortado con ella, Heather no se había mostrado muy conforme.

—Sí, y este bar también, pero me llevó cierto tiempo recoger mi equipo —sacó la guitarra del asiento trasero—. ¿Qué haces aquí? ¿Me he perdido algún mensaje?

—No —ella le ofreció una sonrisa seductora y se acercó a él—. Se me ocurrió darte una sorpresa.

«¿Por qué?».

—Es muy tarde. Realmente tarde.

—¿Y eso es un problema? Pensé que te habrías sentido muy solo durante el trayecto de vuelta. La última vez que estuvimos juntos seguías en tu apartamento, ¿recuerdas?

Así solían empezar las cosas con Heather. Ella lo abordaba y él sucumbía simplemente porque se sentía un poco solo, ella era agradable, echaba de menos la intimidad física y le resultaba difícil decirle que no. No le gustaba decepcionarla y, tras un periodo cada uno por su lado, solía recordar solo las cosas buenas de ella, lo cual le hacía preguntarse si no debería darle otra oportunidad a la relación. Esa mujer llevaba tanto tiempo enamorada de él que deseaba poder corresponderla. Pero desear no lo convertía en posible.

Se detuvo antes de que ella pudiera fundirse en un abrazo con él.

—¿Sabe Scott que estás aquí, Heather? Porque lo último que recuerdo es que vosotros dos salíais juntos —y a Scott no le iba a gustar descubrir que ella había ido a casa de su exnovio. A juzgar por las miradas que le dedicaba cada vez que se encontraban en alguna parte, era evidente que ese hombre le veía como una amenaza.

—No es asunto suyo —ella lo miró con gesto apocado.

—Porque...

—Rompimos anoche.

—Siento oír eso. Pensé que ibais en serio.

—Venga ya –protestó Heather–. Sabes muy bien que mi corazón nunca fue realmente suyo. Tú eres el único hombre al que he amado de verdad.

Gavin empezó a sentirse un poco incómodo. No quería que la cosa terminara como solía hacer, no quería verse metido en una relación de la que estuviera ansioso por salir.

—Heather, espero que no sea yo el motivo de vuestra ruptura.

—¡Pues claro que eres tú el motivo! No sé qué decir. No soy capaz de superarlo.

«Mierda». Heather le había parecido muy contenta con Scott y esto le había quitado mucha presión de encima.

—Me importas –le explicó él–. Espero que lo sepas. Pero… no quiero volver contigo.

No le gustaba tener que ser tan claro, pero no quería que ella arruinara su relación con Scott, con quien él pensaba que por fin tenía algo. Falsas esperanzas.

En lugar del sufrimiento y el enfado que había esperado encontrar, una tímida sonrisa curvó los labios de la mujer.

—Vamos, sabes que soy buena contigo, ¿verdad? ¿Alguna vez te he dicho que no?

Lo cierto era que nunca le había dicho que no. Ese era en parte el problema. Vivía en una ciudad pequeña y eso significaba que una persona soltera podía pasar largas temporadas sin sexo. Cada vez que ella regresaba para retomar su relación, la intimidad física que le ofrecía solía superar su capacidad para rechazarla.

Pero esa noche no iba a sucumbir. Había conocido a otra persona, alguien que, pensaba, podría interesarle de verdad. Sabía que no le iba a resultar fácil llegar hasta

Savanna. Esa mujer había soportado muchísimo, y todo era muy reciente. Pero cuando estaba con ella sentía una atracción sincera, una que no tenía que forzar, y no estaba dispuesto a perder su oportunidad, como sucedería si se acostaba con una vieja amante de la que no parecía conseguir deshacerse.

–Nunca he dicho que no me trataras bien.

–¡Me alegro! Porque después de lo que viviste de niño...

Gavin levantó una mano para detenerla. No quería seguir por ese camino. Pero ella agitó una mano en el aire.

–Sé que no quieres hablar del pasado. Prácticamente no me has contado nada. Pero toda la ciudad sabe que fuiste abandonado de niño en un parque. No es ningún secreto. Yo solo digo que llevas solo mucho tiempo. ¿No estás preparado para tener a alguien a quien amar?

Gavin se mesó los cabellos. Claro que estaba preparado. Pero debía encontrar a la persona adecuada, y sabía que esa persona no era Heather. Lo había intentado con ella, varias veces.

–Sucederá cuando tenga que suceder.

–¿Y eso cómo lo sabes? –ella lo agarró del brazo–. Puede que necesites hacer algo al respecto.

–Heather...

–Espera. Antes de que digas nada más. Quiero... quiero contarte algo.

Gavin no veía modo alguno de no escuchar lo que ella tuviera que decir. Los ojos de Heather se habían llenado de lágrimas.

–Adelante...

–Estoy embarazada, Gavin.

El corazón de Gavin empezó a golpear con fuerza contra su pecho.

–Lo descubrí hace una semana –añadió.

–No estarás diciendo –él trago nerviosamente–, quiero

decir que hace un tiempo que no estamos juntos. Por lo menos dos meses. De modo que el niño debe ser de Scott, ¿verdad?

Ella se enjugó las lágrimas que empezaban a rodar por sus mejillas.

–¿Verdad? –insistió Gavin al ver que ella no contestaba.

–No lo sé –sus palabras surgieron como un atemorizado susurro.

Gavin cerró los ojos. Aquello no podía estar sucediendo.

–¿Por eso habéis cortado Scott y tú? –preguntó él cuando Heather volvió a mirarlo–. ¿Le hablaste del bebé y él cree que el bebé es mío?

–Sí. Y de hecho, yo también creo que es tuyo. Espero que lo sea, porque tú eres el único al que amo.

Cuando las rodillas de Gavin amenazaron con ceder, dejó la guitarra en el suelo y alargó una mano hacia el marco de la puerta.

–Estabas tomando la píldora –dijo él mientras intentaba mantener la voz tranquila y contenida a pesar del pánico.

–Lo estaba –ella se retorció las manos–. Pero mi médico me dijo que algunos medicamentos pueden restarle efectividad. La última semana que estuvimos juntos yo estaba tomando antibióticos.

Gavin golpeó el marco de la puerta con su cabeza.

–¿No vas a decir nada? –preguntó ella.

–No sé qué decir –él sabía lo profundas que eran las convicciones religiosas de la familia de Heather. Aunque ella no compartiera del todo esa fe, un aborto estaría totalmente fuera de lugar. Ni siquiera él estaba seguro de querer sugerirlo.

De modo que... ¿qué opciones quedaban?

—¿Cuándo lo sabremos? —preguntó él. Sin duda Scott querría conocer la paternidad del bebé, tanto como él...

—No sabremos nada hasta que nazca el bebé.

—¡Para eso faltan nueve meses! —Gavin se irguió, sorprendido.

—Siete —le corrigió ella—. Estoy de unas nueve semanas, o eso pensamos. Nunca se me ha dado bien llevar las cuentas de mi ciclo.

—Siete meses es una eternidad. Sin duda debe haber algún modo de averiguarlo antes.

—Podríamos hacer una prueba de paternidad prenatal, pero sería mejor, mejor para el bebé, esperar. Mi médico me dijo que él no lo recomendaría.

Gavin sentía náuseas. Ella tenía razón. Había empezado a sentir deseos de formar una familia, pero no con Heather, sino con alguien a quien pudiera amar de verdad.

—¿Gavin? ¿Estás bien?

—Sí —él se esforzó por pronunciar unas cuantas palabras—. Estoy bien.

—Es que no haces más que quedarte ahí parado, con expresión perpleja.

Por dentro, Gavin gritaba, pero no quería complicarle más las cosas a Heather. El hecho de que estuviera llorando ya le indicaba que el embarazo no era planificado.

—¿Qué puedo hacer para ayudar? —consiguió decir.

—Ahora mismo no hay nada que hacer. Pero espero que estés dispuesto a darnos otra oportunidad. Por el bien del bebé. Quiero decir que quizás el universo esté intentando decirnos algo.

Gavin opinaba que el universo no tenía nada que ver con todo aquello. Por lo que a él respectaba, se trataba de pura mala suerte.

—Todo saldrá bien —la tranquilizó, aunque era mentira. Al menos para él—. Lo superaremos de algún modo.

Ella lo miró con una curiosa expresión. ¿Se había dado cuenta de que solo lo decía por inercia? ¿Se notaba que no lo decía de corazón?

−¿Eso ha sido un sí? −insistió ella−. ¿Estás dispuesto a intentarlo de nuevo?

Al parecer, su respuesta no había sido bastante clara. O no era lo que ella había esperado oír. Con no poco esfuerzo, él se concentró al máximo.

−Lo siento. ¿Qué decías?

−¿Me darás otra oportunidad? Creo que hacemos buena pareja. Tú jamás encontrarás a nadie que te quiera más que yo.

Gavin se frotó la frente.

−Déjame pensarlo, ¿de acuerdo? Esto es… esto ha supuesto una conmoción.

−De acuerdo −Heather sorbió las lágrimas mientras le ofrecía una sonrisa temblorosa.

−Gracias −contestó él amablemente y entró en su casa, donde dejó cuidadosamente la guitarra a un lado y se deslizó contra la puerta hasta el suelo.

Estando en la escuela, a Gavin le había fascinado la historia de Hansel y Gretel. Su primer robo, a los siete años, había sido un ejemplar desgastado de ese libro, que había robado en la biblioteca del colegio y escondido bajo la cama. Le había encantado el final feliz, aunque, dada su propia situación, también le había entristecido, pero odiaba ese libro porque no entendía cómo un padre había podido no darse cuenta de la maldad de la madrastra de Hansel y Gretel. Ninguno de los otros chicos que habían leído el libro, o a quienes les habían contado la historia, parecían culpar al padre, pero Gavin sabía que el leñador tenía que haber percibido alguna señal de la maldad de la madrastra, igual que su propio padre había visto cómo su madrastra, Diana, lo había maltratado. Diana aseguraba que él tenía un problema de conducta, se quejaba de él todo el tiempo, y él había sido un niño revoltoso, pero no había empezado a delinquir en serio hasta mucho tiempo después de que esa mujer hubiera salido de su vida. Entonces había empezado a dar rienda suelta a sus impulsos.

Debería haber podido contar con su padre para cuidar de él. Dado que su madre biológica había muerto por culpa de una enfermedad del corazón cuando él tenía dos años, solo había tenido a su padre como protector. Si Miles se hubiera preocupado de verdad, su madrastra jamás habría podido abandonarlo en ese parque.

Solo tenía cinco años cuando ella se había largado, pero jamás olvidaría el momento en que había salido del servicio y descubierto que ella no estaba. Jamás olvidaría la nauseabunda y casi inmediata sensación de que no lo había dejado por accidente. El desgarrador temor que se había apoderado de él a medida que pasaban las horas y ella no regresaba. O los susurros del extraño que se había acercado a él, y había avisado a las autoridades.

Echó la cabeza hacia atrás, golpeando la puerta y soltó un juramento por lo bajo. Seguía sentado en el suelo, no se había movido desde que Heather se había marchado, y de eso ya había pasado casi una hora. La noticia que ella le había dado le había diezmado, abierto la puerta a su pasado como ninguna otra cosa habría podido hacer, seguramente porque le aterrorizaba ser el responsable de la felicidad de otra persona, le aterrorizaba fracasar del mismo modo en que su padre había fracasado con él. Requería de toda su concentración y energía solo para evitar los recuerdos que lo estaban asaltando como el fuego de una metralleta.

Cerró los ojos con fuerza y se abrazó las rodillas contra el pecho mientras echaba la cabeza hacia delante. «No recuerdes. Eso pertenece a otra vida, a la decisión de otra persona. Ahora eres un adulto, a cargo de tu propio destino y tu propia felicidad». Eso le había enseñado Aiyana. Desde que ella hubiera entrado en su vida, Gavin había empezado a ser feliz. Había dejado de robar, de meterse en líos con la ley, y al final había hallado una paz interior que siempre le había esquivado hasta entonces. Lo había logrado negándose a darle vueltas en su cabeza a todo lo que le había sucedido antes de cumplir los catorce, momento en que había empezado a asistir a New Horizons, y había sido adoptado por Aiyana unos cuantos meses después. Pero últimamente había empezado a tener noticias de vez en cuando de su padre, y cada vez le resultaba más difícil mantener sujetos los recuerdos. Bastaba con el sonido de la voz de Miles, o simplemente ver su nombre en el identificador de llamadas, para desenterrar el dolor.

El hecho de que quizás fuera a ser padre parecía estar ejerciendo el mismo efecto. Heather parecía bastante segura de que el bebé era suyo. ¿Estaba en lo cierto? ¿O simplemente se aferraba a algo con lo que podría forzarle a comprometerse?

Gavin se soltó el moño y dejó caer los cabellos. Aún faltaban siete meses para conocer la identidad del padre.

¿Cómo iba a poder esperar tanto tiempo?

Por fin dejó de luchar contra el impulso, y llamó a Aiyana. No había querido despertarla. No era muy considerado por su parte. Y, además, se consideraba demasiado mayor para necesitarla, a su edad no debería tener que hacer esa llamada. Pero sabía por experiencia que a ella no le importaría. Aiyana haría cualquier cosa por él. Quizás por eso su amor había tenido el poder de redimirlo, de arrancarlo de la oscuridad.

—¿Mamá? —saludó en cuanto oyó su adormilada voz.

—¿Gavin? —contestó ella, la voz inmediatamente cargada de miedo—. ¿Qué sucede? ¿Estás bien?

—Estoy bien. Quiero decir que... no estoy herido.

Hubo una ligera pausa tras la cual ella sonó más despierta.

—¿Entonces? ¿Ha sucedido algo en Santa Bárbara? ¿Necesitas que vaya a recogerte?

—No. Estoy en casa. Sano y salvo.

—Entonces... ¿estás borracho?

—No —Gavin nunca había tenido problemas con la bebida, pero sí había disfrutado de alguna noche loca, sobre todo cuando era más joven. Al parecer, la llamada había despertado en Aiyana los recuerdos de esas noches—. No he bebido ni una gota.

—¿Entonces? —repitió ella.

—Supongo que no debería haberte llamado. Mañana hablamos.

—Espera —insistió ella—. Estoy aquí para cuando me necesites. Ya lo sabes.

—Lo sé. Pero ahora que estoy hablando contigo, no estoy seguro de querer contarte lo que tengo en mi cabeza, y es una locura que te haya despertado.

—Cuéntamelo de todos modos —volvió a insistir Aiyana—. Lo resolveremos juntos, como siempre hemos hecho.

Gavin no pudo evitar sonreír ante la celeridad con la que su madre había acudido al rescate. Era una mujer increíble, que había salvado a muchos chicos. Y él era especialmente afortunado porque era uno de los ocho alumnos de New Horizons a los que había adoptado oficialmente.

—¿Te acuerdas de Heather Fox?

—Por supuesto. La has traído muchos domingos a cenar. Pero me dijiste que ahora estaba con otra persona.

—Con Scott Mullins.

–Eso es. ¿De eso trata esta conversación? Espero que no te hayas peleado con él. Me dijiste que te alegrabas de que Heather hubiera pasado página, que esperabas que se casara con Scott. Me…

–No me he peleado –Gavin la interrumpió antes de que pudiera seguir por ese camino–. Y no mentía cuando te dije que me alegraba de que hubiera pasado página. Ese es parte del problema.

–¿Entonces no estás triste?

–No.

–¡Menos mal! ¿Y cuál es el problema?

Gavin no sabía cómo decirlo suavemente, de modo que lo soltó sin más.

–Está embarazada.

Silencio.

–Entiendo –habló su madre al fin–. Pero ¿qué tiene eso que ver contigo? ¿Estás disgustado porque va a tener un hijo con Scott?

Era evidente que para ella ese hecho era importante. Aiyana empezaba a entender los matices de la conversación.

–Estoy disgustado por si va a tener a mi hijo.

–¿Te ha dicho que es tuyo?

–Me ha dicho que podría serlo. No lo sabe con certeza.

–¿Se acostó con los dos en un intervalo de tiempo tan corto?

–Seguramente fue directa a su casa después de que yo cortara con ella. Durante la semana siguiente intentó con todas sus fuerzas hacer que lamentara mi decisión, provocarme celos. Me los encontraba siempre que iba a algún sitio.

–Entiendo. Entonces… ¿cuándo lo sabrás?

–No sabré nada hasta que nazca el bebé –Gavin contempló fijamente el techo

Aiyana suspiró ruidosamente.

—Hacía mucho tiempo que no me sucedía nada que amenazara tanto mi tranquilidad de espíritu —admitió él mientras daba voz al suspiro de su madre.

—¿No utilizabais ningún método anticonceptivo? —la desaprobación en la afirmación de Aiyana era evidente.

—Claro que utilizamos métodos anticonceptivos, mamá. Pero no funcionó —Gavin no mencionó el motivo, no iba a culpar a Heather por lo sucedido. Estaba casi seguro de que ella había creído estar a salvo de un embarazo.

—¿Y qué vas a hacer? ¿Sigue con Scott?

—No. Cortaron anoche. No creo que le hiciera mucha gracia saber que ella podría estar embarazada de mi hijo.

—Estoy de acuerdo.

—Y ahora ella quiere volver conmigo.

—¿Eso te ha dicho?

—Sí. Me estaba esperando aquí cuando regresé de mi actuación de anoche.

—¿Y qué te parece la idea?

—¿Entre tú y yo? No me emociona nada.

—¿Se lo has dicho?

—Claro que no.

—Van a ser unos nueve meses muy largos —ella volvió a suspirar.

—Siete. Ya está de dos meses. No saberlo va a ser horrible. No paro de rezar para que todo este pánico, toda esta preocupación, sean para nada. Pero si el bebé es mío, podría aprovechar los siete meses, y alguno más, para prepararme para una responsabilidad tan grande.

—Serás un buen padre —le aseguró Aiyana.

Gavin respiró hondo. Quizás era eso lo que había necesitado escuchar. A lo mejor por eso había llamado a su madre.

—No me puedo creer que esto esté sucediendo.

—Sabes que tu hermano y Cora han estado intentando tener un bebé, lo emocionados y esperanzados que nos hemos sentido por ellos.

En efecto así había sido. Pero Elijah se había casado con el amor de su vida. Su situación sería totalmente diferente.

«Maldita sea». Gavin creía tener su vida bien planeada. Cierto que algunas noches, sobre todo si había bebido demasiado, se enfrentaba a alguno de sus demonios, y precisamente por eso no solía beber. Pero cualquiera que hubiera sido abandonado a los seis años, y luego criado por una familia que solo lo había aceptado por los ingresos que recibían del estado, tendría alguna que otra cicatriz. Si no hubiese regresado con Heather aquella última vez, se habría librado.

—Gavin...

—¿Qué?

—Si el bebé es tuyo, vas a amarlo, o amarla, con todo tu corazón. Esto no es el fin del mundo.

—Cierto —aunque sí lo sería del mundo tal y como lo conocía—. Gracias, mamá —añadió—. Te llamaré mañana.

—Gavin...

Se notaba que no se resignaba a dejarlo solo.

—Estoy bien. Solo cansado —Gavin colgó la llamada y se obligó a sí mismo a ponerse en pie. Necesitaba dormir. Pero mientras se dirigía a su dormitorio, desnudándose por el camino, pensó en su nueva vecina. La idea de llegar a conocerla le había entusiasmado. No solo le resultaba atractiva, parecía diferente a cualquier otra mujer con la que hubiera salido. Extrañamente pura de corazón. Sabia para su edad.

La tragedia tenía su manera de templar a las personas. Quizás por eso le gustaba Savanna. Los dos habían tenido que enfrentarse a desafíos inhabituales.

Pero con todo lo que estaba sucediendo en su vida en esos momentos, sabía que sería una locura intentar un acercamiento. Savanna estaría mucho mejor si la dejaba en paz.

Capítulo 6

Elijah, el mayor de los ocho alumnos del rancho que habían sido adoptados por Aiyana, despertó a Gavin a la mañana siguiente irrumpiendo en su dormitorio y dejando que la puerta golpeara ruidosamente la pared.

–¡Eh! Ya es más de mediodía. ¿Es que nunca vas a levantarte de la cama?

Gavin rodó en la cama y miró a su hermano. Cuando estaba en casa, nunca se molestaba en cerrar la puerta con llave, de modo que no era extraño que Eli hubiese entrado. Lo que sí era algo más raro era que hubiese aparecido sin más, y solo. Normalmente estaba siempre con Cora, su esposa.

–¿Qué haces aquí? Normalmente no conduces hasta mi casa.

–¿Y para qué iba a hacerlo? Nos vemos continuamente.

Los dos trabajaban en el rancho y, además, Eli vivía allí. También solían encontrarse a menudo en la ciudad, aunque de eso hacía tiempo. Desde que Eli se había casado, Gavin contaba con los dedos de una mano las veladas que pasaban juntos. Por suerte había empezado a dar conciertos, lo que le ayudaba a rellenar ese vacío. Sin embargo, el hecho de que aún no hubiese encontrado a nadie con quien le apeteciera quedarse tanto como con su hermano, le hacía pensar que quizás hubiese llegado el momento de sentar la cabeza. Ya hacía tiempo que tenía esa sensación.

—No has contestado a mi pregunta —insistió Gavin—. ¿Qué haces aquí?

—He venido porque mis llamadas van a parar automáticamente a tu buzón de voz.

—¿Y no se te ha ocurrido pensar que he apagado mi móvil por algún motivo? —Gavin reprimió un bostezo.

—Sí. Por eso no me he ido a Los Ángeles con Cora para visitar a sus padres, y en cambio he venido aquí.

—Ya lo entiendo —Gavin soltó un gruñido—. Estás preocupado. Mamá te ha contado lo de Heather.

—¿Era un secreto?

—Preferiría que la noticia no se extendiera por toda la ciudad.

Sin embargo, Gavin tenía la ligera sensación de que no iba a poder evitarlo, aunque sabía que Aiyana y Elijah no serían los responsables de divulgarlo. Sin duda, Scott tendría bastante que decir, cada vez que alguien le preguntara por qué había roto con Heather, seguramente le culparía a él, haría que pareciera que ella le había engañado con su ex mientras salía con él, lo cual no era cierto.

—Mamá está preocupada por ti. Y, seamos sinceros, ella dio por hecho que acabarías contándomelo —añadió Eli con una sonrisa.

—De eso estoy seguro —aunque Gavin tenía que esforzarse por llevarse bien con un par de sus hermanos, nada raro teniendo en cuenta de dónde procedía cada uno, y que algunos estaban más dañados que otros, su devoción por Elijah era absoluta. De haber sido hermanos biológicos no podrían haber estado más unidos.

—¿Y bien? —preguntó Eli—. ¿Cómo te sientes ante la noticia?

Gavin se sentía asqueado por el embarazo, y también culpable por reaccionar tan negativamente. Heather no necesitaba desesperación a su alrededor, y tampoco era justo para el bebé, que no tenía la culpa de que él se hubiera acostado con una mujer a la que no conseguía amar.

—¿Hace falta que te lo explique? —le preguntó a su hermano mientras daba un respingo.

—Algo debe haber en Heather. No dejas de volver con ella.

—Sabes muy bien que por fin se había acabado del todo —Gavin lo fulminó con la mirada.

—Sí —Eli frunció el ceño y se sentó a los pies de la cama—. Esta vez parecía la definitiva.

—De ahí la ironía —él se recostó contra las almohadas.

—Lleva ya un tiempo con Scott Mullins. ¿Estás seguro de que el bebé no es suyo?

—Seguro no estoy —Gavin no se atrevía a aferrarse a esa posibilidad—, pero... ella no lo cree.

—Podría estar equivocada.

—Ella lo sabrá mejor que nosotros.

—Siempre ha estado enamorada de ti —Eli se rascó la nuca—. ¿No podría ser que estuviera soñando despierta al adjudicarte el bebé?

Gavin también había considerado esa posibilidad. No creía que se hubiese quedado embarazada a propósito, ni que estuviera mintiendo descaradamente. Pero sí estaba aprovechándose de esa pequeña posibilidad para obligarle a él a reconsiderar su relación.

—Sinceramente no lo sé.

—¿Y eso qué significa? ¿Vas a darle otra oportunidad o esperarás a que...?

—Voy a ofrecerle mi apoyo durante el embarazo, y luego decidiré sobre algo más permanente. Si el bebé es mío, me casaré con ella.

–Lo harás.

–Sí.

Eli apoyó los codos sobre las rodillas y contempló las alfombras que cubrían el suelo de madera.

–¿Y si a lo largo de los próximos meses vosotros dos intimáis y luego resulta que el bebé no es tuyo? –preguntó al cabo de un rato.

Gavin pensó inmediatamente en su nueva vecina y la oportunidad que le proporcionaría, pero apartó a Savanna de su mente. Aunque no se estuviera enfrentando a ese problema, ella había dejado claro que no estaba interesada en una relación romántica. Por tanto no iba a perder nada, aunque tuviera la sensación de que sí.

–Si consiguiera enamorarme de ella, sería bueno.

–Pase lo que pase.

–¿No va de eso el compromiso?

–Estás diciendo que amarías al bebé de Scott, que ayudarías a criarlo.

–Por supuesto.

–De acuerdo –Eli se levantó y empezó a andar por la habitación–. Voy a ejercer de abogado del diablo, ¿y si vosotros dos no conseguís que funcione y ella vuelve con Scott?

–Espero que eso no suceda –Gavin apartó las mantas de una patada–. Scott ya está resentido contra mí. Sin duda esto hará que me odie aún más.

–A ningún hombre le gusta vivir a la sombra de un amante anterior.

–Eso lo entiendo, pero yo no lo coloqué en esa posición. Siempre he sido sincero con Heather, le he explicado que mis sentimientos no son tan profundos como los suyos.

—Pues nadie lo diría viendo cómo la tratas. A lo mejor ese es el problema.

—¿Se supone que debería tratarla mal?

—No te estoy sugiriendo tal cosa. Es que... no sé. Me resulta frustrante pensar que te está obligando a hacer algo. Si consiguiera amar a Scott la mitad de lo que te ama a ti, te librarías.

—No. Ya no quiero que vuelva con él, no quiero que mi hijo sea criado por un padrastro, no después de lo que yo sufrí. Sobre todo tratándose de esta situación en particular. La última vez que estuve en el Blue Suede Shoe, Scott y Heather estaban allí también. Heather era incapaz de apartar la mirada de mí. Cada vez que levantaba la vista, allí estaba ella, y Scott se dio cuenta. Empezaron a discutir antes de que terminara la velada. Y luego Scott insistió en que se marcharan.

—Entiendo tu punto de vista. Por culpa de la relación que Heather ha mantenido contigo, él siempre tendrá celos —Elijah se pasó una mano por la cara—. Lo siento, hermano. Esa mujer te está preocupando seriamente.

—No lo hizo a propósito.

Eli se detuvo en seco y posó las manos sobre las caderas.

—¡Eso espero!

—¡No lo hizo! Al menos, no me imagino por qué lo haría. Está tan aterrada como yo. Un crío hace que la vida sea real, ¿sabes a qué me refiero? En cualquier caso, ya lo solucionaremos —aseguró Gavin, a pesar de que, en esos momentos, no tenía ni idea de cómo podrían solucionarlo. Nunca se había visto obligado a forzar a su corazón, y no estaba seguro de que nadie pudiera hacerlo.

Oyeron un golpe de nudillos en la puerta.

—Para vivir en un lugar tan aislado, estás recibiendo un montón de visitas esta mañana —observó su hermano.

Gavin apenas pudo reprimir una expresión de desagrado.

—Debe ser ella —cuando le había pedido algo de tiempo para pensárselo, había esperado que fueran varios días. Pero quizás ella no pudiera concederle tanto tiempo. Debía estar inquieta y ansiosa por solucionarlo...

—¿Quieres que vaya yo? —preguntó Eli—. Puedo decirle que estás en la ducha o algo para que tengas más tiempo para asimilarlo.

—No. Será mejor que le deje claro que no la voy a dejar tirada —Gavin salió de la cama y se puso los vaqueros, sin molestarse en abrocharlos, antes de salir de la habitación para reunirse con ella.

Pero no era Heather, sino Branson, el que estaba en la entrada. Y Savanna estaba en la furgoneta de mudanza con Alia, parada con el motor en marcha frente a la casa, mientras su hijo corría hasta la casa.

Sintiendo una punzada de culpabilidad por no haberse levantado antes para llevarles algo de leche y cereales, o huevos, Gavin se abotonó apresuradamente los pantalones.

—Hola, campeón. ¿Qué hay?

—Hemos encontrado una nevera en venta en Santa... Santa Algo —le explicó Branson—. No era Claus.

—¿Santa Bárbara? —Gavin rio.

—Eso es. Vamos a recogerla mientras aún tenemos la furgoneta. Mi mamá quiere saber si podrás ayudarnos a descargarla cuando volvamos.

—Claro. Aquí estaré. Mi hermano ha venido a verme, de manera que él también podrá ayudar.

—Se lo diré —gritó Branson por encima del hombro mientras corría de nuevo hacia la furgoneta para entregar el mensaje.

—¿Quién era ese? —preguntó Eli, aunque antes de que

Gavin pudiera responder, Savanna gritó un agradecimiento.

Aunque Gavin se sentía algo avergonzado por no haberse peinado, y también por no llevar camiseta, salió de la casa para saludarla.

–¿Necesitas que te acompañe para cargar la nevera en la furgoneta?

–No –contestó ella–. El tipo al que se la voy a comprar me ha asegurado que tiene amigos que pueden ayudarnos. Pero me preocupaba cómo bajarla del coche cuando estuviéramos aquí de vuelta, quería asegurarme de que estarías en casa y que no te importaría echarme una mano.

–No me importa en absoluto –le aseguró él.

Savanna deslizó la mirada por el torso desnudo antes de fijarla en un punto detrás de Gavin. Al volverse, él vio que Elijah lo había seguido fuera de la casa.

–Te presento a mi hermano, Eli. Eli, esta es Savanna, mi nueva vecina.

–¿Has dicho vecina? ¿Aquí? –Eli señaló con un brazo hacia la vasta extensión de campo.

–Me estoy mudando a la granja, o al menos a lo que queda de ella, aquí al lado –le explicó ella–. Pero jamás habría logrado cruzar el arroyo ayer si no me hubiese ayudado tu hermano.

Eli propinó a Gavin un empujón.

–Supongo que eso quiere decir que al menos sirve para algo, ¿verdad?

–Es bastante útil tenerlo cerca –la sonrisa de Savanna se ensanchó.

Gavin sintió la punzada de la atracción. No recordaba haberse sentido atraído, tan rápidamente, por ninguna mujer.

–Es como un grano en el… en la nuca –insistió Eli, eligiendo bien las palabras ante la presencia de los niños–. No dejes que te engañe.

Ella se inclinó hacia delante para ver mejor el rostro de Eli.

–Espero que no te importe, pero acaba de ficharte para que me ayudes a cargar con una nevera.

–Al menos podré ser de alguna utilidad –Eli se encogió de hombros.

–¿Y la cocina? –preguntó Gavin–. También vas a necesitar una.

–Va a ser más difícil encontrar una. Ni siquiera estoy segura si debería ser eléctrica o de gas. Pensé que tú podrías aconsejarme.

Gavin estuvo a punto de soltar una carcajada. No tenía ni idea de cómo iba a lograr esa mujer restaurar la casa, pero, por otra parte, le gustaba que lo necesitara a él.

–Gas.

–Entendido. Compraré un microondas para podernos apañar de momento y espero encontrar una cocina de gas apropiada. Te agradezco la ayuda –metió la marcha en el coche–. Si todo va bien, y la nevera parece tan buena como en la foto, volveré en hora y media.

–Aquí estaremos –le aseguró Gavin.

En cuanto la furgoneta se alejó, Eli le propinó un codazo a su hermano.

–¡Vaya!

La sonrisa de Savanna había dejado a Gavin algo aturdido.

–¿Qué?

–Tiene un color de pelo nada habitual, pero es bastante llamativa.

–Sí –Gavin no perdió de vista la furgoneta hasta que se adentró en la autopista–. Desde luego es guapa.

–¿Y de qué va? ¿Está casada?

—Divorciada –él recordó lo que había hecho su ex, pero decidió no revelar ninguna información. Aunque podía confiar en Eli para que no se lo contara a nadie, salvo, quizás, a Aiyana, tenía la sensación de que estaría siendo desleal si abría la boca.

—¿Y por qué no la has mencionado antes?

—Vino ayer.

—El mismo día que descubres que Heather está embarazada.

Gavin soltó el aire en un prolongado y abatido suspiro.

—Sí, ¿te lo puedes creer?

—¿Has visto los tatuajes de Gavin? –preguntó Branson, maravillado, mientras su madre ponía la furgoneta a toda la velocidad de que era capaz, dadas sus limitaciones.

Dado que su vecino había aparecido sin camisa, había sido imposible no fijarse en los tatuajes, o en su torso desnudo. Pero no le importaba haberlo visto. Le gustaba su aspecto. Mucho. Su hermano era atractivo, pero en un sentido más clásico. Con sus cabellos oscuros y ojos azules, le recordaban a Elvis Presley, pero el aspecto menos convencional de Gavin le resultaba más atractivo.

—Los he visto –le confirmó Savanna a su hijo.

—¡Le llegaban hasta aquí! –Branson se señaló el hombro.

Alia, ocupada jugando con el móvil de su madre, no hizo ningún comentario.

—¿Te gustan los tatuajes? –preguntó Savanna, mirando a su hijo, curiosa por la respuesta.

El niño pareció desconcertado por la pregunta. Su padre solía protestar por esa «mierda», dibujada en los cuerpos, y ella sabía que Branson no lo había olvidado. También debía estar pensando que quizás ya no tenía que preocuparle lo que su padre opinara sobre cosas tan triviales como los tatuajes. A lo mejor hasta se atrevía a dar su propia opinión.

—¿Y a ti? —preguntó indeciso.

Desde que conocía a Gavin, a Savanna le gustaban los tatuajes. Le parecía el hombre más sexy que hubiera visto jamás, tatuajes incluidos, lo cual resultaba extraño dado que si alguien le hubiera pedido unos pocos días atrás que describiera a su hombre ideal, no habría descrito a nadie que se le pareciera.

—Sí —admitió—. Sobre todo los suyos. Creo que le sientan bien.

A Gordon le habría escandalizado oír esas palabras saliendo de su boca, pero, hasta ese momento, Savanna no había tenido una verdadera opinión formada al respecto, y que le permitiera contradecir a su esposo cada vez que criticaba los tatuajes.

Las tajantes observaciones de Gordon de repente le resultaron de lo más irónicas, considerando lo que había hecho.

—¿Entonces puedo hacerme uno cuando sea lo bastante mayor? —se atrevió a preguntar Branson.

Savanna se echó un poco a la derecha para dejar pasar al coche que la seguía, cuyo conductor se mostraba visiblemente impaciente por adelantarla.

—Siempre que seas mayor de dieciocho años. Cuando seas adulto podrás decidir por ti mismo. Antes de eso no podrás hacértelo.

—¿Por qué no? —preguntó él—. Has dicho que te gustan.

—Y me gustan, pero según cómo estén hechos, y dónde, sobre el cuerpo de la persona. Es todo un arte. Pero los tatuajes son permanentes. Tienes que conocerte bien a ti mismo antes de tomar esa decisión, tienes que estar seguro de lo que haces.

—Vaya.

Savanna sabía que su hijo estaba reflexionando profundamente. ¿Estaba considerando adoptar a Gavin como modelo a seguir? ¿Se estaba planteando que preferiría ser como Gavin y no como la persona corpulenta y autoritaria que siempre había sido su padre?

—A mí me gustan los tatuajes de Gavin —intervino Alia, indicando con su sonrisa que a ella también le resultaba atractivo.

La niña había estado tan absorta en el juego que su madre había creído que no estaba prestando atención a la conversación. Pero su intervención demostraba que la familia entera estaba encandilada con el nuevo vecino.

¿Sería por la novedad, porque Gavin era diferente? Incluso antes de que Gordon hubiera sido acusado de violación, Savanna había dejado que su vida se volviera rutinaria, viviendo en modo automático. No era de las que pensaba que un matrimonio pudiera volverse rutinario, pero el suyo sí lo había hecho. ¿Qué había sido primero? ¿Había descuidado a Gordon, quizás mientras lloraba la pérdida de su madre, padre y hermano mayor, empujándolo a buscar el placer en otra parte? ¿O había empezado Gordon a buscar emociones en otra parte, mostrando menos interés por ella y empujándola a ella a centrarse en los niños para evitar la sensación de insatisfacción en su matrimonio?

Algún día quizás conseguiría que le explicara por qué había hecho lo que había hecho. ¿Qué lo había empujado a hacer algo así? ¿Qué le había hecho lastimar a otras personas, personas con escasas posibilidades de defenderse? Tras vivir con él y creer que lo conocía mejor que nadie, Savanna quería, sobre todo, comprender. Pero cada vez que intentaba que se sincerase con ella, él hacía todo lo contrario, juraba por activa y por pasiva que lo habían acusado erróneamente. El hecho de que se hiciera el mártir cuando había mujeres que habían sufrido graves daños por su culpa la enfurecía.

Aunque no consiguiera jamás las respuestas que anhelaba obtener, sabía que le iría mejor si él la dejaba en paz.

Pero, desgraciadamente, tenía pocas esperanzas de que eso sucediera. Encerrado en prisión, ella era prácticamente lo único que le quedaba a ese hombre. Y sabía que no iba a dejarla marchar fácilmente.

El teléfono sonó. La furgoneta no disponía de Bluetooth por lo que no habría podido contestar la llamada aunque hubiese querido, no sin dejar de conducir, pero al bajar la mirada y leer en la pantalla la identificación de la llamada, decididamente no quiso contestar. Era Dorothy. Abrió la boca para decirle a su hija que no descolgara, pero Alia seguía con el teléfono en la mano y pulsó el botón de descolgar antes de que ella pudiera pronunciar una sola palabra.

–¡Hola, abuela!

Visiblemente tensa, Savanna salió de la autopista y siguió por una vía de servicio antes de detener la furgoneta. Le aterrorizaba la idea de que Dorothy pudiera decirle algo desagradable a la niña. No les había contado a los niños que estaba enemistada con la madre de su padre, pues intentaba evitar que ellos acabaran atrapados en medio.

–¿Qué has dicho? –la sonrisa de Alia se borró de su rostro . ¿Tienes a papá al teléfono?

–Déjame hablar con ellos –susurró Savanna, pero Alia se negó a soltar el móvil.

–Papá quiere hablar conmigo.

Al parecer, Dorothy había establecido una llamada a tres con Gordon y con ella. «¡Mierda!». Si Alia no hubiese contestado, la llamada habría sido transferida al buzón de voz junto a todas las demás.

Savanna cerró los puños con fuerza mientras intentaba decidir si debería insistir en arrebatarle el teléfono a su hija. ¿Sería mejor para la niña tener noticias de Gordon, o no?

Supuso que eso dependería de lo que le fuera a decir, de si estaba enfadado y dispuesto a utilizar a Alia para lanzarle las acusaciones destinadas a su madre, o si iba a intentar consolar a Alia después de todo lo que había sufrido.

Alia se merecía el consuelo.

«Por favor, concédeselo»...

Savanna contuvo la respiración y aguardó.

–Hola, papi... bien... yo también te quiero... Porque ya no vivimos allí.... Lejos, muy lejos... Sí, ¡en una furgoneta enorme! ¡Y alguien nos robó la nevera!... No, esta mañana hemos tenido que desayunar los sándwiches de mantequilla de cacahuete que mamá preparó para el viaje, y estaban todos aplastados... –Alia arrugó la nariz para subrayar lo poco atractivos que le habían parecido–. Yo también te echo de menos... No lo sé –levantó la mirada y Savanna supo que la pregunta tenía algo que ver con ella–. ¿Quieres hablar con ella?

Branson observaba atentamente a su hermana, con una expresión lúgubre dibujada en el rostro. Si Gordon estaba siendo amable, esperaba que pidiera hablar con su hijo, suponiendo que eso aliviara el sufrimiento de Branson.

–Un momento –Alia le ofreció el teléfono a su hermano–. Papá quiere decirte hola.

Savanna respiró aliviada, pero Branson no se movió.

–Branson –Alia tironeó de la camiseta de su hermano–, ¡es papá!

Branson se volvió hacia Savanna.

–¿De verdad les hizo daño a esas mujeres?

El niño conocía de sobra la respuesta a esa pregunta.

Solo necesitaba confirmarlo. No era fácil alterar la fe de un niño, no cuando ese niño solía pensar que su padre era totalmente de fiar.

Ella asintió. No podía mentir. Los niños tenían derecho a conocer la verdad.

—Entonces no quiero hablar con él —murmuró mientras se volvía hacia la ventanilla.

Alia no parecía saber qué hacer.

Preparándose para otra discusión, Savanna recuperó el móvil.

—¿Hola?

—¿Branson no quiere hablar conmigo? —preguntó Gordon—. ¿Ya le has puesto en contra mía?

—Yo no he puesto a nadie en contra tuya. Has sido tú.

—Mi madre me ha dicho que fue a casa para ver a los niños, y la encontró vacía.

Savanna sabía muy bien que Dorothy no había viajado hasta Nephi para «ver a los niños». Había ido para «meterle algo de sentido común», a ella, convencida de que su nuera debería emplear lo que le quedaba de dinero en pagar a un buen abogado.

—Nos hemos mudado —admitió.

—¿Adónde? —quiso saber Gordon.

—Quedaos aquí —les dijo a los niños mientras salía de la furgoneta para poder hablar sin público. No le cabía la menor duda de que la conversación iba a resultar desagradable, todas las conversaciones mantenidas con Gordon desde su detención lo habían sido, y prefería que sus hijos no tuvieran que oír otra discusión más—. Prefiero no decírtelo.

—¿No vas a decirme adónde os habéis ido? ¿Desde cuándo soy una amenaza para ti?

—Hasta que la policía llamó a nuestra puerta yo jamás habría pensado que fueras una amenaza para nadie. Pero desde entonces me he dado cuenta de que no te conozco realmente, o al menos solo conozco una pequeña parte, la parte que tú estuviste dispuesto a mostrarme. De modo que dime, Gordon, ¿fue pura buena suerte que me convirtiera en tu tapadera mientras esas otras mujeres se convertían en tus víctimas?

–¡Eso es una locura! ¡Escúchate a ti misma! Estás exagerando, nena. Sigo siendo el mismo hombre con el que te casaste. El mismo hombre al que asegurabas amar –Gordon bajó el tono de voz–. El mismo hombre con el que te acostabas por la noche.

Ella sabía que su intención había sido que la frase sonara seductora. Sin embargo, no pudo evitar dar un respingo. No tenía ninguna gana de recordar sus momentos de intimidad.

–Lo que hiciste lo cambia todo, Gordon.

–¡Yo no lo hice!

Savanna apretó el puño en un intento de controlar su creciente ira.

–¡Deja de mentir! –siseó–. ¡Tienen pruebas!

–Da igual lo que tengan. ¡Soy inocente!

Ojalá pudiera creerlo, aunque quizás fuera mejor que no lo hiciera. ¿No sería peor pensar que el padre de sus hijos había sido detenido injustamente, sobre todo cuando no podía hacer gran cosa por ayudar?

–Por favor, no sigas. Las cosas ya son bastante complicadas. No tiene sentido discutir. No cambiará nada.

–No quiero alterarte –Gordon parecía estar esforzándose por hablar con calma.

–¡El mero hecho de oír tu voz ya me altera! –ella le dio la espalda a la furgoneta porque sabía que los niños tenían la nariz pegada a la ventanilla.

–¿Y qué debo hacer? ¿Renunciar a mi familia y a mi libertad cuando no he hecho nada malo?

Savanna cerró los ojos con fuerza. Resultaba muy duro oír lo mismo una y otra vez. Las protestas de Gordon le daban ganas de gritarle que aceptara la responsabilidad de lo sucedido, que dejara de mentir. Ya se había soltado en una ocasión, pero no había conseguido sentirse mejor. Se había prometido a sí misma que no volvería a hacerlo, que no quedaría reducida a eso.

–Por favor, permíteme olvidarme de ti y pasar página. Déjanos marchar. Después de lastimar a esas mujeres, lo menos que puedes hacer es aceptar el castigo que te mereces sin arrastrarnos contigo.

–Eso es fácil decirlo para ti –gritó él–. ¡Tú no eres la que se va a pudrir en la cárcel durante quince años o más!

–Tú tienes la culpa de estar ahí, no nosotros.

–No me lo puedo creer –murmuró Gordon para sí mismo–. A ti no te importa si no vuelvo a ver a mis hijos nunca más.

En ese punto, Dorothy decidió intervenir en la conversación, sorprendiendo a Savanna. Había permanecido en silencio tanto tiempo que casi había olvidado que estaba allí.

–Te lo dije –la mujer se dirigió a su hijo–. ¿Qué clase de esposa abandona a su marido ante el menor problema? ¡Ella no es la mujer que pensábamos que era!

–Esto es algo más que «el menor problema», Dorothy –Savanna ya estaba harta de su suegra–. Se trata de violación, uno de los crímenes más abominables que existen.

–¡Salvo que él no lo hizo! –respondió Dorothy.

–Mamá –interrumpió Gordon–. Déjame a mí hablar con ella, ¿de acuerdo?

Le siguió un prolongado silencio durante el cual Dorothy controló el impulso de llevar la conversación. Cuando Gordon volvió a hablar, lo hizo con renovados esfuerzos por ser amable.

—Yo no le he hecho daño a nadie, Savanna. Necesito que lo creas.

—¿Cómo? —contestó ella—. ¡Encontraron la sangre de Theresa Spinnaker en nuestra furgoneta!

—¡Porque en una ocasión la llevé en la furgoneta!

—¿Qué? —era la primera vez que ella oía tal cosa—. ¿Cuándo?

—Justo después de Navidad. Por eso estaba tan desesperado por hablar contigo. Ella lo ha admitido. Puedes llamar a mi abogado si no me crees. Él te dirá que es cierto.

—La llevaste en la furgoneta —repitió ella con evidente escepticismo.

—Sí. A ese restaurante en el que trabajaba.

Savanna se tapó la oreja izquierda para poder oír mejor en medio del tráfico de la autopista.

—Y la llevaste porque…

—¡Porque nevaba! Vi a una mujer caminando en medio de la tormenta con su uniforme de camarera, apenas cubierta con un jersey, y sentí lástima por ella. Así que paré y la llevé.

—¿Y por qué no lo dijiste desde el principio? Me contaste que la policía había amañado esas pruebas. Y ahora dices que ella iba en nuestra furgoneta, pero ¿por un motivo completamente inocente?

—Tardé un tiempo en recordar que ya la había visto antes. En las fotos que me enseñó la policía aparecía tan maltrecha que no la reconocí. Solo nos vimos esa única vez, y durante muy poco tiempo. No conseguía situarla en ninguna parte. Ya sabes que suelo recoger a muchos autoestopistas. Hacerlo me ayudaba a soportar el aburrimiento de los viajes que tenía que hacer.

Savanna era consciente de eso. Habían hablado de ello antes. Ella recordó haberle advertido del peligro implícito de llevar a un extraño en su coche.

—Pero cuando la confusión y el pánico amainaron, y pude pensar con claridad, comprendí que se trataba de la misma mujer —continuó él—. De modo que se lo conté a mi abogado y, después de que él le recordara el episodio, ella también se acordó.

—¿Y estaba sangrando cuando la recogiste?

—No que yo supiera, pero tampoco comprobé si estaba herida. Las gotas de sangre que encontró la policía eran tan pequeñas que, ¿quién sabe cómo llegaron allí? Apenas se veían a simple vista. Por lo que yo sé, las pusieron allí, como siempre he dicho.

Ella se volvió para controlar a sus hijos, que seguían mirándola por la ventanilla.

—Esa no es la única prueba que te relaciona con estos crímenes, Gordon.

—Era la más convincente. Las pruebas de ADN siempre lo son.

—Las cosas que guardabas en el cobertizo cuentan su propia historia.

—¿De qué estás hablando? ¡Esas cosas formaban parte de un disfraz de Halloween! Pensé que estaría bien disfrazarme de asesino, para dar miedo. Ya sabes cómo me gusta lo macabro. Pero entonces me di cuenta que sería ir demasiado lejos y al final no lo utilicé para nada.

—¿Desde cuándo te gusta disfrazarte para Halloween, Gordon?

—Hace mucho tiempo de eso. Ni siquiera recuerdo cuándo reuní todos esos objetos. Vamos, nena, ten un poco de fe en mí. Echo de menos a mi familia. Te echo de menos a ti.

«Nena», el apelativo cariñoso hizo que Savanna se sintiera... rara, triste, culpable (aunque no sabía de qué), le provocaba repulsión y confusión, todo al mismo tiempo. Desde que podía mirar atrás a su matrimonio desde una posición de ventaja, desde una nueva perspectiva, empezaba a creer que había sido como una pieza de fruta abandonada en un árbol para que se pudriese. Durante mucho tiempo había permanecido allí, colgando, aparentemente bien desde fuera, pero en cuanto había caído al suelo y se había partido, era fácil ver que llevaba un tiempo pudriéndose por dentro.

–Mamá –Branson abrió la puerta de la furgoneta–, aquí dentro hace calor. ¿Vienes ya?

Ella alzó una mano en un gesto que indicaba que enseguida terminaba.

–Tengo que dejarte –le informó a Gordon, y a Dorothy, que, por supuesto, estaba oyéndolo todo.

–¡Espera! Antes de irte, prométeme que al menos aceptarás mis llamadas a partir de ahora. Déjame hablar contigo y con los niños de vez en cuando. Me estoy volviendo loco aquí dentro. No dejo de pensar en ti todo el rato.

¿Estaba obligada a mantener el contacto? ¿Se lo debía por el hecho de que tiempo atrás habían significado tanto el uno para el otro? ¿Y era justo para los niños?

Savanna se volvió de nuevo y vio a sus hijos mirándola. ¡Dios, qué difícil era aquello! No tenía ni idea de cómo protegerlos mejor, salvo empezando de nuevo, lejos de su padre.

–Espero no estarte juzgando mal, Gordon. Lo digo en serio. Y te pido perdón si ese es el caso. Pero… no quiero mantener ningún contacto contigo.

–Espera. ¿Qué? ¿Por qué no? He sido amable, ¿no? No he dicho nada que disgustara a Alia cuando he hablado con ella. Puedes confiar en mí.

–No, no puedo. No son más que artificios, y no me gusta la sensación de que estés constantemente intentando aprovecharte de mi humanidad –sin más, pulsó el botón para terminar la llamada.

No podía permitirle llenar su cabeza de confusión, no podía permitirle minar su confianza con respecto a las decisiones que había tomado.

Branson y Alia la observaron con gesto severo cuando volvió a colocarse al volante.

—¿Qué te ha dicho? —preguntó Branson.

—Nada que pueda cambiar algo —contestó ella.

—¿Vamos a volver a verlo? —preguntó Alia—. Ha dicho que podemos visitarlo si queremos.

—No —Savanna contempló la carita tan seria de su hija—, no vamos a ir a verlo.

—¿A lo mejor más adelante? —los ojos de la niña se llenaron de lágrimas.

Savanna sonrió con tristeza y acarició los cabellos de su hija antes de poner en marcha la furgoneta.

—Sí, a lo mejor más adelante —murmuró.

Por supuesto era mentira, y se sentía mal por mentirles, pero pendía de un hilo tan fino que en esos momentos no soportaba ver las lágrimas de Alia. Ella misma estaba conteniendo las suyas.

Capítulo 7

La nevera no era la mejor que Gavin hubiera visto, pero tampoco estaba demasiado mal. Eli y él ayudaron a descargarla y a enchufarla. Después, sudorosos y agotados en ese día tan caluroso, y porque la furgoneta no tenía aire acondicionado, Savanna se llevó a los niños a Los Ángeles para devolverla. Gavin le advirtió de que llegaría tarde por culpa del tráfico. Incluso en domingo los atascos eran un problema en el sur de California. Sin embargo, ya no podía retrasar el viaje. Estaba segura de que los concesionarios de coches permanecían abiertos hasta las nueve, incluso más si estaba negociando la compra de un coche. Quería acabar con ello cuanto antes para poder devolver la furgoneta.

De pie en el camino de entrada de la granja, y mientras se tomaba una cerveza fría con Eli, Gavin los vio marcharse. Había llevado las bebidas desde su casa antes de que Savanna y los chicos se marcharan.

En cuanto estuvieron fuera de vista, Eli señaló hacia la desvencijada edificación a sus espaldas.

—¿En serio van a vivir ahí dentro?

—¿Te lo puedes creer? —Gavin frunció el ceño.

—Pues no. Parece un vertedero. Ni siquiera puede cerrar la puerta trasera.

—La va a sustituir... junto con un montón de cosas más.

—Las reformas llevan su tiempo –Elijah levantó la botella de cerveza para darle más énfasis a la frase–. Aunque con dinero el proceso puede ir más rápido. Sin embargo, viendo lo que ha elegido como nevera, no tengo la impresión de que nade en la abundancia.

A parecer, Gordon no había dejado a su esposa en una situación demasiado boyante al ser detenido. Ella le había contado que trabajaba como auxiliar administrativo en una agencia de seguros, lo cual significaba que seguramente no ganaría mucho más que el salario mínimo. Y, por lo que Gavin había leído en la prensa, Gordon se dedicaba a reparar equipos de minería. Su trabajo le había dado la libertad para viajar de un lado a otro, pero tampoco debía cobrar demasiado.

—Yo puedo ayudarla con las reparaciones básicas –le explicó a su hermano–, así reducirá los gastos.

—¿Así es como piensas pasar tus horas libres? –Eli lo miró fijamente–. ¿Haciendo más labores de reparación y mantenimiento?

—No me importa –insistió él–. Es lo que se me da bien.

—¿Y no crees que a Heather le molestará que estés todo el rato en casa de tu guapísima vecina?

—No tengo ni idea de lo que va a pasar con Heather... –cada vez que veía a Savanna, sus planes de futuro con Heather se desdibujaban un poco más.

Entre los dos hermanos se hizo el silencio, pero ninguno de los dos se movió del sitio.

—Tú también le gustas a Savanna –dijo Eli–. Supongo que te has dado cuenta.

—No, no es verdad –le aseguró Gavin tras aplastar la lata vacía de cerveza.

—La química entre los dos es inconfundible. La he pillado mirándote muchas veces mientras trasladábamos la nevera, y cuando se daba cuenta de que la había visto, se sonrojaba y apartaba la mirada.

Una parte de Gavin deseaba oír lo que su hermano acababa de decir, pero aun así intentó no hacerle caso. Después de cómo la habían traicionado, le llevaría una eternidad recuperarse. Y él tenía sus propios problemas de los que ocuparse.

—Apenas nos conocemos.

—Los dos vivís en lo más profundo del quinto pino —Eli se limpió el sudor de la frente y luego se secó las manos en los pantalones—, los dos solos.

—¿Y qué? Mucha gente que vive en el campo no tiene más que uno o dos vecinos.

—Lo que quiero decir es que da la sensación de que vais a pasar mucho tiempo juntos.

Y se suponía que Gavin debía enamorarse de otra mujer, una que podría ser la madre de su hijo. No se le había escapado el razonamiento de Eli. Pero se negaba a reconocer que pudiera convertirse en un problema. Estaba tentado a pensar que había soñado la visita de Heather la noche anterior. Pero cuando un coche giró en la curva y se dirigió hacia ellos, supo que no había sido así.

—Quizás esté contemplando a Savanna como un respiro de lo que sucede en mi propia vida —admitió mientras señalaba hacia el Camaro que se acercaba.

—¡Mierda! —exclamó Eli al volverse—. Ese es Scott, ¿verdad?

—Sin duda alguna.

—No creerás que viene buscando pelea…

—No tengo ni idea. Pero lo que sí sé es que no está nada contento. Me acribilla con la mirada, incluso me sigue a veces cuando me ve en la ciudad, como si quisiera provocarme.

—Los celos son emociones peligrosas —su hermano se irguió.

—Soy consciente de ello.

Scott metió el coche en el camino de entrada de Gavin, se bajó y esperó a que Gavin se acercara, con Eli pegado a él.

—¿Tienes un momento? —preguntó Scott, deslizando la mirada de Gavin a Eli, y de vuelta a Gavin.

—Por supuesto —Gavin arrojó la lata aplastada al pequeño cubo de reciclaje que había junto a la silla en el porche delantero.

Aunque la intención de Eli había sido la de marcharse, ya había manifestado su intención de hacer algunas cosas en casa antes de que su esposa regresara, Gavin supuso que no iba a ir a ninguna parte. Siendo un hombre muy protector, de toda la familia, sin duda se quedaría por si acaso tuviera que interrumpir una pelea.

—Hace mucho calor aquí fuera —observó Gavin—. ¿Por qué no pasas adentro?

Al dirigirse hacia la casa, Gavin se dio cuenta de que su hermano no se había movido, y se volvió para comprobar si iba a marcharse.

—No te preocupes por mí —Eli levantó de nuevo la cerveza a modo de saludo—. Me quedaré aquí, descansando unos minutos mientras me termino la cerveza.

Cerca, aunque no en exceso...

Gavin no le temía a Scott, pero tampoco estaba deseando iniciar una pelea. Eso no resolvería nada.

Sabiendo que la presencia de Eli evitaría que sucediera, Gavin le dedicó una mirada de agradecimiento a su hermano.

—¿Te apetece beber algo? —le preguntó a Scott al entrar en la casa.

Scott negó con la cabeza. Parecía alterado, lo cual no

suponía ninguna sorpresa. Gavin también lo estaba, solo que de un modo diferente. Seguía enfadado consigo mismo por haber regresado con Heather aquella última vez.

—¿Por qué no te sientas? —lo invitó mientras señalaba el sofá.

—No —el pecho de Scott se alzó mientras respiraba hondo—. Seré breve.

—Si vienes a contarme lo del bebé, ya lo sé. Heather vino aquí anoche.

—¿En serio? —él lo miró con los ojos muy abiertos—. ¿Cuándo?

¿No debería haberlo admitido? Lo último que quería Gavin era enfurecer aún más a Scott.

—Me la encontré esperando cuando regresé de una actuación en Santa Bárbara.

—Debía ser muy tarde.

—Lo era —admitió Gavin.

—Debió venir directamente aquí desde mi casa —Scott sacudió la cabeza con un gesto de disgusto.

—Su situación no es buena...

—¡Tampoco lo es la nuestra! —interrumpió Scott.

Gavin intentó modular la voz para no hacer estallar la ya de por sí potencialmente volátil reunión. Lo cierto era que sentía lástima por Scott. Pero ¿qué podía hacer? Él no había planeado dejar embarazada a Heather.

—Cierto, pero ella será la que tenga que llevar a ese bebé, y parirlo. Por eso pienso que estaremos de acuerdo en que se lleva la peor parte. Estaba disgustada y... buscaba apoyo.

—De ti.

Recordando lo que le había dicho sobre querer volver con él, Gavin se aclaró la garganta.

—Acababais de romper. Doy por hecho que no se sentía cómoda buscando consuelo en ti.

—No rompimos. Tuvimos una pelea. Nada más. Estuvo toda la noche conmigo antes de mencionar lo del bebé. Y justo en el momento en que yo estaba a punto de hacerle el amor... zas, va y me dice que está embarazada del hijo de otro. ¡Tú también te habrías cabreado!

—Me dijo que no estaba segura de que el bebé fuera mío –le aclaró Gavin, evitando hacer ningún comentario sobre lo demás.

—El que exista siquiera la menor posibilidad me hace querer arrancarte la cabeza –Scott cerró los puños con fuerza.

—Dadas las características de mi infancia –Gavin alzó las manos en el aire–, no querrás pelear conmigo.

Gavin había sido internado en un reformatorio por pelearse. Sabía muy bien cómo hacerlo.

—¡Tú no me das miedo! Debes pesar unos trece kilos menos que yo.

—Eso había calculado yo también. Pero, confía en mí, en mi juventud me he peleado bastante más que tú. Y nunca surge nada bueno de una pelea.

Scott hundió las manos en los bolsillos. Parecía algo menos inclinado a pelearse.

—Estoy haciendo todo lo posible por conservar la calma, pero... no sé qué hacer.

—Me parece justo. Empecemos desde aquí entonces. La última vez que estuve con Heather fue justo antes de que empezara a salir contigo.

—La segunda vez.

Scott ya llevaba tiempo intentando salir con Heather.

—Aun así, aunque hubiera sido la tercera o la cuarta vez, no puede decirse que te estuviera siendo infiel, suponiendo que sea eso lo que te provoca tanto sufrimiento. En ese momento no estabais juntos. Es lo que intento decirte –Gavin sabía que esa no era realmente la raíz del problema. Scott estaba disgustado por el hecho de que Gavin pudiera recuperar a Heather en un segundo si así lo deseaba, y si iba a tener un hijo suyo, con mayor motivo.

–¡No es tan sencillo! Estoy enamorado de ella. Tenía pensado casarme con ella. Y ahora ella te quiere a ti, justo cuando pensaba que ya habíamos superado todo eso.

–Lo siento –dijo Gavin–. No sé qué más decir. ¿Por eso has venido? ¿Estás buscando una disculpa?

–Supongo que he venido para oírte decir que no vas a volver con ella.

Ante la duda de Gavin, Scott entornó los ojos.

–Tú no la amas…

Eso era cierto, pero Gavin no podía admitirlo. Supondría renunciar al acceso a su hijo. No confiaba en que Scott fuera a permitirle compartir la paternidad, estaba seguro de que sus celos se interpondrían, y quizás provocarían un mal comportamiento de Scott hacia el bebé. Después de lo que Gavin había sufrido con su propia madrastra, no estaba dispuesto a concederle a alguien tan emocionalmente inmaduro como Scott tanto poder sobre una criatura inocente, la suya.

–¿Por qué no… intentamos mantenerlo todo abierto por ahora?

–¿Abierto?

–Hasta que nazca el bebé. Veremos quién es el padre y a partir de ahí actuaremos en consecuencia.

–¿Esperas que me quede colgando en el limbo, sintiéndome como ahora durante siete meses, mientras tú decides si la quieres o no?

–Yo no he dicho eso. Un poco de tiempo nos daría la oportunidad de calmarnos antes de tomar una decisión que podría ejercer un impacto sobre el resto de nuestras vidas, además de sobre la de una criatura inocente. Eso es todo.

—A la mierda con el tiempo —gritó Scott—. Yo propongo que aborte. Ahora ella es mi novia, y no quiero que tu asqueroso bastardo se críe en mi casa.

Por primera vez desde la llegada de Scott, Gavin sintió ganas de propinarle un puñetazo. Después de una afirmación como esa, podría haberlo hecho, podría haber vuelto a ser ese pendenciero que solía ser. Pero Scott ya se había dado la vuelta y echado a andar hacia la puerta.

Gavin lo siguió y agarró la mosquitera antes de que se cerrara de golpe.

—Yo jamás permitiría que criaras a mi hijo —le gritó desde el porche.

A medio camino hacia el coche, Scott se volvió.

—Sí, bueno, ya veremos quién acaba con Heather. Al menos yo estoy dispuesto a dar el paso y casarme con ella —anunció mientras le hacía un corte de mangas a Gavin.

Eli apareció por detrás de la camioneta de su hermano, donde había estado esperando, y observó a Scott salir del camino.

—Parece que la cosa ha ido bien —observó con sarcasmo.

—Es un gilipollas. De ninguna manera voy a permitirle ejercer ninguna influencia sobre mi hijo.

—Entonces, ¿qué vas a hacer?

—Rezar para que no sea mío.

—¿Y si lo es?

—Casarme con Heather —Gavin frunció el ceño—. Estoy seguro de que seré mejor marido que él.

—¿Aunque no la quieres? —preguntó Eli con gesto de preocupación.

Gavin no tenía ninguna respuesta para eso.

Era casi medianoche cuando Savanna pasó por delante de la casa de Gavin, conduciendo su «nuevo», Ford

Fusion, del 2016, una compra de catorce mil quinientos dólares y casi ochenta mil kilómetros. Quería mostrarle el coche, pero estaba agotada, y los chicos se habían quedado dormidos en el asiento trasero. No quería correr el riesgo de despertarlos, y oír la voz de Gavin podría despejarlos y dificultar que volvieran a dormirse. De modo que siguió hacia delante y cruzó el puente provisional antes de aparcar, a pesar de que había visto luz en su casa.

Después de despertar a Branson, que se tambaleó medio dormido al interior de la casa, llevó a Alia en brazos con no poca dificultad. Su hija se estaba haciendo muy grande, había salido a su padre, y Savanna medía únicamente metro sesenta y cuatro.

En cuanto entró en la casa supo que había algo distinto. Mejor. La casa estaba caliente. Si escuchaba atentamente, podía oír el zumbido de la caldera, y eso significaba que el sistema de climatización funcionaba. Cómo, no tenía ni idea, pero sintió una inmensa oleada de alivio. Con las tasas e impuestos adicionales derivados de la compra de un coche, se había dado cuenta de que el dinero no iba a durarle tanto como había previsto inicialmente.

No fue hasta que llevó a Alia al baño, la arropó, y le dio un beso de buenas noches a Branson, que se fijó en otros cambios que también se habían producido. Las ventanas rotas habían sido tapiadas y la puerta trasera arreglada. ¡Cerraba bien! Se notaba el pedazo cuadrado de contrachapado empleado para reforzar la parte rota. No quedaba bonito, pero resultaba funcional, y eso era lo más importante. Ya se sentía más segura. Y no era solo eso, también había dos cajas de cereales sobre el mostrador de la cocina, y cuando miró dentro de la nevera, encontró unos cartones de leche.

Gavin. Tenía que ser él quien había arreglado la caldera y hecho todo lo demás. A lo mejor ayudado por Eli…

No había flores, ninguna tarjeta de *Bienvenida a tu nuevo hogar*, ni bombones, cosas que una mujer habría añadido. Su contribución había sido totalmente práctica. Pero de todos modos sintió que nadie había hecho nada tan bonito por ella jamás.

Se deslizó hasta el suelo, los ojos anegados en lágrimas de gratitud. ¿Qué habría hecho sin su vecino? Les había llevado hasta un motel la primera noche, había hecho posible que la furgoneta de mudanzas cruzara el puente para que pudiera descargar sus cosas al día siguiente. La había ayudado a sacar los muebles y las cajas de la furgoneta, incluso había montado las camas. También había descargado el pesado frigorífico, que ella jamás habría podido mover sola. Y en su ausencia durante ese día, había hecho algunas reparaciones en la casa que le permitían sentir que tenía un lugar cálido y seguro para ella y los niños.

Parpadeando con fuerza, se agarró a la encimera de la cocina para levantarse del suelo. Se dijo a sí misma que en alguna ocasión debería invitarlo a cenar para agradecérselo, pero no quería que tuviera que esperar tanto tiempo para recibir el reconocimiento que se merecía. De modo que se puso sus mejores vaqueros y una camiseta con cuello de pico y se acercó a su casa para comprobar si la luz seguía encendida.

Y lo estaba.

Sintiéndose extrañamente nerviosa mientras se acercaba a la entrada principal, llamó a la puerta. ¿Sería demasiado tarde para molestarlo? ¿Debería esperar hasta el día siguiente?

Dado que Gavin no respondió de inmediato, Savanna se dio la vuelta para marcharse. Pero la puerta se abrió antes de que ella pudiera dar más de diez pasos, y por el modo en que todavía tironeaba de su camiseta, era evidente que lo había vuelto a pillar medio desnudo, solo que en esa ocasión se había apresurado a ponerse algo.

—Hola —saludó él—. Has vuelto.

—Sí —ella se recogió los cabellos detrás de las orejas mientras regresaba a la entrada—. Siento molestarte tan tarde. Quería darte las gracias por... por arreglar la caldera y las ventanas y todas esas cosas que has hecho. Ni te imaginas la sorpresa que nos has dado.

—No hay de qué.

A Savanna le encantaba su sonrisa.

—Espero que no llegues a lamentar que me haya mudado a la casa de al lado. Ahora que dispongo de lo básico, intentaré no causar tantas molestias.

—No te preocupes por eso —contestó él—. Me gano la vida reparando cosas, no me supuso un gran esfuerzo.

—También he visto la leche y los cereales. Nos proporcionará el desayuno de mañana. Tenía intención de hacer la compra, pero los niños se quedaron dormidos en el coche y me olvidé.

—Sin problema. ¿Compraste un SUV?

—Los que me permitía el presupuesto tenían demasiados kilómetros. Pero compré un coche —Savanna señaló hacia la casa—. ¿Quieres verlo?

—Claro. Voy a por las chanclas.

Dado que su vecino había dejado la puerta abierta, Savanna no pudo evitar echar una ojeada al salón mientras esperaba a que volviera. Ya lo había visto antes, cuando había estado allí con los niños mientras reservaban una habitación en ese motel, pero después de conocerlo mejor, se sintió un poco más interesada en los detalles. La casa estaba limpia, la decoración masculina en colores neutros. En eso sí se había fijado. A lo que no había prestado demasiada atención en su anterior visita era a las fabulosas obras de arte que colgaban de las paredes.

Cuando él regresó, Savanna señaló un cuadro de un bosque de secoyas, colgado encima del sofá.

—Qué bonito cuadro. ¿Dónde lo compraste?

—El artista es mi hermano.

—¿Eli?

—No, Eli ayuda a nuestra madre en la dirección de New Horizons. Es de mi otro hermano, Seth.

—¿Cuántos hermanos tienes?

Él titubeó, como si la pregunta tuviera más trasfondo de lo que parecía. Sin embargo, si había algo más, debió decidir no compartirlo con ella, porque la respuesta fue muy sencilla.

—Siete hermanos.

—¡Madre mía! Un montón. ¿Y vive Seth en la ciudad?

—No, está en San Francisco.

—Tiene mucho talento.

—Ya te digo. Yo solía comprarle un montón de cosas. Su trabajo me transmite mucho. Pero los precios se están poniendo por las nubes.

—¿No hace ningún descuento familiar? —bromeó ella.

—De vez en cuando me regala algo, por mi cumpleaños o en Navidad. Pero hay algunos… problemas que en ocasiones se interponen entre nosotros. En realidad se interponen entre él y todo el mundo. Tiende a levantar muros a su alrededor.

—Cuanto lo siento, sobre todo porque tú pareces uno de sus mayores admiradores.

—Lo que tampoco ayudó nada fue que se casara hace varios meses y perdiera a su esposa unas semanas después.

—A causa de…

—Sepsis. La mordió un gato callejero al que intentaba ayudar, fue al hospital y no volvió a salir.

—Qué tragedia.

—Sobre todo para alguien como Seth. No suele abrir su corazón muy a menudo.

—Tú pareces todo lo contrario —Savanna lo observó atentamente.

—Por lo que a mí respecta, la vida se complica cuando insistes en vivirla solo.

—¿Prefieres abrirte a la pérdida?

—La pérdida forma parte de la vida. No hay manera de evitarla.

Savanna no había conocido nunca a alguien como Gavin. No era arrogante, no se comportaba como si siempre tuviera razón, o como si su opinión importara más que la de los demás. Parecía sosegado, compasivo, paciente, y muy sabio para su edad. ¿Qué había hecho ese hombre de adolescente para ser enviado a un rancho de muchachos?

—Espero llegar a ser tan valiente como tú algún día.

Sus miradas se fundieron y un cosquilleo pareció traspasarlos a ambos, algo que Savanna no había sentido en mucho, mucho tiempo. Su corazón empezó a latir alocadamente, y le empezó a faltar el aire, momento que eligió para desviar la mirada.

—Estarás bien —le aseguró él.

Lo cual parecía ser cierto desde que lo tenía a él como vecino. Ya significaba mucho en su vida.

—Gracias por ayudarme, aunque soy nueva y no me conoces muy bien.

—Para eso están los amigos. Vamos a ver tu coche.

Capítulo 8

Gavin intentó mantener la atención en el coche de Savanna, pero no le resultó fácil. ¿Qué acababa de pasar en su casa? La forma en que Savanna había deslizado la mirada hasta sus labios casi lo había tentado a besarla.

–El consumo de gasolina también es bastante decente –le estaba diciendo ella, como parte de la lista de los detalles del Fusion que él rodeaba lentamente.

–¿Qué coche tenías antes?

–Un viejo Honda con una enorme abolladura en la parte de atrás. De modo que aunque este no pueda considerarse un coche de lujo, tiene varios años menos y no ha sufrido ningún accidente. Eso es una considerable mejora de nivel.

El teléfono de Savanna sonó. Sorprendido por la hora de la llamada, Gavin la vio mirar la pantalla y observó cómo la ilusión y el entusiasmo que se había dibujado en su rostro un instante antes, se desvanecía.

–¿Va todo bien? –se interesó él.

Tras hacer como si estuviera a punto de ignorar la interrupción, Savanna pareció reconsiderar su respuesta.

–No. Pero no puedo hacer nada al respecto… es lo que hay.

Aunque ese «lo que hay», no fuera asunto suyo, Gavin comprendió que la llamada le había preocupado, a pesar de que no lo hubiera admitido.

—¿Era Gordon?

—¿Cómo sabes el nombre de mi exmarido? —Savanna frunció el ceño, confundida—. ¿Te lo he dicho alguna vez?

—Una vez, el día que te mudaste. No proporcionaste ningún apellido, pero con el nombre bastó.

—¿Para qué? —ella parpadeó confusa.

—Para descubrir por qué te trasladaste a California, sola y con los niños.

Savanna no parecía muy contenta de descubrir que Gavin lo sabía.

—¿El nombre fue suficiente para que descubrieras mi pasado reciente?

Gavin se detuvo ante la parte delantera del coche.

—Mencionaste algo más que el nombre. Una simple búsqueda en Google hizo el resto.

Ella se cruzó de brazos mientras se apoyaba contra la puerta del conductor.

—Debería haberme inventado un nombre para él y un pasado totalmente nuevo para mí, pero… no resulta tan sencillo como parece, sobre todo con niños que saben la verdad y te corregirán cada cosa que digas mal —añadió pesarosa.

—De todos modos es demasiado difícil fingir ser alguien que no eres —Gavin ladeó la cabeza para llamar su atención y que lo mirara—. ¿No crees?

—Creo que es mejor que llevar el legado de Gordon siempre conmigo.

Gavin también se apoyó contra la puerta del conductor, muy cerca, pero sin tocarla.

—¿Qué más te da que lo sepa la gente? ¿Tienes miedo de que hablen sobre ti? ¿Tienes miedo de que te pongan en evidencia y tengas que dar explicaciones?

—No quiero estar relacionada con algo tan horrible y vergonzoso. Y no quiero tener que justificarme por lo que hice, o por lo que no sabía, tal y como tuve que hacer en Nephi. Por eso me marché de allí. Estoy harta de que la gente dé por hecho que soy estúpida, o tan mala como Gordon, por el mero hecho de haber estado casada con él.

Se la veía tan agobiada que Gavin no pudo evitar sentir pena por ella.

—Aquí nadie te tratará así. Silver Springs está lo bastante lejos de las víctimas y sus familias como para que nadie esté emocionalmente implicado en lo sucedido. Y eso significa mucho. De todos modos, yo no pienso contárselo a nadie.

—¿No se lo has contado a Eli? —ella lo miró de reojo.

Savanna lo estaba poniendo a prueba, se notaba por su tono de voz.

—No —contestó él, feliz de poder asegurarlo.

—Supongo que de todos modos da igual. No hay manera de evitar el hecho de que estuve casada con un violador en serie —ella le dio un puntapié a una piedrecita del camino—. Nunca podré escapar de ello.

—¿Cómo conseguiste divorciarte tan deprisa? —Gavin tenía la impresión de que la ruptura había coincidido con el arresto de Gordon, hacía apenas un mes.

—El divorcio no es definitivo técnicamente —admitió ella—. Pero lo he solicitado. El matrimonio se ha acabado. Jamás volveremos a estar juntos. Y si Gordon es condenado, no podrá oponerse a él. El papeleo irá mucho más rápido a partir de ese momento.

—¿Y qué pasará si no es condenado?

—Ahora mismo ni siquiera soy capaz de pensar en esa posibilidad.

Gavin lo entendía perfectamente. Por complicado que pudiera ser tener un marido que había violado a tres mujeres y que hubiera sido condenado a prisión, sería aún peor tener un marido que había violado a tres mujeres y que había sido absuelto. En ese caso, Gordon regresaría para oponerse al divorcio y reclamar la custodia o los derechos de visita. ¿Y cómo iba a poder dejar que sus hijos se marcharan con él los fines de semana si existía la mínima posibilidad de que no estuvieran a salvo?

—Ya, pero ¿existe esa posibilidad? —insistió él—. ¿Aunque sea remota? ¿Es el caso lo bastante sólido?

Ella echó la cabeza hacia atrás y contempló el cielo.

—Supongo que cualquier cosa es posible. La policía parece creer que el caso es claro. Pero el abogado que contraté para defender a Gordon, un carísimo pez gordo llamado Howard Detmer, me dijo que se podría ganar.

—¿Era eso lo que tú querías oír en su momento?

—En su momento sí. Yo pensaba que era inocente.

—¿Y ahora?

—He cambiado de idea —Savanna se frotó la frente.

Gavin se dijo a sí mismo que debía dejar de formular tantas preguntas. Estaba claro que el tema era difícil de tratar para ella, pero tampoco le parecía del todo convencida de su postura, lo cual le sorprendió.

—Doy por hecho que no ha confesado.

—No. Eso, desde luego, facilitaría las cosas. Pero cuando echo la vista atrás, recuerdo algunas señales de aviso, a pesar de lo que él dice —ella se frotó las manos contra los muslos—. Quizás por eso el último mes ha sido tan difícil. Defraudé a todo el mundo, sobre todo a las mujeres a las que atacó, por no fijarme en esas señales de aviso.

—¿De qué señales estás hablando? —él se acercó un poco más.

—Se enfadaba si metía las narices en sus asuntos. Era muy reservado. Y luego se cerraba en banda y apenas me dirigía la palabra durante días. Yo pensaba que simplemente era temperamental, ¿entiendes? Había tenido una infancia muy dura y había tenido que luchar mucho para hacer las paces con el alcoholismo y la negligencia de su madre. Por eso yo intentaba darle su espacio para superarlo –la voz de Savanna se endureció–. Si hubiera sabido lo que estaba haciendo con todo ese espacio...

A la mente de Gavin surgieron imágenes que no quería ver.

–Pero nunca se mostró violento contigo o con los niños, ¿verdad?

–No. De haberlo hecho quizás me habría dado cuenta de algo que me prepararía para la conmoción que sufrí al averiguar lo que hacía cuando se suponía que estaba trabajando.

–¿Alguna vez te habló de *bondage* y esa clase de cosas? –continuó él, respirando algo más aliviado.

–Nunca. Si acaso tenía fantasías violentas, fantasías con violaciones, nunca me lo dijo. Él sabía cuánto me horrorizaría, seguramente por eso no dijo nada –Savanna jugueteó con la punta de sus cabellos–. Aunque...

Ella dejó la frase en suspenso y él la animó a continuar.

–¿Aunque?

–Para excitarse lo suficiente para llegar al clímax durante el sexo, tenía que... –ella se interrumpió como si no tuviera costumbre de hablar de detalles tan íntimos con nadie, mucho menos con el vecino–. Da igual.

–Termina lo que ibas a decir –Gavin le propinó un suave empujón con el codo–. Ya hemos hablado de consoladores, ¿recuerdas?

A pesar de la seriedad del tema, ella soltó una carcajada.

–Todavía no me puedo creer que lo dijera. Nunca le había dicho algo así a nadie.

–Conmigo siempre podrás decir lo que piensas.

Ella lo contempló como si estuviera calibrando si era seguro mostrarse tan abierta y confiada.

—De acuerdo —asintió—. Solía poner sus manos alrededor de mi cuello mientras hacíamos el amor. Así.

Savanna se colocó delante de él y Gavin sintió sus pequeñas y frías manos deslizarse por su cuello. Y no pudo evitar sentirse protector hacia ella.

—¿Alguna vez apretó con demasiada fuerza?

Ella dejó caer las manos y dio un paso atrás.

—Solo hubo una ocasión en la que tuve que decirle que no podía respirar.

—¿Y qué hizo él?

—Llegó antes de soltarme. Pero sucedió casi de inmediato. Yo estaba convencida de que me amaba, de que había seguido un poco de más porque estaba muy cerca del orgasmo y no pensaba con claridad. Además, se disculpó.

—¿Y tú qué pensabas de esos juegos sexuales?

—Los odiaba. Créeme, hay muchos otros lugares en los que prefiero sentir las manos de un hombre, lugares que me hacen sentir mucho mejor.

Toda la sangre del cuerpo de Gavin se fue directamente a la entrepierna. El ex de Savanna no la había tratado bien, y él no podía evitar desear tener la oportunidad de corregir eso.

—Sin embargo, a nadie le gusta que lo acusen de ser una mala pareja sexual, alguien que rechaza un poco de aventura, y por eso tú se lo permitías.

—Al final el matrimonio se reduce a compromiso —observó ella.

Sin dejar de luchar contra la embestida de testosterona, Gavin se recogió los mechones sueltos detrás de las orejas.

—Pero no todos los matrimonios son complicados.

—Eso espero, pero ¿para qué arriesgarse?

—Un buen matrimonio debe ser tan maravilloso como un mal matrimonio es terrible. Supongo.

—¿Nunca has estado casado? —ella lo miró de nuevo.

—No.

—Y tienes... ¿qué? ¿Veintiocho? ¿Veintinueve?

—Veintinueve.

Savanna revolvió la tierra del camino con la punta del pie.

—Dado que me has estado haciendo unas cuantas preguntas difíciles, yo tengo una para ti.

Empezaba a levantarse viento. Gavin se quitó la goma del pelo, se lo volvió a recoger y lo ató con más fuerza.

—Dispara.

—¿Has mantenido alguna relación duradera?

—Estuve con una chica llamada Winn durante un par de años, pero apenas acabábamos de terminar el instituto, éramos demasiado jóvenes para siquiera pensar en el matrimonio —Gavin pensó en Heather, que había llegado a su vida mucho más tarde. Se preguntó si era justo dejarla fuera, pero nunca habían estado juntos más de unos meses cada vez, y nunca se le había pasado por la cabeza casarse con ella... hasta ese momento.

—¿Y qué ha sido de Winn? —preguntó Savanna.

—Está viviendo en Los Ángeles, formando una familia con otro.

—¿Lamentas haber roto con ella?

—No realmente. Seguimos siendo amigos, y con eso me basta.

—¿Sigues en contacto con ella?

—Sigo en contacto con casi todas las mujeres con las que he salido.

—Eso no es muy habitual, ¿no?

—¿Y por qué no? Las quiero, como amigas.

—¿Winn es feliz en su matrimonio?

—No creo que sea tremendamente infeliz. Dice lo mismo que tú: el matrimonio es un compromiso.

—Yo jamás volveré a casarme, no volveré a aguantar tanto o intentar sacar algo bueno de una cosa mala. Pero siempre he querido tener una familia, de modo que al aceptar ese compromiso pensé que debía contentarme con eso.

Gavin sonrió en un intento de aligerar el ambiente.

—Y ahora que tienes hijos, ya no necesitas un hombre. Eres libre para hacerte lesbiana.

—Eres tan diferente —ella lo miró fijamente—, como una bonita piedra que casi pasas por alto porque das por hecho que será igual que todas las demás. Pero cuando la recoges, te das cuenta de la suerte que has tenido de encontrarla.

De niño, Gavin había sido esa piedra que nadie quería. Ni siquiera le había importado a su padre lo bastante como para enfrentarse a su madrastra y quedarse con él. Las palabras de Savanna le habían recordado sospechosamente a lo que le decía la gente que desaprobaba su pelo largo o sus tatuajes, por lo que no podía estar seguro de que lo hubiera dicho como un cumplido.

—¿Una bonita piedra?

Pensó que quizás ella fuera a retractarse tras pedirle aclaraciones sobre las palabras que había escogido, pero no lo hizo. No parecía arrepentirse en absoluto de haberlas dicho.

—Eso es —contestó ella—. Eres el hombre más guapo que he visto en mi vida. Y no tiene nada que ver con tu pelo largo. Todo se junta a la perfección para formar un todo.

Gavin se sintió tentado de abrazarla. Savanna temblaba de frío y él quería darle su calor. Quería colocarse detrás de ella y sostenerla de muchas otras maneras también.

Debido a su trabajo en el rancho, tenía mucha experiencia remendando corazones rotos. Al igual que su madre adoptiva, arreglar cosas, arreglar personas, estaba en su naturaleza. De no ser por eso, estaba casi seguro de que no habría podido remendarse a sí mismo después de lo que había sufrido. Muchos de sus hermanos seguían sufriendo, más que él, sobre todo Seth.

Su tendencia a acercarse a las cosas rotas, sin embargo, le hacía plantearse dudas. ¿La atracción que sentía hacia Savanna se debía, en parte, al hecho de que ella necesitara desesperadamente a alguien? Seguramente Aiyana habría sugerido algo así, y su madre normalmente tenía razón. Era muy buena descifrando a las personas. Pero si Heather estaba embarazada, entonces ella también lo necesitaba y, sin embargo, se sentía menos inclinado a estar con ella.

–¿Sigues pagando a ese carísimo abogado para que defienda a Gordon? –preguntó Gavin.

–No. Tras perder la confianza en la inocencia de Gordon, despedí a Detmer y le pedí que liquidara el saldo con el pago anticipado.

Mientras Savanna contestaba, se frotaba vigorosamente los brazos. Gavin se apartó del coche.

–Estás helada. Será mejor que entres en casa. Gracias por enseñarme tu nuevo coche.

–¿Por qué no entras conmigo? –le propuso ella tras un instante de duda, agarrándolo del brazo–. Lo único que puedo ofrecerte es un vaso de leche, y gracias a que la trajiste tú, pero es agradable hablar con alguien. Tienes un modo tan... mesurado de contemplar los problemas.

Él era muy consciente de que no debería aceptar la invitación. Quizás ella pensaba que era la única necesitada de hablar con alguien, pero seguía sin soltarlo y él sentía el deseo correr por sus venas.

Abrió la boca para contestar que tendrían que hablar más tarde, pero ella se le adelantó.

–¿Solo unos minutos?

Y ya no pudo resistirse.

–Claro –contestó él–. Tengo una botella de vino. Si te apetece tomar una copa, puedo traerla.

–Eso estaría bien –Savanna asintió.

De nuevo Gavin se dijo a sí mismo que debería declinar la invitación. Pero no lo hizo.

–Volveré en un minuto.

Capítulo 9

Savanna sentía latir el corazón hasta la punta de los dedos. ¿Por qué estaba tan nerviosa? Había invitado al vecino a pasarse a charlar un rato. ¿Y qué? ¡Tampoco era para tanto!

Salvo que... sí que era para tanto. Porque lo que de verdad le apetecía era mucho más que charlar. Y tras los últimos dos meses, sentía que se debía a sí misma lo que fuera a suceder esa noche. Había hecho todo lo posible por ser una buena esposa, y a pesar de ello había acabado en la peor situación posible. ¿Por qué no olvidar toda esa contención y hacer, para variar, lo que de verdad le apetecía? Sobre todo porque no creía que una noche con Gavin pudiera hacerle mal a nadie. Ese hombre le hacía sentir como la persona que solía ser años atrás, antes de que el mundo perdiera casi todo su color. Por primera vez desde antes de que nacieran los niños, se sentía libre, y deseaba esa plenitud que le había faltado como individuo.

Sin embargo, apenas lo conocía. Y era su vecino, lo que significaba que iba a tener que verlo después de esa noche. No podía permitir que una imprudencia se apoderara de su buen juicio, ¿verdad?

Aunque la mujer que había sido tras casarse con Gordon decía que no, el repentino resurgimiento del deseo físico estaba demostrando ser una poderosa fuerza. Y Gavin parecía tan dulce. Seguía siendo amigo de casi todas sus ex. Y si alguien podía tomarse bien un revolcón de una noche, ese era él.

Echó un vistazo a los niños para asegurarse de que estuvieran durmiendo. Solo que en esa ocasión, además, cerró las puertas de los dormitorios al salir. No quiso reflexionar sobre qué le había empujado a hacer algo así...

Gavin llamó con delicadeza antes de entrar.

–¿Estás segura de no estar demasiado cansada para un rato de conversación? –preguntó.

Lo cierto era que no estaba cansada en absoluto, estaba completamente alerta. Sin embargo, comprendió que la pregunta no se refería a eso. Gavin le estaba ofreciendo la oportunidad de echarse atrás antes de que sucediera algo. Por el modo en que él la miraba, Savanna sabía que también estaba interesado.

–Estoy bien si tú lo estás.

Gavin no contestó. Descorchó la botella de vino que había llevado y sirvió dos copas de vino que ella había sacado de una caja y lavado mientras organizaba la cocina.

–La nevera nueva queda bien en ese enorme hueco. Gracias por colocarla allí.

–Has hecho grandes progresos –observó Gavin mientras entrechocaban las copas.

–Solo en la cocina, pero conseguiré hacer lo mismo con el resto. No traje demasiadas cosas y no debería llevarme mucho tiempo –todo lo que no le había cabido en la furgoneta lo había dejado para que Gordon dispusiera de ello, o la madre de Gordon, dado que él seguramente aún tardaría en salir de prisión–. Mañana compraré un microondas y utilizaré mi olla de cocción lenta para preparar la cena hasta que me pueda permitir una cocina decente.

Gavin soltó la copa para impulsarse sobre la encimera de la cocina. A Savanna le encantaba que se pusiera tan cómodo. No la acorraló ni hizo descarados avances, aunque sin duda ya sabía lo que ella estaba esperando.

—Pronto necesitarás una moqueta para el salón —observó él—. ¿Te gustaría que buscara un buen retal? Seguramente podría colocártelo. Eso te ahorraría algo de dinero.

Ella también se sentó sobre la encimera de enfrente. Dado que les separaba una distancia de metro y medio, y estaban frente a frente, Savanna podía mirarlo desde una posición de ventaja. Y le gustaba mucho mirarlo.

—¿Eres así de amable con todo el mundo? —preguntó.

Él le ofreció una sonrisa torcida.

—Bueno, reconozco que no ofrezco colocar una moqueta a cualquiera —admitió.

Cuando Savanna tuvo que recordarse a sí misma que estaría bien respirar, comprendió que ya estaba demasiado prendada de Gavin. Ese hombre ni siquiera la había rozado al entrar en su casa, no había establecido ningún contacto físico, pero el recuerdo de su cálido cuello bajo las manos mientras hablaban junto al coche le hizo desear volver a tocar su piel.

—Creo que contigo podría meterme en problemas —susurró.

Por el modo en que Gavin la miraba, ella supo que lo había entendido perfectamente.

—No hace falta que te preocupes. No hacemos más que tomar una copa. Esto no tiene por qué llevarnos a ninguna parte.

—¿Y si yo quiero que nos lleve? —preguntó ella tras tragar con dificultad.

La cándida respuesta lo sorprendió visiblemente.

—Entonces puede que yo también tuviera algún problema, porque de ninguna manera voy a decir que no. Pero no hace falta que decidamos nada ahora mismo. Simplemente… charlemos.

—A ti no te interesa charlar conmigo —ella puso los ojos en blanco.

—¿Y por qué dices eso?

—Porque después de lo que he vivido, y lo reciente que ha sido, es lo único de lo que soy capaz de hablar —Savanna alzó su copa—. ¿Y a quién podría apetecerle oírme hablar de eso?

—A mí —contestó él.

Savanna se sentía algo nerviosa por dentro, aunque no tenía nada que ver con el vino al que solo le había dado un par de sorbos, y apartó la mirada de Gavin. Quizás debería hablar de Gordon. Quizás centrarse en la reciente destrucción de su vida anterior ahogaría la excitación que empezaba a sentir.

—Hay momentos en que aún no me creo que fuera mi marido el que atacó a esas mujeres.

—En el artículo ponía que las víctimas eran desconocidas —Gavin tomó un sorbo de vino—. Pero Nephi es una ciudad muy pequeña. ¿No conocías a ninguna de ellas?

—Personalmente no —el cambio de tema pareció ayudarla, siempre que no lo mirara durante demasiado tiempo—. Pero una semana antes de venirnos, me crucé con Meredith Caine, la mujer que fue atacada mientras bajaba la colada al cuarto de lavadoras del sótano de su edificio de apartamentos. Fue… difícil.

—¿Te reconoció?

—Así es. Para entonces, toda la ciudad sabía quién era yo. Me dijo que por fuerza tenía que haber sabido lo que estaba haciendo Gordon.

—Pero no era así.

—Claro que no —Savanna se estiró para dejar el plato, que uno de los niños había dejado sobre la encimera, en el fregadero—. ¿Crees que debería haberlo vigilado? ¿Eso hace la mayoría de las mujeres?

—Tus amigas seguramente estarán en mejor posición para contestar a eso. ¿Qué dicen ellas? ¿Vigilan a sus maridos?

—No tengo a nadie a quien preguntar.

—¿No tienes ninguna amiga casada?

—No tengo casi amigas, punto. Estaba tan centrada en otros aspectos que me distancié de los amigos con los que solía salir en el instituto. Aquel primer año de universidad pasé casi todo el tiempo con Gordon, y no conocía a nadie más. Después, dejamos los estudios. Y en cuanto nos casamos, nos mudamos a una ciudad en la que no conocíamos a nadie. Pensé que habíamos encajado bien, que habíamos hecho amigos, pero tras el arresto comprendí que la gente que había conocido en Nephi no eran más que amables conocidos —ella saboreó el vino—. A lo mejor si hubiésemos asistido a la iglesia mormona, como solía hacer su abuela, y casi todo el mundo en la ciudad, los miembros de la congregación me habrían arropado. Sin embargo, me sentí totalmente aislada.

—Me contaste que trabajabas. ¿No hiciste ninguna amistad en el trabajo? ¿Ni en el colegio de los niños?

—Trabajaba para un único agente en una vieja casa de la avenida principal, reconvertida en propiedad comercial. Mi jefe era mucho mayor que yo, casado, con nietos, y estábamos todo el día los dos solos, bueno, cuando él iba al trabajo. Al final prácticamente llevaba la oficina yo sola. Él solo pasaba unas cuantas tardes a la semana sentado en su escritorio. Y cuando estaba en la oficina solo hablábamos de trabajo y el tiempo.

—¿Y en el colegio?

—Conocí a algunos profesores y padres en alguna actividad de la clase en la que participé, como a la madre de uno de los niños que jugaba en la liga de fútbol. Pero esas personas, para mi sorpresa, resultaron ser las que menos me apoyaron —Savanna fijó la mirada en la copa de vino mientras recordaba lo rápidamente que habían empezado a contemplarla con expresión de sospecha y duda—. Tienes que comprender que es distinto cuando estás casada. Mi familia era toda mi vida. Trabajar y cuidar de Branson y Alia, sobre todo por las prolongadas ausencias de Gordon, no me dejaba mucho tiempo para salir con amigos. Además, Gordon me había convencido de lo mucho que trabajaba y yo me sentía culpable si iba a algún lugar sin él, sobre todo porque una canguro costaba dinero.

—¿Le habría importado que gastaras dinero, salieras y te divirtieras de vez en cuando? —Gavin se echó un poco más de vino en la copa.

—¿Sin él? Desde luego. Eso habría desencadenado una pelea, de manera que hice lo que se esperaba de mí —ella dejó la copa—. Por eso, cuando fue acusado, lo apoyé, intenté defenderlo. No le di la espalda de inmediato. Eso no sucedió hasta que la policía me habló de los objetos que habían encontrado en el cobertizo, y ni siquiera entonces lo acepté de inmediato. Necesité tiempo para ceder y olvidar mi lealtad.

—Hablas del kit de violación.

Lo último que Savanna quería era que uno de los niños se despertara y oyera la conversación, de modo que bajó el tono de voz.

—Sí. Encontraron una máscara, un cuchillo, bridas y una linterna, todo metido en una vieja bolsa de lona que había en el cobertizo, escondido detrás del árbol de Navidad.

Gavin se bajó de la encimera para servirle un poco más de vino.

—Lo que no comprendo es por qué guardaba Gordon todo eso en vuestra casa —observó mientras regresaba a su lado de la cocina—. ¿No temía que lo encontraras accidentalmente?

—No —Savanna contempló la segunda copa de vino—. Yo nunca iba al cobertizo. Estaba lleno de utensilios de acampada, que apenas utilizábamos, cosas para las vacaciones... y arañas. Odio las arañas —contempló con no pocos escalofríos las telas de araña que aún no había limpiado—. Si necesitaba algo de allí, se lo pedía a Gordon. Y él lo mantenía cerrado con llave. Decía que no quería que ninguno de los críos del barrio entrara allí y lo revolviera todo.

—Y de todos modos, seguramente se llevaba la bolsa de lona cada vez que se marchaba.

—Algunas veces, estoy segura.

—No me imagino cómo debiste sentirte cuando la policía lo encontró.

Ella cerró los ojos al recordar al detective Sullivan entrar en la cocina, blandiendo la bolsa de lona que había encontrado, abriéndola para que ella pudiera ver su interior. Ese fue el momento en que tuvo que aceptar que no conocía realmente a su esposo.

—Fue horrible —admitió ella.

Gavin no volvió a hablar hasta que ella levantó la vista y lo miró.

—¿Y qué dijo Gordon cuando encontraron la bolsa?

—Aseguró que el detective había colocado allí las pruebas para implicarlo.

—¿Fue en ese momento cuando lo detuvieron?

—No. Esperaron unos cuantos días, hasta que obtuvieron la prueba de que había estado en contacto con una de las víctimas.

Ella jamás olvidaría las largas noches, tumbada en la

cama junto a Gordon, intentando convencerse a sí misma de que no estaba durmiendo con un violador. Gordon se había enfadado muchísimo con Sullivan, acusando a la policía de falta de ética profesional. Y ella quería creer que le estaba contando la verdad, que era Sullivan el que mentía. Pero al llegar la madrugada, en las noches de insomnio, había empezado a pensar en los pequeños detalles que no había tenido en cuenta durante años, en lo difícil que le resultaba a Gordon llegar al clímax durante el sexo habitualmente, en lo reservado que podía llegar a ser, en sus cambios de humor, en el hecho de que no había estado en casa en ninguna de las tres noches en que fueron atacadas esas mujeres.

—¿Dio alguna explicación a su presencia en esa iglesia mormona de Provo, no siendo miembro de la congregación? —preguntó Gavin.

—Insistió en que fue allí porque echaba de menos a su abuela, una mujer muy devota. Dijo que se sentía más próxima de ella allí.

—¿Sería un gesto típico en él?

—Me sonó un poco raro. Pero, como ya te he dicho, estaba turbado y seguía luchando contra su pasado. Su abuela había ayudado a cuidarlo de joven, de modo que... podría ser.

Él giró la copa en la mano con dos dedos.

—Por eso su presencia en la iglesia no significó gran cosa para ti.

—Si te soy sincera, ni siquiera los artículos encontrados en el cobertizo consiguieron minar completamente mi fe en él. La policía se había mostrado muy hostil con nosotros. Al parecer, pensaban que era la mejor manera de proceder en la investigación, amenazarnos e intimidarnos. Y debido al comportamiento del detective, yo llegué a creerle capaz de haber intentado falsificar las pruebas –Savanna se quitó una pelusa de los vaqueros–. Ese hombre no se hizo ningún favor tratándome como lo hizo. Yo seguramente habría recapacitado antes o después sin necesidad de aquello.

–¿Y entonces encontraron algunas pruebas forenses sobre el cuchillo o algo así?

–Todavía lo están analizando. Los laboratorios de verdad no son como los de las películas. Esa clase de cosas lleva su tiempo, dado que suelen tener un montón de casos atrasados. Se dieron prisa con las pruebas de ADN de la sangre que encontraron en la furgoneta porque necesitaban arrestarlo antes de que pudiera lastimar a alguien más, pero tendremos que esperar para el resto.

–¿Tienes la sensación de que Gordon está nervioso por lo que podrían encontrar?

–No. Él insiste en que no van a encontrar nada, pero yo espero que sí. De lo contrario, seguirá negándolo todo. Y quiero que deje de mentir, ¿me entiendes? Ojalá se decida a contar la verdad, por fin, así no tendré que seguir cuestionando cada movimiento que hago.

–¿Qué te dice cuando tú le pides la verdad?

–Jura y perjura que es inocente. Insiste en que la policía colocó las pruebas contra él. Bueno, al menos eso decía al principio. Ahora dice que compró todas esas cosas para hacerse un disfraz de Halloween, aunque yo no le he visto disfrazarse desde que lo conozco. Si no estaba de viaje, solía quedarse viendo una película de terror, de esas que yo no soporto, mientras yo me iba con los niños a hacer truco o trato.

–¿No os acompañaba? –Gavin parecía sinceramente sorprendido.

–No le interesaba. Pero su amor por todo lo «oscuro», hace que su excusa sobre el disfraz resulte creíble –ella sacudió la cabeza–. O puede que no –cuanto más bebía, menos segura estaba. Todo parecía mezclarse en su cabeza–. Dijo que creía que sería un buen disfraz, pero una vez que lo tuvo todo, decidió que era demasiado escalofriante.

–Hay personas que se disfrazan de Freddy Krueger...

–Es verdad, pero ser un personaje del cine es una cosa. Fingir que eres un asesino de verdad es otra cosa, ¿no te parece? Reconozco que a mí no me habría gustado.

–Entonces, ¿por qué lo guardó todo? ¿Por qué meterlo todo en una bolsa de lona?

El escepticismo de Gavin era evidente en su tono de voz. Una cosa era llegar a una conclusión siendo una persona imparcial, y otra muy distinta tener que condenar al padre de tus hijos.

–Él asegura que no tuvo tiempo. Dice que no le preocupaba, dado que lo contemplaba como una diversión inofensiva.

Gavin se sujetó al borde de la encimera con ambas manos.

–Entiendo que estés confusa, pero en un artículo que leí ponía que los investigadores encontraron la sangre de una de las víctimas en la furgoneta de Gordon.

–Y así es –Savanna había vomitado al saber lo de la sangre. Todavía sentía repugnancia cuando pensaba en las veces que los niños y ella habían montado en esa furgoneta, la que su esposo, al parecer, había utilizado para perpetrar sus crímenes–. La sangre de Theresa Spinnaker.

–Las pruebas de ADN son irrefutables –observó acertadamente Gavin.

A lo largo de las últimas semanas, Savanna se había sentido casi tan segura como él, pero tras hablar con Gordon aquella mañana...

¿Existía alguna posibilidad de que estuviera diciendo la verdad? Savanna odiaba cómo su exmarido le hacía dudar de cosas que estaban totalmente claras para los demás. Justo cuando pensaba que lo tenía todo claro, él introducía en ella la semilla de la duda. Era una de las cosas más duras de las muchas que estaba soportando. De repente estaba segura de que era culpable y pensaba que se merecía perder a su familia y pasar el resto de su vida en prisión. Y al rato se estaba preguntando a sí misma si no sería posible que fuera inocente. ¿Tan bueno era Gordon ocultando su verdadero carácter? No era un hombre con el que resultara sencillo convivir, pero ¿un sádico?

—No eran más que unas pocas gotas –le explicó ella–. Y esta misma mañana, Gordon me ha dicho que en una ocasión llevó a Theresa al trabajo en esa furgoneta, la recogió mientras ella caminaba por la carretera porque le daba pena verla caminar en medio de una tormenta de nieve.

—¿Y eso no prueba que la conocía? –preguntó Gavin–. A lo mejor ese hecho fue el que hizo que se fijara en ella.

—Podría ser. Pero también establece un motivo razonable para que su ADN estuviera en la furgoneta.

—Estamos hablando de sangre, no solo de ADN.

—Podría tener un pequeño corte o algo.

—Ella podrá negar que la llevara voluntariamente en su furgoneta, ¿no?

—Podría –Savanna apuró la copa de vino–. Y sería la palabra de Gordon contra la suya. Pero Gordon me ha dicho que ella admite haberse subido a esa furgoneta con él. Al parecer, cuando el abogado le habló de ese episodio, ella lo recordó todo.

El sonido del móvil de Savanna interrumpió la conversación. Sabía muy bien de quién se trataba, y aun así no pudo evitar echar un vistazo a la pantalla para comprobarlo.

En efecto, era Dorothy. Esa mujer le había estado dejando mensajes amenazadores todo el día. En uno de ellos le había dicho que, si hacía falta, la perseguiría hasta el fin del mundo, para conseguir de ella el dinero que necesitaba Gordon.

Haciendo un gesto de repulsa, Savanna rechazó la llamada y soltó el móvil. Gordon sabía que sus padres le habían dejado una casa en Silver Springs, y Silver Springs no era un lugar muy grande. Sin embargo, Dorothy no sería capaz de aparecer en California...

Gavin apuntó hacia el móvil con su copa de vino.

—¿La cárcel le permite a Gordon hacer llamadas a estas horas?

—No es de Gordon —le explicó ella—. Es su madre. No para de llamar.

—¿En medio de la noche?

—A cualquier hora.

—¿Y qué quiere? No creo que quiera hablar con los niños. Hace mucho que pasó la hora de irse a la cama.

—No mantiene mucha relación con los niños. Tampoco la mantuvo con Gordon, hasta que se hizo mayor y dejó de beber. En cualquier caso, y para responder a tu pregunta, lo que quiere es que yo siga pagando al abogado de su hijo. Pero yo ya no puedo ayudarle. Tengo dos hijos de los que ocuparme. Si invierto lo que me queda del dinero que heredé de mis padres en abogados, ¿cómo podré cuidar de los niños?

—Opino que estás haciendo lo correcto —le aseguró él.

Ella no contestó. Por mucho que intentara no pensar en lo que le había dicho Gordon durante la conversación mantenida junto a la carretera, fuera de la furgoneta de mudanzas, fragmentos de esa conversación no paraban de regresar a su mente todo el rato.

—Después de nueve años juntos, debió resultarte muy difícil tomar la decisión de retirarle tu apoyo —continuó Gavin, interrumpiendo sus pensamientos.

Había resultado agónico. Si Gordon era culpable, ella no podía ayudarle a ser exculpado. La policía había insistido en que, si lo hacía, lastimaría a más mujeres. Pero si había alguna posibilidad de que estuviera diciendo la verdad, no quería que el padre de sus hijos pasara una gran parte de su vida entre rejas.

A lo mejor por eso estaba bebiendo más de la cuenta.

No. Sabía que Gordon no era el motivo. Era Gavin. Quería algo de él, y no estaba segura de atreverse a tomarlo, y beber mitigaba su ansiedad.

Savanna se bajó de la encimera. Debería pedirle que se marchara a su casa. Eliminar la tentación. Pero con todas esas cosas tan horribles que le decía su suegra en sus mensajes, no quería estar sola. Tanto daba que ya pudiera cerrar con llave la puerta trasera. Su sensación de seguridad había desaparecido.

De modo que permitió que Gavin volviera a llenarle la copa antes de vaciar él mismo lo que quedaba de la botella en la suya.

—Nada de lo que ha sucedido ha resultado sencillo —le aseguró ella.

—¿Saben los niños lo que ha hecho su padre? —Gavin señaló hacia el pasillo.

Savanna intentó concentrarse en la pregunta, pero el vino comenzaba a afectarla seriamente, y no podía evitar admirar la forma de los labios de Gavin. Aparte de sus hijos, y de lo mucho que los amaba, ese hombre parecía ser el único punto luminoso en todo lo que había sucedido durante los dos últimos meses. Le gustaba. Y lo deseaba de un modo en que no había deseado nunca a nadie. Nunca había visto unos labios tan estupendos...

—¿Savanna?

Ella parpadeó y levantó la mirada hacia esos ojos color chocolate.

–¿Eh?

–¿Saben los niños lo que ha hecho su padre?

–Sí, pero no lo entienden del todo –contestó Savanna–. Han oído lo que dice la gente, que había mujeres desnudas y ahogamiento. En otras palabras, saben que su padre ha hecho algo terrible, y por eso Branson no quiso hablar con él cuando consiguió comunicar conmigo esta mañana –le hizo un gesto a Gavin para que la siguiera, pero no se dirigió hacia la puerta sino hacia el salón–. Sentémonos aquí. Estaremos más cómodos en el sofá.

Cada uno se llevó su copa de vino, dejando atrás la botella vacía.

–Has dicho que Gordon consiguió comunicarse contigo –observó Gavin mientras la seguía de cerca–. ¿No sabías que era él?

Savanna se lo explicó mientras se sentaba en el sofá, sobre las piernas cruzadas. El sofá era más bien del tamaño de un confidente. No se había llevado con ella el sofá grande, porque no le había cabido en la furgoneta.

–Y tuve que quitarle el móvil a Alia –concluyó la historia–. Ojalá hubiera colgado. Lo único que quería era confundirme.

De haber habido una silla disponible, quizás Gavin se habría sentado en ella. Pero en el salón no había más que cajas. Lo único despejado era el sofá.

–Lo siento –dijo mientras se sentaba junto a ella–. Por todo.

Ella estudió el hermoso rostro, la barba bien cortada, la espesa cabellera, los ojos de expresión amable bordeados de largas pestañas. No parecía tener ninguna prisa por averiguar si aquello iba a llevarles a alguna parte. Savanna tenía la impresión de que Gavin contaba con que ella se lo haría saber cuando estuviera preparada, y eso era mucho más excitante que cualquier otra cosa que él pudiera haber hecho.

—Tienes unos labios impresionantes —observó ella.
—¿Mis labios? —repitió él con una seductora sonrisa.
—Todo tú.
—Me halagas. Pero has sufrido mucho. No quiero empeorarlo aún más.
—Me alegra haber venido a Silver Springs —Savanna ignoró la respuesta—. Esta casa puede que no parezca gran cosa, pero es el lugar al que escaparme. Gracias a Dios que mis padres la compraron. Fueron muy buenos conmigo. Ojalá aún estuvieran aquí.
—¿Los has perdido a los dos?
—Mi madre y mi hermano mayor murieron en el mismo accidente que se llevó a mi padre hace catorce meses. Mi hermano pequeño, Reese, que estudia medicina en Oregon, es lo único que me queda. Y los niños, claro.
—Ha sido un año duro para ti.
Savanna terminó lo que le quedaba del vino.
—Han sido nueve años duros. Eso es lo extraño. Ni siquiera me había dado cuenta de que no era especialmente feliz. Simplemente seguía hacia delante, intentando tomar las mejores decisiones posibles. Pero ahora que Gordon está en la cárcel, y que la verdad ha salido a la luz, estoy destrozada, pero, a la vez, me siento aliviada. No sé si tendrá algún sentido.
—Te has liberado de un matrimonio que no te satisfacía.
Eso era. Eso explicaba exactamente la sensación de alivio que en ocasiones emergía, a pesar de todo lo demás. Como la sensación de renacimiento que había experimentado la noche anterior mientras contemplaba las estrellas.
—Y ahora me pregunto por qué la gente decide casarse siquiera.

—La mayoría de las personas lo hace por amor —puntualizó él.

—El amor fue lo que empezó por meterme en un lío —gruñó ella—. Por lo que a mí respecta, el amor está sobrevalorado. Jamás volveré a darle a un hombre tanto poder sobre mi vida. No desde que he entendido que es imposible conocer bien a alguien.

—Aprenderás a amar de nuevo —le aseguró Gavin.

—No durante mucho tiempo. Quizás nunca.

—Tu pareja lesbiana, cuando la encuentres, podría discrepar sobre eso —bromeó Gavin.

Savanna dejó la copa vacía sobre una caja que había junto al sofá.

—He llegado a la conclusión de que cambiar de preferencias sexuales no es una verdadera opción.

—Pues no te ha llevado mucho tiempo —continuó bromeando él.

—Y es gracias a ti.

Gavin no contestó.

—Me hiciste una proposición junto al arroyo —le recordó ella—. ¿Has cambiado de idea?

—No. Yo quiero lo mismo que tú, Savanna. Pero intento ser cauto. Las relaciones pueden complicarse.

—No te estoy pidiendo una relación. No es eso lo que necesito de ti. Solo necesito que me abraces, que me ayudes a olvidar mi vida, solo durante un rato.

Savanna veía moverse agitadamente el pecho de Gavin, sentía su propia respiración acelerarse.

—Pero vivo en la puerta de al lado. Eso implica que, por fuerza, vamos a mantener alguna relación. Y creo que lo que tú necesitas, más que un amante, es un amigo.

Por eso seguía siendo amigo de las mujeres con las que había salido, comprendió Savanna. Para él la amistad estaba por encima de lo demás.

—No pasará nada. Ya lo verás.
—No me estás ayudando a retirarme.
—Es que no quiero que te retires. Siento demasiada curiosidad.
—Sobre...

Ella bajó el tono de voz hasta que fue casi inaudible.
—Sobre lo que sentiría teniéndote dentro de mí...

Las aletas de la nariz de Gavin se abrieron mientras él la miraba detenidamente.
—¿Y mañana?
—No nos deberemos nada.
—No te sentirás avergonzada, ni evitarás verme...
—En absoluto. Volveremos a ser amigos y vecinos. Esto es solo por una noche, nada más que una noche. Un sencillo y rápido desahogo.

Ni en sus sueños más locos se habría imaginado Savanna considerar algo así, desear algo así. Pero tampoco se habría imaginado jamás encontrarse en la situación en la que estaba.
—¿No te preocupa que se despierten los niños? —preguntó él—. ¿Nos vamos a mi casa?
—No puedo dejarlos solos, ni siquiera para ir a la puerta de al lado. Cerraremos la puerta y seremos silenciosos. Muy silenciosos.

Gavin se levantó del sofá y le ofreció una sensual sonrisa, junto con la mano.

Pues entonces más te vale no gritar demasiado fuerte cuando te haga llegar.

Capítulo 10

Gavin se sentó en la cama de Savanna, que él mismo había ensamblado cuando la había ayudado a instalarse.

–Quítate la ropa –le indicó.

Una repentina oleada de inseguridad hizo titubear a Savanna.

–¿Así es como te gustaría comenzar? –preguntó ella con evidente nerviosismo.

–¿Por qué no? Quiero mirar.

Ni siquiera después de tres copas de vino estaba segura de atreverse a desnudarse. Prefería que él hiciera los honores, y que sucediera a oscuras, para no sentirse tan expuesta. Echó a andar, pero Gavin se levantó y la interceptó.

–¿Qué estás haciendo?

–Voy a apagar la luz.

–Porque…

–Porque tengo algunas imperfecciones que no quiero que veas –como las estrías que habían aparecido en la parte inferior derecha del abdomen cuando estaba embarazada de Alia.

–Tus imperfecciones no me preocupan –susurró él–. No es eso lo que busco. Si solo disponemos de una noche, quiero poder recordar cada detalle de ti. Eso es todo. Déjame verte. Libérate de tus miedos e inhibiciones y actúa como lo sientas.

Ya era poco habitual que Savanna sintiera algo. Y aunque solo fuera por eso, se sentía agradecida. Con Gordon el sexo se había convertido en una actividad tan monótona como pasar el aspirador. Pero con Gavin era todo lo contrario. Estaba tan excitada que apenas podía respirar.

–Sé que suena raro, dado que he estado casada nueve años, pero… no estoy acostumbrada a que un hombre me mire como lo haces tú ahora –le explicó–. Me refiero a que da la sensación de que me estás viendo de verdad. Y eso no me deja ningún lugar en el que esconderme.

–Claro que te veo –Gavin le tomó el rostro entre las manos–. Y me gusta lo que veo. No necesitas esconderte de mí. Vamos, Savanna, muéstrame más.

Ella cerró los ojos e intentó liberarse de sus preocupaciones, abrazarse al puntito que le había dado el vino y el placer de desear a un hombre que también la deseaba a ella. Aunque Gavin no quedara tan impresionado con su cuerpo como le gustaría a ella que estuviera, motivo, en parte, de sus reticencias, pues nadie salvo Gordon la había visto desnuda desde que había tenido a sus hijos, ¿qué más daba? Solo sería una noche. Después, todo habría terminado. No tenía nada de qué preocuparse. Durante mucho tiempo las cosas le habían preocupado muchísimo, pero estaba tan agotada que ni siquiera era capaz de describirlo, y en ese momento se negaba a preocuparse por algo que no fuera perderse en el momento.

–Allá vamos –murmuró Gavin mientras le quitaba la camiseta, revelando el sujetador negro transparente que llevaba debajo.

Gavin reculó para contemplarla y ella vio el efecto que había producido en él, la expresión totalmente centrada y, un poco más abajo, las evidencias de su excitación. Savanna se sintió lo bastante segura como para sonreír mientras se desabrochaba el sujetador.

–Es la sonrisa más dulce que he visto en mi vida –la mirada de Gavin se desvió hacia lo que ella acababa de dejar expuesto–. ¡Por Dios, qué hermosa eres!

Animada, ella comenzó a desabrocharse los vaqueros, pero él no parecía poder evitar por más tiempo tocarla. Redujo la distancia que los separaba y deslizó los nudillos por los brazos desnudos de Savanna antes de agacharse para que sus bocas se encontraran.

La sensación de esos labios resultó tan agradable como había esperado ella. Y la de las manos también. Gavin las deslizó por su espalda mientras le separaba los labios y encontraba su lengua.

No estuvo segura de cuál de los dos había gemido, pero cuando él le tomó los pechos con las manos ahuecadas, sintió ceder las rodillas.

–Esta sensación es totalmente nueva para mí –aseguró ella–. Como si no me hubiesen tocado en años.

–Es evidente que no te han tocado en los lugares adecuados –contestó él.

Había una reverencia en el modo en que Gavin la trataba que le hizo sentirse valorada, importante. Gavin le daba la impresión de que se sentía afortunado de disfrutar de esa oportunidad, y que la respetaba como individuo, como una persona con el derecho a elegir y tomar decisiones propias. Después de casarse, Gordon a menudo solía tratarla como un objeto, algo que existía únicamente con el propósito de facilitarle la vida a él. La enorme diferencia entre los dos hombres reforzó su creencia de que Gordon tenía que ser culpable de la violación de esas mujeres, lo cual le supuso un gran alivio. Después de todas las excusas que le había ofrecido aquella misma mañana, había empezado a dudar, y de nuevo había empezado a torturarse con las preguntas de siempre: «¿Soy yo la culpable? ¿Podría o debería haber hecho más?».

Savanna se echó hacia atrás mientras los labios de Gavin se deslizaban por su cuello. Todos los nervios por debajo de su estómago parecían estar formando un apretado nudo, generando una mini bomba de energía, preparada para explotar. Y él ni siquiera se había quitado la ropa todavía.

—Qué piel tan suave tienes —apreció Gavin—. Nunca había tocado a nadie tan suave.

La barba le hizo cosquillas en el pecho y Savanna estuvo a punto de echarse a reír. Recordaba haberse preguntado cómo sería besarlo. Y ya lo sabía. Sentía claramente la barba sobre sus labios y cuerpo. Pero le gustaba, Gavin le gustaba. La manera tan pausada de besarla. El modo seguro, y a la vez sensual, en que la tocaba. Imposible lamentar haberlo invitado a quedarse.

Los labios de Gavin se detuvieron sobre uno de los pezones de Savanna, y ahí terminó todo pensamiento lógico para ella. Todo quedó reducido a una sensación y el instinto tomó el mando. Pegó la pelvis contra él y Gavin respondió apretándole el trasero y encontrando de nuevo sus labios.

Hacía falta no poco autocontrol para apartarse, pero antes de ir más lejos había una pregunta que Savanna debía formular.

—¿Tienes algún método anticonceptivo? Porque yo he dejado de tomar la píldora…

Con la mirada perdida, Gavin levantó la cabeza.

—Agarré un par de preservativos cuando pasé por casa.

—¿Un par?

—De acuerdo, tres. Dado que solo tenemos esta noche, no quise quedarme corto.

—Parece que vamos a tener que aprovechar nuestro tiempo juntos.

—Desde luego que lo vamos a hacer —él le ofreció una traviesa sonrisa.

A Savanna le gustó la convicción que reflejaba su afirmación, la potestad que le otorgaba a ella para soltarse y disfrutar del cuerpo de Gavin sin reservas ni restricciones. Tiró de la cinta de sus sedosos cabellos y hundió las manos en ellos, incluso hundió el rostro en ellos.

—Qué bien huele tu pelo —observó.

—Eres muy fácil de complacer —bromeó él—. Ya era hora de que un hombre cuidara mejor de ti.

—Sé que estoy en buenas manos. Apuesto a que no habrá muchos hombres que sepan hacer el amor como tú.

Se notaba que la generosidad del cumplido había sorprendido a Gavin, pero lo había dicho en serio. A lo mejor él también se había dado cuenta. A lo mejor por eso sus palabras parecían avivar el fuego de la excitación masculina, haciendo que ardiera con mucho más calor, mucho más brillo. A Savanna le encantaba ese destello en su mirada de chocolate mientras le empezaba a desabrochar los pantalones.

Ella arrastró la boca de Gavin sobre la suya y lo besó intensamente, vorazmente, y mucho más apasionadamente de lo que había besado a nadie jamás. Empezaba a soltarse, permitiéndose olvidar las preocupaciones que tanto habían pesado sobre ella.

—Nada más que saborearte y tocarte ya es tan bueno. Quizás con esto baste —insinuó ella.

—Espero que no —contestó Gavin con una ronca carcajada.

—Tienes razón —Savanna también rio—. Olvida lo que he dicho. ¿Cuándo piensas quitarte la ropa?

—Cuando hayamos apagado la luz.

Era evidente que estaba bromeando.

—Qué gracioso. Pero las luces se quedan encendidas. Me toca mirar a mí.

Gavin, sin embargo, se concentró de nuevo en los vaqueros de Savanna.

—Esperaba ir despacio, pero —su mano se deslizó por dentro de las braguitas, y ella sintió sus dedos buscar, y encontrar, el lugar más sensible— ahora mismo no soy capaz. Me muero por tenerte. Así que a la mierda lo lento. La siguiente será lenta, ¿de acuerdo?

—O la de después —contestó ella, la voz apenas audible mientras él introducía un dedo en su interior.

Savanna se quedó sin aliento ante el placer que le produjo ese sencillo gesto, pero lo que más le excitó fue el deseo salvaje reflejado en el rostro de Gavin al añadir un segundo dedo. Ella nunca había sentido una necesidad tan primitiva. Y la firmeza del cuerpo de Gavin, la tensión en cada músculo, le indicó que no era la única. Se notaba que él intentaba ser delicado en lugar de dejarse ir por completo, y eso también contribuyó a aumentar la excitación de Savanna. La aparente dificultad de ese esfuerzo le hacía sentirse poderosa en su feminidad.

—Menos mal que trajiste tres preservativos —observó ella—. Creo que vamos a necesitarlos.

Gavin ni siquiera sonrió. Parecía comprender que ella no había bromeado.

—No tenemos por qué detenernos en tres. Siempre puedo volver a casa a por más —le aseguró mientras apartaba las manos el tiempo necesario para arrancarse la camiseta y tumbar a Savanna sobre la cama.

Gavin se sentía culpable por lo que estaba haciendo. No había vuelto con Heather, ni le había prometido a

Savanna más que esa única noche. Además, había sido ella la que había puesto esa condición. Aun así, sabía que estaba maniobrando en una zona gris, que no debería sentir lo que sentía hacia su nueva vecina cuando su antigua novia podría estar embarazada de su hijo. Desear a alguien no le parecía justo para Heather, aunque evidentemente ella se había estado acostando con Scott durante los dos últimos meses.

Aun así, y con toda la incertidumbre que había en su vida en esos momentos, era una estupidez complicar la situación. Y por eso había intentado convencerse a sí mismo para abandonar la casa de Savanna antes de acabar en su cama. Simplemente no había sido capaz de culminar. Y tampoco podía lamentar la decisión, sobre todo cuando, por fin, se introdujo en su interior, cuando, por fin, empezó a moverse dentro de ella. Adoraba la reacción de Savanna ante su contacto, cómo lo miraba y recibía cada embestida con una expresión de sorpresa, como si acabara de descubrir lo agradable que podría ser el sexo, y lo unidas que podía hacer que se sintieran dos personas.

Savanna se merecía mucho más de lo que había recibido del hombre responsable de amarla hasta entonces. Gordon no solo la había traicionado del modo más doloroso y humillante posible, también la había privado de todas las necesidades humanas. Gavin lo odiaba por eso, tanto como por todo lo demás. Quizás ella se sintiera confundida porque deseaba creer al padre de sus hijos cuando él proclamaba su inocencia, pero Gavin albergaba poca duda de que Gordon fuera en efecto el violador que la policía creía que era. Las evidencias físicas eran abrumadoras. Esas evidencias lo relacionaban con una de las víctimas. Tenía un trabajo que le permitía moverse solo de un lado a otro. ¡Y habían encontrado abrazaderas, un cuchillo y una máscara en el cobertizo cerrado con llave! Hasta su extremo egoísmo hablaba mal de él. ¿Cómo podía ser otro hombre el que hubiera atacado a esas mujeres?

Cuando Savanna cerró los ojos y sus labios se entreabrieron, Gavin supo que se acercaba al clímax. Él mismo estaba a punto de llegar, demasiado a punto, y por eso no dejaba de pensar en Gordon, o cualquier cosa que le ayudara a aguantar. No quería llegar antes que ella.

–¡Aquí viene! –exclamó ella sin apenas aire–. ¡Oh, Dios, qué bueno!

Las palabras de Savanna acabaron con todo el control de Gavin que, de todos modos flaqueaba peligrosamente. Gavin se agarró a la almohada, a ambos lados de la cabeza de Savanna, en un último esfuerzo por darle un poco más de tiempo. Pero cuando sintió el cuerpo de ella sacudirse, supo que era imposible. La familiar tensión ya había comenzado en la ingle, acompañada de una cascada de exquisito placer. Gavin deseaba que ella lo mirara mientras él llegaba. Quería que llegaran juntos, y el momento fue sencillamente perfecto cuando ella hizo precisamente eso.

–Ese ha sido el orgasmo más fuerte que he tenido jamás –se la veía sudorosa y sin aliento, pero claramente feliz.

Y por eso a Gavin le sorprendió cuando, minutos después, la oyó moquear y la sintió volverse para secarse las lágrimas. Incluso se levantó, apagó la luz y entró en el cuarto de baño, donde se sonó ruidosamente la nariz.

Cuando regresó a la cama, él seguía allí tumbado, contemplando fijamente el techo, preguntándose si debería darle un poco de intimidad o intentar consolarla. Algo iba mal...

Al oírla moquear de nuevo, Gavin se apoyó sobre un codo.

—¿Estás bien?

—Sí. Ha sido estupendo.

—Entonces, ¿por qué lloras? —a Gavin no se le había pasado la falsa alegría en su voz.

Ella dejó escapar un profundo suspiro.

—¿Savanna?

—No lo sé —contestó ella al fin.

—¿Lamentas haberme pedido que me quedara?

—¿Bromeas? No. Es solo que... la ternura que has demostrado me ha hecho darme cuenta de lo estúpida que he sido. De lo ingenua.

—¿Estás hablando de tu matrimonio? —él se echó los cabellos hacia atrás para que no cayeran sobre el rostro de Savanna.

—Sí. Debería haberlo abandonado hace años.

—Te quedaste porque tenías un compromiso. Intentabas ser una buena persona, una buena esposa y madre.

—Fui una inconsciente. Una idiota. Ni siquiera me di cuenta de que mi matrimonio estaba roto. Claro que sabía que Gordon era complicado. Pero pensé que todos los matrimonios supondrían un desafío. Intenté amarlo, a pesar de tantas cosas. No esperé ni exigí lo bastante. Y eso es culpa mía.

—El hecho de que no consiguieras lo que necesitabas es culpa de él —le rebatió Gavin—. Algunas de las personas que forman parte de nuestras vidas, incluso las más cercanas, puede que no tengan la compasión o la sensibilidad que deberían tener.

Hablaba por experiencia. Eran las mismas palabras que se repetía a sí mismo cada vez que recordaba ese momento en el parque cuando se dio cuenta de que lo habían abandonado. No había hecho nada para merecerse que su madrastra se marchara. Aun así no era fácil evitar sentir que ella lo había rechazado porque no se merecía el amor que necesitaba. Lo gracioso era que a pesar de que su padre había elegido a su madrastra antes que a su hijo, aquel matrimonio no duró. Su padre estaba en esos momentos casado con otra mujer, mucho más agradable, aunque Gavin no tenía ninguna intención de mantener una relación con ninguno de los dos.

—He estado sometida a mucha presión, eso es todo –Savanna intentaba minimizar lo que sentía para no arrastrarlo con ella.

Él había hecho eso mismo infinidad de veces. Y había visto a los chicos del rancho actuar de un modo similar.

—¿Tienes loción corporal a mano? –preguntó.

—¿Loción? –repitió ella extrañada.

—Sí.

—En el cuarto de baño. ¿Por qué?

—¿Me la podrías traer?

Ella lo hizo y Gavin le pidió que se tumbara boca abajo y utilizó la crema para darle un masaje.

—Qué sensación más agradable –dijo ella–, pero no debería permitírtelo.

—¿Por qué no?

—Porque es tarde, y ya has hecho mucho por mí. Soy tu vecina. No me debes nada.

—Relájate. Esto no es una obligación. Me gusta sentir tu piel, tu cuerpo. Lo hago porque me apetece –y porque estaba convencido de que el tacto, cuando se empleaba del modo adecuado, con cuidado y sensibilidad, ejercía un poder sanador.

Había visto a su madre abrazar a chicos tan insensibles, tan duros, que les habían enviado a New Horizons como último recurso para intentar evitarles la cárcel y que, poco después de llegar, había terminado por desmoronarse y sollozar en sus brazos. Y había visto cómo Aiyana aprovechaba cada oportunidad para tranquilizar a los muchachos que asistían a clase en el rancho, con una palmadita en la espalda, un apretón en el brazo, un cálido abrazo. Ella siempre les demostraba su amor, y él había comprobado lo eficaz que resultaba. El amor que ella le había dado había actuado como un faro que lo guiaba para salir de la tormenta que había sido su infancia.

–¿No preferirías volver a hacer el amor? –preguntó Savanna–. Al menos así tú también recibirías algo.

–Ahora mismo no.

–Porque...

Era evidente que le resultaba difícil permitir que fueran los demás los que dieran.

–Porque esto es más importante –contestó él, sintiéndose aliviado cuando ella al fin sucumbió a sus cuidados y se quedó dormida.

Capítulo 11

—Mamá, he tenido otro accidente.

Savanna abrió los ojos y se encontró con Branson de pie al borde de la cama. Todavía no tenía cortinas en las ventanas y rápidamente vio que aún no había amanecido. El color de la luz, sin embargo, indicaba que el amanecer estaba próximo.

Cerró de nuevo los ojos. «Solo unos segundos», se dijo a sí misma. Había estado durmiendo profundamente y regresar a la realidad era como un castigo.

—¿Mami?

Branson. Su hijo la necesitaba. La angustia en su voz al fin consiguió atravesar su atontamiento. De repente recordó por qué estaba tan relajada y saciada y, en un arranque de pánico, extendió un brazo para comprobar qué había al otro lado de la cama. ¿Seguía Gavin ahí? No querría que se hubiera quedado hasta la mañana, no quería que su hijo lo viera tumbado a su lado. Pero, dado que solo se habían concedido una noche, había querido aprovechar cada minuto. No solo era el mejor amante que hubiera tenido jamás, lo cual tampoco era decir mucho, dado que Gordon era su única experiencia anterior, sino que también era el mejor amante que ella podría imaginar.

Por suerte, su mano no encontró nada más que colchón y almohadones. Y tampoco parecía estar en el cuarto de baño. No se veía luz, no se oía ningún ruido. Seguramente se había levantado y marchado mientras ella dormía.

Gracias a Dios que había tenido el buen juicio de hacerlo...

Respiró hondo en un intento de compensar la adrenalina que se había disparado por su organismo, despertándola plenamente, y sonrió a su hijo.

—No pasa nada, cielo. ¿Te has lavado y cambiado de ropa?

—Todavía no.

Sin duda el niño se estaría preguntando por qué su madre no se había levantado para ayudarle. Pero Savanna estaba desnuda y no podía pedirle que se marchara mientras se vestía. No quería que supiera que había dormido desnuda, dado que no era habitual en ella.

—Pues vete a lavarte y cámbiate de pijama mientras yo voy a buscar sábanas limpias, ¿de acuerdo?

Branson titubeó.

—¿Por qué me pasa esto? —susurró—. Ni siquiera Alia se mea en la cama, y es más pequeña que yo.

—Todo se arreglará —le aseguró ella—. Enseguida voy.

En cuanto Branson salió, ella echó las sábanas a un lado y obligó a su cuerpo a obedecer las órdenes del cerebro. La noche con Gavin había terminado. Hora de volver a ser una madre.

Una pequeña sonrisa se dibujó en sus labios al recordar las ocasiones en que se habían despertado para volver a hacer el amor, sobre todo al recordar cómo Gavin la había animado a que cabalgara sobre él después de que él hubiera estado encima en las dos primeras ocasiones. Se apartó los cabellos del rostro, y también apartó el bonito recuerdo de su mente. Deseaba aferrarse un poco más a las agradables sensaciones que ese hombre le había provocado, pero la sensación de bienestar de la noche que habían pasado juntos desapareció cuando encontró a su hijo, con un pijama limpio, y llorando.

–Branson, ¿qué sucede, cielo? –preguntó ella mientras lo abrazaba–. Espero que no estés llorando por unas cuantas sábanas mojadas.

–Pues sí –contestó él con la voz amortiguada contra el camisón que Savanna se había puesto apresuradamente–. Soy demasiado mayor para mojar la cama. Pero no sé cómo dejar de hacerlo.

–Es que dormías demasiado profundamente para levantarte e ir al cuarto de baño –Savanna esperaba que, si no le daba demasiada importancia, le ayudaría a superar ese difícil trance. Había intentado tomárselo con calma. Todo lo que había leído en internet aconsejaba no avergonzarlo, no convertirlo en un gran problema–. Podría pasarle a cualquiera.

–Entonces, ¿por qué no te pasa a ti, o a Alia? –Branson se apartó.

–Podría, en algún momento –le aseguró ella.

–¡Pero a mí antes nunca me pasaba!

Hasta que su padre había sido detenido...

–A veces en la vida suceden cosas que nos hacen sentirnos mal –Savanna le tomó las manos–. Y aunque nos digamos a nosotros mismos que estamos bien, nuestros cuerpos nos demuestran que estamos disgustados.

–Quieres decir que esto es por papá.

–Eso es lo que yo creo. ¿Tú no?

El niño no contestó.

–Cuando tu padre hizo... lo que hizo, nos hizo daño a todos –continuó ella–. Y tu cuerpo está reaccionando de esta manera. Entiendo que mojar la cama te disguste y te avergüence, pero no lo harás para siempre. En cuanto vuelvas a sentirte de nuevo seguro y querido, dejará de pasarte. Y te aseguro que volverás a sentirte seguro y querido. Estoy aquí, ¿no? Yo no voy a marcharme a ningún lado. Seguiré cuidando de ti como siempre he hecho.

Branson moqueó antes de abrazar con fuerza a su madre por la cintura.

Ella lo abrazó varios minutos, intentando consolarlo mientras le frotaba la espalda. Luego le revolvió los cabellos.

–Vamos a hacerte la cama. Me tumbaré contigo un rato y hablaremos de lo que quieras. Es demasiado pronto para levantarse.

–De acuerdo –el niño se secó las lágrimas.

Mientras hacía la cama, Savanna sacudió la cabeza. Últimamente parecía que siempre era presa de alguna emoción fuerte. A lo largo de las últimas veinticuatro horas se había sentido furiosa, excitada, contenta, confundida y llorosa.

–Estaremos bien –le aseguró de nuevo a Branson mientras se metía en la cama con él.

En cuanto estuvieron los dos acomodados, ella le preguntó cómo le gustaría decorar su habitación. Luego hablaron de la nueva casa, de lo que había que hacer, de que había pertenecido a un pariente suyo que había muerto, lo que la convertía en un lugar especial. Branson le contó que le gustaba el arroyo y todo el sitio que había para jugar en Silver Springs, pero que tenía miedo de empezar en un colegio nuevo.

Savanna le recordó que eso no sucedería hasta el otoño y que, para entonces, se sentiría mucho mejor. Ella misma les iba a ayudar a terminar el curso escolar que habían interrumpido. Por suerte, siempre habían ido bien en el colegio, siendo ambos de los primeros de la clase. Aunque no tuviera experiencia con la educación en casa, y dado que quedaba muy poco curso, no creía que fuera a perjudicar a sus hijos.

Branson se quedó dormido mientras el sol empezaba a entrar a raudales por la ventana. Savanna sabía que Alia se levantaría pronto. Y Branson tampoco iba a poder dormir mucho más. Pero si no hacía ruido, quizás ella pudiera disponer de unos minutos de soledad para reflexionar sobre lo acaecido la noche anterior. Se había sentido plenamente conectada con Gavin. En realidad, se había sentido más unida a él de lo que se había sentido jamás a Gordon, al menos durante los últimos años.

Tras salir a hurtadillas de la habitación de Branson, Savanna preparó café, se puso un jersey para protegerse del frescor de la mañana y salió fuera de la casa con la taza de café en la mano. Decidió que necesitaba comprar algunas sillas para el porche. De inmediato. Ya tenía claro que ese iba a ser uno de sus espacios favoritos en la nueva casa.

El sonido de los trinos de los pájaros, y de las ardillas que se movían entre los árboles, parecía provenir de todas partes mientras ella escuchaba apoyada en la barandilla. Sujetando la taza con ambas manos miró hacia los árboles que ocultaban de la vista la casa de Gavin. ¿Se habría ido ya a trabajar?

Se sentía mal por haberlo mantenido despierto hasta tan tarde, pero al mismo tiempo sonrió al recordar lo rápidamente que Gavin le había quitado importancia cuando ella se lo había mencionado.

–Merece la pena –le había asegurado mientras ella le mordía el cuello y luego el pecho, antes de servirse de lo que encontró más abajo.

El móvil sonó. Lo había llevado con ella al porche para llamar al constructor que Gavin le había recomendado para el puente. Sin embargo, no esperaba que nadie la llamara y sacó el móvil del bolsillo con cierta aprensión. Supuso que sería de nuevo Dorothy, o quizás Gordon, ya que en Utah era una hora más tarde, pero el número que apareció en pantalla le indicó que se trataba de la policía de Nephi.

Savanna estuvo segura de que sería mucho mejor así. Echó otro vistazo, cargado de nostalgia, hacia la casa de Gavin, consciente de que aunque estuviera allí no podría hacer nada por aliviar la ansiedad que le agarrotaba el estómago en esos momentos.

Sabiendo que si no se enfrentaba a lo que fuera, tendría otra llamada un poco más tarde, contestó.

—¿Hola?

—Savanna, soy el detective Sullivan.

—¿Qué puedo hacer por usted, detective? —preguntó ella tras conseguir reprimir un descortés gruñido.

—Estoy frente a su casa, pero... da la sensación de que ya no vive aquí.

—Si está frente a la casa de Nephi, así es.

—¿Se ha mudado?

—Ahora vivo en California.

Silencio total. Aunque el hombre no dijo una palabra, ella sintió su desaprobación.

—¿Hola?

—Habría sido mejor que se quedara —contestó él al fin—. Quizás necesitemos que testifique en el juicio, ¿recuerda?

—Espero que no haga falta. La situación no ha sido fácil para mí ni para mis hijos.

—Tampoco ha sido fácil para Theresa Spinnaker, Meredith Caine o Jeannie West —contestó el detective—. Por eso debemos asegurarnos de conseguir una condena, por duro que sea para todos.

Ese hombre siempre había mostrado muy poca empatía hacia ella. Y, aun así, Savanna comprendía que, para poder hacer su trabajo, debía separarse emocionalmente de los afectados. También entendía cómo debía sentirse ante la posibilidad de que Gordon no fuera condenado. Ella misma empezaba a preocuparse cada vez más sobre el tema. Si su inminente exmarido no acababa en la cárcel, ¿qué haría? ¿Iría a California? ¿Intentaría reconciliarse con ella?

–Si es necesario que yo testifique, testificaré. El fiscal del distrito me lo hará saber.

–Me alegro que esté dispuesta a cooperar.

–¿Para eso ha llamado? ¿Le preocupaba que hubiera huido de todo el lío?

Cuando el hombre dudó, ella supo que había percibido la amargura con la que le había hablado. Era difícil no echarle la culpa, al menos en parte, por lo que ella había sufrido. Al principio el detective se había mostrado sumamente beligerante. Pero ni siquiera habría aparecido en su vida de no haber sido por Gordon. Era evidente que el máximo culpable de todo era Gordon.

–He llamado porque necesito un favor.

–¿Se refiere a aparte de mi declaración?

–Para ser sincero, considero que eso sería su deber, no un favor hacia mí. Pero todavía estamos recopilando evidencias, construyendo el caso. De modo que aún no hemos llegado a la parte del juicio. Lo que necesito ahora mismo es lo que pueda sacarle a Gordon acerca de una persona llamada Emma Ventnor.

–En caso de que la haya violado, jamás me lo diría –Savanna sujetó el teléfono con más fuerza–. Sigue insistiendo en que no ha violado a nadie.

–Esto implica algo más que simplemente preguntarle por Emma. Nos gustaría que consiguiera que le dijera cualquier cosa sobre ella. Las llamadas desde la cárcel del condado se graban. Esperamos poder registrar algo sobre una cinta.

Ella cerró los ojos con fuerza y presionó un puño contra la frente.

–¿Cuándo fue violada esa mujer?

–Desapareció hace más de un año, Savanna. Pensamos que podría haberla matado.

–¡Imposible! Gordon puede que sea un violador, pero desde luego no es un asesino.

–Eso no lo sabemos. Por eso necesitamos su ayuda.

–Ya se lo he dicho. Si ni siquiera reconoce lo que hizo a las tres víctimas que ya conocemos, ¿qué le hace pensar que me diría algo sobre una cuarta?

–Tendrá que sacarlo de quicio. Enfurecerlo. Empujarlo hasta el punto de que deje de controlarse.

Estupendo. Y a continuación se quejaría a su madre y Dorothy la acosaría y amenazaría todavía más.

–Esa otra mujer no debe ser de Nephi. Me habría enterado si alguien hubiera desaparecido.

–Emma no era una mujer, Savanna. Solo tenía dieciséis años. Y tiene razón, no vivía en Nephi, vivía en Bingham.

Un escalofrío recorrió la columna de Savanna. Casi todo el mundo en Utah sabía que la mina de cobre más grande del mundo estaba en Bingham.

–Cerca de Kennecott.

–Sí. Y Gordon estuvo allí, arreglando una bomba, el día que ella desapareció.

Capítulo 12

—Ha estado aquí Heather.

Gavin acababa de aceptar tres galletas y un cartón de leche que Aiyana le había ofrecido, y que había llevado desde la cafetería. Era habitual que se pasara por el diminuto despacho de su hijo que, básicamente, consistía en un escritorio que había conseguido encajar en el edificio de mantenimiento, junto con todas sus herramientas y otros suministros. Llevarle algo de comer o beber era su manera de seguir cuidando de él, y Gavin lo sabía. Aiyana era la razón por la que no se había decidido a marcharse de allí para perseguir su sueño en la música. Ella lo necesitaba, y su lealtad no le permitía marcharse.

—¿Cuándo? —preguntó.

—Mientras tú estabas recogiendo esa pieza para el cortacésped.

—¿Te encontraste con ella en el campus?

Aiyana se llevó la larga trenza al pecho y la volvió a atar.

—No, vino al edificio de administración.

—¿Y para qué fue allí? Ella sabe que mi despacho está al otro lado del rancho.

—Supongo que al no encontrarte aquí, decidió pasar a saludarme.

Gavin ya no consiguió saborear la galleta que tenía en la boca. Heather esperaba que Aiyana se convirtiera en su suegra, y se empezaba a impacientar porque él no se había puesto en contacto con ella desde que le hubiera dado la noticia.

—¿Había venido alguna vez a verte?

—No, pero tampoco había estado embarazada antes. A lo mejor quería averiguar si me lo habías contado.

Tras acompañar la galleta de un poco de leche, Gavin dejó los restos sobre su escritorio.

—¿Le dijiste algo?

Aiyana se enrolló las mangas de su blusa de lino. Casi siempre vestía de brillantes colores, pero ese día llevaba unos pantalones marrones con una blusa blanca, reservando todo el color para sus sandalias, de perlas rojas, blancas y color turquesa.

—No, me hice la tonta. Le pregunté cómo estaba. Le dije que volverías esta tarde.

—¿Y no quiso esperar?

—Estoy segura de que, si la hubiese animado, lo habría hecho. Pero le di a entender que podrías tardar bastante —ella lo contempló detenidamente—. ¿Debería haber hecho otra cosa?

—No, desde luego que no —él bajó la mirada a las botas de faena mientras recordaba cómo había tocado a Savanna la noche anterior, lo sencillo y natural que había resultado. Había deseado estar con ella, no había tenido que convencerse a sí mismo…

Su madre agitó una mano bajo su cara para llamar su atención.

—Pareces totalmente abatido. ¿En qué estás pensando?

—Me estaba preguntando qué voy a hacer. No debería

tener a Heather esperando mis noticias. Hace dos días que me contó lo del bebé. Pero cada vez que tomo el móvil para llamarla, lo vuelvo a soltar. Quiero decir que... ¿qué le digo?

–¿Por qué no le dices la verdad?

–¿Decirle que no sé si podré amarla?

Aiyana hizo un gesto de desagrado, pero se mantuvo firme en su respuesta original.

–Si es la verdad, ¿qué otra cosa puedes hacer?

–Si le digo eso, volverá con Scott.

–Es que a lo mejor debería volver con Scott.

–Estás hablando de un hombre que me dijo que jamás permitiría que mi «asqueroso» bastardo creciera en su casa. Está celoso y enfadado, y esa es una peligrosa mezcla, sobre todo cuando hay un bebé indefenso implicado.

Ella suspiró y se dejó caer en la silla plegable al otro lado del escritorio.

–¿Y qué pasa con tu vecina?

–¿Qué pasa con ella?

–Eli dice que es guapa.

La imagen de Savanna quitándose la camiseta la noche anterior surgió en su mente. Esa mujer era más que guapa, pensó Gavin, era preciosa. Y dulce. Sin pretensiones. Sincera. Poco apreciada.

–No está mal –contestó, haciendo todo lo posible por minimizar la atracción que sentía.

–Dijo que parecíais gustaros bastante –Aiyana enarcó las cejas.

Gavin pensó en compartir con su madre los sucesos que había vivido Savanna, pero no fue capaz de ello. Eso explicaría por qué había puesto tanto empeño en ayudar. No era solo porque la encontrara atractiva, ella se merecía un respiro. Pero le había prometido a Savanna que le guardaría el secreto.

—Acaba de separarse, y no está preparada para comenzar una nueva relación. Y mi situación tampoco es la ideal para arrastrar conmigo a otra persona.

Y por eso se sentía tan mal por haber cedido a la tentación la noche anterior...

—Lo sucedido me da mucha rabia —admitió su madre—. Has sufrido mucho en la vida. Te mereces una oportunidad de ser feliz.

—Lo primero es ser un padre responsable.

Ella se levantó y se acercó a él para abrazarlo.

—No sé por qué, sabía que ibas a decir eso.

En casa de Gavin había una mujer.

Savanna se puso tensa al verla de pie en la entrada.

La mujer rubia y alta oyó las pisadas de Savanna sobre la grava y se dio la vuelta, también tensa.

—¿Tú quién eres? —preguntó, claramente sorprendida de encontrar a alguien en una zona donde la población se reducía a un habitante.

Savanna sentía ganas de preguntarle lo mismo, pero a fin de cuentas ella era la recién llegada. De modo que forzó una sonrisa.

—Soy Savanna, la vecina de al lado de Gavin.

—No sabía que tuviera una vecina —observó ella.

—No hace mucho que estoy aquí. Me mudé el viernes pasado.

Técnicamente, había llegado el viernes, pero no se había mudado hasta el sábado. Pero ese pequeño detalle no era lo bastante importante como para mencionarlo siquiera.

—Entiendo —la mujer no había proporcionado su nombre y, visiblemente, seguía digiriendo la sorpresa—. ¿Sabe Gavin que estás aquí?

—Sí. Fue muy amable ayudándome a instalarme. ¿Eres su... hermana o algo así?

Savanna sabía muy bien que no podía ser su hermana. Cuando Gavin le había explicado que tenía siete hermanos, de haber habido alguna hermana, se lo habría dicho. Sin embargo, esperaba que su pregunta condujera a alguna aclaración sobre quién era esa persona y qué papel jugaba en la vida de Gavin. No era asunto suyo, ni siquiera después de lo sucedido la noche anterior, dadas las condiciones que habían acordado, pero no podía evitar sentir curiosidad, sobre todo porque la visitante de Gavin parecía de su edad, y por tanto de la de ella también.

—No. Yo... –la mujer pareció necesitar reflexionar sobre cómo definir su relación–. Soy una buena amiga –concluyó, como si no fuera a darle más explicaciones–. ¿Tienes idea de dónde puede estar?

—Supongo que estará trabajando. Me dijo que trabajaba en el rancho para muchachos New Horizons.

—Ya he estado allí, pero su madre me dijo que había salido a hacer algunos recados. Pensé que quizás se pasaría por aquí a recoger algo, o para comer algo.

—Yo no lo he visto, pero eso no significa nada. Seguramente tampoco te habría visto a ti si no me hubiese acercado a mirar si tenía correo –el buzón estaba en el desvío de la carretera y tenía que pasar por delante de la casa de Gavin para llegar hasta él–. ¿Has intentado llamar o enviar un mensaje?

—No, pero lo haré –la joven bajó los escalones de la entrada–. Por cierto, me llamo Heather. Heather Fox.

—Encantada de conocerte –Savanna le estrechó la mano–. Yo soy Savanna Gray.

En el rostro de Heather se dibujaba una expresión de curiosidad que resultaba más que evidente.

—Qué guapa eres.

—Gracias, tú también.

Heather sonrió, pero no parecía creerse del todo el cumplido.

—¿Entonces eres nueva en la ciudad? ¿De dónde eres?

—De Utah.

—¿Y estás viviendo en la vieja granja al otro lado del arroyo, la que lleva años abandonada?

—Sí. Una perspectiva bastante espeluznante, ¿verdad? La casa perteneció a mi bisabuela y me muero de ganas de reformarla.

—Qué bien. Suena divertido como proyecto.

—Y caro —ella asintió con una sonrisa triste.

Heather se colgó el bolso sobre el hombro.

—Supongo que no lo estarás haciendo sola. Quiero decir que me imagino que habrás venido con alguien… alguien importante.

—No. Estoy sola con mis dos hijos. Están en casa viendo una película de Disney.

—Entonces… ¿eres divorciada? —la sonrisa desapareció del rostro de Heather.

Savanna era consciente de que la pregunta llegaría antes o después, pero no quería revelar demasiada información.

—Básicamente.

—A los hombres solteros de la ciudad les va a encantar saberlo.

—No estoy buscando conocer a nadie.

—Hasta que lo conozcas, ¿verdad? —la mujer rio, pero Savanna no tuvo la impresión de que le resultara divertido lo que ella misma acababa de decir.

¿En qué consistía la atracción? Esa fue la pregunta que se hizo Gavin, sentado en su despacho después de que hubieran terminado las clases. Heather era una persona agradable. La conocía bien, sabía que haría todo lo posible por ser una buena esposa para él. Y ella lo amaba. Lo había dejado bien claro. Entonces, ¿por qué no era capaz de corresponderla? ¿Por qué se sentía mucho más interesado en Savanna, una mujer a la que acababa de conocer y a la que apenas conocía?

Seguramente se debía a que Savanna era nueva en la ciudad, diferente, y, de ser así, lo que sentía por ella seguramente desaparecería junto con la novedad. Por eso no podía permitir que su interés por la nueva vecina afectara a sus planes de vida a largo plazo. Jamás se había enamorado perdidamente de nadie. De lo contrario le habría resultado mucho más difícil seguir manteniendo la amistad con las mujeres con las que había salido. Si no se sentía herido, disgustado o celoso, ¿por qué iba a negarse a mantener el contacto?

Cierto que había unas cuantas que ya no seguían en contacto con él, que lo habían interrumpido en cuanto habían empezado a salir con otro o en cuanto se habían casado, pero él siempre estaba dispuesto a conservar la amistad si ellas también lo estaban. Eso significaba que, aunque Savanna estuviera dispuesta a seguir adelante con una relación, seguramente ella también experimentaría el ciclo de excitación inicial que se acababa perdiendo en algo mucho menos intenso. Debía tener cuidado con no descuidar a Heather y a su hijo, suponiendo que fuera su hijo, aspirando a algo que, de todos modos, no era real.

La luz entró desde el exterior cuando Jared Hawthorne asomó la cabeza en el despacho.

–¡Eh, tío! ¿Qué haces aquí? –preguntó en cuanto vio a Gavin–. ¿Hoy no vas a venir?

Normalmente, en cuanto terminaban las clases, Gavin se acercaba a las canchas de baloncesto y jugaba un partido o dos con los alumnos. Le gustaba divertirse con los chicos, siempre que tuviera tiempo, y dado que el número de muchachos que aguardaba en las canchas exteriores aumentaba desde principio a final de curso, sabía que había un montón esperando ese momento al finalizar el día. Pero, tal y como había explicado a los que ya habían ido a buscarlo antes, esa tarde estaba demasiado cansado para correr. Ni siquiera había arreglado el cortacésped tras conducir hasta Santa Bárbara para ir a buscar la pieza. Aunque había hecho un poco de papeleo, y arreglado una gotera bajo el lavabo de uno de los baños, casi todo el tiempo había estado sentado dándole vueltas a la cabeza, y bostezando. Había dormido muy poco.

–Hoy no puedo, amigo.

–¿Qué? –Jared estaba visiblemente contrariado–. ¿Por qué?

–Anoche me acosté tarde.

–¿Haciendo qué?

–Algunas cosas de las que necesitaba ocuparme –Gavin reprimió una sonrisa–. Jugad vosotros sin mí.

–Pero sin ti no es divertido –el muchacho frunció el ceño.

A Gavin no le gustaba decepcionar a los chicos, pero sabía que no duraría ni diez minutos. Sencillamente no tenía el corazón puesto en el baloncesto en esos momentos.

–Intentaré no fallar mañana.

–De acuerdo –contestó Jared con evidente decepción.

En cuanto se cerró la puerta, y Gavin estuvo de nuevo a solas, se dijo a sí mismo que ya era hora de hacer la llamada que llevaba posponiendo desde el sábado. El que Heather se hubiera pasado por New Horizons era indicio de que empezaba a impacientarse. Y no podía culparla por ello. No estaba bien por su parte tenerla esperando así.

Suspiró molesto con sus reticencias y apartó a Savanna de su mente, porque cuando pensaba en ella no quería hacer la llamada, invocando a Scott, porque cuando pensaba en él sí quería. Incluso antes de lo sucedido con Heather, nunca le había gustado demasiado Scott. Y dado que no le parecía que fuera a ser un buen padrastro, básicamente no tenía elección.

Además, tampoco era para tanto. Heather y él ya se habían reconciliado anteriormente. ¿Por qué no intentarlo de nuevo? No podía refrenarse por Savanna, ella había dejado bien claro que necesitaba tiempo para curarse las heridas y que no era una opción viable. Además, si su madre por fin se casaba con Cal Buchanon, el ranchero con el que llevaba un tiempo saliendo, tenía intención de abandonar Silver Springs. En cuanto se casara, Gavin podría marcharse tranquilo sabiéndola feliz y bien atendida, y ya no sentiría la necesidad de quedarse para cuidar de ella. Si conseguía que funcionara con Heather, se mudaría, con ella y el bebé, a Nashville. Ella se lo había dicho muchas veces, asegurando que iba a triunfar en el mundo de la música si se esforzaba lo suficiente en ello, de modo que sabía que ella apoyaría su decisión.

–Es lo correcto –murmuró mientras llamaba a Heather antes de que le faltara el valor.

–Hola –ella contestó al primer tono.

La nota de esperanza en su voz hizo que Gavin se sintiera aún peor por lo que se había permitido hacer la noche anterior.

–¿Cómo vas?

–Bastante bien, ¿y tú?

Pues gracias a Savanna había estado genialmente bien, al menos durante las horas que había pasado en la cama con ella. Pero sabía que a Heather no le entusiasmaría oír ese detalle.

—Bien. Mi madre me ha dicho que te pasaste hoy por aquí.

—Sí. Me tomé el día libre, no tenía ánimo para dar clase y quería saber si estabas preparado para hablar. He intentado no agobiarte, pero mis padres no dejan de preguntarme qué voy a hacer.

—¿Ya se lo has dicho a tus padres?

—Por supuesto. Necesito su apoyo.

Conociendo a Sid y a Vickie, Gavin no estaba seguro de qué clase de apoyo habría buscado en ellos. Le resultaban extremadamente dominantes. Pero ¿quién era él para criticar dado cómo había manejado la situación? No existía ningún libro de instrucciones para esa clase de cosas.

—Sí, claro, lógico que estén preocupados —asintió mientras cerraba el puño con fuerza—. Adelante, diles que no tienen de qué preocuparse.

—¿Qué significa eso? —preguntó Heather.

—Significa que tu bebé tendrá un padre. Estoy dispuesto a intentarlo de nuevo —ya estaba, lo había dicho. Las palabras habían salido de su boca. La decisión estaba tomada.

—¿Lo estás?

Gavin dio un respingo. Hasta el alivio y entusiasmo que reflejaba Heather le resultaban irritantes. Supuso que se debía a que se sentía preocupado, y a nadie le gustaba sentirse preocupado, pero eso no era culpa de ella. Tenía suerte de que lo hubiera elegido a él en lugar de a Scott. Al menos él estaba en situación de poder elegir.

—Sí.

—Entonces… ¿quieres que me acerque a tu casa esta noche? Podría prepararte la cena. Sé que te gusta mi ensalada de remolacha y queso de cabra. Y he encontrado una nueva receta de pollo al pesto que estoy segura te va a encantar.

–Suena bien. Pero, esta noche no, ¿de acuerdo? Todavía estoy en el colegio, pero estoy agotado. En cuanto llegue a casa me voy a la cama.

–¿Mañana entonces?

–Claro. Pero… vamos a tomárnoslo con calma. Me gustaría empezar desde el principio.

–¿En qué sentido? –la voz de Heather reflejaba la confusión que sentía.

–Empezaremos por salir, nada serio, nos daremos tiempo para acostumbrarnos a los recientes cambios. Tenemos siete meses. No hay necesidad de darse prisa.

–Ya. Claro. Por supuesto.

–Te parece bien, ¿no?

–Sí, claro –Heather no parecía muy emocionada ante la idea, pero sí se mostraba… tolerante–. Quiero que tú también seas feliz.

–Perfecto. Mañana te llamo –le aseguró él mientras colgaba la llamada.

Tras dedicar quince minutos a contemplar el vacío, Gavin se levantó de la silla. Se dijo a sí mismo que debería sentirse bien. Estaba haciendo un encomiable sacrificio. En cierto sentido, era el sacrificio que su propio padre se había negado a hacer por él. Iba a anteponer a su hijo a todo lo demás.

Pero, si ni siquiera quería que Heather fuera a su casa a prepararle la cena, ¿cómo iba a poder casarse con ella?

Capítulo 13

El tono le indicó a Gavin que había recibido un mensaje. Tras aparcar el coche frente a la puerta, consultó el teléfono.

¡Eres un hijo de perra!

Qué bonito. No había ningún nombre junto al número, lo cual significaba que no estaba en su lista de contactos. Pero no le costó adivinar de quién se trataba.

¿Quién eres?, escribió, solo para confirmarlo.

La respuesta, cuando llegó, no respondió directamente a la pregunta. Sin embargo, sí le dio una buena pista.

¿Vas a volver con ella? ¿En serio?

Era Scott.

Gavin: Si el bebé es mío, quiero criarlo yo.
Scott: ¡Eso no lo sabremos hasta dentro de siete meses!

Lo que sí sabía Gavin era que él cuidaría mejor del bebé de Scott que Scott del suyo. Tras vivir con Aiyana y trabajar en el rancho, se sentía como un guerrero entrenado cuando se trataba de defender a los desfavorecidos. En cualquier caso, aunque estuviera equivocado sobre la capacidad de Scott para ser padre, no podía confiar en él lo suficiente como para arriesgarse. Tenía que seguir implicado para asegurarse de que su bebé tuviera todo lo que necesitara. Por eso había decidido aceptar que Heather volviera con él, le proporcionaría el suficiente control sobre la vida de su hijo o hija, aunque no fuera el camino que él quería seguir.

Gavin: Lamento que estés decepcionado.
Scott: ¡Y una mierda! Si lo lamentaras no harías lo que estás haciendo. Ya me di cuenta de cómo mirabas a Heather la otra noche en el bar. Querías asegurarte de que ella aún te deseaba, como si tú fueras el centro del universo. Tú no la quieres, en el fondo no es así. Solo la estás confundiendo, intentando joderme a mí.

Todo eso era una sarta de imbecilidades. A Gavin le hubiera encantado verlos divertirse. Había empezado a convencerse de que Heather, por fin, se había olvidado de él, que ya no tenía que sentir que estaba decepcionando a una persona a la que solo quería como amiga.

Ni siquiera se molestó en responder al mensaje, pero Scott tampoco esperó una respuesta.

Scott: Más vale que tengas cuidado. Si tengo la oportunidad, ¡te voy a dar una paliza!
Gavin: Ya sabes dónde vivo.

Gavin sabía bien que no debería provocar a ese tipo, pero no podía evitarlo. En esos momentos tenía ganas de una buena pelea. El simple hecho de girar en la calle que conducía hasta su casa le recordó a su nueva vecina y le devolvió, con exquisito detalle, lo que había sentido al hacerle el amor la noche anterior. Deseaba regresar a aquello. Y el hecho de no poder hacerlo lo enfurecía. Pero sabía lo que sucedería si iba a la granja, y no sería justo acostarse con alguien después de haberle dicho a Heather que estaba dispuesto a volver a comenzar con ella.

Al ver que el exnovio de Heather había abandonado la discusión, Gavin se bajó del coche. Quizás el silencio de Scott significaba que iba de camino. Sus planes habían sido entrar en casa, desnudarse y meterse en la cama, con la esperanza de que el mundo fuera mejor a la mañana siguiente. Pero el intercambio con Scott había inundado su sistema de adrenalina, imposibilitándole el dormir. Decidió sentarse en el porche, como hacía casi todas las noches, y trabajar en su última canción, intentar calmarse y mantener un ojo en la carretera al mismo tiempo, pero al llegar a la entrada encontró una nota pegada a la puerta.

He preparado un estofado en mi olla de cocción lenta, y he comprado pan crujiente de masa madre en la panadería de la ciudad. Incluso tengo galletas sin horno que Alia y Branson me han ayudado a preparar para el postre. No está mal como comida para alguien que no tiene cocina ni horno. ¿Te apetecería acompañarnos para cenar? En caso de que aceptes, pásate. Esperaremos hasta las siete.

Savanna.

—Mierda —murmuró él mientras contemplaba la pulcra caligrafía.

Se dijo a sí mismo que sería una locura flirtear con esa clase de tentación y arrugó la nota. Tenía que mantenerse alejado de Savanna o podría, seguro que lo haría, acabar comprometiendo su integridad. Pero tampoco podía rechazar una cena. A pesar de haberle facilitado su número, ella nunca lo había llamado o enviado un mensaje, y por tanto él no tenía el número de Savanna. No podía declinar la invitación sin ir a la granja para decírselo en persona. Y, si lo hacía, ya que estaba allí, podría cenar. No quería que ella pensara que su comportamiento había cambiado después de lo de la noche anterior, cuando lo cierto era que no tenía nada que ver con lo que estaba sucediendo en su vida.

Además, tenía hambre, y si aceptaba no tendría que prepararse algo para comer.

—No es más que una cena —murmuró.

Savanna no lo había invitado a su cama otra vez. Habían acordado que lo de la noche anterior sería un incidente aislado. Además, era pronto y los niños seguramente estarían levantados y alternarían con ellos. Sin duda la presencia de Branson y de Alia les evitaría hacer algo que no deberían hacer. ¿Qué sentido tenía quedarse sentado en su casa, taciturno y enfadado, esperando a que llegara Scott para empeorar su noche?

Ya tendría tiempo de ocuparse del antiguo novio de Heather más tarde.

La absurdez de meterse en una pelea lo golpeó mientras se duchaba. Sin embargo, sabía que seguramente no iba a tener mucha elección. No iba a permitir que Scott lo vapuleara. Si algo había aprendido durante su infancia era cómo manejar una amenaza física. Scott parecía creer que la fuerza bruta podía conseguirle lo que quisiera, lo que dejaba claro que era tan imbécil como él había supuesto desde el principio que era.

Ya eran las seis y cuarto cuando Gavin por fin estuvo listo. No vio el Camaro de Scott aparcado frente a la casa, a pesar de que habría tenido tiempo de sobra para llegar. ¿Sería posible que ni siquiera fuera a aparecer?

Gavin comprobó el móvil. No había recibido más noticias de él.

Con la esperanza de que el exnovio de Heather lo hubiera dejado estar, se recogió los cabellos hacia atrás. No iba a necesitar las llaves del coche, ya que iría andando. Pero sí sintió el impulso de guardar un preservativo en la cartera...

—¿Lo ves? —se recriminó a sí mismo por el hecho de haberlo pensado siquiera, obligándose a marcharse sin llevar nada.

No iba a volver a acostarse con Savanna.

Savanna había estado en la ciudad horas antes, derrochando en una nueva blusa y un conjunto de sujetador y braguita color nude. Había decidido que se lo debía a sí misma después de tanto frotar, limpiar y desembalar. Era la primera cosa que compraba, aparte de las cosas de primera necesidad, desde que Gordon había sido arrestado, y tenía la sensación de estar en Navidad. Le encantaba poder gastar dinero sin tener que dar explicaciones después, cuando Gordon llegara a casa. Lo más emocionante era llevar puesta esa ropa sabiendo que Gavin podría aparecer por su casa. Ese hombre le había hecho sentirse deseable, y eso sí que le había producido un subidón, sobre todo después de tanto tiempo sintiéndose como si no fuera más que el último pensamiento para su esposo.

Aun así, con todas las reparaciones que necesitaba la casa, no debería haberse comprado un conjunto de ropa interior de lo más sexy. Decidió que no volvería a malgastar el dinero, y, además, poco a poco estaban mejorando sus condiciones de vida. Había vaciado la casa de basura y trastos, eliminado las telarañas, lo más difícil hasta el momento, limpiado los armarios y vaciado la mitad de las cajas. En un día o dos más los niños y ella estarían completamente instalados. Y entonces podría ocuparse de la lista que había estado elaborando con las cosas que necesitaban ser reparadas o reemplazadas, pediría presupuestos y calcularía los gastos.

Puso la mesa sin dejar de mirar por la ventana, para ver si aparecía Gavin por el camino.

Cuando lo vio, el corazón le dio un brinco hasta la garganta. Una noche jamás bastaría, comprendió. Debía haber sido consciente de ello al comprar la lencería. Pero no estaba dispuesta a meterse en otra relación seria, no estaba preparada para meter a otro hombre en la vida de sus hijos. Una persona que sentía alivio por el mero hecho de comprarse un sujetador, unas bragas y una camiseta, debía conservar su libertad durante un tiempo más. Pero no había motivo para que Gavin y ella no pudieran seguir disfrutando físicamente el uno del otro, si así lo deseaban. Eran vecinos, disponían de intimidad y se sentían tremendamente atraídos el uno hacia el otro. Por lo menos él parecía estar tan interesado en su cuerpo como ella lo estaba en el suyo…

Todo dependería de si eran capaces de mantener la perspectiva en cuanto al aspecto físico del asunto. Eso ya planteaba un inmenso interrogante. Pero, por si acaso siguieran viéndose así, Savanna se alegraba de no haber tirado las pastillas anticonceptivas. No le costaría nada volver a empezar a tomárselas.

En cuanto Gavin llamó a la puerta, Branson, sentado en el suelo frente al televisor junto a su hermana, se puso de pie de un brinco.

–¡Ya voy yo!

Mientras él pasaba corriendo por su lado, Savanna regresó a la cocina, desde donde oía a Gavin saludar a Branson y bromear con él en la entrada.

–Pasa. La cena está casi lista –le dijo el niño antes de soltar un grito y empezar a reír mientras aparecía en la cocina, boca abajo, sujeto por Gavin por los tobillos.

Savanna se quedó sin respiración cuando sus miradas se fundieron. Le había preocupado que la situación pudiera resultar incómoda, parte del motivo por el que se había tomado un momento para recomponerse mientras Branson abría la puerta. Lo que habían compartido era muy íntimo, pero, a pesar de ello, apenas se conocían.

No debería haberse preocupado por ello, se dijo a sí misma. Gavin era de esas personas capaces de hacer que cualquiera se sintiera cómodo.

Él sonrió mientras dejaba a Branson en el suelo.

–Gracias por la invitación.

El conjunto de braguita y sujetador que llevaba puesto le quemaba la piel.

–Me alegra que pudieras venir.

Por el modo en que recorrió su cuerpo con la mirada, Savanna se preguntó si él también estaría recordando la noche anterior. De ser así, no dio ninguna otra muestra de ello.

–¿En qué puedo ayudar? –preguntó él mientras señalaba hacia la mesa.

–Si nos sirves la bebida –Savanna señaló una jarra con limonada–, yo serviré el estofado.

–Hecho.

Cuando pasó junto a ella, Savanna estuvo a punto de recostarse contra él. Ansiaba sentir el contacto.

Por suerte, Branson se había quedado en la cocina y le contaba a Gavin el hallazgo que había hecho de una viuda negra en la vieja leñera, lo cual le impidió actuar impulsivamente.

Gavin le dijo que debía tener cuidado con las leñeras, porque a las serpientes también les gustaban. Entonces Alia llamó a su hermano porque sus dibujos preferidos acababan de empezar, y Branson regresó corriendo al salón. Savanna pensó que quizás Gavin fuera a tocarla, siquiera brevemente en el codo, o que mostraría cualquier otra señal de la familiaridad que habían disfrutado, pero no lo hizo. Aunque se mostraba amable y educado, parecía temer acercarse demasiado a ella.

–¿Va todo bien? –preguntó Savanna mientras lo miraba con curiosidad tras servir el último plato.

–Bien –contestó Gavin, como si le sorprendiera la pregunta, y evitando su mirada, sugiriendo que había algo que no iba bien.

–No lamentarás lo de anoche, ¿verdad? –preguntó ella bajando la voz.

–Claro que no –él frunció el ceño y la miró–. Me encantó lo de anoche.

–A mí también –admitió Savanna. Sin embargo, se notaba que había algo que andaba mal.

No tuvo oportunidad de presionarlo. Y tampoco estaba segura de que lo hubiera hecho si hubiera podido. La noche anterior habían acordado que no habría más, y ella no tenía ningún derecho a esperar nada más. De modo que, esforzándose por sonreír, sirvió la cena.

Por suerte, los chicos estaban emocionados con un caracol que habían dejado en un viejo acuario que habían encontrado en el granero, y monopolizaron la conversación con ese tema. Savanna sentía de vez en cuando la mirada de Gavin sobre ella, pero en cuanto levantaba la vista, él la desviaba. En cuanto terminó la cena, se excusó con el pretexto de que estaba agotado y de que se iba a dormir.

Savanna no podía culparle por estar cansado. Habían pasado casi toda la noche despiertos. Ella también estaba cansada, pero era un cansancio agradable, de esos que iba acompañado de una sensación de satisfacción. Esperaba que la noche anterior no hubiese resultado ser el encuentro aislado que ella había insistido que fuera, pero Gavin se mostraba tan distante que dudaba que pudiera pasar nada entre ellos aquella noche.

¿En qué estaría pensando?

Savanna coqueteó con la idea de preguntarle, pero no tuvo valor. La noche anterior, incluso antes de que la tocara, ella había estado segura de dónde estaba con él. Pero esa noche… se sentía confundida. Por momentos creía haber detectado un atisbo de deseo, sobre todo cuando él había llegado a su casa. Pero si escudriñaba su rostro para determinar lo que estaba sintiendo, él ocultaba la mirada y fingía un interés por lo mundano.

—Siento que hayas tenido un día duro —le dijo ella mientras lo acompañaba a la puerta.

Los niños quisieron acompañarlos y se pegaban a Gavin como si fueran pegamento. Pero Savanna les prometió otra galleta si se volvían a la casa y le permitían charlar a solas unos minutos con el vecino.

—No he tenido un día duro —le aseguró Gavin—. Bueno sí, pero no por el motivo que podrías pensar.

—¿No estabas demasiado cansado?

—Eso no me importó.

—Entonces… ¿qué ha pasado?

Savanna tuvo la impresión de que él tenía algo importante que contarle, pero de repente su móvil comenzó a sonar. Era el detective Sullivan. Le había dicho que comprobaría una última vez si estaba preparada para la llamada de Gordon, por si fuera a producirse al día siguiente. Quería asesorarla sobre unas cuantas cosas, por ejemplo sobre cómo conseguir que Gordon dijera algo que solo podría saber si había estado implicado en la desaparición de Emma Ventnor.

Frunció el ceño al contemplar la pantalla, pero no descolgó la llamada. Si iba a hacer lo que le pedía Sullivan, coaccionar a Gordon para que hablara de la niña de dieciséis años desaparecida, no pasaría nada si lo llamaba después de que Gavin se hubiera marchado a su casa.

—¿Otra vez tu suegra? —preguntó él.

—Esta vez no —contestó ella mientras silenciaba el móvil.

—Pensaba que solo ponías esa cara de preocupación cuando llamaba ella —Gavin le dedicó una sonrisa que, se notaba, estaba especialmente estudiada para animarla.

—Es el detective que registró mi casa de Nephi —le explicó ella con una expresión de disgusto.

—¿Necesitan que vuelvas para declarar?

—Eso supuse yo también cuando me llamó esta mañana. Pero se trata de otra cosa.

—No me digas que cree que sabes algo que no estás contando... —Gavin la miró preocupado.

—No. Sabe que soy completamente inocente. Al menos, eso creo. La policía espera asociar a Gordon con otro caso.

—¿Una violación?

—Puede que algo más que eso —Savanna le contó lo que le había dicho el detective.

—¡Madre mía! —Gavin se acarició la barba con el pulgar mientras escuchaba atentamente.

—¿Verdad? Espero sinceramente que no sea culpable de este caso. Ninguna de sus otras víctimas era tan joven. Y al final las dejó marcharse.

—¿Y por qué sería esta diferente?

—Esa es la cuestión, y lo que me hace pensar que debió hacerlo otra persona —a no ser que las circunstancias hubieran sido críticas. A lo mejor se había pasado al golpearla, sin intención verdadera de matarla. O había aparecido alguien y había tenido que silenciarla rápidamente.

Toda clase de horribles pensamientos se habían colado en la mente de Savanna.

—Para ti, y para Alia y Branson, supondría un respiro —Gavin asintió.

Estaba claro que su intención era la de mostrarle su apoyo, pero no parecía convencido de que el atacante de Emma fuera otra persona.

—Por eso debo hacer lo que tengo que hacer.

—Preferiría que no lo hicieras.

Ella se apoyó contra la barandilla del porche y miró hacia la noche en calma.

—¿Por qué no? Sullivan, el detective, insiste en que es mi deber ayudar en lo que pueda.

—Está preocupado por conseguir la cadena perpetua para Gordon. Y, si bien a mí también me gustaría que sucediera eso, me siento más preocupado por ti. Tengo la sensación de que Gordon es un psicópata, dado que parece capaz de separar las cosas hasta el punto de que los niños y tú no teníais ni idea de lo que hacía. Provocar a un hombre así podría ser peligroso.

—No mientras esté entre rejas...

—Ese es el problema. Aunque sea declarado culpable, no tenemos ni idea de qué sentencia le va a caer, o si surgirá algo más adelante y sea liberado por buen comportamiento, hacinamiento, o lo que sea. Y su madre, su defensora más feroz, puede moverse por ahí a voluntad. ¿Qué pasaría si se enfada lo suficiente como para venir aquí y empezar a causar problemas?

Savanna había intentado no preocuparse por esa posibilidad. Dorothy tenía veintidós años más que ella. Parecía una tontería temer ser atacada físicamente por la madre de otra persona. Aun así, Dorothy estaba dispuesta a ir más lejos que la mayoría de las personas. No hacía gala de demasiado control o contención. La noche que había aparecido por su casa de Nephi y empezado a gritar y a patear la puerta había resultado muy inquietante, incluso claramente aterradora. Savanna estaba convencida de que su suegra iba a atacarla si veía la oportunidad de hacerlo.

Y aunque superara a Dorothy en fuerza, no quería que los niños tuvieran que vivir otro episodio como aquel. Ver a la policía llevarse a su abuela a rastras había sido muy duro.

–Tiene un carácter muy fuerte –admitió Savanna–. Deberías oír algunas de las historias que Gordon me contó a lo largo de estos años. En ocasiones me pregunto si todo el alcohol que ha consumido no habrá destrozado su cerebro.

–Tienes mi número de teléfono –le recordó Gavin–. No tienes más que llamarme si necesitas algo. No importa la hora. Vendré lo antes que pueda.

–Gracias –Savanna sintió cierto alivio. Gavin parecía preocuparse por su seguridad, de modo que lo de la noche anterior quizás no hubiera destrozado su amistad, como había empezado a temer–. Con suerte no tendré necesidad de molestarte.

–Preferiría que llamaras, aunque solo sea porque tengas miedo.

La mano de Gavin rozó accidentalmente la suya, y ella sintió la misma descarga de la noche anterior recorrer su cuerpo, haciéndole desear que él hubiera mencionado la posibilidad de regresar cuando los niños se hubieran dormido. Pero no lo hizo. Gavin apartó la mirada de ella, le dio las gracias por la cena y le deseó buenas noches.

–Buenas noches –murmuró ella mientras lo veía bajar los escalones de la terraza.

«¿Por qué no se lo había contado?».

Gavin hundió las manos en los bolsillos y agachó la

cabeza mientras echaba a andar hacia su casa. Había estado a punto de mencionar a Heather, y lo habría hecho si el detective no los hubiera interrumpido. Pero tras conocer todo lo que estaba obligada a soportar Savanna, decidió mantener sus problemas para sí mismo. Ella ya le había dejado claro que no lo consideraba una opción romántica, de modo que no tenía por qué darle ninguna explicación por no volver a acostarse con ella.

¿O sí? ¿La estaba utilizando a modo de excusa, para mantener viva la esperanza de que algo podría cambiar?

En cuanto cruzó el arroyo y estuvo fuera de la vista de su casa, Gavin le propinó una patada a una piedra y la lanzó por la carretera, y soltó un juramento en voz baja. La buena noticia era que no veía el Camaro de Scott en el camino de entrada. La mala que vio el Pathfinder de Heather, y la encontró sentada en el escalón de la entrada.

–¿Qué haces aquí? –le preguntó.

–Scott me llamó antes –ella se levantó–. Estaba furioso. Temí que viniera aquí para provocar una pelea, o que fuera a mi casa y comenzara una discusión conmigo. Vine para prevenirte.

–No hacía falta que me avisaras –contestó él–. Me envió un mensaje, intentando provocar algo.

–¿Qué dijo?

–Un montón de gilipolleces.

Heather se abrazó a sí misma ante el frescor de la noche.

–Lo siento. No está facilitando las cosas.

–No es culpa tuya. No lo planeaste. ¿Cuánto tiempo llevas esperando?

–Media hora por lo menos. ¿Dónde estabas?

–En la casa de al lado –él señaló con la cabeza hacia la casa de Savanna.

Heather apretó los labios con fuerza.

–¿Sucede algo? –Gavin conocía muy bien ese gesto.

–No si… quiero decir que me dijiste que te ibas a dormir.

–Heather, no sigas.

–Solo me pregunto qué estabas haciendo allí, eso es todo.

Gavin estuvo a punto de hablarle de la cena, pero no quiso avivar el fuego de los celos después de haber conseguido volver de casa de Savanna sin meterse en ningún lío. No le había resultado fácil, pero había mantenido las manos quietas y apenas había hecho mención a la noche anterior.

–Estaba echando una mano –aunque estuviera estirando un poco la verdad, no tenía ganas de tranquilizar a Heather.

–Savanna es guapa, ¿verdad?

A Gavin no le costó reconocer la trampa que le había puesto, y evitó contestar la pregunta.

–¿La conoces?

–Vine por aquí esta mañana, buscándote. Ella salía a recoger el correo.

Gavin sacó del bolsillo la llave de la casa. Normalmente no se molestaba en cerrar la puerta, al menos no si estaba por la zona. Pero esa noche sí la había cerrado. No tenía ganas de regresar a su casa y descubrir que Scott había estado enredando entre sus cosas.

–¿Por qué no me llamaste? –preguntó él mientras sujetaba la puerta para que ella pudiera entrar delante–. ¿Por qué no me avisaste de que me estabas esperando?

–Lo intenté –contestó ella.

Él sacó el móvil del bolsillo para averiguar por qué no había oído nada y vio que se había quedado sin batería. Había estado tan obsesionado con luchar contra la atracción que sentía hacia Savanna que no lo había comprobado después de salir de su casa.

—Vaya, lo siento. Está muerto.

—¿Y qué hiciste esta noche por tu preciosa vecina?

Gavin la miró contrariado. Precisamente había sido su posesividad lo que había roto la relación la última vez. Porque una exnovia había llegado a la ciudad y había querido verlo.

—Heather, por favor, no empecemos otra vez.

—De acuerdo —ella alzó una mano—. Solo me siento un poco insegura, dado nuestro pasado y la situación en la que me encuentro ahora mismo —parecía a punto de echarse a llorar mientras se dejaba envolver por los brazos de Gavin—. Supongo que necesito un poco de cariño y mimos. Ha sido una semana muy dura.

—Ya me lo imagino —él le frotó la espalda, intentando darle algo de ese cariño con mimos. Si iba a convertirse en esa persona significativa en su vida, tendría que satisfacerla de algún modo, no podía ocuparse solo del niño.

Pero cuando Heather lo tomó como una señal de que él podría estar dispuesto a más, y levantó el rostro para besarlo, él reculó de inmediato.

—Lo siento —se excusó—. No estoy preparado.

Capítulo 14

Tras devolverle la llamada al detective Sullivan, Savanna se sentó en el sofá del salón con el portátil. Estaba agotada y necesitaba dormir, pero también necesitaba prepararse para la siguiente ocasión en que Gordon intentara ponerse en contacto con ella, lo cual podría muy bien ser a la mañana siguiente. En todo el día no había tenido noticias de él, ni de su madre, bastante extraño dada la frecuencia con la que habían intentado localizarla durante las semanas anteriores. Supuso que estarían enfadados por cómo había transcurrido la última conversación. Sin embargo, dudaba que fueran a permitir que se librara tan fácilmente. Volverían a ponerse en contacto con ella y, si bien Dorothy podía hacerlo cuando quisiera, Gordon solo tenía acceso al teléfono cuando estaba fuera de la celda, en el salón o las zonas comunes, donde los presos pasaban la mayor parte del tiempo.

Al escribir «Emma Ventnor», en el motor de búsqueda, sintió que se le encogía el estómago. Aunque no quería ponerle cara a ese nombre, pensó que una foto podría decirle más de lo que sabía. Por lo menos los artículos publicados le proporcionarían la información que no le había dado el detective Sullivan. La policía se había mostrado tan calculadora con ella en el pasado, revelando algunos detalles y ocultándole otros, que no se fiaba de ellos. Por supuesto, comprendía el motivo por el que habían estado jugando con ella, pero también prefería prepararse para la conversación telefónica con su ex, no quería facilitar que lo acusaran de un asesinato si no lo había cometido.

Varios enlaces aparecieron en pantalla. Savanna abrió el primero y vio una fotografía de Emma. La chica había sido guapa, cierto, con brillantes cabellos oscuros y unos grandes ojos marrones. Savanna entendía perfectamente que Gordon se hubiera sentido atraído hacia semejante belleza, sobre todo al seguir leyendo. Emma había sido una chica popular, animadora y alumna de sobresalientes, la clase de chica con la que a Gordon le hubiera gustado salir en el instituto, pero que había estado fuera de su alcance. En esa época él era más bien regordete, hasta que empezó a tomarse en serio el deporte de la lucha. También había sido un alborotador, motivo por el cual había sido enviado al rancho de muchachos para que se enmendara.

—Que el cielo me ayude —murmuró ella mientras leía el artículo, escrito poco después de la desaparición de Emma.

Por favor, si tienen alguna información, contacten con la policía. Haremos lo que sea por recuperar a nuestra hija. Siempre ha sido una persona dulce y amorosa.

La conmovedora súplica del padre de Emma hizo que Savanna diera un respingo. Ella también tenía una hija. Y ni siquiera era capaz de imaginarse el dolor que debería estar sufriendo la familia de Emma. Sin duda, Gordon no recurriría al asesinato, no apartaría a una cría de sus padres.

El coche de Emma había sido encontrado a un lado de

la carretera con una pequeña abolladura en un lado. Según sus padres, había desaparecido mientras regresaba a casa de su ensayo con las animadoras. La policía especuló con que la persona que la hubiera secuestrado le había dado un golpe en el coche, obligándola a detenerse a un lado para intercambiar los papeles del seguro. Sin duda se había sentido perfectamente a salvo, dado que era mediodía.

Savanna buscó el mismo artículo desde el móvil y se lo reenvió a Gavin con una nota: *Esta es la chica*. Necesitaba hablar con alguien, sobre todo con él, después de lo sucedido la noche anterior, pero al no recibir ninguna respuesta de inmediato, supuso que se habría ido a dormir.

Tras echar un último vistazo a sus hijos, y pronunciar una silenciosa plegaria para que Branson pasara toda la noche sin sufrir ningún escape, y que así no se sintiera tan mal por la mañana, se dijo a sí misma que debía ser fuerte. No podía empezar a depender de Gavin. No podía depender de nadie.

Se estaba poniendo el camisón cuando oyó el tono del móvil. Aunque temió que pudiera ser Dorothy, o el detective Sullivan que quería darle instrucciones, o hacerle alguna advertencia de última hora cara al día siguiente, vio que era Gavin.

¿Estás bien?, había escrito.

Aliviada de que hubiera respondido, Savanna se sentó en la cama. Tal y como había ido la cena, no podía evitar preguntarse cuáles serían sus sentimientos, en qué estaría pensando.

Savanna: Estoy bien. Un poco nerviosa por lo de mañana, nada más.

Gavin: ¿Quieres que te acompañe mientras hablas con Gordon?

Savanna: ¿No tienes que trabajar?

Gavin: Podría llegar tarde. Tengo más días libres de los que podría tomarme.

Savanna: Preferiría no cargarte con esto. Solo quería que vieras a la chica. Ojalá pudiera decir que él jamás se fijaría en alguien como ella, pero no puedo. Es hermosa, ¿no te parece?

Gavin: Desde luego. Pero ese hombre tenía a una esposa, aún más hermosa, esperándolo en casa, por lo que no tenía ningún motivo.

La respuesta de Gavin hizo que Savanna se sintiera mucho mejor. Entrelazada con todas las demás emociones que había estado sintiendo últimamente, se agazapaba la deprimente idea de que no había sido lo bastante buena para el hombre al que había intentado entregarle todo.

Savanna: Gracias por tu amabilidad.

Gavin: Es la verdad. ¿Estás segura de que no quieres que me pase mañana mientras atiendes esa llamada? Aunque solo sea para proporcionarte apoyo moral. Me gustaría asegurarme de que ese detective no te presione más de lo que ya ha hecho.

Savanna: Ni siquiera tengo que hablar con Sullivan mañana. Ya lo tiene todo preparado. Se supone que debo enviarle un mensaje si recibo la llamada, ya está. Él conseguirá la grabación de quienquiera que se ocupe de esas cosas en la cárcel.

Gavin: ¿Y qué pasa si no recibes esa llamada?

Savanna: Esperaré a que llame. Y, si no lo hace, le enviaré un mensaje. Pero ya que te has ofrecido a ayudar...

Gavin: ¿Qué puedo hacer?

Savanna: Dado que voy a tener que decir cosas que enfaden a Gordon, preferiría que los chicos no oyeran la conversación. Si de verdad puedes dejar de ir a trabajar, estaría bien que Branson y Alia pudieran ir a tu casa a la hora en que será más probable que llame.

Gavin: ¿Y a qué hora crees que será eso?

Savanna: Le he enviado un mensaje a su madre hace un rato, pidiéndole que le diga que me llame a las diez. Estoy segura de que Gordon lo hará, si se lo permiten. Hasta ahora nunca había solicitado recibir una llamada suya, de modo que, cuanto menos, sentirá curiosidad. En cualquier caso, si estoy aquí sola, podré llevarlo al límite, tal y como quiere el detective, sin tener que preocuparme por mis palabras y modales.

Gavin: ¿Estás segura de querer hacer esto, Savanna?

Savanna: No veo otra opción. Me siento obligada a ayudar a los padres de Emma, si puedo. Y si voy a ayudar, lo lógico es ir hasta el final, intentar que sirva de algo.

Gavin: Los niños pueden venir aquí, por supuesto. Les llevaré al parque de la ciudad para que vean a los patos, y les compraré un helado.

Savanna: No es necesario que te molestes tanto. A ellos les bastará con estar contigo. :)

Gavin: Prefiero hacer algo divertido para que tengan ganas de volver.

Ese hombre no se daba cuenta de que el mero hecho de estar a su lado ya era divertido... para todos. *Gracias*, escribió Savanna.

Esperaba poder continuar con la conversación. Cuanto más contacto mantenía con él, más contacto deseaba. Pero Gavin la dio por concluida con un: *No hay de qué. Te veré mañana.*

—¿Quién era?

Mientras dejaba el móvil sobre la mesilla de noche,

Gavin se volvió hacia Heather, que estaba al otro lado de la cama. Al iluminarse la pantalla había esperado unos minutos, con la esperanza de que Heather se durmiera. Llevaban por lo menos quince minutos tumbados en la cama, él sumido profundamente en sus pensamientos. Pero sería mucho esperar que no se diera cuenta del intercambio de mensajes. Y el que hubiese durado tanto tiempo no ayudaba en nada. Habría enviado a Heather a su casa, pero ella aseguraba que tenía miedo de Scott. Si era verdad, si Scott la había amenazado, tal y como ella aseguraba, no quería ponerla en peligro, sobre todo estando embarazada. Y tampoco podía cederle la cama y dormir él en el sofá, aunque era lo que le apetecía realmente. Eso la habría ofendido, dado que en el pasado habían hecho el amor en numerosas ocasiones.

Con suerte, a medida que pasara el tiempo sin sexo, se sentiría más interesado en intimar de nuevo con ella. De momento era demasiado pronto, resultaba incómodo, dado que todo había sucedido tan recientemente.

—No era nadie —contestó.

—¿A quién puedes querer enviar un mensaje a estas horas?

—A mi madre. A Eli. Por un concierto. A cualquiera de mis amigos. A un montón de gente. Tampoco es tan tarde. Solo son las diez.

—¿Entonces era Eli? ¿O era otra persona?

—Un amigo.

—¿Qué amigo?

—¡Heather! —Gavin soltó un puñetazo contra la almohada—. Estoy agotado. ¿Podemos dormir?

Ella permaneció en silencio durante largo rato, tanto que Gavin por fin empezó a dormirse… hasta que fue devuelto bruscamente a la realidad cuando ella volvió a hablar.

—Algo va mal. Esta vez es diferente contigo.

Gavin reprimió un gruñido de frustración y fingió no haberla oído. Y al fin ella se quedó dormida. Por lo menos eso parecía. Lo siguiente que supo fue que el sol se filtraba entre las cortinas y que ella se había levantado y corría para llegar a su casa a tiempo de ducharse y vestirse antes de comenzar sus clases con los alumnos de quinto grado.

Gavin suspiró aliviado cuando Heather se despidió de él con un sencillo abrazo. Gracias a Dios tenía demasiada prisa para hablar, o sugerir alguna otra cosa. Después de la noche anterior, se había dado cuenta de lo mucho que necesitaba aclimatarse a la decisión que había tomado, y también que tenía que olvidarse de sus sentimientos por Savanna. También estaría bien que las cosas con Scott se calmaran antes de que Heather y él fueran vistos juntos por toda la ciudad. Aún quedaban meses para que naciera el bebé, no veía ninguna razón para apresurarse.

Se preparó una cafetera y un plato de huevos fritos. A continuación llamó a su madre para comunicarle que no iría a trabajar antes del mediodía, y salió al porche con su guitarra. Todavía no había terminado la última canción sobre la que había estado trabajando, pero la letra de una nueva canción empezaba a tomar forma en su mente. Cerró los ojos y vio a Savanna sonriendo después de haberse quitado la blusa. Intentó capturar la promesa que encerraba esa sonrisa y cómo hacía que todo en su interior se volviera un poco loco.

En un abrir y cerrar de ojos habían pasado dos horas, pero para cuando Branson y Alia aparecieron corriendo por el camino, seguidos de Savanna que caminaba más lentamente, ya había escrito una nueva canción.

–¿Listos para ir al parque? –preguntó Gavin.

—Mi mamá me ha dado dinero para comprar pan –Branson agitó unos billetes que llevaba en la mano–. ¡Dice que a lo mejor podemos dar de comer a los patos!

—Claro que podréis darles de comer –Gavin dejó la guitarra a un lado–. Yo tengo una hogaza de pan que está demasiado duro para comer, así que no nos falta de nada.

—¿Muerden? –preguntó Alia sin aliento por el esfuerzo de mantener el ritmo de su hermano. La niña parecía mucho menos entusiasmada ante la idea.

—Algunos gansos pueden mostrarse un poco agresivos si los asustas, pero los patos suelen ser mansos –él le guiñó un ojo–. De todos modos no tienes de qué preocuparte porque yo estaré allí para asegurarme de que no os pase nada.

—Me gusta tu pelo –Alia sonrió con dulzura–. Ojalá el mío fuera así de largo.

Él rio. Si empezaba a despertar envidias en las niñas pequeñas, estaba claro que necesitaba un cambio de imagen.

Se protegió los ojos con las manos a modo de visera para poder ver a Savanna a pesar del brillante sol. Llevaba unos vaqueros con una camiseta que resaltaba su hermosa figura, pero parecía cansada y agobiada.

—¿Qué tal has dormido? –preguntó Gavin.

—No muy bien –contestó ella–. Me he pasado casi toda la noche dando vueltas. ¿Y tú?

—Conseguí un poco más que eso.

—Me alegro. Yo, eh... –Savanna se ruborizó ligeramente–, te mantuve despierto la noche anterior, seguro que necesitabas dormir.

—No me importó no dormir.

—Gracias por decir eso –ella le dedicó una deslumbrante sonrisa–. Me lancé con tanta fuerza que temí haberme pasado.

–No. No hiciste nada malo, nada que no me gustara.

Cuando sus miradas se fundieron, él se preguntó qué tenía esa mujer. Le afectaba profundamente. No pudo evitar deslizar la mirada hasta sus labios. Quería saborearla nuevamente…

–A ti también te habría ido bien una buena noche de sueño.

–Esta noche dormiré mejor, suponiendo que reciba esa llamada que estoy esperando.

–¿Qué llamada? –Branson arrugó la nariz y levantó la mirada hacia su madre.

–Estoy negociando con algunos de los constructores que vendrán a arreglarnos la casa esta mañana, ¿recuerdas? –contestó ella, dejándole claro a Gavin que los niños no eran conscientes de que podrían estar hablando de su padre.

Gavin intentó llamar la atención de Branson y Alia.

–¿Alguna vez habéis visto una guitarra tan de cerca?

–No –Branson se agachó para echarle un mejor vistazo–. ¿Sabes tocar?

–Sí –contestó Gavin–. La toco todo el rato.

–¿Tocarías para nosotros?

–¿Y también cantarías? –intervino Alia antes de que él pudiese contestar.

–Claro –Gavin se colgó la correa de la guitarra del hombro–. ¿Qué queréis que os toque?

Los niños miraron a su madre, esperando que fuera ella quien contestara.

–No sé muy bien qué clase de música haces –dijo Savanna.

–Toco folk rock, blues, soul, incluso algo de pop rock.

–¿Hay alguna canción que hayas estado tocando últimamente?

—Tocaré una que funciona bastante bien en mis actuaciones. Es la única canción verdaderamente de country que hago, pero la incluyo en mi repertorio porque algunos de los bares en los que toco están en comunidades agrícolas, y es la clase de música que suele gustarles.

—A mí me parece bien.

Gavin cantó *Blue Ain't Your Color*, de Keith Urban, pero dada la letra, decidió que quizás no hubiera sido la mejor elección. Cuando terminó, Savanna y él se miraban con tal deseo descarnado que se sintió paralizado.

—¡Qué bien cantas! —exclamó Alia, rompiendo el momento y recordándole que no estaban solos.

Gavin carraspeó y dejó la guitarra en el suelo.

—Gracias. Tengo idea de trasladarme pronto a Nashville.

—¡Nashville! —Savanna enarcó las cejas—. ¿Cómo de pronto?

De repente Gavin comprendió que debía abandonar Silver Springs urgentemente. Aunque Aiyana no estuviera preparada para casarse con Cal. Había intentado esperar, pero estaba en juego su tranquilidad de espíritu. Jamás podría ser la clase de esposo que quería ser para Heather, la clase de esposo que siempre se había imaginado siendo, si seguía deseando a Savanna. Y eso acabaría por afectar también a la clase de padre que sería. De modo que tenía que alejarse de ella.

—En unos dos meses o así —contestó impulsivamente.

Un plan trazado y ejecutado a velocidad de vértigo, sobre todo porque antes de marcharse tenía que encontrar un sustituto para New Horizons. Aun así, al rememorar cómo Savanna arqueaba la espalda para recibir cada una de sus embestidas, las manos hundidas en su pelo y la boca abierta y receptiva bajo la suya, dos meses no le pareció lo bastante pronto. Dos meses serían sesenta noches en las que tendría que reprimir la tentación de regresar a su cama…

–Será mejor que nos vayamos al parque –les anunció a los niños mientras metía la guitarra en su casa y cerraba la puerta antes de ayudarles a subirse a la camioneta.

Capítulo 15

¿Por qué no le había mencionado Gavin que tenía intención de marcharse de allí?

Savanna sintió como si le hubieran pegado un puñetazo. La noticia había surgido de la nada. ¿No acababa de comprar esa casa? ¿Para qué iba alguien a comprarse una casa si tenía la intención de marcharse en poco tiempo?

No tenía sentido. El Gavin que había ido a cenar a su casa la noche anterior y el Gavin con el que había hablado aquella mañana no eran el mismo Gavin que había construido el puente provisional y pasado la noche en su cama. El viejo Gavin era relajado, descuidado, y no ocultaba el interés que sentía por ella. Pero ese Gavin parecía estar reculando a pesar de su interés.

¿Era el sexo lo que le había cambiado? ¿Por eso había tomado la decisión de abandonar la ciudad?

El mero hecho de especular con esa posibilidad era ridículo. Le había asegurado, por activa y por pasiva, que disfrutaba estando con ella. Aun así, esa noche parecía haberlo cambiado todo.

Sintiéndose de repente desvalida, como si estuviese a punto de perder a su único amigo, pues en cierto modo ese era el caso, Savanna permaneció en el patio de Gavin, obligándose a sí misma a saludar con la mano y sonreír mientras él se alejaba con sus hijos. A continuación echó un vistazo al móvil. Sin el breve destello de felicidad que Gavin había llevado a su vida, no tendría nada salvo mucho trabajo. El trabajo necesario para reconstruir la granja. El trabajo necesario para reconstruir su familia. El trabajo necesario para reconstruirse a sí misma. Y en medio de todo ese trabajo, seguramente averiguaría más cosas sobre los crímenes de Gordon. Incluso podrían llamarla más veces para que hiciera algo parecido a lo que el detective le había pedido que hiciera aquella mañana.

Estaba a punto de llamar a Sullivan para decirle que no podía hacerlo. Quería retirarse de aquello. Pero el recuerdo de los padres de Emma Ventnor aferrándose el uno al otro en ese recorte de prensa que había visto, suplicando a quien pudiera saber algo que lo comunicara, le hizo resistirse a cancelar el trato con el detective. No lo hacía por Sullivan. Lo hacía por esas dos personas a las que le gustaría ayudar como fuera.

Acababa de echar a andar hacia su casa cuando sonó el teléfono.

La llamada era de la cárcel del condado. Gordon. Allí estaba. Al parecer su madre había podido pasarle el mensaje de Savanna.

En lugar de seguir caminando hacia su casa, Savanna retrocedió hasta el porche sombreado de Gavin, respiró hondo y contestó.

—¿Hola?

Tras la habitual retórica sobre que la llamada estaba siendo grabada y registrada, oyó la voz de su exmarido.

—Savanna, gracias por aceptar mi llamada —parecía ligeramente sorprendido y aliviado al saber que ella por fin había cedido.

Savanna se sentó en la silla que Gavin había utilizado para tocar la guitarra.

—Si he aceptado hablar contigo es porque he leído algo que me tiene totalmente desquiciada, Gordon. Y quiero oírte decir que tú no lo hiciste.

Por la repentina tensión que surgió entre ambos, se notaba que Gordon se mostraba repentinamente cauteloso, haciendo una pausa antes de contestar.

—¿De qué estás hablando?

—De otro caso.

—¡Venga ya, por favor! —las emociones de Gordon pasaron de tensión a irritación—. La policía intentará cargarme con todo lo que pueda. Pero soy inocente, tal y como te he dicho. Si no me crees, considéralo desde un punto de vista práctico. Es imposible que una sola persona pueda haber hecho todo lo que ellos aseguran que hice.

Savanna se preguntó cuántas esposas de violadores, o asesinos, en serie habrían escuchado esos mismos argumentos cargados de razones.

—Esta vez no se trata de una violación.

—¿Entonces por qué lo sacas a relucir?

—Porque se trata de una niña, de dieciséis años, que lleva desaparecida casi un año.

—Emma Ventnor. Debería habérmelo figurado. No quiero hablar de ella.

¿Debería habérselo figurado? ¿Qué significaba eso? ¿Y por qué no quería hablar de ella? ¿Se sentía avergonzado, mortificado?

—Entonces estás al tanto del caso —Savanna sujetó el teléfono con más fuerza.

—Por supuesto. Vivía en Bingham, no muy lejos de la mina Kennecott Copper. Cuando desapareció salió en las noticias. Pero yo no le hice daño. No podrán acusarme de su muerte.

—¿Muerte? —repitió ella—. ¿Cómo sabes que está muerta?

—Ha pasado un año desde que encontraron su coche a un lado de la carretera. ¿Dónde piensas tú que podría estar?

—No han encontrado su cuerpo.

—Y con el tiempo que ha pasado, no lo van a encontrar. Seguramente estará en alguna parte del bosque, o en el lago, totalmente descompuesto. Quienquiera que lo hizo fue muy listo.

—Casi parece que lo admiras...

—Estoy tan harto de la policía que me cuesta no empezar a ponerme de parte de los chicos malos.

—¿Y no eres tú uno de esos chicos malos?

—¿Cuántas veces tengo que decírtelo?

—Sullivan está convencido de que mataste a Emma.

—¿Y por qué haces caso a ese bastardo? Desde el principio te ha tratado como a una mierda, y todo el mundo sabe que tú sí que no has hecho nada malo.

Savanna ignoró el comentario sobre cómo la había tratado Sullivan, a pesar de ser cierto. La policía no se había mostrado como su mejor amiga. Y dado que tenía un posible motivo para ocultar la verdad, desde el principio desconfiaron de ella, le había alienado todavía más, y contribuido a que el resto de la gente reaccionara de un modo parecido hacia ella.

—Emma Ventnor solo tenía dieciséis años.

—Te lo he dicho, ¡yo no la secuestré!

Por lo que ella había leído, no habían encontrado señales de lucha.

—Llevabas un rifle bajo el asiento de la furgoneta —y era un buen tirador, ansioso porque llegara la temporada de caza de ciervos cada año—. Podrías haberlo utilizado para obligarla a subir al coche contigo.

—Solía conducir a sitios aislados y de noche. Necesitaba llevar algo con lo que poder defenderme, por si acaso. Si no recuerdo mal, hubo un tiempo en que tú pensabas que llevar ese rifle era una buena idea.

Porque había creído en él, creído casi todo lo que él le contaba.

—Hasta que encontraron ese kit de violación en nuestro cobertizo.

—¡Ya estamos otra vez!

Savanna lo interrumpió antes de que él pudiera añadir algo más.

—¿Has visto el artículo con sus padres, llorando y suplicando su regreso sana y salva? ¿Te imaginas cómo sería estar en su lugar, Gordon? ¿Y si fuésemos nosotros esos padres? ¿Y si fuera Alia la niña secuestrada?

—Ya basta. Estoy harto de este tema.

—¿Y no te importa que yo esté alterada y que necesite hablar de ello?

—Tengo un tiempo limitado para la llamada. Hay otros tipos esperando para utilizar el teléfono. Y preferiría saber de mis propios hijos. ¿Cómo están?

Savanna no le había mencionado el problema que tenía Branson por las noches. Sabía cómo se sentiría sobre su hijo. Gordon pensaría que el niño no era tan fuerte o varonil como debería ser.

—Están bien.

—¿Y tú? ¿Cómo está mi esposa?

—Ya hemos hablado de esto —contestó ella—. No soy tu esposa, Gordon. Ya no.

—Eso es lo que dices ahora. Sullivan se te ha metido en la cabeza. Pero no estaré toda la vida entre rejas. Voy a ganar el juicio. Y entonces saldré y seré la clase de esposo y padre que debería haber sido. Ahora me doy cuenta de que no os dediqué suficiente atención a los niños y a ti. No supe valoraros. Pero seré mejor persona. Lo prometo.

Ella cerró los ojos y dejó caer la cabeza contra el respaldo de la silla.

—No quiero que seas mejor.

—Aquí hay demasiado ruido. Estos imbéciles no saben estarse callados. ¿Qué has dicho?

Allí no se trataba únicamente de lo que le estaba sucediendo a él. Savanna había hablado en voz baja, pero lo que había dicho era la verdad. Abrió los ojos y elevó el tono de voz.

—No te quiero mejor. No te quiero, y punto.

Silencio. Ella siempre había tenido mucho cuidado con no disgustarlo o herir sus sentimientos. Nunca se sabía qué podía desatar uno de sus infames cambios de humor. Sus palabras sin duda le habían provocado un sobresalto. Pero el detective Sullivan le había pedido que lo llevara al límite, y despertar sus celos era la manera más rápida de conseguirlo.

—No haré caso de eso porque sé que lo has estado pasando mal.

A Savanna le sorprendió que Gordon estuviera controlándose. Iba a tener que presionar un poco más.

—No es solo eso —insistió—. He conocido a alguien.

No era simplemente una frase estudiada para alterarlo. Era la verdad, comprendió ella. Pues había conocido a alguien, alguien que le había despertado el deseo de sus caricias y compañía. Y eso lo cambiaba todo, le daba fuerzas para luchar por algo parecido en el futuro. El que Gavin fuera a marcharse no importaba. Después de conocerlo jamás podría volver con Gordon.

—¿De qué estás hablando? —preguntó él—. Solo llevo dos meses entre rejas. Y no has parado de darme la lata con lo mal que estabas. ¿Estás diciéndome que todo ese tiempo tenías un novio? ¿Por eso te trasladaste a California? ¿Os fuisteis juntos los dos?

Ella empezó a reír. No le parecía gracioso lo que él acababa de decir, pero no encontraba un modo mejor de responder, de hacerle frente. Gordon siempre la estaba acusando de desear a otro, y nunca había sido cierto... hasta ese momento.

–¿Te parece divertido? –la desafió él.

Savanna oyó ese tono aterrador, ese que utilizaba para ponerle el vello de punta, y dejó de reírse.

–No. Pero resulta irónico. Mientras tú ibas por ahí acosando y violando mujeres, yo te esperaba, siempre fiel, en casa, soñando con que llegara el momento en que decidieras dedicarme unas migajas de atención. No conocí a Gavin hasta que llegué aquí.

–¿Y eso cuándo fue?

–El viernes.

–Hace cinco días.

–Sí. Pero en cinco días he cambiado y aprendido mucho, me parece que ha pasado mucho más tiempo.

Aunque se notaba que era forzada, Gordon soltó una carcajada.

–¡Dame un respiro! Acabas de conocer a ese tipo, ni siquiera lo conoces bien. Es el estrés de todo lo que estamos pasando el que le hace parecer tan estupendo, y seguramente es tan gilipollas como para aprovecharse de ello.

–No –mientras desviaba la mirada hacia las montañas Topatopa, ella comprendió por qué Gavin pasaba tanto tiempo sentado en ese porche. Ella no tenía esas vistas, los árboles estaban en medio, las de él eran mejores–. Jamás había deseado a un hombre como lo deseo a él –admitió–. Da igual que acabemos de conocernos. Volvería a acostarme con él si pudiera.

–¿Volverías? –gritó él–. ¡Zorra egoísta! Será mejor que no te estés follando a otros tíos con Branson y Alia en casa. Siguen siendo mis hijos. No puedes excluirme tan fácilmente.

—¿Qué hiciste con el cuerpo de Emma Ventnor? —preguntó ella.

—¿Te crees que soy tan idiota? —espetó él.

—Lo menos que puedes hacer es aceptar la responsabilidad de tus actos y proporcionarles a sus padres la paz que se merecen.

—Estás cometiendo un error, Savanna —la voz de Gordon bajó a un tono amenazador—. Puede que ahora mismo esté en una situación de impotencia, pero no será siempre así.

—Me da igual —contestó ella—. Ya no me importa. Estoy tomando el control de mi vida. Haré lo que me plazca. Criaré a mis hijos como me plazca. Me acostaré con cualquier hombre al que desee. Y jamás tendré que volver a soportar a tu madre, nunca más.

—Ahora sí que me estás cabreando...

—¿Y qué piensas hacer al respecto? —preguntó ella—. ¿Vas a salir de la cárcel y matarme como mataste a esa pobre niña? ¿Dónde dejaste su cuerpo, Gordon?

Él no contestó. Colgó el teléfono.

Savanna esperaba sentirse agitada, alterada, por la llamada. Pero se sentía extrañamente empoderada. Estaba harta de procurar que Gordon no se pusiera de mal humor, de que estuviera contento, de que su matrimonio permaneciera intacto. Se había disgustado mucho cuando Gordon lo había roto todo, pero empezaba a comprender que le había hecho un gran favor, al menos en cierto modo.

De nuevo cerró los ojos y se abandonó a la sensación del viento en la cara. «Soy libre. Estaré bien. Él se ha ido».

Pasados unos minutos, cuando se sintió preparada, le envió un mensaje a Sullivan.

Me ha llamado. Puede escuchar la grabación si lo de-

sea. Hice todo lo que puede, pero no conseguí una confesión, ni nada que sirva de ayuda. Gordon es demasiado listo para picar.

Esperó un poco más, para recomponerse y reunir fuerzas, antes de llamar a Gavin.

–¿Alguna novedad? –preguntó él en cuanto descolgó.

–Sí. Ha llamado. Acabo de colgar.

–¿Qué tal ha ido? –Gavin bajó el tono de voz que se hizo más serio.

–Ha sido una total pérdida de tiempo, tal y como yo me temía que iba a ser. Sullivan está loco si cree que Gordon va a decir algo que pueda incriminarlo. No metió la pata ni una sola vez mientras vivíamos y nos acostábamos juntos. ¿Por qué iba a divulgar de repente algún detalle importante, en una conversación telefónica que está siendo grabada, ahora que estamos separados?

–Por eso, en parte, estaba yo tan preocupado por la petición de Sullivan –Gavin suspiró–. Intentar cabrear a un tipo como Gordon es una temeridad, sobre todo cuando no hay prácticamente ninguna posibilidad de éxito.

–Pero alguien tiene que hacer algo –contestó ella.

Y las otras víctimas de Gordon parecían pensar que Savanna debería haber sabido algo, haber intervenido hacía tiempo.

–Estabas pensando en los padres de Emma Ventnor. Por eso no me empeñé en quitarte la idea de la cabeza, por si acaso servía de algo. ¿Y bien? ¿Cómo terminó la llamada? ¿Conseguiste enfadarlo?

Savanna recordó el momento en que le había dicho a Gordon que se había acostado con otro y que le apetecía volver a hacerlo. No se lo podía repetir a Gavin, pero era la verdad. Cada vez que pensaba en las manos de Gavin sobre su cuerpo, se sentía embriagada, sentía cosquillas por todo el cuerpo.

–Desde luego. Pero… ¿dónde están los niños? ¿Te pueden oír?

–No. Están al otro lado del local, echando unas monedas en una maquinita de premios. Vieron encenderse el letrero de *abierto*, en la heladería al pasar con el coche y decidieron que querían pasar por aquí antes de darles de comer a los patos –le explicó mientras soltaba una carcajada–. Fuimos los primeros clientes del día.

–Ha sido muy amable por tu parte llevártelos y divertirlos un poco –Savanna deseó haber podido ir con ellos–. No te imaginas lo mucho que te lo agradezco.

–No es para tanto.

–Sí lo es. Eres el primer amigo que tengo en mucho tiempo. Pero no tienes que mantenerlos por más tiempo alejados de casa. Ya puedes volver y así irte a trabajar. Debes sentirte algo agobiado.

–No tengo prisa. Me quedaré un poco más en el colegio esta tarde para recuperar el tiempo.

Savanna se levantó y se agarró a la barandilla mientras seguía con la mirada fija en las montañas.

–¿En serio vas a marcharte a Nashville?

–Si quiero hacer algo en el mundo de la música, no me queda otra opción –contestó él tras una breve pausa.

–Por supuesto, lo comprendo –ella echó la cabeza hacia atrás, apoyándola contra el travesaño–. Tienes mucho talento. Me gusta más tu versión de la canción que cantaste que la de Keith Urban, y te aseguro que se trata de un enorme cumplido porque adoro cómo canta él también.

–Gracias.

Ella sonrió ante la sonrisa que percibió en la voz de Gavin.

—Quizás, antes de que te marches podrías hacerme una grabación. Como regalo de despedida.

—Desde luego podría hacer eso.

—Me gustaría tener algo para recordarte —Savanna oyó las voces de sus hijos al fondo mientras regresaban de donde Gavin estuviera sentado o de pie.

—Vuestra mamá está preguntando por vosotros —les anunció.

—Dile que nos estamos divirtiendo. Debería venir con nosotros —oyó Savanna que decía Branson.

—Dile que os acompañaré la próxima vez —intervino ella—. Al menos espero que me des esa oportunidad antes de que te marches.

Savanna había pensado que Gavin accedería de inmediato. Una heladería. ¿Podía haber una cita más inocente que esa? Por eso le sorprendió cuando él no le tomó la palabra. Gavin se limitó a asegurar que regresarían pronto a casa, que antes iban a dar de comer a los patos, y colgó.

Alia se sintió impresionada y asustada por los patos, sobre todo cuando empezaron a agolparse en torno a Branson para conseguir la comida. Inmediatamente levantó los brazos para que Gavin la levantara, y así poder contemplar a los bichos sintiéndose protegida. Gavin accedió encantado. Era la criatura más mona que había visto en su vida. Branson, por el contrario, disfrutó de cada instante que pasó en medio de la bandada. Les había dado de comer todo el pan que Gavin le había permitido. Gavin tenía miedo de pasarse, no sabía si un pato se podía poner malo por comer demasiado pan, pero tampoco debía ser bueno sobrealimentar a ningún bicho. Cuando terminaron con los patos, jugaron al pilla pilla en el parque, entre los árboles, hasta que los críos se agotaron y ya no pudieron correr más.

–¿Podemos comer más helado? –preguntó Alia mientras Gavin la dejaba en el suelo y empezaba a llevarles hacia la camioneta.

–¿Más? –exclamó Gavin–. ¿Ya? ¿Y qué pasa con la comida?

–La comida a mí me da igual –respondió la niña.

–Lo siento, rubita –él le pellizcó la suave y redonda mejilla–. Pero la fiesta ha terminado. Tengo que ir a trabajar.

La niña lo miró sonriente y puso su manita en la de él.
–Me gustas.

Branson no dijo nada, pero tomó la otra mano de Gavin.

Los hijos de Savanna eran unos buenos chicos. A Gavin le daba rabia que, cuando fueran lo bastante mayores para comprender exactamente qué había hecho Gordon, iban a tener que vivir con el estigma de lo que había hecho su padre.

Gavin se preguntaba qué pasaría si alguna vez sentían deseos de ir a visitarlo a la cárcel, cuando de repente oyó su nombre y, al volverse, vio a Scott vestido con un mono, casco de obrero y botas, acercarse hacia él con un refresco y una bolsa de almuerzo.

–¿Qué haces aquí? –preguntó Gavin mientras empujaba a los niños detrás de él.

–Trabajo al otro lado de la calle –Scott señaló hacia un edificio, una iglesia en construcción–. Casi todos los días como en este parque.

Gavin sabía que Scott trabajaba en la construcción, pero nunca había prestado demasiada atención a su trabajo en concreto.

–Me alegro por ti –echó a andar, pero Scott siguió hablando.

–¿Y tú qué haces aquí? Esa sí es una buena pregunta.

–Hemos venido a darle de comer a los patos –contestó Gavin.

–¿Son familia tuya? –Scott contempló a Alia y a Branson.

Gavin sentía a los hijos de Savanna asomándose detrás de él para poder ver a Scott.

–Son los hijos de mi vecina. Y no hay necesidad de que participen en lo que está sucediendo entre nosotros. De modo que dejemos esto de momento y ya hablaremos más tarde.

–Espera un segundo –Scott entornó los ojos–. Tú no tienes vecinos.

–Ahora sí. Se mudaron el sábado.

–¿Y ya estás ejerciendo de niñera? –preguntó Scott con una risa humillante.

–Esta mañana sí. Su madre necesitaba que alguien le echara una mano y yo me ofrecí. ¿Tienes algún problema con eso?

–Su madre...

–Eso he dicho.

Scott arrugó la bolsa del almuerzo y aplastó la lata de refresco, y arrojó ambas cosas en la papelera más cercana.

–¿Y qué hay de su padre?

–Ya no forma parte de la película.

–Qué interesante...

–No especialmente –respondió Gavin mientras se encogía de hombros–. Hoy en día hay mucha gente divorciada.

–Esa no es la parte interesante –Scott se quitó un resto de comida de entre los dientes–. Lo que me resulta interesante es que no estés trabajando. Estás cuidando de los hijos de una mujer a pesar de haber dejado a mi novia embarazada del tuyo.

Gavin se giró para apuntar con la llave hacia la camioneta. Estaba más lejos que de costumbre, pero las luces parpadearon, indicándole que el control remoto había funcionado.

—Subíos al coche —les ordenó a Branson y a Alia—, enseguida voy.

Aunque los niños obedecieron, no dejaron de mirar hacia atrás como si les preocupara lo que pudiera sucederle.

—Estás empezando a cabrearme seriamente, ¿sabes? —le dijo a Scott—. Heather ya no es tu novia, y yo no tuve nada que ver con eso. Y no estoy dispuesto a que empieces con tus gilipolleces cada vez que me veas.

—¿En serio? —Scott extendió los brazos—. ¿Y qué piensas hacer al respecto?

Gavin sacudió la cabeza. No iba a meterse en una pelea delante de los hijos de Savanna.

—Heather me dijo que anoche la amenazaste con darle una paliza de muerte. Pasó la noche en mi casa, por miedo a regresar a la suya.

—¡Por favor! —exclamó Scott—. Ella sabe que yo jamás le haría daño.

—¿La amenazaste? —Gavin dio un paso al frente.

—Puede que le gritara unas cuantas cosas que no debería haberle dicho. Lo reconozco. Pero no está disgustada por estar embarazada, como tú crees, está feliz, contenta porque por fin ha encontrado el modo de obligarte a volver con ella.

Los gritos empezaban a atraer la atención de las demás personas en el parque. Gavin no tenía ganas de mantener esa discusión en público.

—Déjala en paz —le advirtió antes de echar a andar hacia la camioneta para comprobar si los niños se habían puesto el cinturón de seguridad.

Capítulo 16

Gavin no se bajó de la camioneta cuando dejó a los niños en casa de Savanna. Se detuvo en el camino de entrada, les pidió que le dijeran a su madre que luego la vería, y se marchó. No soportaba la sensación de desgarro que sentía en presencia de Savanna, y lo más inteligente sería limitar el contacto con ella todo lo posible. Además, tenía que cortar el césped del campo de fútbol antes de que terminaran las clases, ya que lo necesitaban para atletismo.

Para cuando llegó a New Horizons y arregló el cortacésped, apenas tuvo tiempo de pasarlo por el campo antes de que sonara el timbre. Normalmente, mientras cortaba el césped se le ocurrían nuevas ideas para sus canciones, o soñaba con su carrera musical. Gracias a los contactos de un compañero artista que había conocido en una de sus actuaciones, había logrado grabar un par de maquetas en un estudio de Los Ángeles, que había enviado a Republic Records con la esperanza de despertar su interés por sus dos primeras canciones, aunque sabía que seguramente no tendría noticias de ellos. Daba la sensación de que la única manera de vender una canción en esos tiempos era trasladarse a Nashville, establecer contactos, actuar en distintos bares, hacerse conocer y avanzar a partir de ahí.

Había leído infinidad de blogs en los que se afirmaba lo mismo, algunos de experimentados cantautores de éxito que habían vivido durante años en Nashville, y seguían trabajando duro para llamar la atención de algún sello musical importante, o de un artista de renombre.

Aunque se mudara, sus posibilidades de conseguir el éxito con el que se permitía soñar de vez en cuando eran muy remotas. Y por eso, en parte, no le había parecido mal aguantar allí hasta que Aiyana se casara con Cal. No quería abandonar a su madre ni a los alumnos del rancho, dejarles sin su ayuda y apoyo solo por construirse una carrera a ninguna parte, como seguramente acabaría sucediendo.

Pero ese día no pensaba en música. Pensaba en lo difícil que iba a resultarle ofrecerle su apoyo a Savanna mientras permaneciera en la ciudad, aunque solo fuera como amigo y vecino, mientras que al mismo tiempo intentaba satisfacer las necesidades de Heather.

Pisó el freno del cortacésped, lo puso en punto muerto, sacó el móvil del bolsillo y escribió un mensaje a Eli: *¿Crees que mamá se casará alguna vez con Cal?*

Mientras esperaba la respuesta de su hermano, se quitó la gorra para secarse el sudor de la frente. El mensaje, cuando llegó, al menos resultó esperanzador.

Eli: Creo que están a punto.
Gavin: ¿Cuánto tiempo?
Eli: ¿Es que tienes prisa?

«Sí», murmuró para sí mismo. Aunque no fue eso lo que escribió en su siguiente mensaje.

Claro que no, escribió antes de volver a poner en marcha el cortacésped para terminar el campo de fútbol. No quería arrojar a Aiyana en brazos de Cal. Solo quería poder empezar a prepararse para el traslado y así evitar sentir la tentación de pasar las noches en la cama de Savanna.

–¿Qué pasa?

Al oír la voz de Eli, Aiyana levantó la vista y vio a su hijo mayor de pie en la puerta de su despacho. Había estado tan profundamente sumida en sus pensamientos que no le había oído llegar.

–Nada.

–Lo siento, pero no me lo trago –insistió él mientras entraba en el despacho y cerraba la puerta–. He visto la expresión en tu cara cuando he entrado.

–Supongo que estoy preocupada.

–Sobre…

–Gavin. Admiro su sentido del deber, la clase de hombre en que eso le convierte. Pero temo que, en esta ocasión, su honor le esté llevando por el camino equivocado.

–¿Te refieres a Heather?

–A eso exactamente me refiero.

–No te gusta –Elijah encogió su largo cuerpo en la silla al otro lado del escritorio.

–No mucho.

–¡Hala! –él se echó hacia atrás–. El que tú digas algo así es como si cualquier otra persona dijera que la odia.

–Para un momento. Yo no la odio.

–¿Crees que está intentando atraparlo?

Aiyana se mordisqueó el labio inferior. Esa era una acusación muy seria. No se atrevía a ir tan lejos, por miedo a juzgar equivocadamente a Heather.

–No tengo ni idea, pero creo que en el fondo está entusiasmada porque cree que al fin va a conseguir al hombre que siempre ha querido tener. Ha ido tras Gavin en numerosas ocasiones. Y él ha intentado llegar a quererla, darle una oportunidad a la relación, una y otra vez. Pero lo malo es que no siente por ella lo que debería sentir, y no soporto la idea de que unirse a ella le va a hacer muy infeliz.

–¿Y qué podemos hacer?

–¿Acaso tenemos derecho a meternos? Es adulto. Debemos dejarle vivir su vida.

–Acaba de preguntarme cuándo vas a casarte con Cal –Eli apoyó la barbilla sobre sus largos dedos.

–¿En serio? –Aiyana sintió una nueva punzada de alarma–. Me pregunto por qué no me ha hecho nunca esa pregunta directamente.

–No quiere presionarte.

–Pero…

–Creo que quiere estar seguro de que estás bien atendida, para que él pueda sentirse libre para seguir con su vida.

–No era consciente de que lo estuviera reteniendo.

–Y no lo estás. Lo que le retiene es su amor por ti. Ahora que Heather está embarazada, apuesto a que tiene idea de abandonar Silver Springs para intentar triunfar en la música.

–Pero, si va a tener un bebé, ¿no sería más inteligente quedarse por aquí, junto a su familia? Sin duda querrá que formemos parte de la vida del niño.

–Supongo que él sabe que no va a ser del todo feliz con Heather, y así piensa compensarlo.

Básicamente te estás mostrando de acuerdo conmigo, al menos en cuanto a Heather.

–Lo estoy.

–¿Deberíamos hablar con él o será demasiado intrusivo? Nunca he querido ser demasiado controladora.

–Aunque intervengamos, él no nos escuchará –Eli cruzó las piernas a la altura de los tobillos–. Pero podríamos mostrarle otra posibilidad.

—¿Qué quieres decir con eso?

—Gavin nunca falta a la cena de los domingos, ¿verdad?

Aiyana invitaba a sus hijos a comer casi todos los domingos, y los que vivían cerca solían acudir. Además, se sentían muy cómodos para llevar a alguna cita con ellos. A Aiyana le gustaba mantenerse en contacto con sus chicos, le gustaba ofrecerles una gran comida durante la que pudieran hablar y reír y reconectar. En su opinión, para su hijo pequeño era muy sano pasar ese tiempo con sus hermanos mayores, y para el que estudiaba en la universidad era la oportunidad de regresar a casa cada vez que le apetecía recorrer el largo trayecto desde San Diego.

Recordó el día que Eli había llevado a Cora por primera vez, lo mucho que le había gustado esa chica y la evolución de su relación desde que...

—Claro que no. Es la única ocasión que tiene para comer algo casero.

—De modo que podemos confiar razonablemente en que estará aquí este domingo.

—Este domingo no. Cal tiene un asunto en Idaho, una compra de ganado. Me ha pedido que lo acompañe.

—Pues entonces el siguiente fin de semana.

—¿Adónde quieres llegar con esto? —preguntó ella.

—¿Te acuerdas de Savanna, la guapa vecina de la que te hablé? Propongo cambiar la cena del siguiente domingo por una barbacoa y una fiesta de piscina, e invitarla a ella y a sus dos hijos.

Aiyana no estaba convencida de que Eli hubiera encontrado la solución que necesitaban.

—Roger Nowitzke vendrá ese fin de semana, y ya le he invitado a cenar.

Aiyana a menudo invitaba a algunos alumnos de la escuela, si estaban en la ciudad, y tenía muchas ganas de volver a ver a Roger. No había regresado al rancho desde su graduación, y de eso hacía doce años. Hasta los niños que no había adoptado eran, en cierto modo, como sus hijos.

—No pasa nada porque esté ahí también. No hay ningún motivo para que no pueda venir.

—Pero yo no conozco a Savanna. ¿Cómo voy a invitarla?

—Lo haré yo —Eli se apuntó a sí mismo con el pulgar—. Juntémoslos a los dos durante dos horas de diversión, a ver qué sucede. Te digo que ahí hay algo. Lo sentí cuando estuve con ellos dos.

—¿Y qué pasa con Heather y el bebé?

—Si no ama a Heather, casarse con ella no va a cambiar nada. Puede que ella esté convencida de quererlo, de que, de algún modo, conseguirá que él la quiera. Pero hay muchas posibilidades de que lo suyo termine en divorcio. Y eso es lo que te preocupa, ¿verdad? El hecho de que no sería inteligente, ni siquiera sano, entrar en un matrimonio con los sentimientos que alberga Gavin. Ella se merece más, y él también. Y ya puestos, el bebé también.

—Él jamás lo verá así —Aiyana sacudió la cabeza—. Jamás cederá el control sobre la vida de su hijo. Se está tomando muy en serio su papel protector hacia ese bebé. Yo tampoco permitiría que le sucediera nada malo a ese niño, suyo o de otro, y eso me deja las manos atadas.

—No del todo. Aunque no se case con Heather, si el bebé es suyo, todos nos involucraremos.

—¡Suponiendo que Heather nos lo permita!

—Lo hará.

—Gavin no se lo tomará como algo seguro.

—Entonces será mejor que se resista a la tentación —sentenció Eli mientras se levantaba de la silla—. Hoy ha llegado tarde al trabajo, ¿verdad?

—Hacia el mediodía. ¿Por qué?

—Seguramente se quedará tarde para recuperar el tiempo. Habla con él, retrásalo si hace falta. Mientras, yo iré a casa de Savanna y la invitaré a la barbacoa.

—Me siento culpable entrometiéndome —se quejó Aiyana.

—No nos estamos entrometiendo —Eli se volvió desde la puerta—. Estamos dando la bienvenida a un nuevo miembro de la comunidad. No hay nada malo en ello.

En eso su hijo tenía razón. Solo estarían disfrutando de una barbacoa.

—¿Y cómo estaremos seguros de que no se traerá a Heather con él? —Aiyana estiró el tapete sobre su escritorio.

—Le diremos que hemos invitado a Savanna. Si se trae a Heather, sabiendo que Savanna estará aquí, significará que está totalmente comprometido y que no le gusta la vecina tanto como yo creo. Llegados a ese punto, no podremos hacer nada por salvarlo. Pero si no trae a Heather...

Aiyana levantó una botella de agua que había sobre el escritorio, como si estuviera proponiendo un brindis.

—Esperemos que así sea.

De nuevo Savanna preparó la cena en su olla de cocción lenta. A todos les encantaban los burritos de cerdo dulces y había preparado de sobra. Sin embargo, no estaba segura de si debería o no invitar a Gavin de nuevo. Había estado dándole vueltas en la cabeza mientras terminaba de deshacer las últimas cajas y de limpiar. No quería que se sintiera presionado o preocupado, como si ella lo estuviera abordando continuamente, pero sí le apetecía la idea de invitarle a una comida caliente, sabiendo que le gustaba.

Al oír el golpe de nudillos en la puerta pensó que podría ser él y decidió invitarlo. Pero al abrir la puerta a quien vio en la entrada fue a Eli.

–Hola… –saludó visiblemente sorprendida.

–Siento molestarte… –el hermano de Gavin sonrió.

–No hay problema. Aquí no tengo muchas visitas. Hasta ahora solo os conozco a Gavin y a ti –Savanna miró más allá de Eli, pero no vio ningún coche, ni el suyo ni el de Gavin.

–Gavin todavía no ha vuelto del rancho –le explicó él, interpretando la expresión en su mirada–. No debería tardar mucho. Mientras lo espero se me ha ocurrido pasarme por aquí para invitarte, a ti y a los niños, a una barbacoa y fiesta de piscina el domingo de la semana que viene en New Horizons. Mi madre y yo vivimos en el rancho, pero la casa de mi madre es más grande y suele ser ella la que cocina en las reuniones familiares, de modo que todos vamos allí.

–¿Me estás invitando a comer con tu familia? –Savanna no se había esperado algo así–. ¿Con tu madre, tu esposa y… Gavin?

–Sí. También estará mi hermano pequeño, que sigue estudiando en New Horizons. A veces aparece otro de nuestros hermanos. Estudia en la universidad de San Diego y, si no hay mucho tráfico, puede llegar en unas tres horas y media.

–Es muy amable por tu parte.

–Mi madre quería pedirle a Gavin que te invitara, pero como yo estaba allí con ella cuando surgió la idea, decidí hacer los honores, dado que he llegado yo primero. Acostumbrarse a una nueva vida puede resultar complicado, y queremos que te sientas bien acogida.

A Savanna no le resultaba fácil conocer gente, ya que hasta el otoño siguiente no iba a escolarizar a los niños, no tenía trabajo, y no pertenecía a ninguna congregación religiosa. Seguramente podría pasar desapercibida hasta el otoño, por un lado un alivio, pero no tan bueno por otro. El aislamiento absoluto tenía sus inconvenientes.

–Espero que estés libre ese día –continuó Eli.

–Lo estoy, y me encantará asistir.

Había hecho grandes progresos con la mudanza, empezaba a limpiar el exterior y en una semana ya habría terminado. Todavía quedaba mucho trabajo por hacer, pero eso ya era cosa de los constructores. Salir un día y estar con más gente, gente que no había formado parte de su vida con Gordon y no tenía ideas preconcebidas sobre quién era o debería ser, le sentaría bien.

–¿A qué hora?

–¿A las tres? Así los niños tendrán un par de horas para bañarse durante las horas más calurosas del día.

–Les va a encantar. Gracias. Y, por favor, dale las gracias a tu madre.

–Lo haré. Puedes ir al rancho con Gavin, o conducir tu propio coche si así prefieres –él sacó el móvil del bolsillo–. ¿Quieres que te envíe la dirección?

–Claro –Savanna le proporcionó su número de teléfono y aguardó a que Eli le enviara la información.

–Cora y yo estaremos encantados de verte a ti y a los niños el domingo de la semana que viene –concluyó mientras pulsaba la tecla de enviar.

Ella sonrió mientras él asentía a modo de despedida y se marchaba.

–¿Quién era? –preguntó Alia mientras salía del dormitorio de Branson con su hermano, donde habían estado montando un trenecito.

–El hermano de Gavin.

–¿Y qué quería?

–Invitarnos a una fiesta de piscina y barbacoa el domingo de la semana que viene. ¿Verdad que suena divertido?

—¿Tiene piscina? —Alia abrió los ojos desmesuradamente.

—La fiesta será en casa de su madre, supongo que ella es la que tiene piscina.

—¡Qué bien!

Los niños empezaron a bailotear y Savanna se contagió de cierta anticipación. No tenía un traje de baño decente, ni recordaba la última vez que había necesitado uno, de modo que tendría que ir de compras a la ciudad, pero incluso eso era emocionante.

Sonriendo volvió a la tarea que esperaba completar antes de que la cena estuviera lista. Y seguía sonriendo cuando el móvil comenzó a vibrar, indicando que tenía un nuevo mensaje. Esperaba que fueran noticias de Gavin, y así tener la oportunidad de invitarlo a cenar. Ilusionada, bajó la mirada hacia la pantalla. Pero en cuanto comprobó el origen del mensaje, la sonrisa se esfumó. Era de Dorothy.

¿Cómo te atreves a engañar a Gordon después de todo lo que ha sufrido? Por lo que a mí respecta esto es la gota que colma el vaso. Voy a por ti. No sabrás exactamente cuándo, pero haré que lo lamentes. Y es una promesa.

Capítulo 17

Heather observó atentamente a Scott en un intento de calibrar hasta qué punto su exnovio estaba simplemente intentando ponerla nerviosa. Se había quedado hasta tarde en el colegio, reunida con otra profesora con la que preparaba un proyecto que llevarían a cabo entre clase y clase, y luego se había pasado por casa de Scott para recoger las últimas cosas que le quedaban allí.

—Estás mintiendo —dijo ella mientras se miraban furiosos en medio del salón.

La expresión petulante de Scott hizo flaquear la confianza de Heather, a pesar de la convicción con la que había hablado.

—¿Eso crees? Porque yo no era el único que estaba en ese parque. Pregúntale a Johnny Coontz. Él también vio a Gavin con esos niños.

Johnny trabajaba con Scott y a menudo comía en el mismo parque. Tenía sentido. Pero...

—Es imposible que fuera Gavin —insistió ella—. Ha estado trabajando en New Horizons todo el día.

La había llamado de regreso a su casa y se lo había dicho él mismo. Ella le había preguntado qué tal le había ido el día, y él le había contestado que había sido un día como cualquier otro.

–¡Conozco muy bien a Gavin! –espetó Scott, perplejo ante la insistencia de Heather de negar lo que le había contado. Sin embargo, había malinterpretado su reacción. No era que no creyera lo que le había contado, sino que no quería que fuera cierto–. Hablé con él –añadió–. Lo vi, a él y a los niños, bien cerca.

–Y… ¿qué hacía allí?

¿Y por qué no le había hablado de su actividad como canguro cuando ella le había preguntado por su día?

–¡Te lo he dicho! Estaba echándole una mano a su nueva vecina –Scott enarcó las cejas para enfatizar aún más la afirmación–. Una divorciada que acaba de mudarse. Intentó comportarse como si no tuviera importancia, pero eso fue precisamente lo que me hizo pensar que sí la tenía. Lo vi jugar con esos niños, y me dio la impresión de que le importaban.

–Pues claro que le importan –Heather se clavó las uñas en las palmas de las manos–. A Gavin se le dan muy bien los niños. Cualquier niño –aclaró.

Tuvo que esforzarse para no llevarse una mano al estómago. Sentía náuseas. Se había esforzado durante tanto tiempo para ganarse el amor de Gavin, y cuando por fin todo parecía indicar que lo estaba consiguiendo, se le volvía a escapar de entre los dedos. Pero en esa ocasión no iba a permitir que le sucediera. Estaba embarazada, por el amor de Dios. No iba a convertirse en una solitaria madre soltera, todo un cliché. Sin alguien a su lado para ayudarla, apenas iba a poder salir de casa. Y ese no era el futuro que había anticipado para sí misma.

–Si fue un acto completamente inocente, ¿por qué se comportaba de ese modo tan raro? –preguntó Scott.

—Por lo que he entendido, no lo hizo. De todos modos, ya puedes dejar de intentar asustarme. Gavin no está metido en nada. Estamos juntos de nuevo.

—¿Y él lo sabe? —Scott colocó los brazos en jarra y la miró fijamente.

—¡Por supuesto que lo sabe! Lo dijo él mismo —insistió ella.

Lo cual no era del todo cierto. Gavin había dicho que estaba dispuesto a intentarlo de nuevo. También había dicho que quería empezar de cero, y que quería tomárselo con calma. Había dejado claro que no serían exclusivos. Todavía no. La noche anterior, cuando se había quedado en su casa, ni siquiera la había besado. Pero sabía que si conseguía que dejara de mirar más allá de ella, serían felices juntos. Nadie podría amarlo más que ella, y él solo tenía que darle la oportunidad para que se lo demostrara.

—De todos modos, no voy a quedarme aquí discutiendo contigo. Voy a recoger mis cosas.

—No tan deprisa —Scott la agarró del brazo, impidiéndole dirigirse hacia el cuarto de la lavadora—. Me da igual lo que haya dicho Gavin. Se comportaba como si lo hubiera pillado haciendo algo indebido.

—¡Deja de intentar crear problemas entre nosotros! —ella se soltó.

—No necesito crear ningún problema. ¿Es que no ves que esos problemas ya existen? Él no te quiere, Heather —sentenció mientras hundía un dedo en su pecho—. No como te quiero yo. ¿Por qué te niegas a verlo?

—No te metas —ella apartó su mano de un manotazo—. Tú no sabes nada de Gavin, y no voy a permitir que me arruines esto.

—¿Que te lo arruine? —exclamó Scott boquiabierto—. Lo dices como si lo tuvieras meticulosamente planeado.

—¡Mentira! —gritó ella, aunque no lo fuera del todo.

Heather temió que la falta de convicción en su voz la delatara.

Sin decir nada a nadie, hacía tres meses que había dejado de tomar la píldora, antes de que Gavin hubiese cortado con ella. Sabía que bastaría con que se quedara embarazada para que él se casara con ella. Pero se habían metido en esa estúpida discusión sobre su exnovia, y él había cortado con ella tan solo una semana después de haber dejado de tomar la píldora. Su única esperanza había sido que estuviera ya embarazada, o que se quedara embarazada enseguida de otra persona. Sabía que la posibilidad de que el bebé fuera de Gavin sería suficiente para que le diera otra oportunidad. Por lo menos, eso se decía a sí misma. Y cuando por fin ese bebé era una realidad, temía que de todos modos fuera a perderlo, sobre todo desde la entrada en escena de su guapísima nueva vecina.

—¿Cómo te atreves a acusarme de algo tan abominable? —gritó, esforzándose un poco más en su actuación.

—¿Aseguras que no lo hiciste? —contestó Scott.

Heather tenía la sensación de que Scott era de repente capaz de ver en su interior, como si lo hubiese descubierto todo. Y eso le hacía sentirse inquieta. Al principio se había mostrado tan ansioso por estar con ella que no había parado de intentarlo, de sustituir a Gavin en su corazón, en su cama y en su futuro.

¡Por supuesto que no lo hice!

—Tienes claro lo que quieres, y te da igual a quién destrozas en el proceso de conseguirlo.

Un ramalazo de culpabilidad hizo que Heather se pusiera aún más a la defensiva. Desde el principio había sido consciente de que su relación con Scott no duraría. Para ella no había nadie más que Gavin, nunca habría nadie más. Si había vuelto con Scott era únicamente porque necesitaba quedarse embarazada urgentemente, necesitaba alcanzar esa última oportunidad.

Y cuando por fin se le presentaba esa oportunidad, no iba a permitir que Scott, ni nadie, se interpusiera en su camino.

—Lo siento —dijo—. No pretendía hacerte daño.

—¿Por qué no lo repites como si lo sintieras de verdad? —Scott volvió a agarrarla del brazo.

—¡Lo siento de verdad! —le había asegurado a Gavin que Scott la asustaba, pero no había sido cierto hasta ese momento.

La noche anterior solo había buscado una excusa para aparecer en casa de Gavin, una excusa a la que él fuera especialmente sensible. Cierto que su situación no había mejorado. Se había imaginado una noche mucho más agradable de lo que había sido.

—Estás embarazada de mi bebé, y lo sabes —sentenció Scott—. ¿Por qué finges que puede que sea de Gavin? ¿Por qué le estás haciendo creer que es suyo?

—Porque podría serlo —y esa era la verdad, se dijo a sí misma desafiante.

Scott abrió los ojos desmesuradamente hasta que se vio todo blanco alrededor del iris marrón.

—¡Dios mío! ¡Estás intentando atraparlo! Y él es lo bastante estúpido como para permitírtelo.

Heather sintió una ardiente ira recorrerla por dentro. Al hablar con Gavin hacía una hora, él le había dicho que tenía cosas que hacer y que no iban a poder verse aquella noche. Le había dicho que si se sentía amenazada por Scott, que se fuera a casa de sus padres. Y eso había disparado todos sus temores. Gavin no era así. Normalmente haría lo que fuera para asegurarse de que estuviera a salvo, no enviarla con otra persona. Por tanto Scott estaba pinchándola en un punto sensible.

—¡No te atrevas a decir eso! Cualquiera de los dos podría ser el padre. Y Gavin no es estúpido. A diferencia de ti, a él le gustan los niños, aunque no sean suyos.

—¡Ahí está! —exclamó Scott—. Sabías por lo que había pasado y lo sensible que es hacia los niños desfavorecidos. Y eso fue lo que te dio la idea, ¿verdad? No volviste conmigo porque yo te importara. Me utilizaste para recuperar a Gavin. Y ni siquiera pensaste, ni te importó, que si te quedabas embarazada de mi hijo, y conseguías convencer a Gavin de que podría ser suyo, yo sería el que se quedaría al margen.

—Eso es ridículo —contestó ella, aunque su voz salió demasiado chillona y entrecortada como para que la afirmación resultara tan convincente como necesitaba que fuera.

—Eres patética —él frunció los labios—. Supongo que eres consciente de ello. Y hay otra cosa que deberías saber. Voy a hacer todo lo posible por joderte el plan. No vas a conseguir a Gavin. Me voy a encargar de que descubra lo que tienes planeado.

—¿Cómo puedes ser tan malvado? ¡No tienes ni idea de nada! Sería cruel implicarse.

—Has sido tú la que me has implicado.

—No te atrevas a decirle nada a Gavin… —Heather le agarró la muñeca.

—Mírame mientras le llamo, ahora mismo —una sonrisa maliciosa se dibujó en el rostro de Scott—. Para cuando haya colgado el teléfono, Gavin habrá dejado de hablarte para siempre.

El pánico la asaltó al ver cómo Scott sacaba el móvil del bolsillo. Por el comportamiento de Gavin, no se sentía tan segura de él como le gustaría. Necesitaba más tiempo, y no podía permitir que Scott le arruinara el futuro. Gavin era el mejor hombre que hubiera conocido jamás, y no iba a perderlo.

—¡No te permitiré que lo apartes de mí! –gritó.

—Estás enferma. Obsesionada –él sacudió la cabeza, aparentemente asqueado, y empezó a pulsar teclas.

Galvanizada por el miedo que crecía en su interior, Heather le arrancó el móvil de las manos antes de que él pudiera terminar de marcar y lo arrojó contra la pared. El aparato se hizo pedazos y él la abofeteó con tal fuerza que la cabeza se le fue hacia atrás y los oídos le empezaron a zumbar. Pero no fue suficiente. Heather vio la ira en el rostro de Scott, el paso atrás que había dado para tomar impulso y volver a golpearla. Tenía que salir de allí. Se había pasado con él.

Pero Scott se interponía entre ella y la puerta…

Agarró la lámpara que tenía más cerca y le golpeó con ella en el hombro. Esperaba derribarlo del golpe, ganar tiempo para dejarlo atrás.

Pero Scott ni siquiera se tambaleó.

—¡Zorra! –gritó–. ¡Te voy a matar!

Heather soltó la lámpara y corrió hacia la puerta. Pero no lo consiguió, tal y como sabía desde el principio. Él la agarró del pelo y la giró para tenerla de frente. El golpe que siguió le hizo crujir los dientes.

Gavin llegó a su casa poco antes de las nueve de la noche. Se había quedado hasta muy tarde en el colegio, arreglando su escritorio, organizando su equipo, reparando unas cuantas cosas que había ido dejando porque habían surgido reparaciones más importantes que hacer, básicamente se había quedado hasta tan tarde para evitar tener vida privada.

Por suerte, trabajar hasta tarde había logrado lo que él había pretendido lograr. El Pathfinder de Heather no estaba en el camino de entrada, y tampoco había una nota de Savanna en la puerta. No tener noticias de su vecina le produjo una sensación de alivio, a la par que de decepción. Quería verla, pero sabía que no iba a poder seguir resistiéndose a ella. La noche anterior ya había sido muy difícil.

El tono de llamada del móvil le indicó que tenía una llamada entrante.

Gavin la ignoró, ni siquiera se molestó en comprobar de quién se trataba. Tenía intención de comer algo y sentarse en el porche con la guitarra para trabajar en la letra de la canción que había estado escribiendo cuando Savanna había pasado frente a su casa con una furgoneta de mudanzas. Necesitaba recuperar un poco de normalidad, de calma, de paz. ¿Y cuando terminara de tocar la guitarra? Intentaría dormir.

Consiguió terminar de cenar antes de que la persona que intentaba hablar con él llamara tantas veces que no pudo evitar comprobar, con no poca exasperación, de quién se trataba. Había recibido cinco llamadas de Heather, lo cual no le sorprendió. Cada vez se mostraba más obsesiva. Pero la última llamada era de Eli, y esa fue la que devolvió. No se sentía capaz de llamar a Heather, ni siquiera de leer sus mensajes. Ya le había dejado claro que no iban a poder verse esa noche, y estaba decidido a obligarla a respetarlo.

—¿Qué pasa? —preguntó cuando Eli descolgó.

—Solo quería comprobar si seguías en el colegio. Cora ha preparado la tarta de queso y fresas que tanto te gusta. Pensamos que quizás te apetecería acercarte.

—Demasiado tarde. Estoy en casa. Podríais guardarme un pedazo para mañana.

—Yo no contaría con ello —bromeó su hermano—. ¿Cuándo has vuelto a casa?

—Hace unos minutos.

—Has trabajado hasta muy tarde.
—Tenía cosas que hacer.
Eli rio por lo bajo.
—¿Qué?
—Mi pobre hermanito.
—Déjalo ya.
—De acuerdo. ¿Qué tal va la música?
—Tengo una actuación mañana en Santa Bárbara –le explicó Gavin mientras dejaba los platos en el fregadero–. En el mismo sitio que la semana pasada.
—Hace mucho que no vamos a una de tus actuaciones. Le consultaré a Cora si estamos libres.
—Te mandaré la dirección, si lo dices en serio.
—Mándamela. ¿Vas a cenar a casa de mamá el domingo de la semana que viene?

Para Gavin, eso se daba por sentado.

—Cada vez que ella cocina, allí estoy, ¿no? ¿Por qué lo dices?
—He invitado a Savanna y a los niños a una fiesta de barbacoa y piscina, por eso empezaremos un poco antes que de costumbre.
—¿Qué dices que has hecho? –Gavin se quedó helado.
—Mamá quería darle la bienvenida.
—¡Y una mierda!
—¡Es verdad!
—No, no lo es. Deja de hacerte el tonto. Sabes que no estoy en situación de mantener una relación con Savanna, ¿por qué te empeñas en sabotear mis esfuerzos por hacer lo correcto?
—Tranquilízate, hermano. No es más que una barbacoa.
—Seguro que sí.
—La cuestión es que lo será si tú quieres que lo sea –contestó su hermano antes de colgar.

Gavin soltó un juramento y se quedó mirando fijamente el móvil. Luego, y en contra de todas sus intenciones previas, envió un mensaje a Savanna.

Gavin: ¿Qué tal estás?
Savanna: Bien, ¿y tú?

Gavin no había estado bien desde el momento en que ella se había mudado allí. Estaba destrozado. ¿Debería proponerle verse esa noche? ¿Debería hablarle de Heather? Si ella se enteraba de lo del bebé, a lo mejor le ayudaba a mantener las distancias.

Pero no le preguntó si podía pasarse por su casa. En su lugar escribió: *Cansado*.

Savanna: Tengo algunas sobras. ¿Existe alguna posibilidad de que tengas hambre?

Desde luego que tenía hambre, pero no de comida, y ese era un problema que no hacía más que crecer.

Gavin: Ya he comido.
Savanna: Tu hermano se pasó por casa y me invitó a una barbacoa el domingo de la semana que viene. Espero que no te importe que vayamos.
Gavin: ¿Y por qué iba a importarme?
Savanna: No lo sé. Es que me resulta raro que me invitara él y no tú.

La razón era que su madre y su hermano estaban confabulando.

Gavin: Te habría invitado yo mismo si hubiera estado en casa, mintió. *Iremos juntos.*

Savanna: No. Dada la situación, debería ir en mi coche.

Savanna seguramente tenía razón, haciéndolo así parecería mucho menos una cita. *De acuerdo. Por lo menos te veré allí*, le contestó él. Por Dios, qué ganas tenía de verla en ese mismo instante. Se rascó la nuca mientras peleaba consigo mismo, y al final ganó. *Que tengas una buena noche.*

Hubo una larga pausa antes de que ella contestara:
Tú también.
Gavin soltó un juramento y arrojó el móvil a un lado. Terminó de fregar los platos, pero no salió al porche. Sabía que no iba a poder concentrarse y que terminaría por dirigirse al otro lado del arroyo.

Oyó otro zumbido más, un mensaje de Heather, pero se negó a leerlo. Silenció el móvil y se fue a dormir.

El corazón de Savanna empezó a golpear con fuerza contra su pecho cuando vio brillar unas luces de coche a través de la ventana. Después del mensaje que había recibido de Dorothy, no había dejado de mirar por las ventanas, atenta a cualquier señal de peligro. No había vuelto a saber nada de su exsuegra, pero temía que el motivo fuera que Dorothy había decidido cumplir su promesa nada más colgar.

¿Era ella entonces? ¿Quién si no iba a ser? Era casi medianoche. Nadie de Silver Springs le haría una visita a esas horas salvo, quizás, Gavin, y él llegaría caminando.

Se quedó mirando fijamente el móvil, preguntándose si debería llamar a su vecino. Gavin le había dicho que lo hiciera. Pero no quería recurrir a él cada vez que tuviera un problema. No quería ser como un grano en el trasero.

La otra opción era la policía. Pero Dorothy aún no había hecho nada que motivara sus quejas y le pareció una medida extrema.

Iba a tener que intentar manejar ella misma a Dorothy.

Tras echar un vistazo a los niños, para asegurarse de que estuvieran dormidos, Savanna cerró la puerta de Alia con la esperanza de que el ruido, suponiendo que se produjera algún ruido importante, no la despertara. A continuación tomó el bate de béisbol de su hijo antes de cerrar también la puerta de Branson. Estaba decidida a defenderse, a ella misma y a los niños, caso de que fuera necesario.

El golpe de nudillos en la puerta sonó mientras Savanna terminaba de ponerse la chaqueta y los zapatos. Dejó el bate apoyado contra la pared junto a la puerta, para tenerlo preparado por si acaso, y miró hacia fuera.

–¿Qué haces aquí? –preguntó sintiendo una sacudida de adrenalina al ver el rostro de Dorothy bajo la tenue iluminación del porche.

–Tú y yo tenemos que hablar –contestó ella.

Savanna no estaba dispuesta a permitirle la entrada a la casa. Pero tampoco podía salir ella al porche con el bate, que había dejado apoyado contra la pared, en la mano. Un gesto tan agresivo, antes de que hubiera motivo para ello, solo conseguiría disparar a Dorothy y asegurar que la conversación tomara ese cariz.

Con la esperanza de que el encuentro se mantuviera civilizado y tranquilo, decidió salir fuera.

–No nos queda nada de qué hablar.

Su exsuegra se colgó el bolso del hombro.

–Me gustaría hacer algo más que hablar, pero tú no vales tanto como para que yo termine en la cárcel. De modo que si me entregas un cheque, me marcho.

–Un cheque –repitió Savanna.

—Gordon necesita algunas cosas, como una mejor defensa. Y tú tienes el dinero para proporcionársela.

Savanna se cerró la chaqueta. No hacía frío, pero estaba helada hasta los huesos.

—No puedo hacerme cargo de los niños y de Gordon también, Dorothy. Gordon va a tener que apañárselas él solo.

—¿Cómo? ¿Qué puede hacer desde la cárcel? Recibiste una buena cantidad como herencia. Él me lo contó, y no pienso marcharme hasta que me des una parte de ese dinero. Por derecho le correspondería la mitad.

Savanna bajó el tono de voz. Todavía tenía esperanzas de no despertar a los niños.

—Gordon violó a tres mujeres. Dado que irá a prisión, no va a poder ayudarme a criar a Alia y a Branson. Consideraré su mitad de mi herencia la manutención que debería pasarme para sus hijos, es lo mínimo que me debe por atacar a esas mujeres y obligarme a tener que criar yo sola a los niños.

—No sé cómo quieres que te diga que él no lo hizo – Dorothy alzó la barbilla desafiante–. Podría ayudarte, podría ser un padre si tú te dignaras a ayudarle a rebatir esas denuncias falsas.

—¿Estás segura de que son falsas, Dorothy? Muy en el fondo de tu corazón, ¿nunca te has preguntado si no podrían ser verdad?

—No –espetó la mujer sin siquiera pensárselo–. A diferencia de ti, yo quiero a Gordon y le soy leal. Mi hijo jamás le haría daño a nadie. Nunca te hizo daño a ti, o a los niños, ¿verdad?

Aunque en su momento Savanna no había sido consciente de ello, su exmarido sí le había hecho daño a ella y a los niños, con su exagerado narcisismo. Se había aprovechado de ella, la había utilizado para mantener la casa limpia y los niños atendidos mientras él iba por ahí haciendo a saber qué. Básicamente, la había convertido en una esclava emocional, alguien que tenía que aguantar sus cambios de humor, alguien que tenía que andar pisando huevos por miedo a que estallara, alguien que no podía esperar nada de paciencia o cuidados a cambio. Había sido ese egoísmo, tanto como las claras evidencias que lo señalaban, lo que le había hecho dudar de él.

—No quiero discutir contigo —le aseguró a Dorothy—. Es tarde y estoy cansada. Siento que hayas hecho un viaje tan largo, pero no puedo darte dinero.

—Pues entonces no me marcho —Dorothy se cruzó de brazos—. Acamparé aquí mismo, en este maldito porche, si tengo que hacerlo.

La madre de Gordon ni siquiera había pedido ver a los niños, ni los había mencionado. Y eso le dolió a Savanna tanto como lo demás. Pero Branson y Alia no la necesitaban. De hecho, estaban mejor sin ella, y por eso decidió entrar en la casa en busca del monedero. ¿Cuánto iba a hacer falta para deshacerse de Dorothy? Savanna no quería que la madre de Gordon se quedara por allí, arrastrando con ella hasta Silver Springs toda la negatividad a la que había tenido que enfrentarse en Nephi.

Pero sabía que no podía entregarle el dinero necesario para pagar al equipo de abogados de alto nivel. Cuando Gordon había sido arrestado, le había entregado a Howard Detmer un fondo de veinte mil dólares, de los cuales solo había recuperado la mitad tras prescindir de él dos semanas después.

—La clase de defensa que necesita Gordon podría llegar a costar cientos de miles de dólares, mucho más de lo que poseo. Aunque volviera a contratar a Detmer, no podría pagarle durante mucho tiempo. Acabaría con lo poco que tengo en un abrir y cerrar de ojos y entonces, ¿de qué iba yo a vivir? ¿Cómo iba a darles de comer a los niños?

—¡Podrías probar a trabajar, como hago yo!

La afirmación le provocó a Savanna el enfado suficiente para superar la intimidación que siempre había experimentado cerca de Dorothy que, al igual que su hijo, era mucho más volátil que la mayoría de personas.

—Yo siempre he trabajado, y volveré a hacerlo. Pero no voy a pagar la factura de la defensa de Gordon. Pagarle una generosa cantidad a algún abogado de postín no servirá de nada, sobre todo ahora que la policía lo cree culpable de mucho más.

Dorothy había abierto la boca para seguir con la discusión, pero ante las palabras de Savanna titubeó.

—¿De qué estás hablando?

—De Emma Ventnor. De eso estoy hablando. Y a saber de cuántas más.

—¿Y quién es Emma? —Dorothy se tambaleó hacia atrás hasta quedar apoyada contra la barandilla del porche.

—Era una hermosa cría de dieciséis años que desapareció hace un año. Alguien golpeó su coche en una lluviosa tarde. Cuando ella se disponía a intercambiar los papeles del seguro, fue secuestrada y no se la ha vuelto a ver desde entonces.

Savanna esperaba que Dorothy reaccionara con la habitual sarta de acaloradas negaciones. Su hijo jamás podría haberle hecho daño a nadie. Era inocente. La policía estaba decidida a inculparlo porque necesitaban encerrar a alguien y así escapar a las presiones y escrutinio público por no haber encontrado al verdadero culpable. Pero las negaciones no llegaron. Ni las preguntas que había esperado oír, sobre todo, la pregunta de por qué creía la policía que Gordon había tenido algo que ver con la desaparición de esa chica. Sin duda tenía que haber alguna prueba o motivo para pensar que podría ser el responsable, pero Dorothy ni siquiera preguntó de dónde era Emma.

—¿Qué pasa? —insistió Savanna—. Parece que hubieras visto un fantasma.

—Nada. No es nada. Estoy cansada. Eso es todo —contestó la mujer, que no permaneció allí parada como había amenazado que haría.

Sin añadir una palabra más, corrió de vuelta hacia el coche, se subió y arrancó tan deprisa que Savanna estuvo a punto de gritarle que tuviera cuidado con el puente. Aunque era sólido, seguía siendo provisional y en la oscuridad de la noche podría no verlo. Pero gritar sería inútil. Dorothy jamás la oiría.

En cuanto estuvo segura de que su exsuegra había cruzado el arroyo, empezó a relajarse, aunque seguía confundida. Su encuentro con Dorothy había resultado de lo más extraño. Esa mujer había conducido durante todo el día para llegar a Silver Springs, había acudido a su casa decidida a conseguir lo que, según ella, Gordon necesitaba y se merecía. Pero en lugar de mantenerse firme había cedido sin pelear. Eso no era propio de ella. Algo le había hecho cambiar de idea.

Savanna no tuvo mucho tiempo para hacerse preguntas sobre ese algo. Unos segundos más tarde, justo cuando estaba a punto de entrar en su casa, oyó un enorme estruendo.

Capítulo 18

El estallido que hizo temblar la casa de Gavin le hizo pensar que alguien había conducido un coche hasta su salón. Despierto de golpe, saltó de la cama y corrió por el pasillo para averiguar qué demonios había pasado. Por suerte, la casa parecía estar intacta. Pero en cuanto abrió la puerta delantera vio un coche blanco, que había chocado contra la parte trasera de su *pickup*, dar marcha atrás y largarse a toda velocidad con el parachoques delantero colgando.

Gavin abrió la puerta del todo y salió corriendo en un intento de detener al conductor. Pero el responsable se alejó a toda velocidad por el camino de grava, indiferente a los baches y socavones, y viró bruscamente para entrar en la autopista sin siquiera fijarse en el tráfico.

Gavin creía haber visto los tres primeros números de la matrícula, pero no estaba seguro de que fueran correctos. En su calle no solo no había farolas, además la noche era muy oscura y la nube de polvo levantada por las ruedas del coche dificultaba la visión de los detalles. Aparte de que todo había sucedido muy deprisa.

–¡Qué demonios! –murmuró mientras se acercaba a la camioneta para inspeccionar los daños.

Por suerte, el golpe había sido en la parte de atrás, mejor que en el motor. El impacto había clavado el parachoques trasero derecho en el neumático y, sin duda, rozaría la rueda al girar. Quizás podría doblar la pieza metálica para que no tocara la rueda, al menos hasta hacer que lo repararan. Esa era la buena noticia. Pero ¿qué hacía ese loco en su calle para empezar? Sobre todo a esas horas de la noche.

¿Sería Scott? El coche no era un Camaro, pero Scott podría haber ido acompañado de alguien...

Dado que Savanna acababa de mudarse ni se le ocurrió que esa persona hubiera ido a verla, hasta que oyó las pisadas procedentes del puente.

—¡Cuánto lo siento! —exclamó ella al llegar a su lado—. ¡No me puedo creer que ella lo haya hecho!

—¿Ella? —él se volvió.

—Era la madre de Gordon. Vino desde Utah, llegó hace unos minutos. Discutimos en el porche, pero no mucho tiempo. De repente le pasó algo y se metió corriendo en el coche y arrancó.

—¿Y no sabes por qué lo hizo?

—Pensaba que me iba a costar mucho más deshacerme de ella —Savanna sacudió la cabeza—. Todavía intento averiguar qué pudo suceder.

No fue hasta ese momento, con Savanna a su lado, que Gavin se dio cuenta de que no se había molestado en vestirse antes de salir de su casa. Estaba allí fuera, en calzoncillos y descalzo. Pero no era el pudor lo que le preocupaba, ella ya lo había visto antes. Y, de todos modos, no estaba desnudo del todo.

—¿Iba borracha? —preguntó mientras apoyaba las manos en las caderas.

—No lo creo. La verdad es que sonaba más lúcida que habitualmente.

–¿Y a qué vino?

–Para conseguir lo que siempre ha querido: dinero para la defensa de Gordon.

–¿Y qué le dijiste? –Gavin se echó el pelo hacia atrás.

–Me negué a darle nada. Pensé que iba a montarme una buena bronca. Por si acaso, había dejado el bate de béisbol de Branson detrás de la puerta, por si tenía que defenderme. Con eso ya te haces una idea de qué me esperaba. Ella me había enviado un mensaje hace unas horas diciendo que iba a lamentar haber abandonado a Gordon, dando a entender que vendría a por mí buscando venganza. De modo que me quedé estupefacta cuando se marchó sin más y sin ponerse hecha una fiera.

–Si te ha estado amenazando, y tú la creías capaz de cumplir sus amenazas, ¿por qué no me llamaste? –él la miró con el ceño fruncido–. O por lo menos podías haberme avisado en cuanto apareció.

Savanna se abrazó a sí misma con aspecto alterado.

–No quería despertarte. Y tengo la sensación de que, no sé, de que ya no quieres volver a verme. Y, si es así, quiero darte tu espacio. No quiero seguir molestándote, sobre todo para pedirte más favores.

Por eso le había preguntado si le parecía bien que aceptara la invitación de Eli para la barbacoa. Pensaba que él estaba intentando apartarse de ella, y así era, pero no por los motivos que Savanna suponía.

–Lo que está sucediendo en mi vida no tiene nada que ver contigo –le aseguró Gavin.

En cuanto pronunció las palabras se dio cuenta de que no eran del todo ciertas. Apenas acababa de conocerla y ya le había impresionado a todos los niveles. No se imaginaba a sí mismo tan reticente por volver con Heather, por hacer lo correcto por el hijo que iba a tener, si no tuviera a esa otra persona a la que deseaba mucho más.

—Fui demasiado agresiva contigo la otra noche. Y lo siento —continuó ella—. Ahora mismo mi mundo está todo del revés. No razono, no me comporto como debería. La mayoría de la gente se conoce antes de… bueno, antes de eso. Supongo que al haberme lanzado tan pronto te encontraste en una posición incómoda. Solo porque me estoy agitando como alguien a punto de ahogarse no significa que tenga derecho a arrastrarte conmigo —soltó una carcajada de desprecio hacia sí misma—. De todos modos, has sido maravilloso. En serio. Espero que me perdones. Me pone furiosa haber fastidiado nuestra amistad.

—Savanna…

—¿Qué? —ella levantó la vista mientras se frotaba los brazos, la voz cargada de inseguridad.

—Tú no has fastidiado nada —contestó él.

—Pero tú solo quieres que seamos amigos platónicos, ¿verdad? —Savanna frunció el ceño—. Crucé la raya. Quiero decir que pensaba que tú también estabas ahí, pero… he estado pensando en lo osada que me mostré aquella noche y me siento como una idiota.

—No hay ningún motivo para que te sientas como una idiota. Yo te deseaba entonces. Y te deseo ahora —Gavin le tomó las manos para atraerla hacia sí y agachó la cabeza para besarla.

Savanna pareció sobresaltarse cuando lo que parecía una delicada exploración de su boca se convirtió en algo intenso y devorador. Gavin era consciente de que no cuadraba con el modo de tratarla últimamente. Pero el deseo que se acumulaba en su interior lo arrastraba como la marea. No era capaz de resistirse, la deseaba demasiado para eso.

—Sabes a miel —le aseguró—. Y tocarte es… Dios, tocarte es como tocar el cielo.

Gavin nunca había practicado sexo fuera, pero solo vivía en el campo desde hacía dos meses. Adoraba la intimidad que le proporcionaba su nuevo hogar, porque no quería soltarla. Si se apartaba de ella, su conciencia se reafirmaría, aunque solo fuera durante un instante. O ella diría que debía regresar a su casa o algo así.

Savanna deslizó los dedos entre los cabellos de Gavin, quitándole la goma que, de todos modos, estaba soltándose. Gavin la oyó gemir cuando le besó el cuello.

—No llevo ningún método anticonceptivo encima –lo cual debía ser obvio puesto que no llevaba ropa y no tenía manera de ocultar nada, incluyendo su erección.

—Volví a tomar la píldora después de… después de que estuvimos juntos –le anunció ella.

—¿En serio? –Gavin levantó la cabeza.

—Esperaba que estuvieras interesado en algo más que una noche.

—Y lo estoy –él le quitó el jersey y la camiseta y arrojó ambas prendas sobre el césped.

—No sé cuánto tiempo tarda en hacer efecto –le advirtió ella.

—Con suerte ya estará cumpliendo su misión. Pero, por si acaso, me retiraré antes.

—De acuerdo, pero… ¿no preferirías entrar en casa?

No, no lo prefería. Quería sentirla cerrarse en torno a él. Inmediatamente. Quería hundirse dentro de ella como si no hubiera ninguna razón para no hacerla suya.

—No, te necesito ahora –contestó, y era la verdad. La necesitaba para que le ayudara a olvidar lo que le aguardaba por delante.

A Savanna no pareció disgustarle la idea. Cuando sus manos se deslizaron en el interior de los calzoncillos y sus dedos se cerraron en torno a él, Gavin sintió que le flaqueaban las rodillas.

Ella llevaba puestos unos vaqueros cortados de cinturilla alta que dejaban sus piernas al descubierto. A Gavin le gustaban esas piernas, pero quería verlo todo. Tras ayudarla a despojarse de la ropa, le quitó el tanga, y tomándola en sus brazos, la empujó contra la puerta de la camioneta y se hundió dentro de ella.

Savanna le rodeó la cintura con las piernas y se agarró con fuerza cuando comenzaron las embestidas. Hacer el amor de pie requería de fuerza y Gavin no tardó mucho en quedarse sin aliento por lo que dejó de besarla y enterró el rostro en su cuello. En ese instante todo dejó de existir. Todas las preocupaciones. Todos los problemas. Incluso las estrellas. Nada podía apartar su atención de la suavidad de sus pechos, del aroma de su piel, de la cálida humedad que tanto amaba, y los pequeños sonidos que repetía de vez en cuando cada vez que él se hundía en su interior. Gavin era consciente de que no estaba siendo todo lo delicado que debería, pero la sintió abandonar todo control y eso le animó a hacer lo mismo.

Cuando sintió el dulce afloramiento del placer, no quiso retirarse. Pero no tenía elección. Soltando un juramento por la fuerza de voluntad que requería, se salió en el último segundo.

En su totalidad, el acto no había durado mucho tiempo, pero había sido especialmente memorable. Se miraron fijamente a los ojos durante varios segundos, como si ambos se sorprendieran por la intensidad de la experiencia y la conexión que sentían.

—Debería volver a casa. ¿Te apetece venir conmigo y pasar allí el resto de la noche? —preguntó ella con dulzura.

Gavin tuvo la sensación de que lo estaba poniendo a prueba, para ver si reaccionaba como había hecho antes, distanciándose. Y el alma se le cayó a los pies cuando la vio vestirse, porque no tenía elección.

—Te acompaño para asegurarme de que Dorothy no vuelva para causarte algún problema. Pero...

—¿Pero? —Savanna se detuvo y lo miró. Era evidente que había captado las reservas en su voz.

—Antes de volver a tocarte —Gavin se mesó los enredados cabellos—. Tengo que contarte una cosa.

—¿Está embarazada? —tras el apasionado encuentro que acababan de compartir, Savanna no sabía cómo reaccionar. Sentada en la cocina, contemplando fijamente a Gavin al otro lado de la mesa, se sentía aturdida. Gavin había entrado en su casa para vestirse antes de dirigirse a la de Savanna.

La expresión de desolación que detectó en su lenguaje corporal le ayudó un poco, pero no hizo gran cosa por suavizar el golpe. Porque lo que acababa de contarle lo cambiaba todo. Savanna había estado convencida de que no estaba preparada para otra relación, pero lo único que había hecho era fantasear con su nuevo vecino desde que lo había conocido. Gavin le hacía sentirse bien, y después de lo mal que le había hecho sentirse Gordon, y durante tanto tiempo, era muy importante. Incluso había tenido la loca idea de que, quizás, el destino la había empujado a Silver Springs, que quizás su padre estaba actuando como una especie de ángel de la guarda, guiándola hacia un hombre mejor, alguien con quien podría ser verdaderamente feliz.

Sin embargo, tras averiguar lo de Heather, todo eso parecía una tontería.

—Sí —contestó él.

—Y podría ser hijo tuyo.

—Cortamos hará poco más de dos meses, y no he vuelto a acostarme con ella desde entonces, pero... está más o menos de ese tiempo.

—¿Y cuándo lo descubriste?

—El sábado pasado —en el rostro de Gavin se dibujó una expresión de vergüenza—. Cuando regresé de mi actuación por la noche. Me estaba esperando.

—Entonces eso fue... antes de que nos acostásemos la primera vez.

—Sí —él hizo una mueca—. Y lo siento. Debería habértelo contado antes, pero... no sé. No quería enfrentarme a ello, no quería manifestarlo en voz alta, porque entonces se haría más real.

—Por eso te apresuraste a apartarte de mí. Por culpa de Heather.

—Por culpa de la situación, sí.

—Y... —Savanna sujetó un vaso de agua con ambas manos—, ¿esta noche en qué pensabas?

—No tengo ninguna excusa por lo de esta noche. Sabía que no debía tocarte. Pero no pude contenerme.

—Entiendo —ella se aclaró la garganta para rellenar el silencio, para darse un poco más de tiempo para pensar—. Vi a Heather delante de tu casa cuando iba ayer a recoger el correo. Parecía sentir mucha curiosidad hacia mí, quiso saber cuándo había llegado, si estaba casada.

—Eso último no me sorprende —intervino él con amargura—. Cualquier mujer atractiva y soltera es una rival para ella.

—Considerando lo que acabamos de hacer, no estoy segura de que podamos culparla por...

—Cierto —interrumpió Gavin—. Contigo tiene sentido. Pero en el pasado no siempre fue así.

Savanna se esforzó por superar la decepción que sentía.

—¿Sabe ella que nosotros... que hemos...?

—No —contestó él de inmediato, ahorrándole el esfuerzo de intentar terminar la frase—. No se lo he contado.

Ella suspiró aliviada. No quería tener ya un enemigo en Silver Springs. Aun así...

—¿Se lo vas a decir?

—No lo he decidido aún. No nos debemos fidelidad, si es eso lo que te preocupa. No la hemos estado engañando. Pero en algún momento voy a tener que restringir mis… actividades. Y pronto. No puedo acostarme contigo si intento hacer que funcione con ella. Eso no sería justo para nadie.

—Cierto —Savanna quería preguntarle si se había acostado con Heather después de haberlo hecho con ella, pero le pareció que no tenía ningún derecho.

Había sido ella la que había estipulado que no habría ninguna expectativa asociada a la noche que habían pasado juntos. Desde luego no habían establecido ninguna norma con respecto a lo sucedido entre ellos contra la camioneta. Eso había surgido de la nada. Pero entendía por qué Gavin había podido abordar un segundo encuentro con la misma visión.

—Puede que esto sea demasiado invasivo —dijo—. Y si lo es, no estás obligado a contestar. Pero no puedo dejar de preguntarme…

—¿El qué? —la apremió Gavin.

Savanna se preparó para una respuesta que no fuera a gustarle.

—¿La amas?

Él la miró durante varios segundos, sin contestar.

—Da igual —ella levantó una mano—. Como bien he dicho, es una pregunta demasiado invasiva.

—Savanna, si la amara a ella, no habría hecho lo que he hecho contigo.

Savanna no pudo evitar sentir cierto alivio, aunque sabía que la falta de sentimientos de Gavin hacia Heather haría que sus planes por hacer lo correcto fueran mucho más difíciles de cumplir.

—Entonces lo que haces… es solo por el bebé.

—Totalmente. Volver con ella, convertirme en padre a tiempo completo, es el único modo de garantizar que el bebé no sea nunca maltratado o abandonado.

Savanna no sabía qué decir. Gavin estaba intentando hacer lo que pensaba que era mejor para esa criatura, posiblemente suya. Ante eso no cabía discusión alguna.

—De acuerdo, respetaré tu decisión, por supuesto... y tendré cuidado con respetar los nuevos límites que has establecido.

—Lo siento —Gavin parecía tan preocupado como se sentía.

—Está bien. Lo que sentimos seguramente no es más que atracción sexual, ¿verdad? ¿Encaprichamiento? No puede ser nada serio, no tan pronto ni tan deprisa. Puede que no sea capaz de mantener las manos apartadas de ti por culpa de la sensación de embriaguez que tengo ante mi recién recuperada libertad. O puede que intente escapar de la cruda realidad de mi situación actual. En cualquier caso, no estoy en situación de tomar una decisión romántica con sentido común. Esto me obliga a recuperar el control sobre mí misma. Dependiendo de cómo lo veas tú, podría ser lo mejor —salvo que lo que sentía por Gavin parecía mucho más auténtico que lo que había sentido por Gordon a lo largo de los últimos años. Eso era lo más extraño.

—Agradezco tu comprensión —dijo Gavin.

—Claro, aunque espero que podamos seguir siendo amigos. Vivimos tan cerca que sería una pena que no lo fuésemos. Mis hijos te idolatran ya. No me gustaría pensar que me he cargado su posibilidad de disfrutar de ti de vez en cuando.

—Desde luego que podemos ser amigos. Pasaré el resto de la noche en el sofá, solo para asegurarme de que estés a salvo. Y siempre que me necesites, estaré a una llamada telefónica.

—Te lo agradezco. En serio. Te apoyaré en lo que estás intentando hacer, y espero que sea para bien.

—Gracias.

—No hay de qué. Pero... debería declinar la invitación a la barbacoa de la semana que viene, ¿verdad?

Los críos se morían de ganas de ir a la fiesta y le dolía tener que decirles que no iban a ir, pero si Gavin tenía intención de llevar a Heather, no estaba segura de poder soportar verlo con otra mujer, por mucho que se repitiera a sí misma que no tenía derecho a sentirse celosa.

—No, no lo hagas. Creo que Branson y Alia se lo pasarán muy bien. Y tú y yo estaremos bien. Amigos, tal y como has dicho.

—De acuerdo —Savanna esperaba que él tuviera razón.

El teléfono sonó antes de que Gavin pudiera añadir nada más.

—¿No vas a contestar? —preguntó ella al ver que ni se movía.

—Prefiero no hacerlo —él hizo una mueca.

—Pero es muy tarde. ¿Y si es tu madre? ¿O tu hermano? ¿No te preocupa que pueda ser algo grave?

—No realmente.

—Crees que es Heather... —de repente Savanna lo comprendió.

—Estoy casi seguro de ello —el teléfono dejó de sonar, pero, casi de inmediato, sonó el tono de un mensaje entrante.

Y seguramente porque ella lo estaba mirando, y Gavin no quería que lo viera ignorándolo, sacó el móvil del bolsillo y contempló la pantalla. El rostro se le demudó.

—¿Qué sucede? —un ramalazo de inquietud puso a Savanna en alerta—. ¿Va todo bien?

—Heather está en el hospital.

Apartándose de la mesa, Savanna se puso de pie de un salto.

—¿Qué ha pasado?

—Dice que Scott le dio una paliza.

—El novio con el que acaba de cortar.

—Sí. Me contó que la estaba amenazando, pero nunca pensé que llegaría tan lejos. Me siento mal por haberla ignorado toda la noche. Lleva intentando contactar conmigo desde que llegué a casa del trabajo –Gavin tecleó una rápida respuesta antes de levantarse de la silla y guardar el móvil en el bolsillo–. Tengo que irme.

—¿Al hospital?

—Sí.

—Pero ¿cómo?

Gavin se dio una palmada en la frente. Había olvidado que Dorothy había golpeado su camioneta.

—Es verdad.

—Puedes llevarte mi coche.

—Gracias. Será más sencillo y rápido que intentar poner en funcionamiento el mío.

Savanna sacó las llaves del bolso y se las entregó.

—Si vuelve Dorothy, llámame, o a la policía, si crees que ellos llegarían antes. No quiero que pase nada más esta noche.

—No te preocupes por nosotros –Savanna se obligó a sonreír aunque el corazón se le partió al verlo marchar.

Solo hacía una semana que lo conocía, no debería sentirse tan mal como se sentía. Pero ese hombre era diferente, especial. La mujer que lo conquistara sería afortunada. Y, dado que había un bebé por medio, no había manera de competir con Heather.

Capítulo 19

Heather no estaba tan mal como le había dado a entender en los mensajes de voz que le había estado enviando. Gavin tuvo tiempo de escucharlos todos mientras conducía hacia el hospital, sintiéndose cada vez peor. Debería haber contestado antes.

–Por una vez que no se muestra obsesiva, voy y la ignoro.

El haber estado haciendo el amor con Savanna mientras Heather estaba sufriendo no hacía más que empeorarlo todo.

Temía que Heather tuviera que quedarse toda la noche en el hospital, pero cuando llegó estaban preparándola para darle el alta. Gavin pasó junto al médico mientras este salía del cubículo rodeado de cortinas, y pudo oír el final de la conversación.

Heather tenía el labio hinchado. En su mensaje se lo había dicho a Gavin. Pero no parecía tener más lesiones. En general había tenido suerte. El vecino del pareado contiguo al de Scott estaba en casa y había oído la discusión, llamando a la policía y, dado que había un agente a la vuelta de la esquina, la ayuda había llegado enseguida.

–Siento lo que has tenido que pasar –dijo Gavin.

Heather tenía los ojos llenos de lágrimas y él la abrazó.

—¿Te pondrás bien? —preguntó él mientras apoyaba la barbilla sobre su cabeza y ella se agarraba a él con fuerza.

—Ahora mismo no lo parece —contestó ella con la voz amortiguada por la camiseta de Gavin.

—¿No te han dado ningún analgésico?

—Algo me han dado. Esto no ha sido más que una terrible experiencia.

—Seguro que sí —él se apartó en cuanto tuvo la sensación de que se notaba en exceso que no había sido su intención abrazarla—. Pero te van a dar el alta. Lo he oído. ¿Podrás irte a casa?

—Sí —Heather tomó una bolsa de hielo y la sujetó contra su cara.

Gracias a Dios que por fin había mirado el móvil. El último mensaje decía que necesitaba que alguien la llevara. Sus padres vivían por la zona, pero sin duda preferiría no llamarles por lo sucedido. Ya estaban bastante alterados por el embarazo accidental.

—¿Qué pasó con Scott? ¿Por qué le diste la oportunidad de que sucediera algo así, yendo a su casa?

—¡Tenía que recoger mis cosas! —contestó ella, poniéndose inmediatamente a la defensiva—. Y tú dijiste que trabajarías hasta tarde, o sea que no podía pedirte que me acompañaras.

Gavin percibió el reproche en sus palabras. Heather podría haber esperado a que él estuviera disponible, o haberle pedido a alguna amiga que la acompañara, pero evitó comentárselo. ¿De qué serviría ponerse a discutir? Ya había sufrido bastante.

—¿Y? ¿No te lo permitió?

—No paraba de hablar, de decirme que tú no me quieres, para que volviera con él. Cuando me negué... se enfadó muchísimo.

—Enfadarse es una cosa. Pero ¿ponerse agresivo? ¿Cómo llegó la situación tan lejos? Él nunca te había pegado, ¿no?

—No, pero... –aunque Heather suspiró indicando que no deseaba entrar en detalles, él enarcó las cejas para indicarle que esperaba una respuesta. Se trataba de algo grave. Iba a hablar con Scott, a asegurarse de que nada parecido volviera a suceder.

—Cuando empezó a gritar, decidí marcharme, aunque fuera sin mis cosas. Pero él no me dejó ir y... y todo pareció empeorar a partir de ese momento.

La idea de que un hombre golpeara a una mujer hizo que Gavin encajara la mandíbula. Pero ¿a una mujer embarazada? Eso era aún peor.

—¿Te golpeó con el puño?

—No me acuerdo.

—¡Bastardo!

Claramente más tranquila ante las evidentes muestras de preocupación por parte de Gavin, Heather moqueó.

—Es verdad, es un bastardo. No me puedo creer que haya podido estar con él.

—¿Cuántas veces te golpeó? –Gavin se moría de ganas de exigirle responsabilidades a Scott.

—Eso tampoco lo recuerdo. Solo recuerdo que llegó la policía y me ayudó a levantarme del suelo.

Las llaves que Gavin sujetaba en la mano se le clavaron en la palma de la mano, haciéndole comprender que las estaba sujetando con demasiada fuerza.

—¿Ha comprobado el médico si el bebé está bien? –preguntó aflojando la mano.

—Si preguntas por una ecografía, no me la hizo. Me ha dicho que me haga una cuando pase consulta con mi ginecólogo. Sin embargo sí comprobó el latido del bebé. Scott no me golpeó en la tripa, ni siquiera cerca. El doctor no cree que haya motivo para que nos preocupemos.

«Nos». Heather ya empezaba a hablar como si estuvieran juntos en eso, unos padres comprometidos.

—El bebé es tan diminuto que está bien protegido —añadió.

Era más fácil concentrarse en Scott y la ira que sus actos le provocaban que repasar las emociones encontradas que sentía ante la posibilidad de tener un hijo con Heather, y eso fue lo que hizo.

—Voy a tener una charla con Scott. He intentado que la situación no se convirtiera en una especie de disputa, pero debe entender que lo que ha hecho tendrá sus consecuencias, debe saber que no toleraré que nada parecido vuelva a suceder.

—Gavin, no —suplicó ella—. No quiero que te metas en esto. Por favor, mantente alejado de él. Ya ha sido detenido, y la policía se ocupará de esas consecuencias. Voy a presentar cargos.

¿Cuánto tiempo le caería a Scott si ella no sufría ningún daño? Seguramente figuraría en su hoja de antecedentes penales, y tendría que abonarle a Heather los gastos médicos y realizar algún servicio a la comunidad.

Pero para Gavin eso no bastaba. De momento Scott estaba en la cárcel, de modo que esa noche no iba a poder hacer nada. Necesitaba calmarse.

—¿Dónde estabas? —preguntó ella mientras se detenían ante las puertas automáticas que se abrieron con un siseo a la tranquila noche sin luna—. ¿Por qué no contestaste a mis llamadas y mensajes?

Gavin no veía ningún motivo para empeorar la noche de Heather contándole que no había querido saber nada de ella y que por eso había ignorado sus intentos de ponerse en contacto con él o que había pasado cada minuto que no había estado ocupado con algo que requiriese toda su concentración, pensando en otra persona. De modo que se decidió por una respuesta vaga.

—Para cuando llegué a casa estaba tan cansado que me fui a la cama. Tampoco habría visto tu último mensaje si alguien no hubiese chocado contra mi camioneta aparcada en el camino de entrada. El sonido del golpe fue lo que me despertó, justo antes de que intentaras llamar.

—¿Alguien chocó contra tu camioneta? —preguntó ella con los ojos muy abiertos—. ¡Pero si la compraste el año pasado!

—Son mierdas que pueden suceder, supongo —él se encogió de hombros.

—Pero, ¿cómo ha podido suceder algo así en un lugar como el que vives tú?

—Ahora tengo vecinos.

—Savanna.

Gavin no preguntó cómo sabía su nombre. Ya sabía que se conocían.

—Sí. Su suegra chocó contra la camioneta y se marchó.

—¿Bromeas? ¿Se dio a la fuga? Pero… Savanna podrá darte su información de contacto, ¿verdad?

—Claro. Se siente fatal.

—¿Iba su suegra borracha o algo?

—Savanna no sabe qué le pasó —Gavin abrió las puertas del coche con la llave de Savanna y sujetó la puerta del copiloto para que entrara Heather.

Heather parpadeó ante el Fusion, como si acabara de verlo por primera vez. Al parecer había estado tan absorta en la conversación, siguiendo a Gavin por el aparcamiento, que no había prestado atención al vehículo al que se acercaban.

—¿De quién es este coche?

—De Savanna.

—¿Te lo ha dejado?

—Tú necesitabas ayuda y mi camioneta no se podía utilizar.

—¿Tan mal está?

—No estoy seguro. Puede que consiga despegar el metal de la rueda trasera, pero esto era mucho más sencillo, y tenía prisa.

—Qué amable por su parte ayudarte –observó ella, aunque Gavin percibió claramente la cautela y contrariedad en su voz. A Heather no le gustaba Savanna, simplemente porque temía que a él sí.

Gavin deseó poder decirle que era una tontería sentirse amenazada. Pero no podía ser tan falso, no cuando lo sucedido hacía menos de una hora seguía tan presente en su cabeza. Si cerraba los ojos, todavía conseguía oler a Savanna, sentir su suave piel y saborear sus dulces labios.

Savanna se dijo a sí misma que debería irse a dormir. Necesitaba descansar. Tenía niños pequeños y no iba a poder dormir hasta tarde. Pero no conseguía dormirse. No dejaba de pensar en el extraño comportamiento de Dorothy en el porche desde el momento en que había mencionado a Emma Ventnor. Tampoco podía dejar de pensar en lo sucedido después junto a la camioneta de Gavin, lo rápido que unas pocas palabras se habían convertido en algo mucho mayor. También se preguntaba si Gavin pasaría el resto de la noche en el hospital junto a Heather.

¿Se la llevaría a casa con él por la mañana?

A Savanna no le hacía ninguna gracia la idea de poder tropezarse con Heather de manera habitual. Vivía tan cerca de Gavin, y estaban tan aislados del resto del pueblo, que sería como tener un asiento de primera fila para seguir el embarazo. El que le diera horror pensar que el bebé de Heather era de Gavin no era justo, y era la primera en reconocerlo. No tenía ningún derecho sobre Gavin. A lo mejor sería todo más fácil en cuanto se trasladara a Nashville…

Ahuecó la almohada y se dio la vuelta en la cama intentando acallar la mente. Pero después de otros diez minutos dando vueltas, se apoyó sobre el codo y alargó una mano hacia el móvil. No había oído ningún aviso, pero esperaba haberse perdido la llegada de un mensaje. Había intentado contactar con Dorothy al menos diez veces. ¿Había contestado al fin la madre de Gordon? Había chocado contra la camioneta de Gavin, por el amor de Dios. Sin duda iba a tener que explicar su comportamiento… y responder por él, en algún momento.

Nada. No había ni llamadas ni mensajes.

¿Adónde había ido Dorothy? ¿La había dejado en paz para siempre? A juzgar por las prisas por irse, Savanna supuso que no iba a regresar. Pero la pregunta era, ¿por qué? Estaba tan empeñada en obligarle a darle dinero para Gordon que había conducido todo el día para llegar a Silver Springs…

Savanna rememoró la escena en su cabeza una vez más. Dorothy había reconocido el nombre de Emma, no había duda. Eso había sido. Ninguna otra cosa que habían dicho podría haber provocado una reacción tan brusca. Pero ¿qué significaba aquello? ¿Le había entrado el pánico a Dorothy al pensar que su hijo podría ser acusado de asesinato además de violación? ¿O le había hecho Gordon algún comentario que le había llevado a pensar, por primera vez, que podría ser el monstruo que la policía aseguraba que era? ¿Le había mencionado Gordon el nombre de Emma?

Savanna estaba a punto de soltar el móvil cuando le llegó un mensaje de Gavin. No había esperado volver a tener noticias suyas y no pudo evitar sentir una extraña sensación de alivio al comprobar que se había puesto tan rápidamente en contacto con ella.

Ya hemos vuelto. Heather se pondrá bien. Por lo que me ha parecido, solo la abofeteó un par de veces. Por supuesto eso ya es suficientemente malo, pero ya sabes a qué me refiero. ¿Va todo bien contigo?

Savanna se sintió tentada a fingir que dormía. A esas horas a él no le extrañaría que no respondiera, y le parecía más sencillo que intentar ejercer su nuevo papel tan pronto. Tras la pasión que habían compartido, lo que le había revelado sobre Heather y sus planes de futuro le había supuesto un latigazo emocional. No soportaba la idea de que esa otra mujer estuviera con él, que Heather pudiera estar mirando por encima de su hombro, leyendo los mensajes.

–¡Fuiste tú la que le dijo claramente que sería solo sexo! –exclamó en voz alta en un intento de darle más énfasis a sus palabras–. ¡No es justo que te pongas celosa!

El problema era que no podía evitar lo que sentía. De modo que se prometió a sí misma que jamás permitiría que se le notaran los celos. Se apartaría de él con toda la dignidad y elegancia de que fuera capaz. Comprendía que Gavin estaba en una situación complicada y le ayudaría a hacer lo que tuviera que hacer.

Respiró hondo y aplastó esas emociones negativas, intentando sustituirlas por la amistad que le había ofrecido.

Savanna: Me alegra que esté bien. Debe haber sido una experiencia aterradora, y dolorosa. Tengo una bolsa de hielo. La saqué de las cajas ayer, de modo que no me costará nada encontrarla, por si la necesita.

Gavin: Gracias, pero el médico ya le dio una. No le falta nada.

Savanna: Claro. Bueno, pues si hay algo más que pueda hacer, házmelo saber. Mañana no tengo pensado ir a ninguna parte, de modo que puedes quedarte el coche para ir a trabajar. El constructor que me recomendaste va a empezar por el puente, y estoy esperando que me dé un presupuesto para ocuparse de la madera podrida alrededor de las ventanas y los cimientos. También hay una sección de la fachada, bajo la ventana de Branson, que necesita ser sustituida.

Gavin: no le dejes que haga él la reparación de la podredumbre. Yo puedo hacerlo y ahorrarte un montón de dinero.

La cuestión era si debería hacerlo. Había sido ella la que había sugerido que, al menos, permanecieran amigos, pero temía que siempre tendría ganas de tocarlo de un modo que sería decididamente más que amistoso. Y se imaginaba fácilmente lo difícil que iba a ser pasar tiempo con Gavin si él estaba con Heather. Mientras habían estado hablando, ella había intentado asimilar la impresión de la noticia, pensando en Branson y Alia, y en cómo no quería perderlo del todo.

Savanna: Ya tienes bastante con tu trabajo y tu música.

—Y con tu novia embarazada —murmuró con mucha menos generosidad, dado que disfrutaba de la intimidad que se lo permitía.

Savanna: Yo solo tengo que ocuparme de esto.
Gavin: De todos modos espera. Le echaré un vistazo cuando pueda.
Savanna: ¿Estás seguro?

Gavin: Estoy seguro. ¿Has vuelto a tener noticias de Dorothy?
Savanna: No, pero tengo la información de su contacto, para tu seguro.
Gavin: Iré a recogerla mañana.
Savanna: Te la puedo enviar.

Gavin no respondió y ella se resistió al impulso de añadir nada más, aunque había muchas cosas que podría decir. Cosas como: «Qué bien ha estado lo de esta noche», o «No soy capaz de pensar en otra cosa que no seas tú», o «¿Se va a quedar en tu casa?». Y eso solo para empezar.

–Es un amigo –ser recordó a sí misma antes de soltar el teléfono.

Gavin permitió a Heather pasar la noche en su casa. Ella no quería estar sola y él se sentía muy culpable por lo que le había sucedido. Si no hubiese estado tan ocupado ignorando sus llamadas, a lo mejor no habría ido a casa de Scott a recoger sus cosas…

Heather no tenía pensado dar clase al día siguiente. Había dicho que llamaría a una sustituta, pero pararon en su casa para que recogiera algunas cosas. Por desgracia, estaba tomando analgésicos y no podía conducir, de modo que solo disponían de un coche para los dos, un coche que estaba averiado.

Gavin le había enviado un mensaje a Savanna mientras Heather estaba en el dormitorio. Le resultaba mucho más sencillo tratar con Savanna cuando Heather no le cuestionaba cada movimiento que hacía. No le gustaba la idea de tener que comunicarse con Savanna a escondidas, pero la culpa era suya, se dijo, por cruzar una raya que no debería haber cruzado.

–¿Todo listo? –guardó el móvil en el bolsillo en cuanto Heather apareció con una cantidad de equipaje más propio de una estancia prolongada.

–Sí.

–Pues vámonos –él tomó las bolsas–. Estoy cansado.

Heather se sentó en un lado del asiento y apoyó la cabeza sobre el hombro de Gavin mientras este conducía, pero en cuanto llegaron a su casa, él metió las bolsas y la ayudó a acomodarse, pero no se fue a la cama con ella. Prefería esperar a que se durmiera. Salió al porche con la guitarra y tocó unas cuantas canciones. Después de una noche tan horrible esperaba que ella se quedara dormida de inmediato. Pero solo habían pasado unos pocos minutos cuando salió a su encuentro.

–Creía que estabas cansado –observó ella.

–Enseguida voy. Solo estaba tomándome unos minutos para relajarme.

Ella le escuchó trabajar en la canción que había empezado días atrás.

–No recuerdo haber oído esa antes.

–Es nueva –contestó Gavin mientras cambiaba algunos acordes para ver si le gustaba más cómo sonaba.

–Me gusta. Es… sentida, tierna.

–Gracias –murmuró él sin apartar la mirada de la guitarra. Esa canción la había escrito pensando en Savanna.

–¿Algo va mal? –preguntó ella unos minutos más tarde, interrumpiendo de nuevo la canción.

–¿Conmigo? No.

–Pareces… distante.

–Ya te lo dije. Estoy dispuesto a comenzar de nuevo, pero quiero tomármelo con calma. No será como solía ser, quizás no durante varios meses –si es que llegaba a serlo alguna vez. Por mucho que lo intentaba, seguía sin estar seguro de poder obligar a su corazón…

—Lo entiendo. Y estoy dispuesta a darte tiempo. Pero aun así... no sé. Pareces más que distante. Pareces preocupado.

—Lo de Scott me ha disparado la adrenalina —al menos eso era verdad.

Estaba enfadado con Scott y tenía pensado hacer algo al respecto. Pero estaba más disgustado por el hecho de tener que dejar marchar a Savanna. Ojalá pudiera al menos esperar hasta el último momento, pero sabía que si seguía viendo a su vecina, su capacidad para hacer lo correcto por el bien de su hijo no haría más que disminuir.

Heather se acercó a él y, apoyando las manos sobre sus hombros, le besó la cabeza.

—Te quiero.

Gavin deseó poder decir lo mismo.

—Sabe algo —Savanna había llamado al detective Sullivan en cuanto Branson y Alia terminaron el desayuno.

Los chicos estaban entretenidos limpiando una piscina para niños que habían encontrado en el garaje y ella estaba lo bastante cerca como para vigilarlos, pero lo bastante lejos como para que no oyeran la conversación.

—Eso sería una buena noticia si hubiera algún modo de que ella quisiera hablar con nosotros —contestó el detective.

Tras relatar el encuentro con Dorothy la noche anterior, Savanna había esperado una respuesta algo más entusiasta.

—¿Y la policía no puede hacer que hable?

—Hacer que hable es una cosa. Conseguir que diga la verdad es otra.

—Lo entiendo. Pero al principio yo tampoco les creí. Quizás puedan convencerla.

—Si lo que hemos averiguado hasta ahora no ha bastado para convencerla, no estoy seguro de que sea posible. Ese es el problema. Ella sabe lo de los artículos en la bolsa de lona, sabe lo del ADN, todo.

Savanna saludó con la mano a Alia que la había llamado para que viera cómo enchufaba a Branson con la manguera. El niño gritó y corrió tras su hermana para hacerse con la manguera y empaparla a ella también.

—¡Le repito que oír el nombre de Emma Ventnor hizo que cambiara inmediatamente de comportamiento! Casi se cayó del porche. Y luego chocó contra el coche de mi vecino y se marchó sin siquiera molestarse en dejar los papeles del seguro.

—De acuerdo —contestó el detective tras un largo silencio—. Iré de nuevo a hacerle una visita.

—¿Y ya está?

—¿A qué se refiere?

—¡Tiene que hacer más!

—¿El qué, por ejemplo?

—Conseguir una orden y registrar su casa como registraron la mía. Ella vive en Salt Lake. Gordon se quedaba allí a dormir a veces, cuando estaba demasiado cansado para volver a casa, o cuando a la mañana siguiente tenía que ir a una mina que estuviera más cerca de su casa que de la nuestra. Últimamente estaban muy unidos —más unidos de lo que había estado con su propia esposa, comprendió ella al final.

—Conseguir una orden de registro no es tan sencillo como cree. Hay que ser muy específico. Debo enumerar la parte de la casa que quiero registrar y lo que estoy buscando. No puedo violar la intimidad de su madre en una especie de pesca a ciegas.

—Ya le he dicho que a veces se quedaba en su casa.

—Lo sé. Y ella empezó a comportarse de un modo raro

cuando mencionó a Emma anoche. Ya la he oído. Lo que intento decirle es que puede que no sea suficiente.

–¿Me toma el pelo? Podría haber dejado su ropa ensangrentada en casa de su madre, porque desde luego a casa nunca la trajo. Sé que no me cree, o al menos no me creía, pero es verdad. Dígale al juez que quiere registrar la casa de la madre en busca de la ropa ensangrentada de Gordon, y seguramente también de un par de botas.

–Lo intentaré, ya se lo he dicho. ¿Ha sabido algo de Gordon esta mañana?

–No.

–Llámeme si hay novedades.

Savanna tapó el teléfono con una mano para decirle a Branson que ya se había vengado suficientemente de su hermana pequeña. Los niños regresaron a la labor de limpiar la piscina.

–Gordon jamás admitirá haber tenido algo que ver con Emma –continuó en cuanto apartó la mano–. Sabe que las llamadas se graban.

–¿Y existiría la posibilidad de que considerara hacerle una visita?

Savanna dio un paso atrás, a pesar de que el detective no podía verla.

–No, eso no puedo hacerlo. No quiero verlo. Además, ahora vivo en California, y no tengo a nadie con quien dejar a mis hijos mientras esté fuera.

–Le proporcionaríamos una cuidadora diplomada para quedarse con Branson y Alia, y la llevaríamos en avión para que no necesitara tanto tiempo. ¿Cuánto se tarda en volar desde Los Ángeles hasta Salt Lake? ¿Una hora y media? Eso no es nada.

Ella se pellizcó el puente de la nariz con el pulgar y el índice. ¿Le diría algo Gordon si estuvieran cara a cara? Seguramente no. Las visitas seguramente también se grababan.

—Él no confía en mí. No va a delatarse.

—Podría convencerle para que confiara en usted. Lo conoce bien, sabe qué le gustaría oír.

Lo que le gustaría oír sería que ella estaba dispuesta a volver con él y que le daría el dinero para la defensa. Por desesperado que se sintiera, estaría dispuesto a casi cualquier cosa. Sería la mejor apuesta sin duda. Pero contarle esas mentiras, tenderle una trampa, era peligroso. Si el fiscal del distrito no lograba una condena, Gordon quedaría libre. Y si había sido capaz de matar a una pobre e inocente niña, una extraña de tan solo dieciséis años, ¿qué no sería capaz de hacerle a ella?

«Gordon te matará en cuanto salga...». Quizás el mensaje de Dorothy fuera, a la larga, más profético de lo que había pretendido.

Savanna se dispuso a negarse nuevamente, pero su conciencia intervino. Si todas las personas que podían ayudar a la policía solo pensaran en el peligro implicado, ¿cuántas más personas malas estarían por ahí sueltas, haciendo daño a víctimas inocentes?

Debía mostrarse valiente, hacer todo lo que estuviera en su mano. ¿No?

«Mierda», exclamó para sus adentros.

—Me lo pensaré –contestó antes de colgar.

Capítulo 20

La siguiente semana pareció durar eternamente. Heather se quedó en casa de Gavin, mientras se reponía, casi toda la semana. Y cada día supuso un nuevo desafío para él. Ella insistía en que tenía miedo de regresar a su casa por si Scott iba a buscarla, pero, por enfadado que hubiera estado Gavin con él el día en que había recogido a Heather en el hospital, no creía que Scott supusiera una amenaza. Había salido de la cárcel en libertad bajo fianza, de modo que no podía ir a casa de su exnovia. La cita en los juzgados había sido fijada para dentro de unas pocas semanas y, sin duda, era consciente de los problemas que tenía y no iba a hacer nada que empeorara su situación. Había enviado un mensaje a Heather indicándole que estuviera tranquila, que no tenía intención de acercarse a ella y, hasta el momento, habia mantenido su promesa. Aunque a partir de la hora de la cena, Heather estaba siempre en casa de Gavin, y por tanto protegida, Scott sabía dónde trabajaba. Podría haberse pasado por su clase tras el toque del timbre. Normalmente, cuando terminaban las clases ella aún permanecía unas dos horas allí, a solas, y no solía marcharse antes de las cinco. De haber tenido miedo de verdad, habría modificado ese patrón de comportamiento, y le habría pedido a alguien que la acompañara. Gavin estaba convencido de ello, aunque no había dicho nada al respecto. No quería equivocarse y que ella resultara herida.

Pero lo último que se había esperado era que Scott lo abordara a él, de modo que se llevó una gran sorpresa cuando su madre interrumpió su comida el viernes para comunicarle que Scott estaba en el edificio de admisión. Aunque Gavin solía comer en la cafetería con los alumnos, pues eso les daba la oportunidad de socializar con un adulto que se interesaba por ellos, algo que necesitaban desesperadamente, los últimos días no había tenido ganas de hablar con nadie, ni siquiera con los chicos. Había comido en su pequeño despacho, y allí estaba el viernes.

—¿Hola? ¿Sigues ahí? —preguntó Aiyana al no recibir respuesta.

Su primer impulso fue preguntar qué quería Scott, pero si obligaba a su madre a trasladar la pregunta al aludido, no haría más que arrastrarla de nuevo a sus asuntos. Gavin prefería que su madre no se implicara, dado que no se mostraba totalmente de acuerdo con su manera de proceder. Aiyana se negaba a aceptar que tuviera que volver con Heather.

—Estoy en mi despacho. Por favor, dile dónde encontrarme.

—¿No te parece que deberías tratar este asunto fuera del campus? —preguntó ella tras dudar un instante.

—No pienso provocar una discusión. Y dudo que él haya elegido este lugar como escenario de una pelea. Ya se enfrenta a una citación judicial.

Aiyana cubrió el teléfono con una mano. Gavin tuvo la impresión de que Scott la había oído y que intentaba convencerla de que no buscaba crear problemas, porque su madre volvió a ponerse al teléfono al poco rato.

—Te lo mando.

Diez minutos más tarde sonó un golpe de nudillos en la puerta del despacho.

Curioso, y a la vez inquieto, por si acaso, Gavin giró el picaporte y abrió la puerta metálica empujando con el hombro.

—¡Vaya! Cuánta luz —exclamó mientras entornaba los ojos ante la repentina irrupción del sol—. Pasa —señaló hacia la única silla libre que había, una silla plegable barata que tenía siempre a mano por si recibía alguna visita.

Scott entró en el despacho, pero no se sentó. Ni siquiera se acercó al escritorio. Mantuvo las distancias, seguramente para demostrar que no había ido en busca de pelea.

—Me prometí a mí mismo que no haría esto —comenzó—. Vas a pensar que me mueve la envidia, porque tú has conseguido a la mujer que quiero, y que me muestro celoso y vengativo…

—Es que te has mostrado celoso y vengativo —interrumpió Gavin—. Y lo que hiciste la semana pasada…

—Lo sé —él levantó una mano en el aire—. No debería haberle permitido enfurecerme así. No puedo explicarte lo que pasó. Estallé. Jamás me había enfadado tanto. Pero golpearla fue una estupidez. Esa mujer no merece los problemas que me está causando.

—¿Has venido para contarme eso?

—No, he venido para contarte la verdad.

—¿Y cuál es? —Gavin recolocó el calendario sobre el escritorio.

—Gavin, Heather se quedó embarazada a propósito.

Gavin sintió que los hombros se le tensaban al instante y observó atentamente a Scott. ¿Estaba decidido a seguir haciéndole daño a Heather, aunque de otro modo? ¿Para eso había ido a verlo?

—¿Cómo lo sabes?

—Por la manera en que sucedió todo. Ella quería recuperarte, y sabía que un bebé lo conseguiría.

—Ella no podía saber algo así.

—No estaría segura. Pero te conoce bien, sabe lo que sientes por los críos, lo que haces aquí por los chicos huérfanos y los demás niños institucionalizados. Y si la cosa no le salía bien, en el peor de los casos tenía su plan B.

—Que era...

Scott abrió los ojos desmesuradamente como si fuera más que obvio.

—Sabía que si tú no te casabas con ella lo haría yo.

—¿Y has venido hasta aquí para contarme esto porque quieres hacerme un favor? —preguntó Gavin, sentado en una esquina de la mesa.

Cuando Scott se rio sin ningún regocijo, supo que había percibido el sarcasmo en su pregunta.

—No. Te lo estoy contando porque no soporto la idea de que se vaya de rositas. Sin embargo, lo único que puedo hacer es advertirte. Lo que suceda a partir de ahora depende de ti. Ya le he asegurado a la policía, y a ella también, que no volveré a molestarla, y no lo he hecho. Y a ti tampoco voy a volver a molestarte.

Scott se dio la vuelta para marcharse, pero Gavin lo detuvo.

—¿Te lavas las manos de todo el asunto?

—Eso es —contestó él, volviéndose de nuevo—. Pagaré el precio por lo que he hecho y luego... se acabó.

—¿Y si el bebé es tuyo?

—Exigiré una prueba de paternidad, por supuesto. Y si es mío, pasaré una pensión para la manutención, pero solo porque el estado me obliga a ello. Ya no quiero tener nada que ver con Heather o con el bebé.

A Gavin le había parecido que la situación ya era mala

cuando Scott seguía interesado en Heather, pero si el niño al final resultaba ser de Scott, y Gavin no se casaba con Heather, el bebé no tendría padre.

—El niño no tiene la culpa —señaló.

—Ni yo tampoco. Yo siempre fui sincero con respecto a mis intenciones. Amaba a Heather, y me habría casado con ella. Pero ella te quería a ti, y me utilizó para conseguirte. Y ahora estamos todos metidos en este tremendo lío. Claro que estuvo mal golpear a una mujer, pero lo que ella hizo fue peor. Piénsalo. Un labio partido se curará en unas cuantas semanas, pero Heather nos ha jodido la vida, seguramente para siempre —afirmó antes de marcharse.

La conversación con Scott no había tomado el menor cariz violento. Aun así, Gavin se sentía como si acabara de recibir un derechazo. ¿Lo que había dicho Scott era cierto?

No. Heather jamás haría algo tan horrible. Gavin la conocía. Siempre había mantenido una obsesiva fijación por él, y sin duda había aprovechado la circunstancia a su favor desde que estaba embarazada, pero era una persona decente, una buena persona. El embarazo era accidental, tal y como aseguraba ella.

Pero ¿y si Scott tenía razón? ¿Cómo cambiaría eso las cosas?

Para empezar, él se mostraría tan enfadado como Scott. Manipular a otras personas hasta ese extremo era inadmisible, sobre todo si había un bebé implicado.

Consultó el reloj para ver qué estaría haciendo Heather. Quería hablar con ella, oír lo que tuviera que decir ante las acusaciones de Scott, pero a esas horas estaría dando clase. Siempre comía antes que él.

En cualquier caso ya sabía lo que iba a decirle. Diría que no era verdad. Dadas las posibles consecuencias de admitir algo así, casi estaba obligada a negarlo. ¿Qué sentido tenía preguntárselo siquiera?

No podía ser tan mala persona, decidió para sí mismo antes de intentar terminar su comida. Pero ya no tenía hambre.

Gordon no había vuelto a llamar a Savanna desde que le hubiera mencionado a Emma Ventnor. Eso, más que otra cosa, hizo que ella pensara que había sido él el secuestrador, y posible asesino, de la muchacha, lo que hizo aumentar su sentido de responsabilidad y pensar en aceptar la petición del detective Sullivan para que regresara a Utah y se reuniera con su exmarido. No quería ver a Gordon y había estado aplazando la decisión definitiva. Pero en el fondo sabía que debería ir. ¿Cómo iba a poder vivir consigo misma sabiendo que los padres de Emma estaban sufriendo y ella no había hecho casi nada por ayudar? Gordon tenía que ser culpable. De lo contrario, ¿por qué había reculado en cuanto ella había mencionado el nombre de Emma? Todavía no tenía el dinero para el abogado altamente cualificado que necesitaba, pero Dorothy también había dejado de molestarla. Savanna había llamado a su exsuegra, le había enviado mensajes, pero Dorothy no había contestado, no hasta que Savanna había amenazado con ir a la policía para asegurarse de que Gavin recibiera una indemnización por los daños causados en la camioneta. Entonces Dorothy sí había enviado los papeles del seguro, pero nada más. Ni un solo comentario. Ninguna solicitud de dinero, ninguna amenaza con que Savanna iba a lamentar no haber respaldado a Gordon.

Savanna le había reenviado a Gavin el mensaje de Dorothy para que pudiera seguir adelante con la reclamación. Ya había llevado la camioneta a arreglar, pues Savanna le había visto conducir un coche de alquiler. Con la información recibida, el seguro de Gavin podría reclamar el reembolso. Aunque le había dado las gracias, no habían tenido ningún otro contacto desde la noche en que habían hecho el amor tan espontáneamente bajo las estrellas, salvo por unos cuantos mensajes que él le había enviado con fotos de retales de alfombra para el salón y otros mensajes para intentar ajustar una fecha para que él pudiera ir a echar un vistazo a la madera podrida. Al final se habían decidido por la semana siguiente, el sábado, cuando él no trabajaba, pero si al final acudía a la barbacoa en casa de su madre, Savanna lo iba a ver en menos de cuarenta y ocho horas. Gavin insistía en que fuera, a pesar de la situación vigente, pero ella tenía sus dudas de que fueran a estar cómodos. ¿Asistiría Heather también? ¿Iba a tener que ver a Gavin y a Heather juntos?

Seguramente. Heather seguía alojada en su casa. Savanna había visto el Pathfinder aparcado en el camino de entrada. La visión de ese vehículo la ponía enferma, porque sabía lo que significaba.

Por suerte no se había tropezado con ella después de saber lo del bebé. Savanna iba a propósito a consultar el buzón de correos antes de que Heather pudiera estar de vuelta del colegio. No quería sentirse obligada a saludar y hablar con la novia de Gavin. Saber que estaba allí con él, seguramente compartiendo la cama por la noche, ya era bastante malo.

Comprendió que de nuevo había permitido que su mente vagara hacia su sexy vecino y se sentó a la mesa de la cocina ante el ordenador, obligándose a concentrarse en los anuncios clasificados en la zona de Silver Springs. Estaba harta de pedir comida preparada, o de hacer la cena en la olla de cocción lenta. Necesitaba encontrar una cocina a buen precio para que, por lo menos, pudiera preparar unos huevos fritos por la mañana.

Aunque no encontró nada cerca de allí, vio varias opciones en Los Ángeles. El problema era que ya no disponía de un vehículo en el que transportar un objeto tan pesado y voluminoso. Había esperado poder utilizar la camioneta de Gavin, pero, gracias a Dorothy, estaba en el taller.

Savanna se preguntó si a Eli le importaría prestarle la suya. Era mucho pedir a una persona a la que apenas conocía, pero se había mostrado tan amistoso y servicial… Y, además, tenía su número de teléfono de cuando le había enviado la dirección de la barbacoa.

Intentó convencerse a sí misma para llamarlo, pero no se atrevió. Y no se le ocurría ninguna alternativa mejor. Desde luego no le podía pedir al vendedor que le entregara la cocina viviendo a hora y media o dos horas de Los Ángeles. Dudaba que nadie fuera a estar dispuesto a hacer algo así, no por una cocina de quinientos dólares.

Decidió seguir apañándoselas sin cocina y esperar a una mejor oportunidad más adelante.

Y porque había decidido renunciar a ella, de momento, le sorprendió recibir un mensaje de Gavin cuando estaba a punto de apagar el ordenador para preparar la cena de los niños.

¿Cómo estás?

Savanna se mordió el labio mientras contemplaba las palabras escritas. Había resultado muy duro no tener noticias suyas durante toda la semana, preguntándose todo el rato en qué estaría pensando y deseándolo a pesar de todo. Pero cualquier contacto solo conseguiría acentuar el deseo.

Savanna: Bien, ¿y tú?
Gavin: Tirando. ¿Alguna noticia de Gordon?
Savanna: No. Ni de Dorothy tampoco.

Gavin: Eso es bueno, ¿no? Preferirás que te dejen en paz.

Savanna: Sí, pero resulta raro. Los dos desaparecieron, se sumieron en silencio, cuando mencioné a Emma Ventnor.

El móvil sonó y ella vio aparecer su nombre en la pantalla.

—¿Hola?

—¿Eso te hace pensar que Gordon tuvo algo que ver con la desaparición de Emma? —preguntó él.

Oír la voz de Gavin le resultó demasiado agradable, evidenciando lo loca que estaba por él.

—Sí —Savanna le habló de la petición de Sullivan para que se reuniera con Gordon en Utah.

—No sé si será buena idea, Savanna. Dudo que funcione.

—Tienen que intentarlo todo. Y creen que yo podría sacárselo.

—¿Y tú no lo crees?

—Esa es la cuestión. Que puede que sí. Tengo el dinero que él quiere, de modo que, al menos, hablará conmigo. Yo diría que tengo una ligera posibilidad de sacarle algo.

—¿Y qué vas a hacer entonces?

—Aún no lo sé.

—Si decides ir, ¿cuándo te marcharías?

—Todavía no hemos hablado de eso —Savanna jugueteó con el bajo de la camiseta—. Ni siquiera he accedido. Pero creo que voy a hacerlo. Llamaré a Sullivan después de colgar contigo.

—¿Y qué pasa con los niños? ¿Te los llevarás contigo?

—Sullivan me ha dicho que enviarán una canguro cualificada para que se quede con ellos mientras yo esté fuera. Dice que el viaje no será muy largo, una noche y un día a lo sumo.

—Yo estaré pendiente de Branson y Alia. Traeré pizza para cenar y me aseguraré de que estén contentos mientras tú no estás.

—Se me ocurre que puede que a tu novia no le guste mucho la idea.

—No es mi novia —contestó él tras unos instantes de silencio.

—¿Y qué es, entonces? —esa mujer dormía todas las noches en su casa—. ¿Tu prometida?

—Todavía no hay ninguna etiqueta —Gavin suspiró. Al ver que no había respuesta por parte de ella, continuó—. Siento la situación en la que te he colocado. Me siento mal por ello. Espero que lo sepas.

—Mamá, ¿cuándo estará la cena?

Savanna se volvió y vio a Branson asomando la cabeza por la cocina. Alia y él habían estado jugando en el salón a un juego de mesa.

—Pronto —le contestó.

—¿Qué hay para cenar?

—Sobras.

—Vaya —el niño arrugó la nariz.

—Pronto encontraré una cocina —le dijo mientras tapaba el teléfono con una mano—. Y entonces todo volverá a ser normal.

—Eso dices siempre, pero, ¿cuándo?

La queja en la voz de su hijo era inconfundible.

—En cuanto pueda. Te lo prometo.

—Branson, ¿vas a venir? —llamó Alia.

—La he ganado —explicó el niño con una sonrisa cargada de orgullo—. Y ahora quiere volver a jugar.

Branson se marchó corriendo permitiéndole a su madre reanudar la conversación con Gavin.

—No debería ir el domingo —dijo ella—. Va a ser todo… raro, incómodo.

—¿Bromeas? Saber que estarás allí es lo único que me ha permitido sobrevivir a esta semana.

En un intento de descargar parte de los nervios que la invadían, Savanna se levantó y comenzó a pasear.

—Preferiría no tener que verte con Heather. Yo no... no estoy preparada para eso.

—Heather no estará. Se marcha a Las Vegas. Su hermana mayor celebra una gran fiesta de cumpleaños durante todo el fin de semana.

—Pues más motivo para no ir.

—No, por favor –le pidió él.

Ella apretó una mano contra su frente.

—¿Savanna?

—De acuerdo –ella dejó caer la mano y se recriminó por su falta de firmeza.

Se produjo un largo silencio. Se notaba que Gavin quería decir algo más. Y ella también quería decir unas cuantas cosas. Pero ninguno de los dos habló.

—¿Ha terminado James el puente? –preguntó él al cabo de un rato, pasando a un tema que generara mucha menos tensión.

Se refería a su amigo James Glenn, el constructor que le había recomendado. Glenn había estado reemplazando la estructura temporal que Gavin había creado.

—Dice que mañana habrá acabado.

—Anoche eché un vistazo a lo que está haciendo. Me pareció que ya estaba hecho, pero no se veía bien con tanta oscuridad.

—Está casi a punto. Gracias por recomendármelo. Es muy agradable.

—Sigo buscando un retal de alfombra que te pueda gustar. ¿Necesitas algo más?

—No. No te preocupes por mí. No estás obligado a ayudarme.

–¿Y qué hay de la cocina que te he oído mencionarle a Branson? ¿O ha sido a Alia? Sé que necesitas una. ¿No has encontrado nada aún?

–Sí, he encontrado una, pero está en Los Ángeles, de modo que tendré que esperar otra oportunidad.

–¿Por qué?

–Porque no tengo un vehículo para transportarla.

–Le puedo pedir prestado a Eli su camioneta. Te la podría traer por la mañana.

–Puedo esperar a que surja otra ocasión más conveniente. No quiero molestarte.

–Si es una buena oportunidad, aprovéchala. Dile al vendedor que estaré allí a las diez de la mañana.

–¡Pero conducir a Los Ángeles te llevará toda la mañana!

–No me importa –contestó él–. Envíame la dirección cuando la tengas. Le pediré la camioneta a mi hermano antes de volverme a casa esta noche. Estoy a punto de marcharme del rancho.

–No puedes seguir ayudándome, Gavin. Supongo que serás consciente de ello.

–Ayudarte es lo único que puedo hacer –contestó él antes de colgar.

Capítulo 21

Gavin llegó a casa de Savanna a las doce y cuarto del mediodía, acompañado de Eli. Aliviada al ver que no habían tenido ningún incidente, ella se aseguró de que todo estuviese despejado para que no tropezaran con nada y les observó instalar la cocina. Temía que surgiera algún inconveniente al conectarla, no quería crearles algún problema que dificultara su labor, después de lo amables que habían sido, pero Gavin parecía saber lo que hacía. Llevaba con él un montón de herramientas e incluso se le había ocurrido comprar un conector flexible nuevo, algo que a ella ni se le habría ocurrido sugerir.

Gracias a sus conocimientos y habilidad, todo salió a la perfección, y no les llevó demasiado tiempo conectar la cocina. En veinte minutos habían terminado.

—Va a resultar muy agradable poder volver a hornear —aseguró ella mientras abría el horno—. No sé cómo daros las gracias por tantas molestias.

—Ha sido un placer poder ayudar —respondió Eli.

Gavin no dijo nada. Durante toda la mañana se había mostrado silencioso y concentrado. La noche anterior le había enviado un mensaje para confirmar que había recibido la dirección a la que tenían que ir para recoger la cocina, y esa misma mañana le había enviado otro para que supiera que habían salido a la hora prevista. Pero nada más. Desde su llegada había estado ocupado con la cocina, y en esos momentos les estaba explicando a Branson y Alia para qué servían algunas de las herramientas ante las que los niños habían mostrado gran curiosidad.

—Ha sido un trayecto muy largo, mucho más de lo que un vecino debería esperar de otro —Savanna sabía que Gavin estaba oyendo la conversación que mantenía con Eli, pero no intervino. A pesar de que podría haberlo hecho, parecía preferir hablar únicamente con los niños.

—Ojalá hubiese encontrado una opción viable que estuviera más cerca —añadió ella—. Estoy en deuda con los dos, de manera que si hay algo que pueda hacer alguna vez por vosotros, espero que no dudéis en pedírmelo.

—No nos debes nada —Eli agitó una mano en el aire—, aunque supongo que Gavin no se quejará si le preparas la cena de vez en cuando.

Si Gavin había oído la sugerencia de su hermano aludiendo a él, desde luego fingió que no.

—¿Qué te parece si os invito a ti y a tu mujer a cenar un día? —propuso Savanna tras aclararse la garganta.

—Eso estaría bien —contestó Eli—. Cora tiene muchas ganas de conocerte.

—Estará mañana en la barbacoa, ¿no?

—Sí. Habría venido hoy con nosotros, pero tenía que ayudar a una amiga del instituto con la decoración para su boda.

—¿Cómo conociste a Cora?

—Es profesora en New Horizons.

Por el rabillo del ojo Savanna vio a Gavin enseñarle a Branson cómo sujetar un martillo y golpear un clavo.

—Entonces trabajáis juntos.

—Sí. Así todo queda en familia —bromeó él.

Cuando Gavin guardó el martillo, cerró la caja de herramientas y se puso en pie, Savanna desvió la mirada hacia el hombre al que se había tenido que esforzar por no mirar desde que Eli y él habían llegado a su casa. Solo verlo hacía que sintiera una opresión en el pecho y que los dedos de las manos le ardieran de ganas de tocarlo. Jamás había deseado un contacto físico tanto como el que deseaba con él, y no importaba cuántas veces se dijera a sí misma que se estaba mostrando ridícula, que solo lo conocía desde hacía dos semanas, que se estaba comportando como una adolescente enamorada. No parecía capaz de controlar su reacción. Sentía lo que sentía.

–Gracias –le dijo.

Gavin asintió ante su gratitud y, tras ofrecerle una sonrisa fatalista, echó a andar hacia la puerta.

–Oye –lo llamó su hermano, agarrándolo antes de que pudiera salir–, Savanna te ha invitado a cenar.

Savanna en realidad no había incluido a Gavin en la invitación, pero dado que Eli acababa de ponerla en un compromiso, rápidamente asintió.

–Sí, eh, claro que sí. Por supuesto. Si tú y... y Heather queréis acompañarnos el día que vengan Eli y su mujer...

Gavin enarcó las cejas en un gesto que reflejaba que no tenía ni idea de a qué se debía esa invitación, y ella dejó que sus palabras se apagaran. Lo cierto era que ella tampoco sabía a qué se debía. Era todo lo contrario de cualquier cosa que le gustaría hacer. Solo intentaba ser amable para que a Eli no le resultara raro que solo le hubiera invitado a él y a su esposa.

–O a lo mejor te llevo algo que haya preparado –sentenció ella sin demasiada convicción.

–¿Vas a venir? –preguntó Gavin a Eli–. Prometimos a los chicos del rancho que jugaríamos hoy con ellos, y estoy seguro de que ya están hartos de esperarnos. Y esta noche tengo una actuación a cuatro horas de aquí.

—Ya voy —contestó su hermano.

La puerta de mosquitera dio un portazo, pero no se cerró. Los chicos siguieron a Gavin mientras Eli se quedaba atrás.

—No le hagas caso —le aconsejó, bajando la voz y señalando hacia la espalda de Gavin—. Tiene unos cuantos problemas personales que no tienen nada que ver contigo.

—Te refieres al bebé —ella respiró hondo.

—¿Te ha contado que Heather está embarazada? —Eli se irguió.

Savanna asintió.

—Ojalá no se case con ella —él chasqueó la lengua.

—Va a casarse con ella —aseguró Savanna, sin poder culparle por ello. En parte lo admiraba por ser un tipo tan legal.

—Sería muy típico de él —Eli asintió y frunció el ceño.

Los chicos volvieron a entrar mientras Savanna veía marcharse a Eli y a Gavin. Gavin ni siquiera la había tocado, no la había rozado, no le había ofrecido una de sus sonrisas tan sexys, ni intentado quedarse a solas con ella desde la noche que habían hecho el amor bajo las estrellas. El breve destello de actividad sexual había terminado, se dijo a sí misma. Aunque la atracción permaneciera, no podían darle rienda suelta. Y eso era algo que debía aceptar.

Y lo aceptaba, se dijo de nuevo a sí misma.

Aun así no dejaba de tomar la píldora.

Aquella misma tarde, Savanna llevó a los niños a la ciudad. La cocina estaba instalada, el puente terminado para poder cruzar con tranquilidad. Las ventanas rotas que

Gavin había tapiado con tablones habían sido reemplazadas junto con la puerta trasera. Aún quedaban muchas cosas por hacer, pero tenía una buena sensación sobre los progresos en la casa. Incluso había llamado al detective Sullivan para confirmar que estaba dispuesta a viajar a Utah, si de verdad lo consideraba necesario. Él le había contestado que se ocuparía de organizarlo todo.

Después de aquello sintió que Branson, Alia y ella misma se merecían un poco de diversión en familia, y dado que al día siguiente irían a la barbacoa y fiesta de piscina en casa de la madre de Gavin, esperaba encontrar un nuevo traje de baño. Dudaba que Gavin la mirara siquiera. Se mostraba tan cuidadoso con no decir o hacer algo que pudiera considerarse inadecuado en un hombre en su situación, que todo se había vuelto raro y tenso entre ellos. Cada vez que lo descubría mirándola, una expresión de preocupación se reflejaba en su rostro antes de que desviara la mirada. Savanna odiaba aquello.

Una vez más pensó en no acudir a la barbacoa, pero los niños no hablaban de otra cosa y no quería decepcionarlos. Además, sentía curiosidad por conocer a Aiyana. Por lo que había deducido, la madre adoptiva de Gavin era alguien digno de ser conocida. Mientras Savanna estaba en el probador poniéndose unos pantalones cortos, Branson le contó a la vendedora de la tienda de segunda mano que iba a una fiesta de piscina en New Horizons, y la vendedora dijo que Aiyana era una de las personas más amables del mundo.

Savanna compró los pantalones cortos, que solo costaban cuatro dólares. También compró algunas cosas para los niños, y luego se fueron a comer un helado. Branson quería mostrarle dónde les había llevado Gavin. Incluso pasaron por el parque y dieron de comer a los patos antes de entrar en la única tienda en la que ella creía poder comprar un traje de baño.

En cuanto entró por la puerta vio un precioso bikini negro, pero resultaba demasiado caro.

Lo dejó en su sitio y echó un vistazo a otros trajes, todos por encima de su presupuesto. Estaba a punto de marcharse cuando vio que había una sección de saldos. Dado que estaban en primavera, no esperaba encontrar trajes de baño, pero de todos modos lo comprobó y se sorprendió al ver un precioso traje color nude que parecía de su talla. La etiqueta indicaba que se había descosido una costura lateral, algo que ella podría arreglar sin problema, y que por eso estaba rebajado.

–¿Qué tal? –preguntó la vendedora cuando ella llevaba unos minutos en el probador y ya había tenido tiempo de probárselo.

Savanna sonrió al contemplarse en el espejo.

–¿Es bonito, mami? –quiso saber Alia. Branson y ella esperaban al otro lado de la puerta del probador.

Savanna dudaba que hubiera tenido mejor aspecto en su vida. El traje era sexy sin resultar excesivamente revelador, y encajaba con su figura y color de piel mejor que el negro. Y lo mejor de todo, estaba a mitad de precio.

–Creo que me lo voy a llevar –contestó ella.

Gavin nunca había estado de tan mal humor. De algún modo, y en contra de todo pronóstico, dado lo que le había sucedido de pequeño, había conseguido hallar paz en su vida. Y había conseguido aferrarse a esa paz, casi siempre, incluso después de que Heather le anunciara que estaba embarazada. Desde luego había habido algunos momentos brillantes, gracias a Savanna. Cuanto más asimilaba la noticia, cuanto más se enfrentaba a las diversas maneras en que cambiaría su vida, más tenso e irritable se volvía.

Gracias a Dios que Heather se había marchado el fin de semana, se dijo a sí mismo mientras conducía camino del Bar None, el pequeño garito en Soledad donde iba a actuar esa noche. Estar con ella todo el tiempo era parte del motivo por el que estaba tan malhumorado. La presión por sentir algo que no sentía y por tener que negar otros sentimientos que sí tenía hacía que apenas fuera capaz de mirarla, lo cual volvía a Heather más insistente y pegajosa.

También le preocupaba lo que le había contado Scott en su visita a New Horizons, y contribuía a su mal humor. Mentiría si fingiera que no era así. Por una parte quería rechazar las acusaciones de Scott, concederle a Heather el beneficio de la duda. Sentía que se lo debía, aunque solo fuera por los meses que habían estado juntos en los últimos tres años. Pero, por otra parte, se sentía tentado de creer a Scott porque así tendría cierta justificación para marcharse, manejar la situación como lo estaba haciendo Scott, con la promesa de una pensión alimenticia si la prueba de paternidad salía positiva.

Pero ¿y el bebé? Si era suyo quería ser un buen padre, y enviar un cheque cada mes no parecía suficiente. Incluso si el niño no era suyo, no dejaba de ser una criatura con las mismas necesidades, los mismos deseos, que había tenido él cuando había sido tan dolorosamente rechazado. En cualquier caso debería hacerse cargo.

–Mierda –por mucho que reflexionara sobre la situación, no parecía haber ninguna salida.

No podía anteponer sus deseos, no si quería sentirse bien consigo mismo. Aun así le estaba costando convivir con Heather, no podía evitar sentir cierto resentimiento, aunque no fuera justo, suponiendo que el embarazo hubiera sido accidental. Debería alegrarse de que ella lo deseara. De lo contrario podría encontrarse en la situación de tener que litigar con ella solo para que le permitiera pasar tiempo con su bebé. La decisión del juez le traía sin cuidado. Sin la cooperación de la madre, aquello sería una pesadilla.

Y luego estaba Savanna. Ella también necesitaba a alguien en su vida en esos momentos. Estaba soportando mucho y Gavin quería estar allí junto a ella. Pero cada minuto que dedicaba a pensar en ella tenía la sensación de estarle siendo desleal a Heather.

Se alegró de llegar por fin a Soledad. El largo trayecto en coche le había dado demasiado tiempo para centrarse en sus problemas. Tenía muchas ganas de actuar, de darlo todo ante el público y no sentir nada salvo la música. Pero al acercarse a la puerta del local vio un cartel que indicaba que estaba cerrado. Sin ninguna explicación, aunque sí tenía aspecto oficial. Gavin se preguntó si el bar habría perdido su licencia de alcohol o algo así. ¿Y por qué no le había llamado nadie?

Sacudió la cabeza y sacó el móvil del bolsillo para buscar la dirección de correo electrónico de la persona que le había contratado a través de su página web. Encontró un número de teléfono a nombre de un tal Paul Timpson, pero «Paul», no contestó cuando Gavin lo llamó. Le envió un mensaje de texto para preguntarle qué pasaba y recibió una breve explicación sobre unos problemas de gestión entre dos socios.

Gavin le contestó al mensaje: *Gracias por hacerme conducir cuatro horas para nada*. La respuesta llegó en modo de disculpa y explicándole lo estresante y repentino que había sido todo. Gavin había recibido un depósito por el cincuenta por ciento en concepto de reserva, pero la otra mitad debería haberla recibido tras la actuación de esa noche.

El tipo le prometió abonarle la totalidad, dado que había tenido la culpa de que nadie le avisara, pero él sabía que había muy pocas posibilidades de que recibiera ese dinero.

Guardó de nuevo el móvil, regresó hasta el coche de alquiler y se dirigió hacia su casa.

El detective Sullivan llamó poco después de las ocho de la tarde para comunicarle a Savanna que tenía una reserva en el vuelo de la tarde del martes desde Los Ángeles. Los presos masculinos de la cárcel Juab County solo podían recibir visitas los miércoles. Si no acudía ese mismo miércoles tendría que esperar hasta el de la semana siguiente, algo que Sullivan no quería hacer. Le aseguró que una cuidadora profesional llegaría el martes por la mañana para que ella pudiera pasar algún tiempo con la mujer y asegurarse de que no tenía ningún problema en confiarle a sus hijos. Después tomaría un vuelo directo desde Los Ángeles hasta Salt Lake donde recogería un coche de alquiler y conduciría hasta Nephi. El detective se reuniría con ella en el Safari Motel de la calle Main, donde se alojaría. Allí le instruiría un poco y a la mañana siguiente ella se entrevistaría con Gordon.

Sullivan había pensado en todo, se lo había facilitado al máximo, pero saber que iba a regresar al lugar que tan malos recuerdos le despertaba, y saber que iba a tener que enfrentarse a Gordon, le generaba una gran ansiedad. Había pasado todos sus años de casada inventando excusas para el comportamiento de su esposo, culpando a su infancia, tal y como hacía él mismo, e intentando aplacarlo, evitando despertar su mal genio. Pero en esa ocasión no solo iba a tener que enfrentarse a él, sino enfadarlo. Provocarlo por teléfono era una cosa. Savanna se había alterado tanto desde que había empezado a creer en su culpabilidad que en una o dos ocasiones se había soltado. Pero esos estallidos emocionales no habían sido más que una reacción natural a su enfado y dolor. Unas reacciones reales. Enfurecerlo en persona, intentar alterarlo hasta el punto de que se incriminara a sí mismo en un caso por el que ni siquiera había sido acusado, iba a ser totalmente diferente.

¿Estarían sus dotes como actriz a la altura?

No veía cómo. Mentir nunca se le había dado bien, y Gordon la conocía muy bien. Incluso temía que él ya sospechara que intentaba ayudar a la policía, o no habría dejado de llamar desde la mención de Emma Ventnor. Ni siquiera había recibido una carta suya desde la última vez que habían hablado, y su correo había tenido tiempo de sobra para ser transferido automáticamente a la nueva dirección. No había pasado más que una semana desde la última llamada…

Savanna había mencionado su preocupación al detective Sullivan, pero él le había asegurado que no hacía más que dar palos de ciego. El detective estaba convencido de que Gordon estaba yendo a lo seguro, que pensaba que podía librarse de los cargos de violación, desde luego se había mostrado confiado cuando ella había hablado con él por teléfono al borde de la carretera hacía dos domingos, pero que tenía miedo de que, si lo relacionaban con la desaparición de Emma Ventnor, se enfrentaría a prisión de por vida, porque así sería.

Savanna entendía que Gordon se hubiera replegado por esos motivos, entendía que no quisiera que ella volviera a sacar el tema. Pero también podría ser que su silencio no tuviera nada que ver con Emma Ventnor. Podría estar enfadado porque ella lo había «abandonado», llegando tan lejos como para pedir el divorcio. Hablar con ella le resultaría sin duda inquietante.

Suspiró y se sirvió una copa de vino, contemplando fijamente el líquido de color burdeos. Los niños estaban ya en la cama y la casa estaba silenciosa. Demasiado silenciosa. Cuando no pensaba obsesivamente en lo que iba a tener que hacer la semana siguiente, pensaba en Gavin, lo cual no era mucho más fácil. No soportaba ese comportamiento suyo tan prudente y circunspecto que exhibía. Casi daba la sensación de que Gavin tenía miedo de acercarse demasiado a ella. Aun así, no podía evitar admirarle por convertir el bienestar de un inocente bebé en su máxima prioridad.

Cuando terminó su copa de vino se sirvió otra. Le gustaba Silver Springs, pero vivir en el campo podía ser muy solitario. Desde su llegada apenas había interaccionado con otras personas, a excepción de Gavin. Y esa interacción había resultado ser demasiado intensa. Tenía que hacer un esfuerzo por conocer gente, por salir más, dado que se había instalado en un nuevo hogar. Los niños también necesitaban tener la oportunidad de hacer amigos, para que sus vidas pudieran regresar todo lo que pudieran a la normalidad.

Al día siguiente iban a conocer a la familia de Gavin. Savanna tenía que admitir que tenía muchas ganas de que sucediera, de tener una razón legítima para volver a estar en su compañía. Pero no estaba segura de que fuera bueno familiarizarse tanto con su mundo. Ya le resultaba bastante duro contemplar su relación con él con cierta perspectiva.

Con la copa de vino en una mano, se dirigió al porche para tomar un poco de aire fresco. En Silver Springs las noches eran especialmente hermosas. Le encantaba el olor del valle. No había humos de tubos de escape, ni el hedor procedente de los cubos de basura de la familia vecina, ni humo de marihuana flotando en el aire proveniente de alguna vivienda. El aire era limpio. Y, sentada en el exterior, en lugar de dentro contemplando cuatro paredes, el silencio resultaba más agradable y menos opresivo.

Intentó escuchar el murmullo del arroyo, pero no lo consiguió, aunque sí oyó otra cosa: un hombre que cantaba.

Gavin. Si se concentraba reconocía su voz, a pesar de que apenas lo oía desde donde estaba él, seguramente sentado en su propio porche.

¿Qué hacía en casa? ¿Por qué no estaba en la actuación?

Incapaz de resistirse a la tentación, se acercó al arroyo para poder distinguir mejor qué canción estaba cantando. Se mantuvo escondida detrás de los árboles, desde donde podía oír y ver sin interrumpir ni molestar. Se sentía como una especie de acosadora por no anunciar su presencia, pero estaba demasiado cansada para luchar contra el deseo que sentía cada vez que Gavin estaba cerca. Y dado que ya sabía lo del embarazo de Heather, ni siquiera tenía derecho a desearlo, y eso no hacía más que añadir la sensación de culpa a las demás emociones.

Necesitaba detener lo que estaba sucediendo en su cabeza y en su corazón. Y lo haría, se prometió a sí misma. Pero esa noche quería disfrutar de la belleza de su voz, dejar que la llevara lejos de allí. ¿Qué mal había en ello? Escuchar a escondidas no podía ser demasiado dañino ni raro si lo hacía desde su propiedad.

Gavin cantaba la versión más lenta de *Dancing on My Own*, una canción que le encantaba a Savanna.

Gavin era muy bueno. Incluso mejor de lo que le había parecido la primera vez que lo había escuchado.

Cantó la misma canción varias veces, practicando, supuso ella, pero cuando se terminó la copa de vino se apartó del árbol contra el que se había apoyado y se dirigió hacia su casa para echar un vistazo a los niños. Ya tenía bastantes problemas como para suspirar por un hombre que no podía tener. Necesitaba dejar marchar a Gavin y centrarse en reconstruir su vida. La pesadilla que había comenzado con la investigación de los crímenes de Gordon no iba a terminar como un cuento de hadas. Gavin no iba a hacer nada por enamorarla, ya tenía sus propios problemas.

Además, cuanto más escuchaba, más convencida estaba de que lo correcto era que se casara con Heather y se mudara a un lugar desde el cual pudiera intentar triunfar en la música. El mundo necesitaba oírle cantar. Y ella necesitaba ayudar a localizar a Emma Ventnor, o al menos a asegurarse de que Gordon pagara por ello, suponiendo que le hubiese hecho algún daño. También tenía que arreglar la granja para poder venderla y pagarle a su hermano la mitad de la herencia, dinero que él necesitaría para abrir una consulta cuando terminara la carrera. Y, por último, debía seguir proporcionándoles a sus hijos el amor y estabilidad que necesitaban.

Y todo eso debía hacerlo independientemente de lo perdida o sola que se sintiera.

Capítulo 22

Gavin permaneció levantado casi toda la noche, discutiendo consigo mismo sobre la conveniencia, o no, de llamar a Savanna. Había estado a punto de dirigirse hacia su casa en al menos una docena de ocasiones, y mentiría si dijera que no había pensado que, con Heather fuera de la ciudad, tenía la oportunidad perfecta para verla y, sí, quizás incluso para pasar la noche en su cama. Vivía al lado de su casa, y eso lo facilitaba todo. Nadie vería su coche delante de la casa, nadie sabría nunca que habían estado juntos, si ellos decidieran mantenerlo en secreto.

Pero en algún momento iba a tener que dejar de ver a Savanna. Y se negaba a quedar reducido a la clase de hombre que se dedicaba a andar a escondidas. Lo único que conseguiría sería hacer sufrir a dos mujeres. De modo que aguantó en esa última noche a solas, logrando así que al día siguiente la aparición de Savanna en la fiesta de barbacoa y piscina le impresionara aún más.

Nunca la había visto tan hermosa. Llevaba puestos unos pantalones cortos blancos, una bonita camisa de manga larga y sandalias. Pero los niños habían insistido en que se diera un baño con ellos nada más llegar, y la bonita ropa había desaparecido. Debajo llevaba un traje de baño color nude que no tenía más que unas cintas conectando la parte delantera con la trasera y dejaba al menos diez centímetros de costado al aire. Era un traje de una pieza, no tan revelador como muchos otros trajes de baño, pero verla con eso puesto hizo que se le secara la boca. Con sus cabellos de color caoba oscuro sueltos y rizados, y la misma laca de uñas en las manos y los pies, incluso un tono similar en los labios, Gavin no podía evitar pensar que parecía de oro.

Y no era el único al que le costaba apartar la mirada de ella. Roger Nowitzke, el graduado de New Horizons que había ido a visitar a Aiyana el fin de semana, un tipo que solía caerle bien a Gavin, no disimulaba lo más mínimo la atracción que sentía. No se había apartado de Savanna desde su llegada. Llevaba veinte minutos sentado en el salón a su lado, hablando y riendo y haciendo todo lo posible por resultar encantador mientras ella estaba pendiente de sus hijos que seguían nadando.

–¿Estás bien, hermanito?

Gavin se volvió hacia la esposa de Eli, Cora, que se había acercado a la parrilla donde él se ocupaba de las hamburguesas. Gavin se sentía tan mal que ni siquiera se había dado cuenta de que se acercaba. Prácticamente todo el mundo salvo Savanna le resultaba invisible ese día. No eran más que formas oscuras y sucias que merodeaban en los límites de su conciencia.

–Si, estoy bien –en un intento de comportarse más como solía hacer habitualmente, añadió–: Ya casi están hechas.

–Eres un buen tipo –ella le rodeó los hombros con un brazo–. Eli y yo, y Aiyana, todos queremos que seas feliz. Espero que lo sepas.

–Y soy feliz –mintió él.

Cora no tenía por qué creerle, pero pareció reticente a discutir. Estaban en medio de una fiesta, no era el momento.

Después de dedicarle una sonrisa a Gavin, ella se acercó a Eli, que estaba hablando con Cal. Aiyana había invitado a su novio y a Dawson y Sadie Reed, junto con su hijo, Jayden y la hermana de Dawson, una mujer discapacitada a quien cuidaban Dawson y Sadie. Dawson era otro de los antiguos alumnos de New Horizons. Él se había quedado en Silver Springs, pero también conocía a Roger. También estaba el hermano pequeño de Gavin, Bentley, que seguía en el instituto, y Liam, que iba a la universidad en San Diego. Liam había conducido hasta Silver Springs a pesar de que al día siguiente, cuando regresara, se perdería las dos primeras horas de clase.

Gavin estaba apilando las hamburguesas en una fuente, para que pudieran empezar a comer, cuando Eli se acercó.

—A Roger parece gustarle seriamente tu chica.

—No es mi chica —Gavin lo fulminó con la mirada.

—Pero podría serlo —contestó Eli mientras le guiñaba un ojo y tomaba la fuente de hamburguesas para llevarla a la mesa.

Gavin se sentó lo más alejado que pudo de Savanna. Sabía que no iba a ser un buen conversador. Estaba demasiado furioso, consumido por los celos. Debía permitirle conocer y divertirse con otras personas, no tenía derecho sobre ella, pero verla con Roger no le resultaba fácil.

Incapaz de terminar de comer, entró en la casa y empezó a limpiar la cocina para que su madre no tuviera que hacerlo después. Oyó un crujido a sus espaldas y supuso que sería Aiyana. Desde su llegada, en varias ocasiones, la había pillado mirándolo con expresión preocupada.

Pero no era su madre, era Savanna.

—¿Ya estás fregando los platos? —preguntó—. La fiesta solo lleva una hora.

—Mi madre trabaja demasiado —él se encogió de hombros—. Se me ocurrió hacerlo antes de que se le ocurriera hacerlo a ella.

—¿Y perderte la diversión?

—De todos modos tengo que marcharme pronto —Gavin no sabía por qué había dicho eso. No tenía nada especial que hacer. Esperaba evitar ver a alguien más acercarse a lo que él quería—. Pero los chicos y tú podéis quedaros a nadar todo el tiempo que os apetezca. No tienes que marcharte solo porque lo haga yo —si estaba disfrutando de las atenciones de Roger, y parecía ser así, Gavin estaba seguro de que Roger se quedaría mientras estuviera Savanna allí...

Gavin le habló de espaldas, sin siquiera volverse y ella titubeó en la entrada de la cocina.

—¿Va todo bien? Tengo la sensación de que estás disgustado o algo.

—No estoy disgustado. Estoy bien. Espero que te lo estés pasando bien.

—Lo estoy. Gracias.

Tras la extremadamente cortés respuesta, entre ellos se produjo un silencio.

—Si no quieres hablar conmigo —continuó Savanna—, ¿te importaría indicarme dónde está el cuarto de baño?

Él ignoró la primera parte de lo que había dicho. No era el momento de entrar en esos temas.

—Acabo de oír a alguien entrar en el cuarto de baño que hay al final del pasillo, puedes usar el que está al final de las escaleras —Gavin le indicó dónde estaban las escaleras y la observó mientras ella subía.

Y por eso vio la mirada de inseguridad que le dedicó Savanna al llegar arriba.

Gavin regresó a la cocina, pero el dolor de las palabras que ella había pronunciado: «si no quieres hablar conmigo», había calado muy hondo. Y no pudo resistirse a verla siquiera unos minutos a solas, aunque solo fuera para disculparse por su comportamiento tan arisco. A pesar de estar pasándolo mal, era el único amigo que tenía ella en Silver Springs. Tenía que tratarla mejor de lo que estaba haciendo. De modo que cuando oyó que Dawson salía del cuarto de baño de la planta baja y de la casa, subió las escaleras y aguardó a que ella saliera del baño.

Savanna se detuvo en cuanto lo vio, y él abrió la boca para decirle lo mucho que sentía comportarse como un imbécil celoso. Pero entonces vio las lágrimas brillar en sus ojos.

—¿Qué pasa? —preguntó—. ¿Es Gordon?

—¿Gordon? —repitió ella.

—¿Ha sucedido algo?

—Aparte del hecho de que tengo que volar a Utah el martes para reunirme con él el miércoles por la mañana, no. No es lo que más me apetece hacer, en cambio sí me apetecía mucho lo de hoy.

—Lo siento —se disculpó Gavin.

—Me dices que somos amigos, pero ni siquiera me miras —respondió ella.

—¡Porque estoy hecho un lío! Necesito mantener nuestra relación dentro de ciertos límites, pero no parezco capaz de hacerlo. Lo intento, Dios sabe que lo intento. Pero, de repente, la amistad no es suficiente para mí. Te deseo con tal fuerza que me siento frustrado y furioso por no poder tenerte.

Gavin la agarró por los brazos. Solo pretendía que ella lo mirara, que lo mirara de verdad y que le creyera, pero tocarla resultó ser un error, porque lo siguiente que supo fue que ya no hablaban. Él había agachado la cabeza y encontrado sus labios, y así le comunicaba lo que sentía, de una manera mucho más natural.

Desde la puerta delantera nadie podría verlos, pero si alguien subía las escaleras, estarían a plena vista. A pesar del repentino flujo de testosterona y alivio al obtener aquello que deseaba realmente, a Gavin no se le escapó ese detalle. Así pues, la empujó a su antiguo dormitorio. Pero esto también fue un error, porque ya no pudo resistirse a bajarle la parte superior del traje de baño para poder tocar y saborear sus pechos.

—Por esto no puedo ni siquiera mirarte —murmuró mientras sus labios se deslizaban por la suave piel—. Esto es lo único que quiero hacer cuando te veo.

Savanna levantó la cabeza de Gavin como si estuviera intentando detenerlo, meterle algo de sensatez. Parecía insegura ante lo que estaba sucediendo, quizás incluso un poco asustada por la repentina intensidad. Estaban en una barbacoa, con la familia de Gavin y los hijos de ella. Pero en cuanto vio su rostro pareció cambiar de idea, porque guio sus labios de vuelta a su boca y lo besó con la misma fruición con la que él la había estado besando.

—¿Mami? ¿Mamá?

Branson deambulaba por la casa llamando a su madre. Lo último que quería Savanna era que la interrumpieran. Tenía las manos y la boca de Gavin sobre ella de nuevo y estaba sintiendo todas las cosas maravillosas que ese hombre podía hacerle sentir. Cuando estaba con él, la sensación de pertenencia, de haber regresado a su hogar, era muy grande, algo raro teniendo en cuenta que en el pasado no había conocido a nadie como él. Durante los diez últimos días lo había echado de menos mucho más de lo que le gustaba admitir. Quería quedarse allí mismo para siempre, más pegada a él todavía, y con una cama tan a mano, allí era hacia donde se dirigían.

Resultaba frustrante no conseguir lo que los dos ansiaban, pero la voz de su hijo al fin logró atravesar el delirio sexual, recordándole su responsabilidad como madre, y su condición de invitada en casa de Aiyana.

—Ese es Branson —anunció casi sin aliento.

Y todo se detuvo. Gavin se apartó con expresión abrumada y descompuesta, más o menos la misma que debía lucir ella. Savanna le había quitado el coletero en cuanto él había empezado a besarla para poder hundir las manos en sus cabellos, y también le había quitado la camiseta que, seguramente, estaría tirada a sus pies.

—¿Mami? —volvió a llamar Branson.

Gavin y ella jadeaban con fuerza mientras se miraban. Ella tragó nerviosamente en un intento de calmar su voz antes de responder. Pero Gavin posó un dedo sobre sus labios, pidiéndole silencio. Estaba claro que había oído algo que ella no, otra persona que entraba en la casa, porque un segundo más tarde Savanna oyó a Eli diciéndole a Branson que volviera a salir afuera, que él les vigilaría a Alia y a él mientras nadaban.

—No podemos meternos en el agua hasta que se lo preguntemos a mamá —insistió Branson.

Savanna había dejado claro que no podían acercarse a la piscina si ella no estaba cerca. Debería sentirse orgullosa de él por su obediencia, pero la determinación del niño por encontrarla la había colocado en la incómoda situación de tener que salir de un dormitorio de la planta superior, con los cabellos revueltos, la cara roja y el corazón acelerado. Se apresuró a intentar recolocarse el traje de baño mientras Gavin la ayudaba como podía.

—Debe estar todavía en el cuarto de baño —insistió Eli—. Vamos a darle un momento, ¿de acuerdo?

—Eli controla la situación —susurró Gavin en un intento de calmarla.

Y desde luego así parecía.

—Hay helados en la nevera —oyó ella anunciar a Eli—. Te buscaré uno para ti y otro para tu hermana y, para cuando lo hayáis terminado de comer, seguro que podrás preguntarle a tu mamá si puedes volver a nadar.

—¡Bien! —exclamó el niño, visiblemente encantado con una solución que consiguió que Savanna respirara con más calma.

Oyeron un poco de jaleo en la planta baja y luego la puerta se cerró.

Eli y Branson habían salido.

—Tengo que bajar —dijo ella y, puesto que había logrado atarse las cintas del traje de baño, Gavin le abrió la puerta del dormitorio.

Savanna encontró a Eli sentado con sus hijos en la zona de la barbacoa. Los dos tenían los labios rojos del colorante del polo de cereza.

—¡Ahí está! —gritó Branson al verla—. Te estaba buscando por todas partes. ¿Dónde estabas?

—En el cuarto de baño.

Esperaba que la fiesta prosiguiera sin más, que nadie más se hubiera fijado en su prolongada ausencia, ni que la miraran con la suficiente atención como para ver lo alterada que estaba. Al parecer lo había conseguido. Sin embargo, Gavin no salió. Más tarde, mientras ayudaba a recoger las cosas, consiguiendo así una buena excusa para volver a entrar en la casa, se dio cuenta de que debía haberse marchado poco después de su encuentro furtivo, porque los platos seguían en el mismo lugar en el que habían estado cuando ella lo había interrumpido.

Regresó al jardín para recoger más sobras, que Aiyana se encargaba de guardar en la nevera, y descubrió a Eli mirándola con apreciación. Savanna sonrió tímidamente y él le devolvió la sonrisa al darse cuenta de que ella se había fijado en su mirada.

—Gracias por invitarme a la fiesta —dijo ella. Regresaba a la casa con las manos llenas de platos, pero dando un rodeo para poder acercarse a Eli—. Me lo he pasado muy bien. Y los niños también.

Él se agachó para sacar una balsa del agua.

—Me alegro —contestó mientras desinflaba la balsa—. Siento que Gavin tuviera que marcharse tan pronto.

—Seguramente tendría cosas que hacer —ella carraspeó.

—Seguramente —contestó Eli, aunque por su manera de sonreír quedó claro que había algo en la marcha repentina de Gavin que le resultaba más divertido de lo que debía haber sido.

Gavin estaba sentado en el sofá, mirando a Heather de frente. Ella había regresado de Las Vegas antes de lo que había pensado originalmente. De hecho, ni siquiera había querido irse de Silver Springs, y él sabía por qué. Heather se había dado cuenta de que él no estaba en el estado emocional que ella quería, y necesitaba, que ocupara, y eso la asustaba. Con un bebé en camino, Gavin lo entendía muy bien, pues a él también le preocupaba, pero cada vez estaba más convencido de que no iba a poder volver con ella. No en ese momento. No sentía lo que debería estar sintiendo, y no podía vivir una mentira.

—¿Qué quieres decir? —preguntó ella con voz temblorosa.

Le había enviado un mensaje mientras él aún estaba en la barbacoa para saber dónde estaba. Ese era, en parte, el motivo por el que se había marchado de la fiesta antes. No soportaba la sensación de que simplemente haber asistido a esa barbacoa le hiciera parecer infiel. El encuentro con Savanna en su antiguo dormitorio no había hecho más que recalcar el hecho de que debía confesarle a Heather que estaba viviendo una lucha, para que no supusiera una desagradable sorpresa más adelante.

—Me importas mucho —le aseguró él—. Y haré todo lo que pueda para apoyarte durante el embarazo y después. Quiero lo mejor para ti y el bebé, sea mío o no —por mucho que siguiera insistiendo en que no la iba a dejar tirada, no parecía estar ayudando nada, pues Heather parecía afligida.

Las lágrimas que él ya había previsto, dado el tono agudo de su voz y la velocidad a la que parpadeaba, empezaron a rodar por sus mejillas.

—Pero no puedes amarme...

—No digo que no pueda —Gavin no quería que ella se sintiera que era la culpable de todo, pues no lo era. Pero tenía que ser sincero—. Es que... he conocido a alguien.

—Tu nueva vecina.

Él se recogió el cabello detrás de las orejas. Después de que Savanna le hubiera quitado el coletero, ya no se había molestado en volvérselo a poner.

—Sí.

—Pero si ni siquiera la conoces.

—Estoy conociéndola.

—¡Solo lleva aquí dos semanas!

—¿Y eso qué más da? Me siento atraído hacia ella, y no soy capaz de cambiar eso.

—No me lo puedo creer —Heather rio amargamente—. El día que me tropecé con ella cuando iba a recoger su correo, me dijo que no estaba interesada en conocer a nadie.

—Y no lo estaba. Doy fe de ello. La atracción nos ha tomado por sorpresa a los dos.

La expresión de Heather se endureció a medida que alzaba la barbilla.

–¿Atracción? ¿Ya te has acostado con ella?

Gavin no respondió. No creía que los detalles de su implicación física con Savanna fueran asunto de Heather. Pero tampoco iba a negar que la relación con Savanna hubiera llegado tan lejos. Estaba intentando ser lo más sincero posible. En su opinión, era la única opción.

–¡Oh, Dios mío! –Heather se tapó la cara como si la verdad fuera demasiado horrible de contemplar–. ¡Voy a tener un hijo tuyo dentro de siete meses, y estás follando con otra!

Gavin se sentía fatal, consciente de que ella estaba en una posición insostenible y él era incapaz de resolver el problema de manera que nadie resultara herido.

–No es así. No hay ninguna garantía de que terminemos juntos. La relación podría morir en unas cuantas semanas o meses, de modo que, por favor, no exageres.

–¿Exagerar? –Heather elevó el tono de voz–. ¡Estoy embarazada! Y eso significa que dentro de unos meses voy a tener un bebé. ¡Tu bebé!

O el de Scott... Eso era lo que complicaba tanto la situación.

–Lo que hay entre Savanna y yo es imposible de explicar y catalogar, por eso no había dicho nada aún. Podría acabar no siendo nada.

–O podrías terminar por casarte con ella en vez de conmigo. Lo que hay entre tú y ella tiene que ser algo, de lo contrario no estaríamos manteniendo esta conversación.

Gavin levantó las manos en el aire en un gesto que indicaba que no sabía qué más decir, porque así era. Le ponía enfermo que no pareciera haber una solución que le gustara. No quería decepcionar a Heather, tampoco quería decepcionar a su hijo. Sobre todo lo segundo. Pero al mismo tiempo no le parecía bien destrozar ese algo tan especial que parecían tener Savanna y él cuando estaban juntos. Nunca había sentido nada parecido.

—Te has acostado con ella este fin de semana, mientras yo estaba fuera, ¿a que sí?

—Si lo hice, lo hice. No te atrevas a llamarlo infidelidad porque sabes de sobra que, ahora mismo, no estamos comprometidos.

—Eso es un sí —insistió ella, ignorando todo lo demás—. Por eso estamos manteniendo esta conversación. Si no me hubiese ido a la estúpida fiesta de cumpleaños de mi hermana, esto jamás habría sucedido.

—No me acosté con ella mientras estuviste fuera. Hiciste bien en ir al cumpleaños de tu hermana. El viaje no te ha costado nada.

—Pero has visto a Savanna...

—¡No he salido con ella a tus espaldas! Le ayudé a traer e instalar una cocina, y la he visto, a ella y a los niños, en la barbacoa de mi madre.

—¿Y cómo es que fue invitada? —Heather entornó los ojos.

Era evidente que creía haberlo pillado, pero lo cierto era que él no había invitado a Savanna. Lo había hecho Eli, aunque Gavin no iba a ser tan específico.

—Ya conoces a mi madre. Supo que tenía una nueva vecina y quiso darle la bienvenida.

—Sabía que no debería haberme ido.

—Esto habría sucedido de todos modos.

—Pero dijiste que íbamos a intentarlo de nuevo —Heather se retorció las manos.

Y lo había intentado, con todas sus fuerzas, pero quizás algo cambiaría.

—Todavía hay esperanzas. Quién sabe lo que nos deparará el futuro.

—Vamos a tener un hijo. Creo que me merezco algo más concreto que eso.

—El embarazo surgió de repente, y cuando ya no estábamos juntos. Eso lo cambia todo.

—No tiene por qué.

—¿Qué insinúas? —Gavin parpadeó perplejo—. Tú estabas saliendo con otra persona. Ni siquiera sabes cuál de nosotros dos es el padre. En cualquier caso, como ya te he dicho, no sé si mi relación con Savanna irá a algún sitio.

Después de lo que había hecho Gordon, era posible que Savanna aún no fuera capaz de confiar en nadie. Pero Gavin quería, necesitaba, la oportunidad de perseguir aquello que quería. De niño se le había negado la clase de relación que disfrutaba la mayoría de los niños, y las sensaciones que experimentaba cuando estaba con Savanna eran, precisamente por ello, más importantes para él. ¿Y si al final encontraba lo que tenía Eli con Cora?

Empezaba a dudar que fuera posible para él.

—Quieres estar con ella a pesar de que soy yo la que va a tener a tu hijo…

Gavin estuvo a punto de gritar: «¡Ni siquiera sabes si es mío!», pero ya lo había mencionado y Heather solo estaba reaccionando al dolor que sentía. No podía permitirse a sí mismo ponerse tan emotivo como estaba ella o la cosa no haría más que empeorar.

—Quiero ser justo con las dos —insistió.

—¡A ella no le debes nada!

—Es nueva aquí, necesita amigos.

—Hay muchos hombres en la ciudad que estarían encantados de hacerse amigos de ella.

—Heather…

—¿Y qué pasa si vuelvo con Scott? —ella se levantó.

Gavin recordó las palabras de despedida de Scott el día que había acudido a su casa. «No quiero que tu asqueroso bastardo se críe en mi casa». Sus músculos se tensaron de inmediato. ¿Estaba abandonando a su hijo a un destino que incluía a un mal padrastro? Una persona que no era ni amable ni amoroso, como la madrastra que él mismo había conocido. Scott le había asegurado que no admitiría de nuevo a Heather, pero podría haberlo dicho en un momento de acaloramiento. Scott siempre había estado allí para ella.

Gavin no pudo evitar preguntarse si no debería haber perseverado, aunque cada vez resultaba más evidente que aquello solo conduciría al fracaso.

–¿Es eso lo que vas a hacer?

–¡Pues a lo mejor lo hago!

–Por favor, no hagas nada precipitado, ¿de acuerdo? Intentemos vivir esto día a día, como venga, quizás así las cosas terminen por funcionar para nosotros. No estoy desestimándolo. Solo… me gustaría que, de momento, pudiésemos ser amigos y ya veremos hacia dónde nos lleva.

–¡Quieres decir que quieres que tenga paciencia y me quede por aquí esperando mientras tú decides si prefieres a la bonita pelirroja de la puerta de al lado!

Por primera vez durante toda la conversación, Gavin alzó la voz. Heather no parecía estar escuchando siquiera.

–¡No sé qué va a pasar con Savanna!

–Y a pesar de ello la prefieres a tu propio hijo.

–Necesito tiempo y espacio para averiguar cómo me siento de verdad.

–¡Eres igual que Scott, igual que todos los demás! –ella intentó golpearlo, pero Gavin le agarró la mano antes de que pudiera tocarlo.

–Heather…

–Qué idiota he sido –continuó Heather soltando un sollozo–. No te mereces el amor que te he ofrecido. Lo único que has hecho es partirme el corazón.

Él intentó impedir que se marchara. Necesitaba calmarse antes de ponerse al volante del coche, pero Heather no quiso escuchar. Salió como una exhalación y estuvo a punto de golpear la valla con el SUV al salir del camino que llevaba a su casa.

–Eso pasa cuando uno intenta sincerarse –murmuró él antes de dejarse caer de nuevo en el sofá.

Capítulo 23

Savanna vio el Pathfinder de Heather en cuanto giró hacia la estrecha carretera que llevaba a su casa y a la de Gavin. Al pasar por delante se dijo a sí misma que lo mejor era ignorarlo, que no debería haber esperado otra cosa, pero ver el coche le provocó tal bajón de ánimos que cuando su hermano llamó por teléfono, no contestó. No estaba segura de tener la energía mental suficiente para conversar con Reese sin que él se diera cuenta de que algo iba mal. Y estaba cansada de colocarle continuamente en situación de tener que consolarla y animarla. Quería volver a su papel habitual de hermana mayor, y estaba segura de que ya habría regresado a ese lugar de no haber empezado a relacionarse con Gavin.

¿Cómo se le había ocurrido acostarse con alguien a quien acababa de conocer? Solo tenía un vecino. Uno. Y había tenido que llevárselo a la cama.

Peor aún, le gustaba estar con él, y ya no podía dejar de pensar en esa noche y la otra en la que habían hecho el amor apoyados contra la camioneta. Si Branson no hubiera entrado en la casa durante la barbacoa, quizás habría añadido otro recuerdo más, y en casa de Aiyana ni más ni menos.

—O estás jodida o en este asunto de la recuperación hay más de que lo quieres aceptar –se dijo a sí misma.

Pero la primera vez que se había acostado con Gavin, no había pensado que acabaría manteniendo una relación con él. Creía que se trataba de un suceso aislado, un escape temporal. Una noche de compañía. Una noche durante la que poder olvidar.

¿Por qué no lo habían dejado estar así?

La llamada de Reese fue derivada al buzón de voz, pero en cuanto envió a Branson a la ducha en el baño del pasillo y a Alia en la del dormitorio principal, salió al porche con el móvil para escuchar su mensaje.

—«Hola, ya he terminado los exámenes finales y se me han dado bien. Ya he dado un pasito más para convertirme en el doctor Pearce. Es un camino muy largo. En fin, llámame, ¿de acuerdo? Tenemos que ponernos al día».

Su hermano había estado tan ocupado con los estudios y la chica nueva con la que salía que apenas había tenido noticias suyas desde su llegada a Silver Springs. Le había enviado algunos mensajes para saber de ella, pero Savanna no le había llamado tanto como solía hacer. Tuvo la impresión de que él pensaba que con salir de Nephi ya iba a estar bien, que iba a salir adelante con su vida. Y básicamente era cierto. No hacía falta que Reese supiera el resto. Y por eso no había querido molestarlo, sabiendo que estaba sometido a una gran presión, o decir algo que pudiera hacerle saber que estaban surgiendo problemas en su nuevo hogar.

Tras armarse de valor, le devolvió la llamada.

—Por fin –contestó él al descolgar.

—Lo siento, hoy hemos estado en una fiesta de piscina y me pillaste intentando meter a los niños en la ducha para que se quitaran el cloro del pelo.

—¿Una fiesta de piscina? Eso quiere decir que estás haciendo amigos.

A Savanna le gustaría pensar que Eli, Cora, Aiyana y Roger eran sus amigos, por no mencionar a todas las demás personas que había conocido. Todos se habían mostrado muy amables. Pero no habían pasado de ser conocidos. Gavin era su único amigo, y ni siquiera estaba segura de poder considerarlo como tal. La gente no solía soñar con hacer el amor con sus amigos, ¿no?

–Sí, las cosas van bien –contestó, lo cual no era del todo mentira.

La casa empezaba a recomponerse. Gracias a lo que habían hecho Gavin y James Glenn ya disponía de los servicios básicos, un sólido puente nuevo sobre el arroyo, parches en las placas de yeso sobre los agujeros de balas, y una instalación eléctrica ampliada. Estaba buscando una moqueta nueva, y estaba convencida de que pronto encontraría algo que podría permitirse. Y tenía varias mejoras más programadas para las siguientes dos semanas, incluyendo la reparación de la podredumbre seca de la madera, que Gavin había dicho que comenzaría el sábado siguiente. Y por encima de todo eso, Branson llevaba varias noches sin mojar la cama, lo cual indicaba que se sentía mejor. Lo único que le producía problemas en esos momentos era saber que Gordon podría haber matado a Emma Ventnor, y que ella iba a tener que sacarle esa información, y también, por supuesto, su vida amorosa.

–Me alegra oírlo

–¿Vas a pasarte por aquí? –preguntó ella.

–No puedo. No de momento. Tengo muy poco tiempo antes de que se reanuden las clases y el trabajo es una locura. Nos faltan camareros y estoy trabajando más horas de las que me gustaría. En cuanto contraten a alguien, podré volar hasta allí para pasar unos días. No debería faltar mucho.

—Tranquilo. Preferiría que la casa estuviera más avanzada para que puedas hacerte una idea de cómo va a quedar.

—¿Qué falta por hacer?

—Un montón de cosas. Necesito cambiar el tejado, eso para empezar, pero pronto llegaremos al apartado de decoración. Eso sí será divertido.

—¿Tienes bastante dinero?

En cuestión de pocos meses iba a necesitar un trabajo. No iba a poder tomarse un año libre, tal y como había esperado. Todo costaba mucho más de lo que había presupuestado. Pero los chicos ya estarían en el colegio cuando comenzara a buscar trabajo, con lo cual no le iba a hacer falta contratar a una niñera, salvo quizás durante un par de horas a la salida del colegio. Todo bien.

—De momento sí.

—¿Te sientes cómoda viviendo en el campo?

Gracias a Gavin, sí. Le encantaba tenerlo tan cerca. Quizás la había fastidiado al acostarse con él, pero decidió no ser demasiado dura consigo misma. Ese hombre tenía un don con las mujeres, un magnetismo que quizás no resultara aparente a primera vista, pero que se materializaba poco a poco. Además, necesitaba a alguien, y él había estado allí. La mudanza habría resultado mucho más difícil sin él.

—Sí, estoy contenta aquí, y me alegro de haber venido —contestó. Y eso le hizo recordar que pronto debería regresar a Nephi, de modo que hablaron de Emma Ventnor y lo que esperaba conseguir en su visita a Gordon.

A Reese le gustó tan poco como a Gavin que Sullivan se lo hubiera pedido, pero Savanna le dijo a su hermano lo mismo que le había dicho al vecino: no creía tener otra elección, no si había alguna posibilidad de encontrar a Emma, o al menos su cuerpo.

—Supongo que no creerás realmente que Gordon la va a cagar contando algo, ¿verdad? —preguntó Reese—. No es estúpido.

—Desde luego que no lo es, pero debería empezar a sentir cierto pánico que podría hacerle revelar algo que no haría en circunstancias normales. Al menos esa es la lógica. Sullivan cree que si consigo enfurecerlo no cuidará tanto lo que salga por su boca.

—No estoy seguro de que algo con tan pocas posibilidades de éxito merezca el que vuelque su odio sobre ti.

—Podría joderla —insistió ella—. ¿Quién sabe? Está fuera de su elemento, debe estar asustado.

—¿Asustado por la posibilidad de ir a prisión?

—Eso también. Pero, para empezar, es bastante antisocial. No le gusta estar rodeado de gente, sobre todo odia las multitudes. Estar encerrado en un lugar tan pequeño y acompañado continuamente de tantos hombres debe ser muy difícil para él. Piensa en la falta de intimidad. Ni siquiera puede ir al baño sin tener la sensación de estar expuesto.

—Y tú supones que el estrés de la situación que está viviendo marcará la diferencia.

—No lo supongo. Lo deseo.

—No es muy probable.

—Lo sé —contestó Savanna—. Pero ¿qué otra cosa puedo hacer?

Gavin no acudió a casa de Savanna esa noche. Quería hablar con ella, tenía la sensación de que necesitaba hablar con ella tras haber abandonado la barbacoa sin siquiera despedirse, después del intenso encuentro en su antiguo dormitorio. Sin duda ella debía estar haciéndose preguntas sobre un comportamiento tan irregular. Pero antes debía conseguir cierta perspectiva sobre la situación, debía asegurarse de no haber cometido un terrible error contándole a Heather que no estaba preparado para intentarlo de nuevo. No quería ir de una a otra como una bola de demolición. Pero el deber se debatía contra el deseo en su interior y se sentía partido por la mitad. Cuando el deber ganaba, temía no ser capaz nunca de vivir consigo mismo por haber tomado la elección que había tomado con Heather. Cuando ganaba el deseo, estaba convencido de que no había tenido elección.

En un intento de acallar su mente, tocó la guitarra durante un par de horas, pero ni siquiera eso ejerció el efecto balsámico que solía ejercer. «No quiero que tu asqueroso bastardo se críe en mi casa». Las palabras no dejaban de repetirse en su cabeza.

¿Estaría Heather ya en casa de Scott, intentando hacer las paces con él? ¿Se lo permitiría él? Era totalmente posible que no hubiese hablado en serio cuando acudió a New Horizons...

Gavin temía haber abandonado a su hijo de la peor manera, temía haber hecho justo lo que se había prometido a sí mismo no hacer jamás, y no se sentía capaz de superarlo. Al final llamó a Eli, para preguntarle si le apetecería tomar algo en la ciudad.

Era domingo por la noche y los dos tenían que trabajar a la mañana siguiente. Gavin supuso que su hermano diría que no, pero no fue así. Quedaron quince minutos después, lo que le llevaría llegar a la ciudad.

–¿Estás bien? –preguntó Eli en cuanto se reunieron en el Blue Suede Shoe.

Gavin estaba junto a la vieja gramola, soltando juramentos en silencio por la poca selección de canciones. Durante los fines de semana había actuaciones en directo, algunas bastante buenas. Gavin había tocado allí unas cuantas veces. Pero los domingos no había música en directo. Los domingos, y el resto de la semana, solo quedaba la gramola, con su exigua colección de canciones country o los Top 40 de hacía una década. Echó de menos algo de rock clásico.

–He estado mejor.

–¿Has pedido algo?

–He pedido whisky para los dos. El camarero los está sirviendo.

–Estupendo. Cuéntame qué pasa.

–¿Tú qué crees que pasa? –Gavin lo miró fijamente.

Eli le rodeó los hombros con un brazo y lo condujo hasta un reservado en el que se sentaron. Podrían haberse sentado casi en cualquier sitio, el lugar estaba vacío salvo por unos pocos acérrimos que jugaban al billar en una esquina.

–Me gusta Savanna –soltó Eli sin preámbulos–. Si has elegido a una de las dos, yo diría que la has elegido a ella.

–¡Dos de whisky! –gritó el camarero.

Agradeciendo la interrupción, a pesar de que había sido él quien había propuesto la reunión, Gavin se levantó para ir a buscar las copas.

Cuando regresó, su hermano tomó su copa, pero no parecía demasiado interesado en beber su contenido.

–Savanna no solo es hermosa, también parece agradable –observó en un intento de reanudar la conversación.

Gavin no se mostró tan dubitativo como su hermano con respecto al alcohol. Agradeció el ardor del whisky que descendió por su garganta.

–¿Vas a contarme algo? –preguntó Eli, impacientándose al fin–. ¿O solo hemos venido para beber?

–Solo vamos a beber –solo buscaba una pura evasión, deshacerse del tormento mental–. ¿Crees que Cora vendría a buscarnos?

—No me he arrastrado hasta aquí en medio de la noche para emborracharme, abandonar mi coche aquí y despertarme mañana con resaca —Eli lo fulminó con la mirada—. Lo he hecho por ti. Dime qué está pasando.

Al final Gavin no estuvo seguro de estar dispuesto a tocar el tema. De repente se sentía reacio a pensar siquiera en Heather y el bebé, y en lo que había hecho en la barbacoa, pero también se sentía mal por haber hecho salir a su hermano de casa, de modo que se obligó a sí mismo a explicarle lo que había sucedido con Heather y, en cuanto empezó a hablar, ya no le resultó tan difícil como había pensado que sería.

—Estás siendo demasiado duro contigo mismo —opinó Eli cuando oyó toda la historia—. Relájate, ¿quieres? Espera a ver qué sucede.

—¿Y si vuelve con Scott y me impiden pasar tiempo con mi hijo?

—Si la crees capaz de ponértelo difícil para ver a tu bebé, si crees que lo que más le importará será vengarse, utilizando al niño para eso, no es la persona adecuada para que te cases con ella.

Gavin hizo rodar la copa sobre la deteriorada mesa.

—Está tan convencida de que estamos hechos el uno para el otro, y que yo estoy cometiendo un tremendo error, que hará lo que sea para castigarme, para que lamente mi decisión.

—Gavin, cuando ella parecía feliz con Scott tú te sentías aliviado, ¿recuerdas? Eso ya te indica todo lo que necesitas saber. Y no tiene nada que ver con Savanna. Pero, dado que Savanna ha llegado a tu vida, seguramente también deberíamos hablar de ella. Hay algo entre vosotros, lo noto. Incluso mamá y Cora lo notaron, el modo en que os buscabais continuamente con la mirada en la barbacoa. Mamá dice que nunca te había visto tan ilusionado con nadie –por fin Eli tomó un sorbo de whisky–. Voy a arriesgarme, pero dudo que lo tuyo con Heather pudiera funcionar, con o sin bebé.

Gavin estaba de acuerdo, o no habría hecho lo que había hecho.

–Pero si no vuelvo con ella, tendré poco control sobre el niño. ¿Cómo voy a proteger a mi hijo?

–Harás todo lo posible por asegurar tus derechos de visita, aunque tengas que ir a juicio. Y estarás atento para asegurarte de que el niño esté bien cuidado y tratado. Muchas parejas están separadas y sus hijos están bien. No tiene por qué repetirse lo que te sucedió a ti. Yo te aconsejaría que, antes de preocuparte demasiado por el tema, esperaras hasta saber si ese bebé es tuyo.

–¿Y mientras tanto darle una oportunidad a mis sentimientos por Savanna?

–Desde luego. Conoceos bien, a ver qué sucede.

–¿A pesar de que otra mujer podría estar embarazada de mi hijo?

–La vida es una mierda. Si tú le importas, ella comprenderá cómo sucedió y que quieras ser un buen padre. Te apoyará para que hagas lo correcto.

–¿Y qué pasa con la situación que ha estado viviendo recientemente?

–¿Qué pasa con eso? ¿Se te ocurre algún momento en que ella pueda necesitarte más?

No, lo cierto era que no. Y Gavin quería estar allí, apoyándola. Sus hijos también le importaban. Si Gordon iba a prisión, se quedarían sin padre, ni siquiera tendrían a uno que se los llevara con él los fines de semana. ¿Por qué deberían importarle esos niños menos que el bebé que llevaba Heather, aunque fuera su hijo? Todos los niños eran importantes.

–De acuerdo. Espero que no haya decidido que no

quiere volver a verme –afirmó mientras se levantaba de la mesa.

–Espera –Eli señaló la copa sin terminar–. No hemos acabado el whisky.

–Ya no me apetece beber más. Los dos tenemos que trabajar mañana –contestó Gavin, provocando la carcajada de su hermano.

Tras dejar de hablar con Reese, incluso tras haber acostado a los niños y haberse duchado ella misma, Savanna no se sentía capaz de salir de la casa, ni siquiera para quedarse de pie en el porche y disfrutar de las estrellas. Sabía que no iba a mantener la mirada sobre el cielo mucho rato. Se encaminaría hacia el arroyo para comprobar si Heather seguía en casa de Gavin y, ¿qué sentido tendría averiguarlo? ¿Por qué seguir torturándose? Él le había dicho que iba a volver con su exnovia, y ella debía aceptarlo a pesar del extraño encuentro que habían tenido durante la barbacoa unas horas antes. Los escasos segundos de pasión desatada habían surgido de la nada, y luego se había acabado. El comportamiento de Gavin, antes y después, sugería que no había cambiado de opinión con respecto al futuro. Debía aceptar que Heather iba a estar mucho por ahí, por lo menos hasta que se trasladaran a Nashville, y debía dejar de arrugarse cada vez que pensaba en encontrárselos a los dos, juntos.

Al día siguiente, al pasar por delante de su casa, camino de la tienda, se dijo a sí misma que no debería mirar, pero no pudo evitarlo.

El Pathfinder no estaba. Tampoco el coche de alquiler de Gavin, que seguía conduciendo porque aún no le habían reparado la camioneta. Pero el que no hubiera ningún coche no significaba nada. A esas horas del día, seguramente estaban trabajando los dos.

—Esta noche ella estará de nuevo aquí —murmuró mientras llegaba al cruce frente a los buzones de correos.

—¿Has dicho algo? —preguntó Branson.

Savanna miró a su hijo. Iba sentado a su lado, en el asiento delantero, mientras que Alia estaba atrás porque era más pequeña y ese sitio era más seguro para ella.

—¿Yo? No, nada. Nada importante.

—¡Me toca a mí recoger el correo! —gritó Alia. Branson lo había hecho el día anterior, de modo que Savanna le pasó la llave a su hija.

A la niña le llevó más tiempo que a su hermano. Tuvo que ponerse de puntillas, y la cerradura no era fácil de abrir para alguien con sus manitas tan pequeñas. Pero le encantaba el desafío, y a Savanna no le importó tener que esperar.

—Tenemos tres cartas y una revista —anunció mientras volvía a subirse al coche.

—Espero que las cartas no sean facturas —bromeó Savanna.

Branson alargó una mano para revisar el correo. Le pasó la revista a su madre, y también una carta de la compañía eléctrica, y la solicitud de una nueva tarjeta de crédito.

—¿Y eso qué es? —preguntó Savanna al ver que el niño no soltaba el último sobre.

—Una carta de papá —contestó él en voz baja.

Se notaba que echaba de menos a su padre.

Branson era un buen lector, estaba en tercer curso a punto de empezar cuarto, pero Savanna no se atrevió a pedirle que leyera la carta de Gordon, lo echara de menos o no. No tenía ni idea de si su exmarido le manifestaría su amor o le reprocharía haberlo abandonado.

Por suerte, Branson no preguntó si podía abrirla. Fingiendo que le daba igual lo que Gordon pudiera decir, le pasó esa carta también.

–Ojalá nos dejara en paz –gruñó.

Savanna deseaba lo mismo, salvo que si pretendía obtener alguna información sobre Emma Ventnor necesitaba mantener viva la relación con él. El que le hubiera escrito una carta suponía, en cierto modo, un alivio, dado que hacía mucho que no llamaba. Savanna esperaba que le pudiera ofrecer alguna pista sobre lo que podría esperar de la visita que iba a hacerle en dos días.

Metió la carta en el bolso para leerla más tarde, cuando los niños no estuvieran delante, y estaba a punto de girar para incorporarse a la carretera cuando sonó el tono de mensaje entrante en el móvil. Dado que aún no había arrancado, comprobó de qué se trataba.

¿Me permites invitaros a ti y a los niños a cenar esta noche?

Era de Gavin.

Savanna sintió que su corazón se aceleraba mientras contemplaba la pantalla del móvil. Se moría de ganas de verlo, pero sabía que no sería buena idea. Su vida, ya de por sí complicada, se estaba complicando aún más. Decidió contestarle:

¿Y dónde estará Heather? Ya sé que fui yo la que insistió en continuar siendo amigos. Quería seguir ligada, al menos, a una parte de ti. Pero me está empezando a resultar todo muy confuso. Eres un gran tipo, y te agradezco todo lo que has hecho por nosotros, pero estoy en un momento de mi vida en el que no tengo la resiliencia emocional suficiente para hacer frente a los altibajos.

Los chicos y yo estaremos bien. Eres libre para hacer lo que consideres que debes hacer con Heather, y os deseo a ambos toda la felicidad del mundo. Sinceramente. Te lo mereces. Gracias por ayudarnos a comenzar de cero aquí. Y, por favor, no olvides, sobre todo cuando te marches de aquí, que siempre guardaré un buen recuerdo de ti.

Savanna se quedó largo rato contemplando el texto que acababa de escribir, sin enviarlo. Al final Alia y Branson empezaron a impacientarse.

—¡Vamos, mamá! —exclamó la niña.

—¿Qué haces? ¿No íbamos a la tienda? —preguntó Branson.

—Sí, ya vamos

Tras cerrar los ojos brevemente, Savanna se obligó a sí misma a pulsar la tecla de envío, aunque tenía la sensación de que, con ello, estaba desgarrando su corazón. Guardó el teléfono en el bolso y rezó para que lo que acababa de hacer por fin la liberara de la constante preocupación que representaba Gavin. Tenía que hacer algo, y no dejaba de pensar en ello.

Pero a medida que avanzaba el día y no recibía respuesta, haber enviado ese mensaje solo le hizo sentirse peor.

Capítulo 24

Gavin se acercó hasta la puerta de Savanna y, por tercera vez, se dio media vuelta sin llamar al timbre. No tenía ni idea de si su implicación en su vida resultaría positiva y no quería que fuera negativa. Si acababan manteniendo una relación seria se imaginaba que Heather no se mostraría demasiado amable con Savanna cada vez que se tropezaran. Y si Heather al final resultaba ser la madre de su hijo, iban a tropezarse muy a menudo.

La situación podría resultar complicada, eso no tenía más remedio que admitirlo.

También debía reconocer que no estaba simplemente eligiendo entre dos mujeres. Había mucho más en juego. Si no volvía con Heather, existía la posibilidad de que no pudiera mudarse a Nashville, pues no podía marcharse si su hijo se quedaba en Silver Springs. Lo menos que le debía a ese niño, o niña, era que su padre estuviera cerca para colaborar en su crianza.

Y por último, Savanna y él estaban los dos en una situación muy complicada. Él era incapaz de imaginarse que una relación entre ambos pudiera funcionar, y aun así sentía algo lo bastante esperanzador y prometedor como para arriesgarse a renunciar a una carrera musical de éxito.

Eso, más que nada, le indicó que lo mejor sería llamar al timbre y ver si ella ya no quería tener nada que ver con él, o si aún estaba a tiempo de hacerle cambiar de opinión.

Savanna abrió la puerta vestida con los vaqueros cortados que él mismo le había quitado en una ocasión, los que dejaban sus piernas al descubierto. Llevaba el pelo suelto, cosa que también le gustaba. Pero Gavin estaba decidido a no centrarse en el tema físico. Necesitaba que la cosa se calmara, asegurarse de que no estuvieran permitiendo que la atracción sexual nublara la razón. La atracción sexual había sido instantánea y muy fuerte…

En lugar de parecer emocionada de verlo, Savanna se mordió el labio, de modo que Gavin se apresuró a mostrarle la botella de vino que llevaba.

—Sería una grosería rechazar a un vecino que acude con una ofrenda de paz.

—Y yo jamás me mostraría grosera —aunque las palabras fueron dichas con una tímida sonrisa, Savanna se puso seria casi de inmediato—, pero prefiero no invitarte a pasar. Los niños están en la cama.

Aún con esperanzas de ablandarla, él guiñó un ojo.

—No pasa nada. No se lo iba a ofrecer a ellos.

Savanna rio a pesar de su evidente reticencia a mostrarse acogedora.

—Me refiero a que no estarán delante para evitar que tú y yo no… ya sabes, hagamos cualquier cosa que debas explicarle luego a Heather.

—Te refieres a algo como lo de ayer.

—Sí, como lo de ayer —ella se mesó los espesos y rizados cabellos—. Por cierto, ¿de qué iba eso?

—Ayer me comporté como un imbécil gilipollas. Ver a Roger charlar contigo y seguirte a todas partes me volvió loco. Lo siento.

—¡Roger solo estaba siendo amable!

—Estaba siendo algo más que amable —Gavin la miró seriamente.

—Aunque así fuera, da igual. No me interesa.

—¿Estás segura?

—¡Pues claro! ¿Crees que habría hecho lo que hice contigo arriba si me hubiera sentido atraída hacia él?

—Los celos no son siempre lógicos ni de fiar. Pero me alegra saber que no te gusta, porque lo que sucedió cuando saliste del cuarto de baño fue totalmente sincero.

—Sincero —repitió ella.

—Sí. Real. Espontáneo.

—Y aun así, te marchaste sin siquiera despedirte.

—Heather me envió un mensaje para indicarme que ya había vuelto, y yo quería hablar con ella.

—¿Se lo has contado? —Savanna apoyó un hombro contra el quicio de la puerta.

—No saqué el tema en concreto, pero sí le hice saber que entre tú y yo las cosas se habían vuelto bastante físicas, y que me gustaría tener la oportunidad de explorar mis sentimientos hacia ti.

—¿Y qué pasa con el bebé? —ella abrió los ojos desmesuradamente, sorprendida—. ¿Y qué pasa con mudarte a Nashville?

—Si el bebé es mío, tendré que quedarme en Silver Springs.

—¿Y eso te parece bien? Adoras la música. Y eres muy bueno. A mí no me gustaría retenerte aquí.

—Tú no me retendrías aquí. Haré lo que pueda desde aquí, y seguramente desde Los Ángeles. Soy consciente de que así no me sitúo en la mejor posición para conseguir el éxito. Hoy en día hay muchas más oportunidades en Nashville, a pesar de lo que otros puedan pensar de Los Ángeles. Pero si tengo un hijo, no quiero vivir lejos de él, o de ella.

—Si te casaras con Heather podrías tener las dos cosas —señaló ella.

—Ya lo he pensado. Pero estás tú, y no hay modo de negar que me tienes hechizado.

Otra sonrisa amenazó con asomar al rostro de Savanna, que pareció luchar por impedir que saliera.

—Por mucho que me guste oír eso, no sé si puedo permitirte tomar una decisión como esa.

—Porque...

—Quiero que tengas lo que te haga más feliz.

La sinceridad en su voz borró toda duda que Gavin hubiera podido tener sobre su decisión con respecto a Heather. Esa era la clase de mujer que deseaba tener.

—¿Y cómo sabes que no lo conseguiría contigo?

—Piénsalo, Gavin —Savanna salió de la casa y cerró la puerta—. No tengo mucho que ofrecer. Tengo dos hijos estupendos, pero están sufriendo, sobre todo Branson. Desde que su padre fue detenido, ha estado mojando la cama. Pensé que se había terminado, pero anoche tuvo otro accidente, de modo que tendré que ahorrar para llevarle a terapia. Por otra parte, no estoy divorciada oficialmente. De modo que si Gordon no va a prisión, puede que no consiga terminar el papeleo, al menos durante mucho tiempo. Podría denunciarme para conseguir la custodia de Branson y Alia, o exigir derechos de visita, aunque no tenga la custodia, negarse a pagar la manutención y, en general, hacerme desgraciada, y también a cualquiera que esté conmigo. No tengo posesiones o dinero que me facilite la vida, solo esta casa desvencijada que estoy intentando arreglar, y apenas los ahorros suficientes para sobrevivir hasta el otoño, momento en que tendré que buscar trabajo. ¿Cómo es posible que pueda interesarte tener algo que ver conmigo?

—Ahora mismo hay muchas cosas rotas en tu vida.

—Eso es.

—Bueno, pues resulta que a mí se me da muy bien reparar cosas rotas.

—Pero ¿no crees que nos enfrentamos a demasiado? –ella rio–. ¿Cómo puedes tener ganas de meterte en este lío?

Gavin se acercó y posó una mano ahuecada sobre la mejilla de Savanna.

—Porque creo que podría amarte como jamás he amado a nadie.

Se había dicho a sí mismo que esa noche no iba a besarla, que solo hablarían para conocerse mejor. Pero al ver esa mirada, encantadora y a la vez humilde, no pudo contenerse. Su mano se deslizó por la nuca de Savanna y agachó la cabeza hasta que sus labios se fundieron. Y se perdió.

Savanna cerró los ojos mientras se entregaba al sabor de los labios de Gavin. Ya se habían besado antes, y habían sido unos besos muy buenos, pero ese estaba cargado de una frágil promesa, la promesa de algo nuevo y nunca antes explorado. Y, si bien sucumbir a Gavin resultaba mucho más arriesgado, también hacía que el contacto fuera más significativo.

—Adoro que seas diferente –dijo ella cuando Gavin levantó la cabeza.

—¿En qué sentido? –él la miró sonriente.

Era evidente que no era la primera vez que oía esas palabras, pero también que sentía curiosidad por conocer su punto de vista en particular.

—Eres emocionalmente sincero y osado. Estás dispuesto a desnudar tu alma y a sentir algo a pesar de los riesgos. Admiro tu valor.

—Es difícil no sentir algo por ti —Gavin inclinó la cabeza para volver a besarla, pero ella lo detuvo.

—Salvo que... no estaba exagerando en cuanto a lo que nos enfrentamos, Gavin. Antes de comprometerte más conmigo, quizás deberías pasar y te cuento lo último.

Gavin parecía preocupado, y ella también. Su mundo amenazaba con desmoronarse de nuevo, y él había aparecido en medio de la última crisis.

—¿Ha habido algún cambio?

—Y no para mejor —Savanna asintió.

Savanna había vaciado ya todas las cajas y limpiado el salón. Por tanto había mucho sitio para sentarse. Cuando Gavin eligió el sofá, ella se sentó en el borde de la silla colocada frente a él, demasiado alterada y nerviosa para reclinarse cómodamente.

—¿Qué ha pasado? —preguntó él.

—Un par de cosas. En primer lugar, hoy he tenido noticias de Gordon —ella sostuvo la carta en alto. La había dejado sobre la mesita de café y, cuando Gavin había llamado a la puerta, la estaba leyendo y releyendo.

—¿Y qué se cuenta?

—Si quieres, puedes leerla, pero básicamente pone que está estupefacto y dolido por lo desleal que soy al suponerle capaz de violar a esas mujeres. Dice que es inocente y que pronto saldrá de la cárcel y que entonces lamentaré no haberlo apoyado —Savanna soltó el aire con un suspiro—. Eso es lo esencial.

—¿En qué sentido lo lamentarás? —Gavin frunció el ceño.

—No lo especifica. Solo me culpa por romper nuestra familia, cosa que, según él, no habría sucedido si yo hubiese mostrado un poco de fe y hubiera permanecido a su lado.

—Pero... eso es lo mismo que lleva diciendo desde el principio, ¿no?

—Más o menos. Pero cuando comparas esta carta con lo que el detective Sullivan acaba de decirme por teléfono, la cosa empieza a ser más preocupante.

—¿Qué ha dicho Sullivan?

El pánico que había experimentado Savanna al recibir la llamada volvió a resurgir.

—Me ha dicho que el fiscal del distrito está pensando en retirar todos los cargos.

—¿Qué? —Gavin se puso de pie de un salto.

—Ya lo sé —ella también se levantó de la silla—. Yo tampoco me lo puedo creer. No paro de andar de un lado a otro, haciendo surco en la alfombra, mientras reflexiono sobre qué voy a hacer.

—¿Y cómo es posible que el fiscal del distrito piense siquiera en retirar los cargos?

—¿Te acuerdas de la víctima, Theresa Spinnaker, cuya sangre fue encontrada en la furgoneta?

—Sí.

—Pues ha admitido que ella aceptó subirse a su coche.

—¿Y?

—Y el fiscal del distrito opina que la prueba de ADN ya no resulta necesariamente inculpatoria. Demostrar que Theresa estuvo en la furgoneta de Gordon no significa lo mismo ahora que cuando esa chica aseguraba por activa y por pasiva que no conocía a Gordon antes de la violación, mientras que la versión de Gordon sigue siendo la misma.

—Pero se trataba de su sangre.

—Eso no parece importarles, dado que la cantidad era muy pequeña. Dicen que presentar esa prueba en el juicio podría volverse contra la acusación porque la defensa podría argumentar que es insignificante, que si él le hubiese causado los daños que muestran las fotos, habría mucho más que unas pocas gotas de sangre.

—¿Y la bolsa de lona?

—Ahí también tenemos malas noticias. El laboratorio ha terminado las pruebas de ADN. No hay ningún material genético en ninguno de los objetos.

—¿Ninguno? ¿No es eso ya de por sí algo raro? Si Gordon manejó esos objetos, sobre todo el cuchillo, deberían haber encontrado, al menos, su ADN. Ningún ADN indica que deber haberlo limpiado todo.

—Yo le pregunté eso mismo a Sullivan. Dice que necesitaban que al menos uno de esos artículos pudiera establecer una conexión firme con una o más víctimas, y que no ha sido así. En lugar de ser la prueba forense sólida que todos esperábamos que fuera, el kit de violador resulta ser tan circunstancial como todo lo demás, y las pruebas circunstanciales no son suficientes para conseguir una condena.

—Tiene que ser una broma —protestó Gavin.

—Ojalá lo fuera —Savanna se secó el sudor de las manos sobre los pantalones, un gesto que había estado repitiendo toda la tarde.

—¿Y no tienen nada más contra él?

—Meredith Caine jura que reconoce su voz, pero la memoria humana es notoriamente poco fiable. No puede identificarlo visualmente, dado que llevaba puesta una máscara, y el fiscal del distrito no está dispuesto a seguir adelante únicamente con una prueba de reconocimiento de voz.

—Si se retiran los cargos, saldrá de la cárcel, libre, y podrá hacer lo que le apetezca.

Ella no contestó.

—Esto es terrible —continuó él.

—Por eso se quedó callado cuando mencioné a Emma Ventnor. Sabe que seguramente no necesitará una defensa, y no va a cometer el error de decir algo que pudiera meterle en un lío por un caso totalmente diferente. Sin duda él le ha pedido a Dorothy que me deje en paz. Me ha enviado esa carta porque no puede dejar de recordarme que debería haber permanecido a su lado, que pronto volverá a ostentar el poder.

—Y las palabras de una carta las puedes repensar antes de escribirlas. Es lo más seguro.

—Sí.

—¡Uff! —Gavin apoyó las manos sobre las caderas.

—¿Entiendes a qué me refiero?

—¿Sullivan aún quiere que vayas a Utah?

—Se suponía que me marchaba mañana por la mañana, pero lo acabo de aplazar una semana.

—¿Por qué?

—Si solo voy a tener una oportunidad, necesito más tiempo para prepararme. Se me ha ocurrido enviarle una carta o dos, establecer un diálogo positivo con Gordon. A lo mejor incluso ingresarle algo de dinero. Tendré una mejor baza si le hago sentir que me interesa que permanezcamos juntos.

—¿Y cómo va a funcionar? —era evidente que a Gavin la idea no le gustaba ni un poco.

—Le hará sentir que tiene algo que perder si no es capaz de convencerme de que no tuvo nada que ver con la desaparición de Emma Ventnor.

—Pero tú ya le has preguntado por Emma.

—Le voy a decir que la policía tiene nuevas evidencias que lo relacionan con el caso. Que justo cuando yo empezaba a pensar que era inocente, de todo, me han contado… algo. Aún no sé qué le voy a decir.

—Vas a tener que tirarte un farol.

—Completamente. Si la policía no encuentra ninguna prueba más, todo dependerá de mi visita a la cárcel. Tengo que conseguir que diga algo que lo incrimine.

—Pero ahora que piensa que va a salir libre, será todavía más difícil. Aunque, al menos, no le parecerá raro que de repente quieras ir a verlo. Me preocupaba que ese detalle pudiera jugar en tu contra —Gavin tomó la carta y la leyó—. Esto te abre una puerta a la reconciliación, de modo que cuando le contestes y le envíes algo de dinero, puede que se lo trague —añadió tras terminar la lectura.

—Estoy convencida de que violó a esas mujeres, Gavin. Y estoy convencida de que, si le dan la oportunidad, hará daño a otras más. Y, dado que no me mantuve a su lado, puede que incluso me haga algo a mí.

Gavin arrojó la carta sobre la mesa de café y se sentó de nuevo.

—Vas a tener que utilizar todo lo que sabes de él, explotar sus más pequeñas debilidades. Supongo que lo sabes, ¿no? No será fácil. ¿Qué pasará si empieza a sospechar?

—¿Y qué pasará si hago todo lo que puedo y aun así no funciona? —eso era lo que la asustaba más que nada—. ¿Y si dentro de unas semanas está fuera? Vendrá aquí. Sé que lo hará. Incluso puede que intente llevarse a los niños.

—Mierda —Gavin se frotó la cara con ambas manos.

—Lo siento —dijo Savanna—. Ya te dije que no estaba en una buena situación.

Gavin se levantó y se acercó a ella para abrazarla. Sentirse tan cerca de él nuevamente era maravilloso. Savanna llevaba toda la tarde muy alterada, asustada por lo que pudiera pasar. Había huido de Nephi convencida de que había escapado de toda aquella situación, en su mayor parte. Y de repente todo se había dado la vuelta. ¿Cómo era posible que esas pruebas tan incriminatorias hubieran resultado ser demasiado débiles para conseguir su objetivo?

¿Aparecería Gordon en la puerta de su casa en unas semanas?

No le cabía duda de que lo haría si tenía la oportunidad. ¿Y qué supondría algo así para Branson y Alia?

–No te preocupes –Gavin la besó en el cuello–. Tenemos siete días. Se nos ocurrirá algo.

–¿Estás seguro de que no quieres salir corriendo? –Savanna se apartó para mirarlo a los ojos–. No te culparía por ello.

–No pienso irme a ninguna parte.

–Por favor, dime que no lo van a soltar –ella apoyó la mejilla contra su pecho.

–Conseguiremos que no lo hagan, de algún modo –contestó él, aunque ella sabía que solo intentaba consolarla. Gavin no tenía modo alguno de mantener esa promesa.

Todo dependía de ella.

Capítulo 25

Heather se frotaba las manos mientras paseaba de un lado a otro de su salón. Después de lo que le había dicho Gavin el día anterior, apenas había conseguido ir al colegio ese día. No había sentido ganas de dar clase y había estado a punto de llamar para decir que no se encontraba bien, o de marcharse después de la comida. Y lo habría hecho, de no ser porque el director del colegio y algunos profesores empezaban a quejarse de su falta de implicación. Temía poner en peligro su trabajo si no cumplía con la jornada, y no podía permitir que otra parte de su vida se cayera a pedazos. La gente con la que trabajaba no comprendía que tenía serios problemas. Todo su futuro estaba en peligro. Había estado convencida de que Gavin reconsideraría lo que le había dicho y que la llamaría o enviaría un mensaje. Pero no había tenido noticias suyas. ¿Por qué? Ella sabía la clase de padre en la que él aspiraba a convertirse. Lo habían hablado en varias ocasiones. Y, en lo que a él respectaba, ese bebé era suyo.

El embarazo debería haberlo conseguido, debería haberlos vuelto a unir.

¿Por qué no la había llamado? ¿Estaba pasando tiempo con la nueva vecina? ¿Tanto le gustaba Savanna?

Debía ser así, de lo contrario no habría hecho lo que había hecho...

La idea le provocó a Heather el mayor terror que hubiera experimentado jamás. ¿Cómo era posible que justo cuando se había decidido a sentar la cabeza y obligarle a comprometerse con ella, esa Savanna No Sé Cuantitos hubiera aparecido en la ciudad? Y no solo en la ciudad, sino en la casa de al lado de Gavin.

–Es pura mala suerte, el peor momento, un mal chiste.

¿Cómo iba a poder recuperar nuevamente el control de la situación?

El tono de mensaje entrante sonó en su móvil.

«Por favor, que sea Gavin», rezó. Pero no era Gavin, era Scott. Heather le había enviado varios mensajes para hacerle saber que lamentaba todo lo que le había hecho sufrir, siendo lo más dulce de que era capaz. No le había mencionado que quería que volvieran a estar juntos. Lo había evitado por dos motivos. Si sonaba demasiado desesperada, Scott ostentaría todo el poder, y eso no sería bueno para ella. Y, por otra parte, ella no quería realmente volver con Scott, no si existía alguna posibilidad de que Gavin reconsiderara su postura. Aun así, tenía que aplacar a Scott por si acaso lo necesitaba más adelante. Empezaba a temer que acabaría siendo una madre soltera, y ese temor no hizo más que empeorar cuando leyó el mensaje de Scott: *Vete a la mierda*.

El pánico que le retorcía las entrañas le quemaba tanto que pensó que iba a gritar. «No lo hagas. No te vuelvas loca. Todo se arreglará». No necesitaba a Scott. ¿Quién se había creído que era? De algún modo conseguiría que Gavin recapacitara. Le había dicho que no la echaba de su vida. Solo quería explorar la atracción que sentía por su vecina y, ¿por qué no? Se merecía un poco de diversión antes de que formaran una familia. Gavin no había estado con nadie desde que ella se marchara con Scott. Había posibilidades de que lo de la vecina no llevara a nada. Gavin estaba destinado a estar con ella, lo sabía desde hacía años.

Aún llevaba a su bebé dentro, una baza importante para negociar.

Suponiendo que el bebé fuera suyo…

–Dios, ayúdame –ese niño tenía que ser de Gavin. Si era de Scott, su vida sería mucho peor. Scott se mostraría muy vengativo. A no ser que ella lo obligara, ni siquiera le pasaría la pensión alimenticia.

El teléfono volvió a sonar. Era su madre.

Heather le quitó el sonido al aparato. En esos momentos no se sentía capaz de hacer frente a sus padres, no con todo lo demás. Desde que habían sabido que estaba embarazada, la habían estado agobiando, preguntándole qué iba a hacer.

Llegó otro mensaje, por supuesto, de su madre. Al parecer, Vickie se negaba a ser ignorada.

¿Por qué no contestas? Tú no me engañas. Ese teléfono no abandona tu mano ni un segundo las veinticuatro horas del día.

Heather suspiró y se obligó a devolverle la llamada. Si lo aplazaba solo conseguiría que Vickie se volviera más insistente. No debería haberles contado a sus padres lo del bebé, pero en su momento su idea había sido la de presionar a Gavin al máximo, y había pensado que si el anuncio era oficial, él se tomaría por fin en serio un futuro juntos.

–Lo siento, mamá –dijo en cuanto su madre contestó la llamada–. Estaba en el cuarto de baño.

–¿Cómo te encuentras?

–Bien –mintió–. Cansada. Ha sido un día duro en el colegio.

–¿Qué tuvo de duro?

Aparecer en el trabajo era duro, sobre todo cuando lo que ella quería era estar en cualquier otra parte.

—Dar clases no es tan fácil como parece.

Ignorando el comentario, su madre se lanzó a lo que ella sí consideraba importante.

—¿Has hablado con Gavin?

—Hoy no —Heather dio un respingo—. ¿Por qué?

—¿Por qué crees tú? Estamos barajando fechas para la boda. Hay que elegir una fecha antes de que se te empiece a notar, y la iglesia empieza a quedarse sin días libres.

—Entiendo que te sientas algo presionada —¿qué pensaba su madre que sentía ella?—. Pero estamos... estamos pensando en casarnos después de que nazca el bebé.

—¿Qué? —gritó su madre—. ¿Por qué?

—Gavin dice que no hay motivo para apresurarse y yo... yo estoy de acuerdo.

Heather se odió a sí misma por la dulzura con la que había pronunciado las últimas palabras, pero siempre le había resultado difícil hacerle frente al vendaval de la obstinada voluntad de su madre.

—¿De qué estás hablando? Hay muchos motivos para apresurarse. ¿Quieres que tu hijo nazca siendo un bastardo? ¿Es que a Gavin no le importa si el bebé no lleva su apellido?

Heather habría pensado que sí. Pero Gavin había roto con todo en lugar de fijar una fecha.

—Él no es especialmente religioso, mamá.

—Pero tú sí, y nosotros también. Debería mostrar algo más de respeto hacia nuestra fe.

En realidad Heather era mucho menos religiosa de lo que pensaba su madre. Pero eso tampoco podía admitirlo.

—Mamá, por favor. No empieces. Mi vida ya es bastante complicada ahora mismo. Tenemos que darle algún tiempo para hacerse a la idea. Estuve saliendo con Scott durante los dos últimos meses. Gavin es una persona responsable y amable, pero necesita… hacerse a la idea del repentino cambio, de la impresión.

Tras una breve pausa, su madre habló en un tono de sospecha mucho mayor de lo que a Heather le hubiera gustado percibir:

—¿Y estás segura de que el bebé no es de Scott?

Las ardientes lágrimas, que llevaban casi todo el día agazapadas, inundaron los ojos de Heather. Podría ser hijo de Gavin. Había dejado de tomar la píldora una semana antes de que rompieran. Pero eso no lo podía admitir. Pero sí fue, en parte, el motivo por el que entró en pánico cuando su exnovia llegó de visita a la ciudad y quiso pasar algún tiempo con él. En ese momento ella ya esperaba estar embarazada, haber superado todo eso.

—Esperemos que no —respondió.

—¿Qué quiere decir eso? —quiso saber su madre.

—Scott y yo hemos terminado. Cuando… cuando volví con Gavin, se acabó.

—De todos modos es a Gavin al que quieres. Llevas años detrás de él. Y dijiste que iba a casarse contigo. Es cierto, ¿no?

—Por supuesto —contestó ella.

Sin embargo, Gavin no la había llamado desde que le había confesado su deseo de ver a otra persona. Y siguió sin llamar durante el resto de la semana. Pero cuando llegó el fin de semana y Heather tuvo que entrar en su página web para saber dónde actuaría, en lugar de saberlo directamente de él, supo que tenía que hacer algo si no quería perderlo para siempre.

Gavin había disfrutado de la semana. Cada día, al regresar a casa del trabajo, se reunía con Savanna, Branson y Alia para cenar, pero no pasaba allí la noche. Savanna no quería que sus hijos tuvieran la sensación de que su padre ya había sido reemplazado y, dado que Heather estaba embarazada, posiblemente de su hijo, Gavin sentía que debía mostrarse más contenido y cauteloso de lo que había sido en su explosivo comienzo. Por difícil que le resultara, no acostarse con Savanna le dio la oportunidad de averiguar si esa mujer le interesaba por los motivos más adecuados, y de confirmar que no se trataba solo de evitar la situación con Heather. Así pues comían y jugaban con los niños mientras estuvieran levantados, y luego charlaban ellos dos solos hasta que Gavin se decidía a regresar a su casa a dormir, solo.

Lo más curioso era que anhelaba ver a Savanna más de lo que había anhelado ver a nadie en su vida. Prescindir del sexo no había cambiado nada, salvo producirle mayor deseo de practicarlo. Gavin no estaba seguro de cuanto más tiempo iban a poder aguantar, pero abstenerse le parecía lo más decente, correcto, dadas las circunstancias, y por eso lo intentaban. En cualquier caso, tenían más que suficientes distracciones, ya que también pasaban un buen rato, después de que los niños se hubiesen acostado, repasando el inminente viaje de Savanna a Nephi.

En dos ocasiones, Gavin permaneció junto a Savanna, proporcionándole ideas mientras ella escribía a Gordon. También añadió cien dólares a la cuenta de Gordon para que pudiera comprarse más cosas en el economato de la cárcel. Aunque no necesitara nada, podría cambiar productos por mejores zapatos, un nuevo uniforme carcelario, protección física o algún otro favor, lo que haría que su estancia en la cárcel fuera más confortable. A los presos que tenían dinero les iba mucho mejor que a los que no.

Se notaba que Savanna odiaba tener que fingir el menor interés por su exmarido. No dejaba de preguntarse si no estaría poniendo en riesgo su integridad al engañarle. En ocasiones, Gavin sentía las mismas reticencias que ella. Pero Allison March, la detective del caso de Emma Ventnor, les había llamado para darles ánimos. March había asegurado que no solo estaba trabajando Gordon cerca de allí el día que Emma desapareció, sino que no tenía una coartada verificable, pues no estaba en la mina cuando sucedió. Él había asegurado que se encontraba comiendo, pero no recordaba dónde, y la detective había sido incapaz de encontrar ninguna grabación en la que apareciera su vehículo en ninguno de los restaurantes de comida rápida o gasolineras de la zona.

—Me muero de ganas de que esto termine ya de una vez —confesó Savanna el viernes por la noche mientras Gavin conducía hacia el lugar en el que iba a actuar, un bar llamado Limelight, en Santa Bárbara.

Habían dejado a los niños en casa de su madre, dado que Aiyana se había mostrado más que encantada de ejercer de niñera.

—Ya no queda mucho —Gavin tomó la mano de Savanna.

—¿Y si nos hemos equivocado? —ella se volvió hacia él con expresión de preocupación—. ¿Y si Gordon es inocente, tal y como asegura? No soportaría acusar falsamente a alguien de un modo tan terrible, sobre todo a él. Ya no estoy enamorada de él, hace tiempo que no lo estoy, pero sigue siendo el padre de mis hijos. Hacerle daño significa hacerles daño a ellos. Y aunque no hubiera ninguna relación, no me gustaría empeorar su vida más de lo que ya debe estar.

—Porque tienes conciencia —aseguró Gavin—. Por lo que nos han contado los detectives, Gordon no la tiene.

—¿Y cómo lo saben ellos? —preguntó Savanna.

—No puede decirse que tengan la certeza absoluta —contestó él—. Solo estamos intentando asegurarnos de que no esté implicado en la desaparición de Emma. No te va a poder facilitar ninguna información que él no tenga. De modo que, si no lo hizo, está a salvo.

—Eso es lo que me digo a mí misma todo el rato. Pero desde el principio ha asegurado que la policía está empeñada en incriminarle, y en el pasado ha habido muchos casos en los que les ha sucedido algo así a otras personas. Tengo miedo de que, en el fondo, me haya metido en esto por un motivo equivocado.

Gavin frenó al acercarse a un vehículo que circulaba más lento. Por fin había recuperado su camioneta, reparada, y la compañía de seguros de Dorothy se había hecho cargo de los gastos, aunque Dorothy, para alivio y curiosidad de Savanna, seguía manteniendo el extraño silencio que había comenzado la noche de su fugaz visita a Silver Springs.

—¿Cómo podrías estar haciéndolo por motivos equivocados?

—Que siga en la cárcel me va bien. Nos va bien, si seguimos viéndonos. Soy más feliz de lo que he sido jamás, y preferiría que él no estuviera libre para poder molestarme, lo cual sé que hará a la menor oportunidad.

—Ibas a viajar a Nephi antes de que empezásemos a vernos oficialmente, ¿no?

—Sí. También me lo digo constantemente. Pero sería mucho más sencillo para nosotros que siguiera entre rejas. Y me siento culpable por hacer todo lo posible por mantenerlo allí.

—Si ha estado atacando a mujeres, merece permanecer encerrado. Tú crees que atacó a las tres víctimas de cuya violación se le acusa, ¿verdad?

—Sí. Aun así… no estoy segura al cien por cien. Y eso me preocupa.

—Al final del día —Gavin le apretó la mano—, tienes que ser capaz de vivir contigo misma, Savanna. Sigue tu intuición cuando estés con él. Sopesa lo que ha encontrado la policía frente a lo que sabes de él y de su carácter, frente a lo que te diga y lo que opines de su actual comportamiento. No puedes hacer más, ¿verdad? Haz una suposición bien fundamentada.

—Hay demasiado en riesgo. No me gusta tener que basarlo todo en una suposición. Pero tienes razón, más no puedo hacer.

—Si queda libre, nos enfrentaremos a ello lo mejor que podamos.

—Gracias por entenderlo —ella le ofreció una sonrisa.

Permanecieron en silencio, escuchando la lista de canciones del móvil de Gavin, que había conectado al sistema estéreo del coche. Pero incluso después de varios minutos, Savanna seguía pensativa y Gavin bajó el volumen de la música.

—¿Estarás bien esta noche? A lo mejor, con tanto estrés como estás soportando, preferirías haberte quedado en casa —había sido él quien había insistido en que lo acompañara, el que había hablado con su madre para que se quedara con los niños, pero no se había asegurado del todo de que ella quisiera salir. A lo mejor lo había dado por hecho y ella no había dicho nada por miedo a decepcionarlo.

—Tengo muchas ganas de ver tu actuación —insistió Savanna—. No es eso. Es Gordon, todo lo que hemos estado hablando.

—Pero llevamos toda la semana hablando de Gordon, y no parecías tan preocupada.

—Porque el martes está cada vez más cerca —ella suspiró profundamente y su pecho se elevó y descendió—. Pero tienes razón. Eso no es todo.

Gavin pisó el acelerador para adelantar al vehículo que tenían delante.

—¿Qué más hay?

—No me gusta interponerme entre tú y Heather si eso supone que no vayas a poder ser la clase de padre que siempre has querido ser.

—No te preocupes por eso —la tranquilizó él—. Ese es mi problema.

—Y también el mío —protestó Savanna—. Puede que ahora mismo seamos capaces de ignorar la situación, pero ¿qué pasará cuando nazca el bebé? ¿Te sentirás desdichado? ¿Lamentarás estar conmigo?

—No.

—Pero no podrás mudarte a Nashville. ¿Estás seguro de que yo merezco tanto sacrificio?

—Cada día estoy más seguro de ello —Gavin se llevó la mano de Savanna a los labios y le besó los nudillos.

—Eso dices ahora. Pero, ¿y si empiezas a sentirte molesto conmigo por el precio que has tenido que pagar por mí? En mi vida había conocido a alguien como tú, Gavin. No quiero tomar más de lo que tengo derecho a tomar, no quiero robarte nada después de lo amable y generoso que has sido conmigo.

A Gavin no le sorprendió oír eso. Llevaba tiempo esperando que surgiera el tema. Habían estado tan centrados en el problema más inmediato, en Gordon, que apenas habían hablado de Heather. Además, Savanna no sabía gran cosa sobre su pasado y cómo podría afectar a su reacción ante la situación. Había pasado por alto los detalles más dolorosos, ofreciéndole la versión aséptica que reservaba a los recién conocidos. Pero sin duda ejercería un impacto sobre él, le iba a dificultar más las cosas, y ella tenía derecho a entender por qué.

Deberían hablar de todo ello. Les quedaba al menos

una hora de viaje, tenían tiempo. Pero solo con recordarlo ya se le revolvía el estómago, y tenía una actuación que ofrecer.

—Tú no me estás robando nada que yo no quiera darte —insistió él, soltándole la mano para poder volver a subir el volumen de la música.

Cuando llegaron, el bar ya estaba abarrotado. Savanna sabía que Gavin era un buen cantante, pero no se le había ocurrido que ya hubiera conseguido algo parecido a un club de fieles. Mientras lo veía prepararse para la actuación, no pudo evitar una sensación de orgullo ante sus habilidades y logros. Lo que había dicho durante el viaje era cierto. Le preocupaba la situación con Heather y cómo se sentiría Gavin después con respecto a las decisiones que hubiera tomado. Pero fue difícil que eso, o cualquier otra cosa, la desanimara una vez se vio envuelta en la excitación y anticipación de quienes la rodeaban. Estaba con el hombre con el que deseaba estar. Y eso le hacía feliz en ese preciso instante, aunque quizás no fuera a durar.

Gavin le había reservado un asiento de primera fila y cada dos por tres se volvía hacia ella. Le sonreía y ella le devolvía la sonrisa e intentaba convencerse a sí misma de que, de algún modo, superarían todo lo que tenían en contra. Nunca había conocido a nadie como ese hombre, tan pacífico, tranquilo y mesurado en sus reacciones. Eso le producía una sensación de paz y calma también en su vida. Se estaba enamorando, locamente, y se sentía mareada y sin aliento, y le subía la temperatura cada vez que pensaba en él. Y eso le preocupaba. Acababa de pasar por una espantosa y terrible experiencia, que aún no había terminado. No se imaginaba a sí misma haciendo frente a una dolorosa ruptura, además de todo lo demás.

Pero en cuanto Gavin comenzó la actuación, Savanna olvidó todos sus temores y se limitó a disfrutar del espectáculo. Al igual que otras muchas mujeres presentes, estaba encandilada por su voz, la emoción que imprimía a cada canción y su carisma personal.

Disfrutaba tanto que cuando, una hora más tarde, se dirigió al servicio ya ni siquiera pensaba en Gordon o Heather, ni en los potenciales escollos a los que se enfrentarían Gavin y ella. Se moría de ganas de regresar a su asiento, pedir otra copa y escuchar algunas canciones más, cuando alguien la agarró del brazo.

Volviéndose, se encontró cara a cara con Heather, vestida con lo que parecía un sujetador negro transparente y una minifalda, abriéndose paso entre las dos últimas personas que las separaban en el estrecho y concurrido pasillo.

—¡Heather! –gritó Savanna–. ¿Qué haces aquí?

—¿Que qué hago aquí? Yo podría preguntarte lo mismo –contestó ella–. ¿Qué clase de persona intenta quitarle el hombre a una mujer que está embarazada?

Algunas de las personas que se dirigían hacia el servicio se volvieron para ver quién estaba gritando.

—¡Eh! –Savanna oyó exclamar a una mujer–. ¡Esta noche va a haber pelea!

Esperando evitar una escena, Savanna bajó la voz.

—Yo no he hecho nada para robarte a tu hombre. Siento la situación en la que te encuentras. Debes estar asustada, pero Gavin no ha estado contigo desde que yo lo conozco. No puedo haberte quitado lo que ya no tenías.

—Si lo dices en serio, debes estar engañándote a ti misma. Tú eres lo único que se interpone entre él y yo. Si no fuera por ti, se casaría conmigo. ¿De verdad quieres ser responsable de que esta criatura crezca sin padre?

—Gavin estará presente en la vida de su hijo, sin ninguna duda.

—No es lo mismo, y tú lo sabes.

Consciente de las miradas a su alrededor, Savanna se aclaró la garganta.

—Heather, no empieces una pelea. Esto no es entre nosotras dos, es entre Gavin y tú. Tienes que hablar con él.

—No, tengo que hablar contigo –Heather parecía ignorar la atención que estaba atrayendo–. No te enteras de nada. ¿Acaso sabes algo de él? ¿Sabes qué clase de infancia tuvo? ¿Sabes hasta qué punto odia a su padre por permitir que su madrastra lo abandonara cuando tenía cinco años? Así es –añadió con una sonrisa burlona al interpretar el gesto de sorpresa de Savanna–. Lo abandonó en un parque. Las autoridades al final lo llevaron de regreso a su casa, pero a la semana siguiente ella le dio tal paliza que los servicios sociales intervinieron y se lo llevaron. Después de eso, estuvo en una casa de acogida, con una familia muy rara que no le dio nada de amor.

—Qué horrible –el corazón de Savanna se rompió inmediatamente por Gavin.

—Tanto que si crees que su pasado no va a resurgir en cuanto nazca este bebé, estarás muy equivocada. Va a cambiar de idea, va a decidir ser la clase de padre que siempre ha asegurado que iba a ser. ¿Lo entiendes? Y tú estarás de más.

Savanna podría haber discutido. Pero Gavin parecía saber lo que quería y ella no creía necesario tomar ninguna decisión por él. Sin embargo, no le había contado nada sobre su madrastra o el acogimiento. En realidad, por sus palabras daba la sensación de que su infancia había sido tan solo una pizca más complicada que la de cualquier otro. No se había «llevado bien» con su madrastra y por eso se había «portado mal», hasta que lo enviaron a New Horizons. Así se lo había contado. Aiyana lo había adoptado porque con ella era mucho más feliz.

Pero haber sido abandonado lo cambiaba todo. Por fuerza debía tener profundas cicatrices, al igual que Gordon. Savanna no creía que Gavin fuera a reaccionar nunca del mismo modo, haciendo daño físico a alguien, pero si arrastraba con él tanto dolor, podría manifestarse en cualquier momento y cambiarlo todo.

–¿Por qué no me lo ha contado? –Savanna hablaba consigo misma, pero Heather estuvo más que dispuesta a proporcionarle la respuesta.

–¿Y por qué iba a hacerlo? Solo se lo cuenta a las personas en quienes confía. Eso te dará una idea de lo que siente realmente por ti. ¿Lo que tiene contigo? No va a durar.

Allí, en el abarrotado pasillo, cargado del olor a colonia y perfume, donde hacía muchísimo calor, Savanna apenas podía respirar y soltó el brazo que Heather tenía agarrado.

–Lárgate de mi vista.

No quería quedarse atrapada en el baño con Heather y optó por salirse de la cola. Pero no se sintió capaz de regresar a la sala, donde Gavin seguía actuando. Deseó poder marcharse, pero no tenía coche y estaba a una hora de su casa, de modo que se limitó a salir a la calle para poder respirar. Por suerte, Heather no la siguió. Parecía satisfecha con haberla alterado.

–Mierda –murmuró.

Había sido demasiado pronto para relacionarse con alguien. Gordon podría salir de la cárcel y empezar a armarla, o Heather tendría a su bebé y Gavin regresaría con ella movido por un sentimiento de culpabilidad, de obligación, del deseo de ser un buen padre, o las tres cosas juntas.

Capítulo 26

Al ver que Savanna no regresaba a su asiento, Gavin empezó a preocuparse. Hizo un descanso antes de lo habitual para poder buscarla y al final la encontró sentada en un banco en la calle.

–¿Qué haces aquí? –preguntó.

–¿No deberías estar cantando? –ella levantó la vista.

–Me he tomado un descanso –Gavin se sentó a su lado–. ¿No te está gustando el espectáculo?

–Me gustaba mucho, hasta hace un rato –Savanna lo miró de reojo.

–¿Qué quieres decir con eso? –él parecía realmente confundido.

–¿Por qué no me lo contaste?

El estómago de Gavin se encogió ante la acusación y dolor que se reflejaba en la voz de Savanna.

–Contarte...

–Lo de tu madrastra. ¿De verdad te abandonó en un parque?

Tan solo unas horas antes, mientras se dirigían hacia el bar, ella era totalmente ignorante de ese detalle.

–¿Quién te lo ha dicho?

–¿No has visto a Heather?

—No... —él se puso tenso.

—Está aquí. Aunque puede que se haya marchado. No he estado pendiente de la puerta. He intentado pensar, decidir si, al enamorarme de ti, me estoy dirigiendo a toda velocidad hacia un muro de ladrillo.

Gavin no pudo evitar mirar a su alrededor por si veía a su exnovia. Había pequeños grupos de personas charlando o fumando, pero ella no parecía estar allí. El que hubiera aparecido en la actuación para molestar a Savanna lo enfureció, pero por otra parte tampoco le sorprendió demasiado. Le había sorprendido más no haber tenido noticias suyas durante los últimos siete días. Le había enviado un mensaje el miércoles para preguntarle cómo se encontraba y para comunicarle que estaba dispuesto a acompañarla a las citas médicas, si necesitaba ir con alguien. Pero ella no había respondido. Gavin sospechaba que lo hacía a propósito para ver si él aparecía. Y seguramente lo habría hecho, para demostrarle que estaba dispuesto a apoyarla aunque no estuvieran juntos, pero se había sentido reacio a caer en una trampa emocional, y estaba bastante seguro de que era eso lo que Heather le tenía preparado.

—Savanna, te lo habría terminado por contar —le aseguró—. Pero no suelo hablar de mi pasado. Intento no permitir que lo sucedido afecte a mi presente.

—¿Y cómo es posible que un pasado así no afecte al presente? —preguntó ella.

—Ahora mi vida es diferente. Gracias a Aiyana, Eli y casi todos mis otros hermanos, soy un ser completo y feliz. Me niego a permitir que lo que sufrí de niño altere mi capacidad para encontrar paz y felicidad en mi existencia.

—¿Es esa una decisión que tú, o cualquier otra persona, pueda tomar?

—Es más un proceso que una decisión —admitió él—.

Pero llevo años luchando contra mis demonios, y creo que estoy ganando la batalla.

–Heather me dijo que volverás con ella en cuanto nazca el bebé. Que no serás capaz de hacer otra cosa. Y cuanto más te conozco, más comprendo quién eres, y te creo perfectamente capaz de tomar una decisión así. De modo que... no estoy segura de si podré salir de esta de una pieza, por mucho que apoye tu relación con el bebé.

–Ya intenté comenzar de nuevo con Heather por el bien del bebé, pero no llegamos a ninguna parte, ni siquiera a despegar del suelo, porque ya era demasiado tarde.

–¿En qué sentido? –preguntó ella–. El bebé ni siquiera ha nacido.

Gavin la miró durante varios segundos. Se había estado haciendo esa pregunta a sí mismo una y otra vez. ¿Por qué no había sido capaz de cumplir con el deber que sentía que tenía? Y la respuesta era siempre la misma.

–Empecé a enamorarme de ti en cuanto te conocí.

–¿Tan rápido? –Savanna abrió los ojos desmesuradamente.

–Creo que fue el día que me contaste que estabas pensando en hacerte lesbiana –contestó él con una carcajada–. ¿Qué te parece? Los dos estamos sufriendo una mierda de locura. Pero, si te entrego mi corazón, ¿me confiarías el tuyo?

–Me parece que he estado aquí sentada para nada –ella sonrió un poco a regañadientes–, porque no tengo ninguna opción.

–Sí que la tienes.

–No, porque yo ya estoy enamorada de ti.

La tensión y la ansiedad abandonaron rápidamente a Gavin.

–He tomado la decisión correcta, Savanna. Eres una persona hermosa, nada que ver con mi madrastra. Y eso lo cambia todo. Si Heather va a tener a mi bebé, los dos seremos buenos con él, o ella.

−Por supuesto que lo seremos −le aseguró ella.

Gavin adoraba la sinceridad, la transparencia, la ausencia de hipocresía. Esas eran las cosas que la diferenciaban del resto del mundo, decidió, incluyendo a Heather.

Sacó el móvil del bolsillo y le permitió mirar la pantalla mientras escribía un mensaje.

Lo siento, Heather. No volveré contigo. Jamás. Si el bebé es mío, haré todo lo necesario para ayudarle, y seré amable y atento contigo, como madre de mi hijo. Pero estoy enamorado de Savanna, y creo que deberías saberlo.

−¿De verdad vas a enviar eso? −Savanna lo miró sorprendida.

−Observa −contestó él mientras pulsaba la tecla de «enviar»−. Y ahora tengo que volver ahí y terminar el concierto. Ven conmigo y deja de preocuparte. Conseguiremos sobrevivir, de algún modo −le aseguró mientras rezaba para estar en lo cierto y la conducía al interior del local.

La reacción de Heather no se hizo esperar, en toda su magnitud. En cuanto concluyó la actuación, Gavin repasó varios mensajes, todos cargados de odio.

¡No te permitiré ver al niño jamás! La has cagado para siempre.
Voy a casarme con Scott, y vamos a mudarnos. No tendrás ni idea de adónde.
¡Jamás te lo voy a perdonar, bastardo egoísta!

Había algunos mensajes más, pero no eran tan claros.

Gavin empezó a sospechar que Heather estaba bebiendo, lo cual, por supuesto, no era bueno para alguien en su estado.

Gavin: ¿Dónde estás?
Heather: Te gustaría saberlo, ¿a que sí?

Tenía que asegurarse de que no fuera un peligro para sí misma, ni para nadie.

Gavin: No hagas nada que puedas lamentar después. Aunque estés intentando ponérmelo difícil, lo siento si te he hecho daño. Nunca fue mi intención.
Heather: Que te jodan.
Gavin: ¿Has conducido hasta aquí?

Gavin se rascó la nuca mientras intentaba decidir qué hacer.
No hubo respuesta.

Gavin: ¿Heather? Tienes que llamar a un taxi.
Heather: No necesito un taxi. He encontrado un club en el que el espectáculo es mucho mejor, y me volveré a casa con un atractivo abogado que se muere por meterse en mis pantalones.

—¿Qué sucede?
Sobresaltado por la interrupción, Gavin se volvió y vio a Savanna acercarse. Había estado charlando con algunas de las personas sentadas cerca de su mesa mientras él recogía sus cosas.
—Nada, ¿por qué?
—Pareces disgustado.
Gavin estuvo a punto de guardar el móvil en el bolsillo. No quería que ella tuviera que hacer frente a cada proble-

ma que surgiera en su camino, sobre todo si ese problema implicaba a Heather. Pero también sabía que ella acabaría por preguntarle si ese problema tenía algo que ver con su exnovia, y tendría que contárselo. Por tanto le mostró el teléfono para que ella misma lo viera.

–Heather se ha vuelto loca.

Savanna leyó los mensajes antes de devolverle el móvil.

–¿Qué vas a hacer?

–Es adulta. No hay nada que yo pueda hacer –temiendo que iba a enfrentarse a la misma frustración, multiplicada por diez, en cuanto naciera el bebé, Gavin rezó para que el niño no fuera suyo–. Vámonos de aquí.

Tras conducir en silencio durante unos minutos, Savanna alargó una mano y le acarició el brazo.

–¿Estás bien?

–Sí. Sabíamos que no sería fácil.

–Puede que se calme cuando se haga a la idea de que no va a recuperarte.

–Es posible.

–¿Adónde vamos? –Savanna se sorprendió al ver que no se dirigían de vuelta por el camino de ida.

–Al mar.

–¿Para qué?

–Pensé que sería agradable dar un paseo por la playa y hablar.

–¿Sobre Heather? ¿O sobre Gordon?

–Ninguno de los dos –contestó él–. Preferiría que oyeras mi propia versión de lo sucedido durante mi infancia.

–Estoy preparada –ella apoyó la cabeza sobre su hombro.

Cuando Gavin aparcó en un pequeño barrio hacia el sur de Santa Bárbara y la condujo por una estrecha carretera que terminaba junto a unas escaleras de madera que conducían a la playa, Savanna no pudo evitar sentir cierta agitación ante lo que estaba a punto de descubrir. Heather había hecho mención a un pasado mucho más trágico de lo que ella se había esperado. Savanna odiaba la idea de que Gavin hubiese sufrido de niño, pero le animaba el que estuviera dispuesto a confiar en ella hasta el punto de contárselo. Disfrutar de ese grado de intimidad y comprensión sería importante si aspiraban a construir la clase de relación que pudiera soportar lo que les aguardaba.

El viento le agitó el cabello y le llevó el olor a salitre del mar, un olor que la llevaba de vuelta a su infancia en Long Beach. Había echado de menos la costa mucho más de lo que había creído, y se sentía muy feliz de estar allí, sobre todo de la mano de Gavin.

Estaban solos mientras caminaban descalzos sobre la húmeda arena en la orilla, oyendo el fuerte e impresionante rugido de las olas que se alzaban para luego estrellarse contra las rocas y la tierra, muy cerca. La única luz provenía de la luna llena, lo que les impedía saber si las manchas oscuras sobre la playa eran piedras, algas o cangrejos, a no ser que los cangrejos echaran a correr para escapar de un pisotón. Pero Savanna no se sentía inquieta. Se sentía más tranquila y confiada de lo que había estado en mucho tiempo. Gavin le había confesado que se estaba enamorando de ella, y ella también lo estaba de él. Quizás sus sentimientos fueran nuevos e inexplorados, pero tenía la sensación de que iban a crecer y no reducirse. A pesar de todo lo que tenían en contra, cuando estaba con él, todo parecía estar bien.

–¿Estás seguro de estar preparado para hablar del pasado? –preguntó ella–. Me gustaría entender lo que te pasó, pero no tiene por qué ser esta noche. Esta noche ya hemos tenido bastante.

Gavin la guio un trecho por la playa, hasta un lugar desde el que no tenían que preocuparse por ser alcanzados por la espuma del mar, y la hizo sentarse a su lado en la suave arena, que todavía conservaba algo de calor del día.

–No hay mucho que contar –comenzó él–. El problema era mi madrastra, pero yo culpo a mi padre por no intervenir.

Savanna cruzó las piernas y escuchó atentamente mientras Gavin le hablaba de la muerte de su madre biológica cuando él tenía dos años, y de la llegada de su madrastra dos años después. No recordaba gran cosa de lo sucedido cuando Diana se casó con su padre, pero en cambio recordaba a la perfección cada detalle de lo sucedido un año después, cuando salió de los lavabos del parque y descubrió que se había marchado. También recordaba lo aterrorizado que se había sentido cuando un policía lo llevó a su casa, sabiendo, como sabía Gavin, que ella no iba a alegrarse de verlo. La paliza tuvo lugar unos pocos días después, por «dejarlo todo hecho un asco», pero él siempre había sabido que no había tenido nada que ver con los juguetes que había dejado tirados por el suelo. Su madrastra había estallado porque no lo quería allí.

Savanna, que se había quitado los zapatos, hundió los dedos de los pies en la arena.

–¿Crees que alguna vez querrás que vuelva tu padre a tu vida?

Él dudó, como si la pregunta no fuera fácil de responder.

–Me ha telefoneado varias veces –contestó al fin.

–¿Y? ¿Qué te dice?

–No mucho. En cuanto se identifica, cuelgo.

–¿Y por qué crees tú que intenta ponerse en contacto contigo?

Gavin se echó hacia atrás, apoyándose sobre las manos estiradas, y mantuvo la vista fija en el agua.

—Para disculparse. Al menos así es como siempre inicia las conversaciones. Pero llega demasiado tarde. No me interesa.

Savanna escuchó el sonido de las olas que lamían la playa y dejaban una marca de espuma, cada vez más cerca de sus pies. La marea estaba subiendo.

—¿Y qué pasó con la familia que te acogió? ¿Mantienes algún contacto con ella?

—No.

—¿Por qué no?

—Eran unos fanáticos. Nunca conectamos.

—¿Fanáticos en qué sentido?

—Pertenecían a un culto religioso en el que casi todo era pecado.

Gavin le contó lo difícil que le había resultado encajar en una familia que consideraba cualquier alegría de la vida como una tentación que había que combatir, le contó cómo, en un intento de encontrar personas con las que pudiera identificarse, había terminado por unirse a la pandilla equivocada en el colegio, a pesar de la desaprobación de sus padres de acogida, o quizás precisamente por ello, y había empezado a saltarse las clases y a meterse en peleas. En muy poco tiempo se convirtió en tal vergüenza para su familia de acogida que el dinero que recibían por cuidar de él ya no fue un incentivo para permitir que «Satán», tuviera un lugar en su hogar. Así pues, lo devolvieron a las instituciones, momento en el cual fue enviado a New Horizons.

—¿Tenía tu familia de acogida más niños?

—Creían que no podían tener hijos. Quizás por eso se decidieron por el acogimiento. Pero acabaron teniendo dos gemelas, biológicas, nueve años menores que yo.

—¿Y cómo eran?

—Solo viví con ellos durante cinco años, de modo que

las niñas no eran muy mayores cuando me enviaron lejos. Sin embargo, sí estaban adoctrinadas desde pequeñas. Supongo que acabaron siendo como sus padres.

—¿No lo sabes?

—No he sabido nada de ellos desde que fui devuelto al estado.

A Savanna le pareció muy triste que ninguna de las personas presentes en sus primeros años de vida hubiera intentado mantener el contacto con él.

—Resulta increíble que hayas acabado siendo una gran persona. ¿Cómo conseguiste superar tanto rechazo y dolor?

En no pocas ocasiones había oído a Gordon referirse a su infancia para explicar su comportamiento de adulto.

—Aiyana —contestó sin más—. Le debo muchísimo.

—Ella fue capaz de recomponer todo lo que había roto en tu interior.

—Fue su amor lo que lo consiguió.

—¿Y cómo es posible que alguien no te quiera? —preguntó ella.

Gavin se inclinó hacia ella para retirarle el pelo de la cara. Habían tenido mucho cuidado de no mantener una relación física después del alocado encuentro contra la camioneta, habían intentado desesperadamente ir despacio para estar seguros de no cometer ningún error. Había muchos corazones atormentados en juego, el de ella y los de sus niños, el de Gavin, incluso el de Heather. Pero habían sobrepasado las dudas y el miedo, instalándose en un sentimiento de seguridad y compromiso.

—Eres tú a quien he estado esperando.

Cuando sus labios se fundieron, Savanna pensó que todo lo sufrido durante los últimos meses quizás había merecido la pena si la había conducido hasta ese mágico instante.

—Me alegro tanto de haberte encontrado —murmuró ella

cuando Gavin levantó la cabeza y lo sintió empujarla contra la arena mientras deslizaba una mano por debajo de su vestido.

El viento se coló bajo la camisa abierta de Gavin mientras se hundía dentro de Savanna. Jamás en su vida se había sentido más salvaje, más libre, tan victorioso. No estaba seguro de por qué se le había ocurrido la última definición, pero tampoco se le ocurría mejor manera de describir la felicidad que sentía. Su alma parecía alzarse sobre la playa, el mar, toda la tierra. No tenía respuestas para la miríada de problemas a los que, sin duda, iban a tener que enfrentarse. Era consciente de los desafíos que podrían surgir. Pero había contestado a la pregunta más importante de todas, comprendiendo al fin la ferocidad del amor de Eli por Cora. Quizás ahí estaba la victoria. Él también había encontrado ese raro amor que solo surge una vez en la vida. Ya sabía con quién quería pasar el resto de su vida.

No veía bien el rostro de Savanna, pues su propio cuerpo bloqueaba la luz de la luna, sumiendo su cara en las sombras. Pero sí la sentía debajo de él, oía acelerarse su respiración a medida que el placer crecía, demostrando que lo que estaban sintiendo físicamente era el colofón natural a la noche. Pero habían estado tanto tiempo evitando tocarse que también les proporcionó una muy necesitada liberación.

—Sigues tomando la píldora, ¿verdad? —murmuró él cuando la sintió alcanzar el clímax bajo su cuerpo. Podía salirse, pero quería llegar dentro de ella, y permanecer dentro de ella todo lo que pudiera.

Ella respondió rodeándole las caderas con sus piernas para que no pudiera salirse, y Gavin no necesitó nada más para llegar también a la cima. Gruñó mientras la familiar oleada de éxtasis se iniciaba en su entrepierna y le ponía la piel de gallina en todo el cuerpo.

Un rato después se dejó caer a su lado.

—¿Alguna posibilidad de que reconsideres tu decisión de ir a Nephi?

Ella empezó a recolocarse la ropa y él la imitó. No era probable que nadie apareciera paseando por la playa a esas horas, pero siempre existía la posibilidad.

—¿Qué quieres decir? —le preguntó.

—No me gustaría que hicieras nada para atraer la atención de Gordon sobre ti. ¿Para qué provocarlo?

—Por Emma, ¿recuerdas?

—Me siento mal por esa chica. De verdad. Pero seguramente esté muerta, Savanna —Gavin era consciente de que su enfoque era totalmente práctico, seguramente también egoísta. Pero Savanna era la persona a la que más quería mantener a salvo—. Y tú eres quien me importa.

Ella le retiró los cabellos del rostro. El coletero se le había caído mientras hacían el amor.

—Si no consigo algo sobre él, algo más de lo que la policía ya tiene, podría salir de la cárcel, Gavin. Viajar a Utah y conseguir que se incrimine a sí mismo es la mejor manera de protegerme.

Él se tumbó de espaldas y soltó el aire lentamente mientras contemplaba el cielo.

—Tengo que hacerlo —añadió Savanna.

Gavin no respondió, porque sabía que era verdad.

Capítulo 27

Savanna se sintió avergonzada cuando fueron a recoger a los niños. Eran casi las cuatro y media de la madrugada, y el bar había cerrado a las dos. Pero Aiyana no pareció molestarse cuando la despertaron a una hora tan intempestiva. Se mostró tan agradable como siempre cuando, vestida con una bata, les dejó pasar a su casa.

–¿Os habéis divertido?

–Ha sido maravilloso –contestó Savanna.

–Me alegro –la afirmación de Aiyana fue totalmente sincera, y aun así había algo en su sonrisa que parecía sugerir que sabía que la respuesta de Savanna no se refería únicamente al espectáculo.

¿Había contestado con excesivo entusiasmo? ¿Tenía el cabello revuelto a pesar de las veces que se había pasado los dedos para peinárselo?

–Espero que los chicos se hayan portado bien –dijo ella tras aclararse la garganta.

–Se han portado fenomenalmente bien.

Gavin se ocupó de llevar en brazos a un dormido Branson hasta la camioneta. Branson había manifestado su temor de mojar la cama, pero Gavin le hizo un rápido gesto a Savanna indicando que no lo había hecho. Gracias a

Dios. Se había sentido preocupada por si su hijo pasaba vergüenza.

–Gracias por cuidar de ellos –le dijo Aiyana–. No te imaginas cuánto te lo agradecemos –dándose cuenta de que acababa de hablar como si Gavin y ella fueran pareja, rápidamente se corrigió–, cuánto te lo agradezco.

–Ha sido una gran oportunidad para conocerlos mejor –Aiyana le acarició un brazo–. A lo mejor tú y yo podríamos comer juntas algún día para que así pueda conocerte mejor a ti también.

–Eso me gustaría.

Cuando Gavin regresó después de haber acomodado a Branson en la camioneta, le dio las gracias a su madre, y un beso en la mejilla, antes de tomar a Alia en sus brazos.

–Tu madre sabe lo que hemos hecho en la playa esta noche –aseguró Savanna cuando arrancaron.

–¿Por qué lo dices? –Gavin no parecía muy preocupado, aunque sí curioso.

Tras murmurar unas cuantas palabras, suficiente para demostrar que se habían dado cuenta de que habían ido a recogerles, Branson y Alia habían vuelto a dormirse.

–No lo sé… –recordó la expresión en el rostro de Aiyana–. Me ha dado esa impresión.

–¿Te preocupa que ella piense que hemos mantenido relaciones íntimas?

–Considerando la situación con Heather, me agobia un poco.

–Ella no me pareció disgustada…

–No. Yo diría que parecía divertida. Eso es lo raro.

–Entonces yo tenía razón –Gavin soltó una carcajada.

–Sobre…

–A ella nunca le gustó Heather.

Savanna se aflojó el cinturón de seguridad que le estaba oprimiendo.

—¿Por qué no?

—Nunca me lo ha dicho, de modo que no lo sé.

Savanna frunció el ceño mientras salían por el arco de entrada al rancho.

—¿Y si no le gusto yo tampoco? Ella significa mucho para ti.

—Tenemos muchas cosas de las que preocuparnos, pero esa no es una de ellas. Se nota que ya le gustas.

—Cora parece gustarle realmente —musitó Savanna.

—Y así es. Y por un buen motivo. Alguna vez te contaré esa historia —él le tomó una mano—. Pero no esta noche. Esta noche ya ha habido bastantes acontecimientos. Por ahora vamos a tomar la actitud de mi madre como una buena señal.

A la mañana siguiente, Aiyana se sentía como si flotara en el aire mientras se preparaba el desayuno y se sentaba para llamar a Eli.

—Hola, sé que ya sabes bastante de mí durante la semana —saludó mientras se echaba un poco de crema en el café—. Por eso intento no molestarte demasiado durante los fines de semana. Pero quería contarte algo.

—A Cora y a mí no nos importa tener noticias tuyas en cualquier momento, ya lo sabes. ¿Qué sucede?

Las buganvillas que florecían en el enrejado que se veía a través de la ventana llamaron la atención de Aiyana, que continuó hablando sin apartar la mirada de las flores.

—Creo que tenías razón sobre Savanna.

—¿En qué sentido?

—Puede que sea ella la única capaz de evitar que Gavin cometa un terrible error.

—Te refieres a casarse con una mujer a la que no ama.

—Eso es —Aiyana dejó la cucharilla sobre el plato.

—¿Por qué lo dices? ¿Ha pasado algo? ¿Está saliendo con ella?

—Seguramente. Anoche hice de canguro para que pudiera llevar a Savanna a su concierto en Santa Bárbara.

—Que amable por tu parte.

—Me encantó. Pero la cuestión es que... regresaron muy tarde, mucho después de que el bar hubiera cerrado, y supongo que aprovecharon bien el tiempo.

—Otra buena señal —Eli rio.

—De modo que me siento doblemente aliviada —continuó ella mientras se echaba azúcar en el café.

—Temías que no fuera feliz con Heather. Sé que esa era tu primera preocupación. ¿Cuál es la otra?

—Temía ser la típica madre celosa para la que ninguna mujer es bastante buena para su hijo.

—Lo recuerdo. Pero ¿ya no lo sospechas?

Aiyana pensó en lo dulce, tranquila y agradecida que se mostraba Savanna.

—Completamente. Estoy entusiasmada con esa chica.

—Apenas la conoces...

—Es verdad, pero Gavin está más contento cuando ella está cerca. Y eso es todo lo que necesito saber, que parece estar escuchando a su corazón.

—Todavía está la cuestión con Heather. Si va a tener un bebé de Gavin, vas a querer formar parte de la vida del niño, y si él está con Savanna no va a ser sencillo.

—Haré todo lo que pueda para amar y ayudar a cualquier hijo que tenga, salvo animarle a casarse con una mujer a la que no ama. Heather y él lo intentaron varias veces. Para mí, ya es suficiente.

—Estoy de acuerdo contigo. Por eso quise juntarlos a él y a Savanna, para ver qué sucedía. Pero no te entusiasmes demasiado. No hay ninguna garantía de que siga con ella a largo plazo.

—Yo no estoy tan segura de eso —Aiyana sonrió y tomó un sorbo de café—. Tengo la sensación de que esta es la buena.

—¿Qué te hace pensar eso?

Ella dejó la taza sobre el platillo y emitió un sonido de satisfacción.

—Hay algo distinto en la manera en que la mira.

—Pues si se casa con Savanna, y si Heather tiene un hijo suyo, te vas a encontrar de golpe con tres nietos.

Aiyana volvió a llevarse la taza a los labios. Se le ocurrían cosas peores.

—Admitiré tantos nietos como vengan.

Gavin pasó el fin de semana con Savanna, trabajando en la casa. La podredumbre seca estaba más extendida de lo previsto, pero le encantó arrancar los viejos y estropeados tablones y sustituirlos por otros nuevos. Savanna estaba siempre cerca, ofreciéndole algo de comer, poniendo música o pasándole alguna herramienta, y a los niños también les encantaba ayudar, en especial a Branson. Seguía a Gavin a todas partes. Incluso cuando este se subía a una escalera, el niño se quedaba abajo el tiempo que tardara en volver a bajar, jugando con las herramientas de Gavin. Parecía tan feliz que a Gavin le pilló por sorpresa cuando, tras terminar de fijar un tablón nuevo en el exterior de una ventana, miró hacia abajo y lo descubrió contemplando la vieja casa con una expresión melancólica.

—¿Pasa algo? —preguntó Gavin.

—No —contestó Branson, su expresión se borró de inmediato cuando se dio cuenta de que él lo estaba mirando.

—Parecías triste —insistió Gavin mientras arrojaba el martillo a la caja de herramientas.

–¿Conoces a mi papá? –Branson miró hacia arriba, usando la mano a modo de visera.

Gavin miró a su alrededor para comprobar si Savanna estaba cerca. Si Branson iba a hablar de Gordon, prefería que su madre supervisara la conversación, pero ella se había llevado a Alia al interior de la casa y estaba preparando la cena.

–No, no lo conozco. ¿Por qué?

–No le gustan los tatuajes.

–¿Lo ha dicho?

–Sí.

–Pues entonces me imagino que no llevará ninguno.

–No. Tampoco le gustan los chicos con el pelo largo.

–¿Te ha dicho por qué?

–Dice que los chicos que quieren parecer chicas son estúpidos.

–¿Y tú qué opinas?

–No creo que se note si son estúpidos o no solo por su pelo.

–En eso estoy de acuerdo contigo –Gavin rio–. El peinado es una cuestión de gustos, ¿no? La gente debería poder llevar el pelo como le apetezca. Y, por lo que a mí respecta, con los tatuajes sucede lo mismo. Puede que te den una idea de las preferencias de la persona que los lleva, pero no si son tontos, o buenos, o malos.

–Sí. Eso creo yo también –el niño asintió–. Cuando tenga dieciocho años me voy a hacer un tatuaje.

–¿De qué?

–Puede que una foto de Spideman –contestó–. Y me da igual si a mi padre no le gusta. A mí tampoco me gusta lo que ha hecho él.

Gavin se agachó para quedar a la misma altura que el niño.

–Sé que lo sucedido ha sido muy duro, amigo. A mí

también me pasaron unas cuantas cosas malas de niño, cuando tenía más o menos tu edad.

—¿En serio?

—Sí. ¿Conoces la historia de Hansel y Gretel?

Branson asintió muy serio.

—Yo tuve una madrastra mala como esa.

—¿Te envió al bosque?

—No. Me abandonó en un parque y se marchó.

—¿Y no volvió?

—No.

—¿Y dónde dormiste? —el niño abrió los ojos desmesuradamente.

—La policía vino y me llevó a casa, pero ella no me quería, y me llevaron otra vez con ellos.

—¿A la cárcel? —Branson parecía perplejo.

—A un orfanato. Allí van los niños que no tienen padres, ¿verdad?

—¿Qué le pasó a tu papá?

—Tenía miedo de que ella lo abandonara, y no hizo nada.

—¿No fue a buscarte?

—No. Después de un tiempo, fui a vivir con una familia de acogida. ¿Sabes qué es una familia de acogida?

El niño sacudió la cabeza.

—Es una familia que te deja vivir con ellos durante un tiempo.

—¿Cuánto tiempo?

—Yo tenía siete años y me quedé hasta cumplir los catorce.

—¿Eran simpáticos?

—Desde luego que no. No les gustaba nada de mí, y tampoco me querían con ellos.

Branson frunció el ceño, reflejo de su preocupación.

—¿Y qué hiciste?

—Al final me enviaron a New Horizons, el colegio en el que trabajo. ¿Sabías que es para niños con problemas de conducta? ¿Sabes que los alumnos de New Horizons incluso viven allí?

—No lo sabía. ¿Te gustó?

—Sí —Gavin sonrió—. Mucho. Y me sigue gustando, aunque ahora soy mayor y no tengo que seguir viviendo allí. Allí conocí a la mamá que tengo ahora, y tú ya sabes lo estupenda que es.

—Me dijo que eres su hijo.

—A todos los efectos que importan, lo soy, ¿verdad?

—Supongo —respondió Branson tras reflexionar unos segundos—. ¿Alguna vez ves a tu papá?

—No. Seguramente podría si quisiera. Pero prefiero no verlo. He decidido que soy más feliz sin él en mi vida.

—¿No quieres verlo?

—No. No puedo respetar a ese hombre. Tú seguramente piensas que tu padre tiene algunas cosas buenas, y eso está bien. Cuando te hagas mayor podrás ir a verlo si quieres. No pienses que nadie te lo está impidiendo. Tienes que escuchar a tu corazón y seguirlo —Gavin posó una mano sobre el pecho del niño para subrayar sus palabras—. Tu corazón es tu brújula en la vida. Yo solo quiero que sepas que, después de lo que sucedió, mi vida ha sido mucho mejor. Y también lo será para ti —consideró que ya no podía profundizar más tratándose de un niño de ocho años y se volvió para colocar las herramientas en la caja. Casi había terminado cuando, inesperadamente, Branson lo abrazó y estuvo a punto de hacerle caer.

Gavin rio mientras recuperaba el equilibrio y abrazaba al hijo de Savanna.

—¿A qué ha venido esto?

—Cuando sea mayor seré como tú —murmuró el niño contra la camiseta de Gavin.

Gavin seguía acariciando la espalda de Branson cuando apareció Savanna. Les había estado llamando para cenar, pero al ver lo que estaba pasando, se detuvo y esperó junto a la esquina de la casa.

—Estarás bien —le aseguró Gavin a Branson y, un segundo después, cuando Branson corrió al interior de la casa para cenar, le repitió las mismas palabras a su madre—. Estará bien.

Cuando sonó la alarma del móvil de Gavin, el día que Savanna debía viajar a Utah, ella ya estaba despierta. Para que los niños no supieran que Gavin había empezado a quedarse a dormir en su casa, tenía puesta la alarma a primera hora de la mañana y, hasta el momento, había funcionado. Seguramente funcionaría hasta que Branson mojara la cama una noche y se levantara para ir en busca de su madre. Por suerte hacía días que eso no sucedía. Cuanto más tiempo pasaba Gavin con ellos, mejor parecía estar Branson. Gavin parecía ejercer un efecto balsámico, estabilizador, sobre todos ellos.

También ejercía un efecto beneficioso en otros muchos aspectos. La casa lucía mucho mejor. Solían bromear con que ella iba a dejarlo tirado en cuanto hubiesen concluido las reparaciones, pero lo cierto era que Savanna no se imaginaba su futuro sin él. Por eso le había costado tanto dormir esa noche, sabiendo que al día siguiente, el día de su visita a Nephi, había llegado.

—¿Te vas a tu casa? —susurró Savanna.

—¿Te ha despertado la alarma? —preguntó Gavin al ver que ella estaba levantada.

—No —se había pasado la noche dando vueltas en la cama. Lo sorprendente era que no le hubiese despertado ella a él.

—¿Estás nerviosa?

—Sí.

—No te culpo. ¿Quieres que compre un billete de avión y te acompañe?

Ya habían acordado que entraría tarde al trabajo para así poder llevarla al aeropuerto. Savanna había intentado disuadirle asegurando que podía dejar su coche aparcado en el aeropuerto para tenerlo allí a su vuelta, pero él había insistido en llevarla, y en recogerla también.

—No merece la pena que me acompañes hasta Utah —contestó ella—. A la cárcel tengo que ir sola, y esa es la parte más difícil. Además, con lo abarrotados que van los vuelos seguramente no podrías viajar en el mismo avión que yo. Prefiero que te quedes aquí y eches un vistazo a Branson y a Alia. Tengo la impresión de que se sienten más a gusto sabiendo que estás cerca.

Gavin la deslizó hasta colocarla debajo de él, y se incorporó apoyándose sobre los codos.

—Me alegra poder estar todo el tiempo posible con ellos, pero no me gusta nada que vayas sola.

—Sobreviviré.

Savanna sonrió como si no fuera para tanto, aunque hacía dos meses que no veía a Gordon. Y en ese tiempo su opinión sobre él había cambiado radicalmente. Había terminado por aceptar que pudiera ser un violador en serie, incluso un asesino. Y desde su detención le había pedido el divorcio, se había negado a pagar al abogado, había sacado a los niños del colegio y se había mudado a California. Sin duda él no debía estar muy contento con ella, y Savanna temía el cariz que podría tomar la conversación. Gordon podría sufrir un estallido emocional, quizás grave. Tenía el mismo genio que su madre. Y aunque no sucediera nada de eso, todo el asunto podría ser una total pérdida de tiempo y esfuerzo. Había más posibilidades de que se retiraran los cargos de que ella pudiera sacarle alguna evidencia que apoyara la teoría de que él había secuestrado y, seguramente, asesinado a Emma Ventnor.

Un ruido proveniente del pasillo hizo que se quedaran helados. Uno de los niños se había levantado. Savanna supuso que en cuestión de segundos aparecería Branson en el dormitorio. Gavin, al parecer, era de la misma opinión porque se encerró en el cuarto de baño de Savanna para no ser visto, llegado el caso. Pero al poco rato oyeron correr el agua de la cisterna y, segundos más tarde, algunos crujidos. Nada más.

—Creo que se ha vuelto a la cama —observó Gavin tras regresar a la habitación.

—Que se haya levantado para ir al baño es buena señal.

—¿Has avisado a la niñera de que podría necesitar ayuda por la noche?

—Sí. Dice que no hay problema. Y dudo que lo haya. En los últimos diez días solo ha tenido un escape.

—Aun así, contigo ausente... ¿No preferirías que me quedara yo con ellos en lugar de la niñera?

—Desde luego. Pero cuando Sullivan hizo todas las gestiones, las cosas entre tú y yo eran diferentes. Ahora, lo mejor será dejar las cosas como están y simplemente pasar los dos próximos días lo mejor posible.

—De acuerdo. Tú no te preocupes. Todo va a salir bien.

Savanna intentaba ser optimista, pero sabía las pocas posibilidades que tenía. Allison March le había aconsejado que le dijera a Gordon que la policía tenía el registro de las marcas de neumáticos. Lo cual no era cierto. Pero se suponía que debía decirlo a pesar de que las huellas encontradas en la escena del crimen hacía un año eran demasiado débiles, aunque gracias a la informática habían conseguido mejorar la imagen y pronto podrían comparar esas huellas con los neumáticos de la furgoneta.

March quería saber cómo reaccionaba Gordon. Y Savanna también, pero tenía miedo de que no fuera suficiente para lograr algo.

–No se delatará –había insistido cuando la detective March había llamado la noche anterior para ensayar un poco–. No va a reconocer de repente, así sin más, que tuvo algo que ver con la desaparición de Emma Ventnor.

–No hace falta que lo haga –insistió March–. Lo único que tienes que hacer es conseguir una declaración por su parte que explique lo que hizo ese día, que aclare por qué no pudo ser él. Cuantos más detalles ofrezca, mejor. Y si esos detalles difieren de la historia que ya nos ha contado, ahí tendremos algo. Haremos nuestras comprobaciones y, con suerte, lo pillaremos en alguna mentira que podremos investigar más. Puede que diga sin querer algo que no deba. He visto a criminales guiarme inconscientemente hasta donde no querían llevarme, sobre todo si estaban asustados. Espero que suceda eso en nuestro caso.

Savanna también lo esperaba. Pero si Gordon era capaz de negar que una prueba de ADN significara algo, como había hecho cuando encontraron la sangre de Theresa Spinnaker en la furgoneta, dudaba que el farol sobre las impresiones de neumáticos tuviera la capacidad de asustarle.

Capítulo 28

Savanna nunca había estado dentro de una cárcel. Había visto el despacho del sheriff, que a veces se usaba de celda, aunque no a menudo. La prisión estaba a unos ocho minutos del centro de Nephi, pero casi nunca había tenido motivos para dirigirse tan al sur. En esa dirección había una iglesia mormona, y algunas graveras, pero todo lo importante, al menos para ella, estaba hacia el norte, en la zona de Provo/Ore, o Salt Lake. Tras el arresto de Gordon, casi habría podido ignorar el hecho de que su exmarido estaba tan cerca de su casa, salvo por la conmoción y toda la publicidad, claro.

Le sudaban las palmas de las manos, aferradas al volante del coche, mientras entraba en el aparcamiento. El detective Sullivan se había equivocado, asumiendo que las visitas eran por las mañanas. Pero resultó que no iba a poder ver a Gordon hasta las siete de la tarde, de modo que habían tenido que hacer varios reajustes, como reservar la habitación del motel para una noche más, contratar a la niñera también otra noche más, y pedirle a Gavin que la recogiera el jueves en lugar del miércoles.

Savanna no entendía cómo se había podido equivocar tanto Sullivan. Él tampoco lo entendía, aunque supuso que se había equivocado porque él no tenía que acudir a la cárcel en horas de visita, y solo había echado un breve vistazo a la página web. A Savanna no le apetecía que la reconocieran, no quería encontrarse con nadie, y se había pasado todo el día encerrada en la habitación, viendo programa tras programa de televisión, esperando y preocupándose cada vez más.

En esos momentos se sentía muy nerviosa, porque había estado encerrada, demasiado preocupada para salir a comer, y llevaba demasiado tiempo sin tomar nada. Lo último que había tomado era el desayuno incluido en el precio de la habitación. Poco antes de que terminara el turno de desayunos había hecho una rápida incursión en el comedor y elegido un gofre, un yogur y una manzana que se había llevado de vuelta a la habitación.

–Serán solo quince minutos –se prometió a sí misma.

Apagó el motor del coche y ensayó, una vez más, todo lo que le había enseñado la detective Sullivan durante el pequeño entrenamiento de la noche anterior.

«Consigue que hable. Que establezca una secuencia de sucesos. Expresa alguna duda. Provócale para que intente convencerte o tranquilizarte. Con suerte, ofrecerá alguna prueba de que no puede estar implicado».

Obviamente, basaban todas sus esperanzas en que Gordon se delatara a sí mismo. En que fueran capaces después de demostrar que era mentira lo que había dicho, pillarle. Pero si la cosa salía al revés, si él era capaz de demostrar que no era el responsable de lo sucedido a Emma Ventnor, ¿en qué lugar la dejaba eso a ella? Sullivan no había sido capaz de encontrar ninguna prueba más en los tres casos de violación. Salvo por un milagro, el fiscal del distrito iba a retirar los cargos, y pronto. Se habían atascado, esperando que su visita fuera determinante. Si no lo era, Gordon quedaría libre.

Savanna se estremeció ante la idea. «Dios mío, ayúdame».

En el teléfono sonó el tono de un mensaje entrante justo cuando ella se bajaba del coche: *Vamos allá.*

Gavin. Había hablado con él varias veces desde su marcha de Silver Springs. Él siempre intentaba infundirle ánimos.

Ya estoy aquí. Voy a entrar. Deséame suerte, contestó ella.

Parte del tiempo que había pasado encerrada en la habitación del motel lo había dedicado a informarse sobre qué sucedía durante la visita a un recluso, pero la cárcel Juab County Jail era tan pequeña, con capacidad para alojar únicamente a unos cincuenta presos, que ni siquiera tuvo que guardar el bolso y sus efectos personales en una taquilla, pasar por un detector de metales o sufrir un invasivo cacheo. Simplemente esperó en una fila con otras diez personas, rellenó un formulario de visitas, proporcionó una identificación y permitió que registraran su bolso. Seguidamente fue admitida en una zona no asegurada, donde esperó su turno.

El problema era que la cárcel solo disponía de dos salas de visitas, y cada visita podía durar hasta veinte minutos. «Justo lo que me faltaba, una hora y cuarenta minutos más de espera…».

Levantó la vista hacia un televisor colgado de la pared. No tenía sonido, únicamente subtítulos, pero era lo único que había para ayudarle a pasar el rato. No le apetecía hablar con las demás personas que habían acudido a visitar a algún preso. Estaba demasiado nerviosa para charlar.

Por suerte, algunas de las personas que la precedieron no consumieron todo el tiempo que tenían asignado y, tan solo una hora después de su llegada, fue llevada hasta un pequeño cubículo donde podría hablar con Gordon, cuando llegara, a través de un teléfono, separados por un pedazo de Plexiglás.

El corazón le empezó a latir con fuerza mientras se sentaba. Notaba cada latido en la garganta. No solo tenía miedo por lo que Gordon había hecho, por la opinión que tenía de él, le aterrorizaba lo que podría hacer cuando saliera libre.

Savanna intentó aquietar la respiración, calmarse. Necesitaba poder pensar con coherencia. Pero cuanto más tiempo esperaba, más ansiosa se sentía. ¿Dónde estaba Gordon?

Durante unos segundos se le ocurrió que quizás hubiera rechazado su visita. En general, durante los últimos meses no se habían llevado bien, incluso antes del arresto, y podría ser que, comprensiblemente, no quisiera verla. Pero de repente lo vio acercarse, llevando puesto el habitual mono naranja que llevaban todos los presos del condado.

Daba la sensación de haber perdido peso y, desde luego, había perdido color. O quizás fueran las luces del techo que hacían que todo pareciera un poco descolorido. Todo parecía estar envuelto en una luz azulada.

No sonrió cuando sus miradas se encontraron. Gordon se limitó a mirarla durante varios segundos antes de sentarse y descolgar el auricular.

Savanna hizo lo mismo con el que tenía a su lado del cristal.

—No pareces muy contento de verme —observó ella.

—No has sido de gran apoyo desde que estoy aquí.

—Te he ingresado algo de dinero en tu cuenta del economato. ¿Eso no es mostrar mi apoyo?

—Llevo dos meses en la cárcel, Savanna. ¿Qué más has hecho en ese tiempo? Aparte de empeorarlo todo.

Savanna agarró el teléfono con más fuerza. Después

de las cartas que le había enviado últimamente, había esperado encontrarlo más conciliador, más esperanzado de rehacer su matrimonio. Pero era evidente que no era así y debía prepararse para unos conflictivos veinte minutos. Eso lo cambiaba todo, le proporcionaba menos influencia.

—Los dos últimos meses también han sido bastante horribles para mí.

—Hasta caer en los dulces y acogedores brazos de Gavin Turner, ¿verdad?

—Eso no significó nada —mintió Savanna que se había quedado helada.

—Jodiste con él. Yo no diría que eso no signifique nada.

Savanna amaba a Gavin, y eso sí que significaba algo. Pero, aunque estuviera dispuesta a admitirlo, Gordon no lo entendería porque no tenía ni idea de lo que significaba el amor verdadero, ni parecía poseer la capacidad de amar.

Sin embargo, no podía descubrirse, había demasiado en juego.

—Fue un rollo de una noche.

—¿Estás segura? —Gordon se inclinó hacia el cristal—. Mi madre dice que vivís en la misma calle. Vosotros dos solos en medio de la nada. Eso proporciona muchas oportunidades.

Savanna le había mencionado a Gavin en un momento en que estaba dispuesta a decir lo que fuera para ponerle furioso, tal y como le habían aconsejado que hiciera. Sin embargo, mencionar su nombre había sido un error, producto de los nervios y la emoción, y ese error se había agravado cuando su suegra había chocado contra la camioneta de Gavin, lo que le había permitido conocer no solo su nombre y apellido, sino también su lugar de residencia.

—¿En serio vamos a dedicarnos a esto? —preguntó ella—. ¿Vamos a hablar de cómo yo te he agraviado a ti?

—¿Te he hecho yo algo a ti alguna vez? —preguntó Gordon con una sonrisa que reflejaba lo divertido que le parecía su ocurrente chiste.

Su reacción estaba tan fuera de lugar dada la situación que Savanna no pudo por menos que quedarse boquiabierta mirándolo. No se sentía afligido por haber hecho daño a personas inocentes, o alterado por lo que había tenido que soportar, ni siquiera aliviado ante la perspectiva de quedar en libertad. Lo consideraba una especie de juego, y no solo estaba orgulloso de lo que había hecho sino que se iba a librar de pagar por ello. Estaba convencido de que había sido más listo que nadie. Convencido de que el juego estaba a punto de terminar.

Y era cosa de ella asegurarse de que ese juego continuara, de lo contrario Gordon se libraría de todo.

—¿Vas a firmar los papeles del divorcio entonces? —Savanna clavó las uñas de la mano que tenía libre en la palma de la otra.

—¡Ajá! Por fin hemos llegado al verdadero motivo de tu aparición.

En realidad no era ese el motivo, pero Savanna comprendía que a Gordon le resultara más fácil de aceptar eso que la propuesta de reconciliación que había intentado plasmar en las cartas.

—¿Pensabas que me iba a quedar sentada esperando a que te decidieras?

—¿Qué prisa tienes?

—Preferiría no tener a un violador en mi familia. Ahí está la prisa.

—Mereces ser violada tú misma —Gordon empezó a reír—, o peor.

—¿Te resulta divertido hablar así?

—Es divertido imaginarlo. También es divertido que pensaras que unas cuantas cartas haciéndote la buena, y cien dólares en la cuenta del economato, iban a lograr que olvidara todo lo demás.

—¿Y por eso te empeñas en seguir casado conmigo, Gordon? Porque es evidente que no me amas.

Ella estaba casi segura de que pondría a los niños como excusa, pero no lo hizo.

—Esto no va de amor. Va de dinero.

—Apenas podíamos pagar las facturas a fin de mes. El único dinero que tengo es el que me queda de la herencia.

—¿Y? Me merezco un buen pellizco de eso.

—¿En qué te basas? —preguntó ella.

—Durante años gané mucho más que tú, y eso significa que contribuí con más.

—¡Eso no es verdad! Yo me ocupaba de la casa y de los niños. Tú ni levantabas un dedo para ayudar. ¿Qué cuantía de dinero debería asignarse a la crianza de un niño, a hacer la comida y limpiar, mientras tú estabas por ahí violando mujeres?

—Yo no le estoy asignando ninguna cuantía económica, y tampoco lo hará el juez.

—Entiendo —Savanna se echó hacia atrás y cruzó los brazos.

—¿El qué entiendes?

—Todavía crees que vas a quedar libre.

Por fin la expresión engreída abandonó el rostro de Gordon.

—Es que voy a quedar libre. Si no me crees te estás engañando a ti misma. Mi abogado me comunicó ayer que el fiscal del distrito no tiene ninguna evidencia que pueda conducir a una condena. Sería estúpido por su parte continuar con el procedimiento. Me sorprende que aún no haya retirado los cargos.

Savanna era muy consciente de que el motivo de que no los hubiera retirado era ella.

—Puede que no tengan suficientes pruebas para los tres casos de violación, pero están consiguiendo lo que necesitan del de Emma Ventnor.

—¿De qué hablas? —él la miró con expresión especulativa.

—Tienen las impresiones de las huellas de los neumáticos.

—No, no las tienen. Si las tuvieran ya me habría enterado. Emma desapareció hace un año.

—Y encontraron una huella de neumáticos a un lado de la carretera, pero era demasiado débil. Las imágenes no permitían distinguir los detalles que necesitaban. Pero los técnicos han conseguido mejorar el programa informático y han construido un modelo en 3D a partir de la imagen. Dentro de unas semanas van a compararlo con las ruedas de tu furgoneta.

—Bien por ellos —Gordon entornó los ojos—. Pero eso no cambiará nada. Yo no tuve nada que ver con lo de Emma Ventnor.

—No estabas trabajando cuando desapareció.

—Estaba comiendo.

—¿Dónde?

—No me acuerdo —la arrogante sonrisa volvió a aparecer—. Los detalles de ese día son borrosos.

—¿Qué pasó, Gordon? ¿Gritó, se resistió? ¿No pudiste someterla a pesar de tu cuerpo superatlético y tus llaves de lucha libre? ¿Tuviste que matarla?

Lo estaba provocando, consciente de lo rápido que su exmarido era capaz de estallar ante burlas relacionadas con la lucha.

—Yo de ti no me burlaría de esas llaves —espetó él—. Podría estrangularte en cuestión de segundos.

–¿Eso le hiciste a ella? ¿La estrangulaste? ¿Por qué la elegiste como tu nueva víctima? ¿La viste salir del colegio y empezaste a seguirla? ¿La viste en su coche y decidiste chocar contra ella para obligarla a detenerse?

–Eres imbécil –contestó Gordon–. Si hubiera chocado contra ella, mi furgoneta habría sufrido algún daño, ¿no? ¿Alguna vez viste algún desperfecto?

El tono de advertencia en su voz le indicó a Savanna que se estaba pasando, que se estaba construyendo un enemigo de por vida. Gordon no era de los que perdonaba. Pero Savanna no se atrevía a recular. Era el momento. Tenía que sacar toda la artillería, hacer todo lo que pudiera.

–Los parachoques no siempre muestran daños, Gordon. Esa furgoneta era como un tanque.

–No tienes ni idea de lo que estás hablando –respondió él mientras se levantaba.

–¿Adónde vas? –Savanna hundió la uñas un poco más en la palma de su mano.

–Me vuelvo a la celda. Prefiero estar allí sentado, soñando con desnudarte y... –deslizó una mano por su cuello–, hacer lo que prefiero hacer en la cama, que verte ahí sentada, haciendo todo lo que puedes por ayudar a la policía.

Había querido decir que prefería estar en la celda, soñando con estrangularla. Savanna había comprendido perfectamente la alusión, pero él podría asegurar sin problema que había querido decir otra cosa, de modo que no servía contra él. Tampoco lo había manifestado en voz alta, de modo que la grabación del audio no conseguiría escandalizar al jurado. Ni siquiera ese breve roce sobre el cuello, un gesto tan significativo para ella, podría entenderse como otra cosa distinta a lo que parecía.

Savanna seguía con el teléfono en la mano cuando él colgó y se marchó.

«Mierda». La había cagado, no había conseguido nada.

Gavin llevaba casi cuatro horas esperando una llamada de Savanna. Le había enviado mensajes y había intentado llamarla. Incluso había contactado con los detectives March y Sullivan. Ellos tampoco habían tenido noticias de ella. Sullivan dijo que poco después de terminar la hora de visitas, había pasado por delante de la cárcel y que el coche de Savanna no estaba en el aparcamiento. Y tampoco lo había visto en el motel.

Gavin no tuvo noticias de ella hasta las diez y media de la noche, las once y media en Utah.

—¿Estás bien? —preguntó.

Branson y Alia estaban en la cama y la niñera estaba viendo la televisión, de modo que había vuelto a su casa para pasar la noche. Estaba sentado en el salón, viendo un partido de baloncesto que había grabado antes, deteniendo la imagen de vez en cuando para comprobar el teléfono y para intentar localizarla.

—Creo que sí.

No sonaba bien. Sonaba alterada, agitada.

—¿Estás segura?

—Estoy bien —insistió ella.

Gavin estaba tumbado y se levantó para quitarle el sonido al televisor.

—¿Qué ha pasado? ¿Por qué no me llamaste enseguida?

—Tenía el móvil apagado.

—Mientras hacías…

—Nada. Conducir.

—¿Adónde?

—Sin rumbo.

–Entonces no ha debido ir bien –Gavin suspiró.

–No –admitió Savanna, antes de repetirle la conversación que había mantenido con Gordon.

–Mierda –comentó Gavin cuando ella hubo terminado.

–Por decirlo suavemente.

–¿Y dónde estás ahora? –preguntó él.

–Conducir sin rumbo fijo se convirtió pronto en una obsesión por llegar a Salt Lake lo antes posible. No soportaba la idea de quedarme una noche más en Nephi. Iba a tomar el primer vuelo que saliera de aquí, regresar a casa ahora mismo en lugar de esperar a mañana.

–Pero…

–Pero cuando llegué al aeropuerto, ya era demasiado tarde. El último vuelo despegó a las diez.

–¿Significa eso que vas a pasar la noche en Salt Lake y tomar el vuelo planeado por la mañana?

–No. Necesito un vuelo que salga más tarde.

Gavin estaba tan seguro de que la respuesta iba a ser afirmativa, que había vuelto a poner el partido.

–Espera, ¿no? –volvió a silenciar el televisor–. ¿Para qué necesitas un vuelo que salga más tarde? Yo creía que tenías prisa por marcharte de allí.

–Y la tenía. La tengo. Pero no puedo aceptar que Gordon vaya a quedar libre, sé que convertirá nuestras vidas en un infierno. Tengo que hacer algo.

–¿Algo como qué?

–Dijo que si hubiera chocado contra el coche de Emma Ventnor, habría daños en la furgoneta, ¿no es así?

–March nos contó que había una abolladura demasiado pequeña para servir. Esa clase de cosas suceden a menudo. Por eso quiso probar con lo de la prueba falsa de las huellas de neumáticos.

–Lo sé, pero lo de las huellas de neumáticos tampoco parece preocuparle.

—Entonces puede que no lo hiciera él.

—No lo creo.

—Pareces más segura de su culpabilidad ahora que hace poco.

—Tenía dudas. Pero, cuando lo he visto hoy, he tenido una sensación espeluznante. Violó a esas mujeres. Casi era como si quisiera que yo lo supiera, que ya no quería ocultármelo más, dado que siente que ya no hay peligro de que vaya a prisión, y sabe que yo no estoy interesada en arreglar nuestro matrimonio. Alguien acusado injustamente no se comportaría así.

—Esa preocupación va mucho más allá.

—Lo sé. Pero mientras estaba aquí sentada...

—¿Dónde?

—En el aeropuerto.

—Si ya no hay ningún vuelo para California, ¿qué haces todavía en el aeropuerto?

—He estado pensando, intentando decidir qué puedo hacer.

—Ya no hay nada más que puedas hacer.

—Puede que sí. Se me han ocurrido algunas cosas. Cuando Dorothy vino a mi casa tras el arresto de Gordon, y yo tuve que llamar a la policía para que se la llevaran, vi algunos daños en el parachoques delantero de su coche. No pensé en ello porque su coche es una tartana, y tenía esa abolladura desde hacía bastante tiempo, pero ahora empiezo a preguntarme cuándo tuvo ese accidente.

—¿Estás pensando que Gordon podría haber conducido el coche de su madre cuando secuestró a Emma Ventnor? —Gavin se inclinó hacia delante.

—Es una posibilidad. De vez en cuando se quedaba en su casa. Tendría sentido si tuviera la furgoneta estropeada, y recuerdo que el año pasado le dio algunos problemas, aunque no recuerdo las fechas exactas, podría haberle tomado prestado el coche ese día.

–Quizás la policía deba echar un vistazo al coche, comprobar si encuentran transferencia de pintura que pueda demostrar que fue ese el coche que chocó contra el de Emma.

–Salvo que también chocó contra ti cuando vino a verme, ¿recuerdas?

–Es verdad, ¡maldita sea! –Gavin se echó hacia atrás–. No tenemos ni un respiro.

–¿Y si lo hizo a propósito, Gavin?

–¿Golpear mi camioneta?

–Sí. Cuando mencioné a Emma Ventnor empezó a comportarse de manera extraña, ¿recuerdas? Antes de eso, estaba decidida a empezar una pelea conmigo. Después, reculó y se marchó a toda prisa. Me pregunto si recordó que, un año atrás, Gordon llegó a su casa contándole algo sobre haber golpeado accidentalmente un coche con el de ella.

–Y al chocar con mi camioneta, tuvo que dar un parte para que le arreglaran el desperfecto.

–A lo mejor aún no lo ha reparado. Es posible que no haya tenido dinero suficiente para pagar la franquicia. Pero chocar contra ti le beneficia, ¿verdad? Ahora tiene una excusa legítima para explicar el daño, caso de que alguien le preguntara, y hay muchas posibilidades de que nadie se acuerde de cómo estaba esa carrocería antes.

–Me produce escalofríos.

–A mí también. Tengo que ir a su casa, comprobar si está arreglado. Si no lo está, haré algunas fotos y se las enviaré a Sullivan y a March, por si aún le queda algo de la pintura del coche de Emma. En una ocasión le pedí a Sullivan que registrara la casa de Dorothy, le dije que Gordon se quedaba allí de vez en cuando y podría haber escondido algún trofeo o cualquier otra evidencia en el garaje o el sótano, pero él me dijo que ningún juez le firmaría la orden de registro. A lo mejor esto cambiaría las cosas.

—Eh, espera un momento. No vayas allí sola.

—Dorothy tiene veintidós años más que yo.

Gavin había oído lo bastante sobre la madre de Gordon como para suponer que no estaba muy equilibrada.

—Eso no significa que no sea peligrosa. Podría golpearte con algo, o a saber qué.

—Solo echaré un vistazo en su garaje. Ni siquiera sabrá que estoy allí.

—Savanna…

—Tengo que hacer algo, Gavin. Lo que hemos intentado hasta ahora no ha funcionado. Eso significa que dentro de muy poco un hombre muy peligroso volverá a la calle. Siento tan inminente la libertad de Gordon que tengo más miedo de verla hecha realidad que de enfrentarme a Dorothy.

—Debería haber ido contigo —Gavin no soportaba la idea de que ella estuviese allí sola.

—Lo tengo controlado. No te preocupes. El garaje de Dorothy ni siquiera forma parte de la casa. Entraré esta noche mientras ella duerme, y solo utilizaré la linterna del móvil para echarle un vistazo al coche. Luego, haré algunas fotos y me marcharé.

—¿Y qué motivo hay entonces para que no puedas tomar ese vuelo por la mañana?

—Ah, eso —contestó ella tras una ligera pausa.

—Sí, eso —Gavin sintió una punzada de preocupación—. Me estás poniendo nervioso. ¿Qué tienes pensado hacer?

—También voy a echar un vistazo dentro de la casa en cuanto ella se marche al trabajo. Cuando mencioné a Emma Ventnor huyo despavorida. Tengo que averiguar por qué.

Capítulo 29

Eran casi las dos de la madrugada cuando Savanna se deslizó por el callejón que llevaba al garaje independiente junto a la casa de alquiler de Dorothy. Iba vestida con unos pantalones vaqueros negros, un top negro y una gorra negra, que había comprado en un Walmart abierto las veinticuatro horas. La intención era pasar desapercibida, pero no se encontró con nadie. El barrio estaba tranquilo y a oscuras, con la única luz proveniente de la luna sobre las copas de los árboles.

Un perro ladró a lo lejos. Savanna no estaba segura de qué haría si despertara a algún perro que estuviera mucho más cerca.

Al final decidió que no podía hacer nada, salvo tomar esas fotos y largarse de allí antes de que Dorothy y los vecinos reaccionaran a los ladridos.

Por suerte no hubo más perros y llegó sin incidentes al pequeño garaje con cabida para un coche. Tampoco tuvo problemas para entrar, en contra de lo que había temido. Dorothy ni siquiera se había molestado en bajar la puerta. O quizás estuviera rota. La casa con garaje que Dorothy tenía alquilada había sido construida en los años 1930, y nada bajo la responsabilidad de esa mujer se mantenía en buen estado. Era una de las cosas de las que Gordon siempre se había quejado. A menudo calificaba a su madre de holgazana y relataba algún incidente capaz de hacer que a uno se le revolviera el estómago, incidentes de cuando era niño, de revolver entre cazos y sartenes sin fregar por si quedaba algo que aún se pudiese comer.

Savanna no sentía especial ilusión por registrar la casa, en parte por ese motivo. Pero iba a hacer todo lo que estuviera en su mano. La insultante sonrisa de Gordon aún perduraba en su retina. Cada vez que el miedo amenazaba con detenerla en su propósito, recurría a esa imagen para sacar fuerzas para continuar. Tenía que asegurarse de que no quedara libre después de lo que había hecho. Él estaba convencido de que ella no tenía ningún poder, había confundido su amabilidad inherente con debilidad. Pero Savanna le demostraría que tenía muchas más agallas y determinación de lo que él jamás le concedería.

Al menos esperaba poder demostrárselo. Todo dependería de lo que encontrara esa noche, y al día siguiente cuando volviera para registrar la casa de Dorothy.

En cuanto estuvo dentro del garaje, Savanna utilizó la linterna del móvil para inspeccionar el Toyota Celica de Dorothy. Como había previsto, las huellas del accidente contra la camioneta de Gavin seguían allí. Dorothy, o alguien, había quitado el parachoques delantero, o se había caído, pero los daños estaban en su mayor parte en la parte delantera derecha, donde Savanna esperaría encontrar evidencias si había sido ese mismo coche el utilizado para golpear el de Emma Ventnor.

—¿Golpeaste la camioneta de Gavin a propósito, Dorothy? —susurró Savanna—. Y, si lo hiciste, ¿fue suficiente para camuflar el accidente anterior?

Rezó para que no fuera así. Sería la única posibilidad de obtener justicia para Meredith Caine, Theresa Spinnaker, Jeannie West, Emma Ventnor y a saber cuántas más.

El corazón le latía alocadamente mientras hacía algunas fotos. Estuvo tentada de enviárselas de inmediato a Sullivan. Pero no sabía si iban a servir de algo, y prefirió contenerse por si acaso el detective intentara detenerla. No quería que supiera lo que estaba haciendo hasta haber registrado también la casa.

Dado que Gordon podría haber escondido algo encima de las vigas, o en alguno de los viejos y deformados armarios de la pared de la derecha, decidió quedarse allí y registrar el garaje en lugar de esperar a la mañana siguiente para hacerlo. Sabía que, quizás, no iba a disponer de una mejor oportunidad. La puerta del garaje daba al patio trasero del vecino, y ese vecino podría tener niños o mascotas que podrían salir durante el día. Cuanto más tiempo se quedara allí, más peligro correría de que el vecino se levantara para ir al baño y viera moverse la luz de la linterna. Para evitarlo, comprobó la puerta del garaje y descubrió que el mecanismo de cierre no era eléctrico, y que podría cerrarla manualmente.

Al parecer no estaba rota. Dorothy simplemente había sido demasiado perezosa, o despreocupada, como para bajarla la última vez que había conducido el coche, seguramente porque no tenía nada que proteger. No había bicicletas ni herramientas, ni nada parecido, en el garaje. Ni siquiera el coche era de gran valor.

En cuanto Savanna dispuso de la intimidad necesaria para utilizar la linterna sin miedo a ser descubierta, se puso los guantes que también había comprado en Walmart y echó un vistazo al coche.

No encontró nada fuera de lo normal. Colillas y cartones aplastados de cigarrillos, tazas de café vacías, envoltorios de comida. En el salpicadero del lado del copiloto había una carta de Gordon, que Savanna leyó, pero que no desvelaba nada importante. Gordon era más listo que eso, ya que sabía que el correo de la prisión era revisado. Se limitaba a contarle a su madre que necesitaba más dinero, que su compañero de celda era un gilipollas, que su defensa una mierda, que no iba a funcionar, que Savanna al final cedería, que siguiera trabajándosela (Savanna puso los ojos en blanco al leerlo), y que no hablara con la policía para que no convirtieran algo que ella dijera en otra cosa.

Cuando terminó de leer la carta, Savanna se echó hacia atrás en el asiento e intentó reflexionar. Tenía fotos del accidente, pero ¿y si no mostraban nada? ¿Y si la colisión con Gavin había ocultado las evidencias del accidente anterior? Necesitaba encontrar algo que le conectara a alguna de las víctimas y para lo que no tuviera ninguna explicación, por ejemplo, su ropa ensangrentada. ¿Dónde la había escondido?

En el garaje no, pensó. Si Dorothy tenía la costumbre de no cerrar nunca la puerta, cualquiera podría tener acceso a las cosas que había allí. Su casa sería una apuesta más segura. Pero era muy pequeña. Savanna no se imaginaba a Gordon tan estúpido como para esconder algo bajo la cama, o en cualquier otro sitio en el que su madre podría encontrárselo con facilidad.

El sótano sería una buena posibilidad, sin embargo. Se trataba básicamente de un agujero profundo y húmedo en la tierra, iluminado por una única bombilla que colgaba del techo. Sin duda debía estar lleno de arañas, pero Savanna sabía que Dorothy guardaba allí cosas como la decoración de Navidad, porque lo había visto, porque había ayudado a subir las cajas. El sótano no era un lugar agradable, de modo que, aparte de para subir cosas para decorar la casa, Dorothy seguramente no permanecía mucho rato ahí abajo. No se la imaginaba echando un vistazo a la escalofriante estancia, sobre todo en una zona en particular, una zona que debía medir alrededor de dos metros cuadrados en la que ni siquiera había espacio para ponerse de pie.

Si Gordon había escondido algo en casa de Dorothy, sería allí, decidió Savanna. Sin duda le parecería un lugar seguro. También tenía un fácil acceso al lugar, importante para él en caso de tratarse de un trofeo o algo que apreciara mucho por los recuerdos que llevara asociados.

Parecía plausible, pero también era cierto que podría estar buscando algo que ni siquiera existía. A lo mejor su exmarido no era aficionado a los trofeos. Y a lo mejor había lavado la ropa ensangrentada mientras su madre estaba en el trabajo y luego se la había vuelto a poner, o la había quemado en la chimenea.

Savanna cerró los ojos. Era una aficionada y estaba buscando una aguja en un pajar. ¿Estaba siendo temeraria por intentarlo siquiera?

El teléfono vibró en sus manos. Comprobó la pantalla y vio que era Gavin. *Me estás acojonando. ¿Has terminado ya? ¿Cómo ha ido?*

Ella le envió las fotos y luego registró el resto del garaje. Estaba lleno de trastos, montones de revistas y periódicos viejos, así como de objetos inútiles que Dorothy había comprado en mercadillos.

Ya estoy fuera, le había escrito a Gavin mientras corría por el callejón hacia la siguiente manzana, donde había dejado el coche de alquiler.

Gavin: ¿Has encontrado algo?
Savanna: Nada. Solo los daños en el coche. Como ya te dije, no debe tener dinero para pagar la franquicia.
Gavin: Esa puede que sea nuestra salvación.
Savanna: Esperemos que sí.
Gavin: ¿De verdad vas a volver a entrar ahí por la mañana?

Savanna entró en el coche y echó el cierre.

Savanna: Sé que parece inútil, pero tengo que intentarlo.

Gavin: ¿Cómo sabrás que se ha ido?

Savanna: Pasaré con el coche por delante del callejón y comprobaré si el Celica sigue ahí. Suele dejar la puerta del garaje abierta, de modo que será fácil saber si está en casa.

Gavin: Necesitas dormir, Savanna. Sé que últimamente has estado demasiado nerviosa para poder descansar mucho.

Savanna: Será otra noche corta, pero no puedo permitir que Gordon se salga con la suya después de lo que ha hecho, no sin pelear. Se lo debo a sus víctimas. Se lo debo a mis hijos. Y me lo debo a mí misma.

Gavin: Por favor, ten cuidado.

Savanna regresó a la habitación de hotel que había reservado antes de ir al Walmart. Estaba pegado al aeropuerto, de modo que no se tardaba mucho desde el centro de Salt Lake, donde vivía Dorothy. Estaba agotada, física y emocionalmente, pero no era capaz de desconectar.

Tomó un baño caliente antes de meterse en la cama, donde por fin se durmió. Pero enseguida empezó a soñar con que se quedaba atrapada en el sótano de Dorothy, que no podía respirar, que Gordon bajaba las escaleras, con el cuchillo que la policía había encontrado en la bolsa de lona en la mano, con despertarse cubierta de sangre.

Cuando al fin despertó sobresaltada, había interrumpido una pesadilla en la que su maltrecho cuerpo estaba cubierto de arañas.

Gavin estaba trabajando cuando llamó el detective Sullivan.

—¿Qué está pasando? ¿Hay noticias de Savanna? —preguntó sin preámbulos.

Gavin estaba intentando arreglar la caldera en una de las habitaciones. Soltó el destornillador que llevaba en la mano y se sentó.

—Tal y como habíamos acordado, hoy vuelve a casa.

—¿Adónde fue anoche?

—A Salt Lake. No soportaba quedarse un segundo más en Nephi.

—Podría haberme llamado, o a la detective March. Hemos intentado localizarla varias veces.

—Quizás pensó que no tenía sentido contarles lo que ya saben. No consiguió sacarle nada a Gordon. Seguramente ya habrán escuchado las grabaciones de su visita.

—Por supuesto. Aun así, pensamos que se pondría en contacto con nosotros, para que supiésemos de ella.

—Debe estar muy alterada. Esto no es fácil para ella. Supongo que se dará cuenta de ello.

—Por supuesto que me doy cuenta de ello. Pero ¿tanto le cuesta hacernos una llamada rápida?

—Ha estado sometida a mucho estrés. Déjenla tranquila —insistió Gavin—. Ya se pondrá en contacto con ustedes cuando esté preparada.

—Están saliendo juntos, ¿verdad? —preguntó el detective antes de que pudieran colgar—. ¿Mantienen una relación amorosa?

Gavin no tenía tiempo para la curiosidad de ese tipo, ni se imaginaba cómo había podido trascender su relación con Savanna.

—Eso no es asunto suyo.

—Cierto —admitió Sullivan—. Pero si Gordon sale de la cárcel, puede que necesite mantener los ojos bien abiertos —concluyó antes de colgar.

Gavin soltó un juramento mientras guardaba el móvil

en el bolsillo. Savanna le había pedido que no le dijera a los detectives lo que estaba haciendo, de modo que había mantenido la boca cerrada.

Pero sabía que no se lo perdonaría jamás si algo le sucediera por culpa de…

Aunque Dorothy se había marchado, Savanna no estaba segura de si había ido a trabajar. Normalmente trabajaba a jornada completa, necesario para poder subsistir. Pero eso podría haber cambiado. Podrían haberla despedido, o podría haber dejado el trabajo. En los últimos años su vida había sido bastante más estable, pero cualquier cosa era posible. Su única esperanza era que Dorothy permaneciera donde estuviera el tiempo suficiente para que ella pudiera entrar y salir de la casa.

Hacía calor para estar a mediados de mayo. Savanna sentía el sudor deslizarse por su espalda mientras se acercaba a la casa de Dorothy desde la parte de atrás.

El coche no estaba, pero había tres niños jugando en el patio del vecino más cercano al garaje. También había un pitbull en la casa situada en la diagonal de la de Dorothy. Pero ni los niños ni el perro le prestaron la menor atención. Se dijo a sí misma que debía caminar con confianza, como si viviera en la zona y tuviera todo el derecho del mundo a hacer lo que estaba haciendo. Y pareció funcionar. Alcanzó la puerta y entró en el pequeño cuarto de la lavadora sin ningún incidente.

La puerta de la casa estaba cerrada, pero Dorothy siempre dejaba una llave por si iba Gordon y quería entrar cuando ella no estuviera. Savanna lo había acompañado en una ocasión en que la había necesitado usar. Necesitaba esa llave para entrar, pero cuando buscó debajo de la piedra donde solía guardarla, no encontró nada.

—Mierda —murmuró mientras empezaba a rodear la casa para buscar otra manera de entrar.

Comprobó la puerta delantera, que también estaba cerrada. Sin embargo, como hacía bastante calor, encontró varias ventanas abiertas. Una de ellas era la del cuarto de baño, demasiado pequeña para que pudiera pasar por ella. Otra estaba en el salón, donde podría ser vista desde cualquier coche que pasara. La última era la del dormitorio de Dorothy, que daba al patio lateral del vecino. Savanna estaba bastante al descubierto allí, caso de que el vecino apareciera, pero era su mejor opción.

Se puso los guantes para no dejar huellas e intentó quitar la mosquitera. No pudo. Al final, y a la desesperada, sacó la navaja que había comprado junto con la ropa y otros artículos, y cortó los bordes.

Dobló la mosquitera, subió la ventana y consiguió meterse por el pequeño hueco, aunque cayó sobre el tocador y derribó la lámpara.

Por suerte no se rompió. Savanna se recuperó lo más rápidamente que pudo y colocó todo en su sitio antes de comenzar un rápido y chapucero registro de cada cajón, armario, rincón o grieta de la casa de Dorothy.

Pronto comprendió que tenía suerte de que la casa estuviera tan desordenada. Gracias a la basura, ropa tirada y toda clase de objetos inútiles esparcidos por todas partes, no era probable que Dorothy se diera cuenta de que había tenido visita, aunque sí se preguntaría qué había sucedido con la mosquitera, caso de que lo viera. Savanna no sabía muy bien qué hacer al respecto. Pensó que podría utilizar la cinta adhesiva que había visto en el garaje para pegarla por fuera. Dada la falta de atención de Dorothy por los detalles, y el desorden que gobernaba la casa, quizás nunca llegaría a darse cuenta.

Savanna registró todas las habitaciones antes de acercarse a la puerta que conducía al sótano. Había albergado la esperanza de encontrar algo que hiciera innecesario bajar a ese lugar. Pero, aparte de confirmar que Dorothy era, en efecto, una de las amas de casa más sucias que hubiera conocido jamás, y que su suegra seguía teniendo bebidas alcohólicas en los armarios, no había encontrado nada, aparte de unas cuantas cartas más de Gordon. Las acusaciones vertidas en algunas de esas cartas eran, sencillamente, ridículas. Aseguraba que Savanna había gastado el dinero que él ganaba en muebles, ropa y frivolidades pues, de lo contrario, tendrían más ahorros. Decía que había sido idea de ella pedir una segunda hipoteca sobre la casa, que se había confabulado con la policía para alejarlo a él de su vida y así no tener que compartir su herencia. Las cartas la disgustaron, pero a nadie más podrían importarles. Y, desde luego, no servían para mantenerlo encarcelado.

Tenía que seguir buscando. Y eso significaba… el sótano.

Consultó la hora en el teléfono. Llevaba más de una hora en casa de Dorothy. Había procedido lo más deprisa posible, pero dejarlo todo tal y como lo había encontrado requería tiempo, y cuanto más tiempo pasaba en esa casa, más inquieta se sentía. Se moría de ganas de salir de allí. Si no se apresuraba a marcharse perdería el vuelo, y eso implicaba tener que pagar una cantidad considerable por el cambio de billete, que en esa ocasión correría de su cargo, y tener que volver a avisar a Gavin mientras encontraba una solución para los niños hasta que pudiera regresar.

Las preocupaciones casi consiguieron que desistiera. Pero sabía que tendría que responder, sobre todo ante sí misma, por no haber hecho más mientras aún tenía la posibilidad.

«Piensa en Emma Ventnor, y en Meredith Caine, que

te dijo que deberías haber hecho más. Bueno, pues ahora lo estás haciendo».

Tuvo que forzar la puerta. Era muy vieja y había sido repintada tantas veces que ya no encajaba bien. Pero consiguió desatascarla con un fuerte golpe y encendió la luz al final de las escaleras.

Una sola bombilla no bastaba para iluminar los rincones más oscuros del húmedo y mohoso sótano, no revelaba lo que podría haber sido escondido o enterrado en los extremos, no aliviaba todos los recelos de Savanna. De modo que encendió también la linterna del móvil.

Respiró hondo y comenzó a bajar.

Los peldaños crujieron bajo su peso y el olor que la recibió le revolvió el estómago. Era aún peor de lo que recordaba, bastante malo para hacerle temer que iba a encontrar más de lo esperado. ¿Podría encontrarse allí el cadáver de Emma Ventnor? Otros asesinos habían enterrado a sus víctimas debajo de sus casas. John Wayne Gacy lo había hecho con, al menos, veinticinco personas, si no recordaba mal. Había visto un documental sobre él.

También había oído años atrás las noticias sobre una anciana de Sacramento que había enterrado a varios inquilinos en el patio trasero de su casa para luego seguir cobrando sus cheques de la seguridad social.

Para cuando llegó al final de la escalera, Savanna se sentía débil y temblorosa. Encontrar un cuerpo sería algo bueno, se dijo a sí misma. Demostraría que Gordon era el responsable de la muerte de Emma. Pero tampoco quería descubrir algo tan macabro, seguía queriendo pensar que Emma estaba viva.

Se paró en medio del sótano y describió un pequeño círculo, iluminando todo a su alrededor. Encontró el montón de trastos almacenados de Dorothy, tan desordenado como todas sus cosas. No iba a perder más tiempo registrando eso. Tenía miedo de haber perdido ya demasiado en la planta de arriba.

Nada le llamó la atención por su extrañeza o por parecerle fuera de lugar, de modo que empezó a examinar el suelo en lugar de las paredes, pensando en encontrar la suciedad del suelo removida. No vio nada que le hiciera pensar que un cuerpo, o cualquier otra cosa, hubiese sido enterrado allí, salvo por ese asqueroso olor. Ojalá pudiera comentárselo a Sullivan, ojalá con eso bastara para que apareciera con el equipo de especialistas forenses. En la televisión había visto a la policía registrar el suelo con una especie de radar, pero ¿bastaría con ese olor?

Solo tenía una oportunidad y debía conseguir todo lo que pudiera mientras estuviera allí.

–¿Emma, estás aquí? –la idea de que esa cría pudiera estar viva y quizás necesitara su ayuda le ayudó a reprimir la sensación de asco que sentía y continuar, dirigiéndose hacia esa pequeña zona en la que debía agacharse porque el techo era demasiado bajo.

Allí el hedor era aún más fuerte. Savanna nunca había olido un cuerpo en descomposición, de modo que no estaba segura, pero ese olor debía parecérsele mucho. ¿Sería Emma?

Con una mano temblorosa utilizó la linterna para repasar el rincón milímetro a milímetro. Debería haberse llevado una linterna más grande, pero no había querido ir demasiado cargada. Había supuesto que le iría bien ir ligera, y así había sido al tener que entrar por la ventana. Pero en esa pequeña habitación no veía nada más allá del reducido diámetro de luz que proporcionaba su linterna, y eso la aterrorizaba. Una araña podría caer sobre ella en cualquier momento, o podría pisar accidentalmente una mano humana que saliera de la tierra…

«Deja de asustarte a ti misma», se reprendió. «Hay policías y forenses que hacen esto todos los días». Pero en cuanto la luz iluminó el esqueleto en descomposición que había estado oliendo, soltó un grito y se golpeó la cabeza contra el techo bajo al dar un salto hacia atrás. El teléfono cayó al suelo.

—¡Mierda, mierda, mierda! —murmuró mientras caía de rodillas.

Tenía que recuperar el móvil, no podía dejarlo allí y salir huyendo. Pero en cuanto su mano tocó la carcasa de plástico rígido, se obligó a sí misma a echar otro vistazo y comprobó que no se trataba de un cuerpo humano. Era un roedor muerto, atrapado en una ratonera. Eso era lo que causaba el olor.

Savanna se sujetó a la pared. Se alegró de no haber llamado a Sullivan para anunciar que había un cadáver en el sótano de Dorothy. Ni se atrevía a imaginar la vergüenza que habría pasado, por no mencionar la policía, si la hubiesen creído y actuado en consecuencia.

Decidió enviarle un mensaje a Gavin.

Savanna: Soy idiota.
Gavin: ¿Qué pasa?
Savanna: Aquí no hay nada. Estamos jodidos. Gordon va a salir de la cárcel.
Gavin: Al menos lo has intentado, Savanna. Has hecho todo lo que has podido. Ahora deja que sean los demás los que corran los riesgos. Estoy harto de sentirme preocupado por ti. :)
Savanna: Me marcho de aquí. No puedo quedarme ni un segundo más en este espeluznante sótano. Aquí abajo hay una rata muerta.
Gavin: Qué asco.

Savanna frunció el ceño ante su fracaso, y las consecuencias que tendría sobre ella y los niños, las víctimas de Gordon, y las que pudiera haber en el futuro. Antes de marcharse dio otra pasada con la luz de la linterna. Lo que menos le apetecía era que la pillaran allí, decidió, y estaba a punto de darse la vuelta cuando vio un abultamiento que no le resultó del todo natural. Alguien podría estar enterrado allí…

Sin duda estaría de nuevo equivocada. Ese montón de basura sería, seguramente, el nido de las ratas. Si Dorothy quería deshacerse de ellas, iba a tener que deshacerse de toda esa basura también. Y entonces empezó a preguntarse por qué Dorothy no lo había hecho. No se veía ningún montón más de basura por el resto del suelo…

Solo para asegurarse, Savanna tomó un palo de madera que encontró tirado en el suelo y lo utilizó para revolver entre el montón de revistas, trozos de yeso, pedazos de madera, tierra y piedras. «No hay nada», se dijo a sí misma, pero antes de soltar el palo, golpeó algo que parecía distinto, más grande, más sólido, y que cedió menos a sus toques con el palo.

«¿Qué es eso?».

Acercó la linterna. No era un cuerpo, pero tampoco un montón de basura. Era una mochila de color azul oscuro.

¿Por qué iba Dorothy, una mujer que jamás iba de camping, y que hacía décadas que no iba al colegio, tener una mochila? ¿Y por qué estaba enterrada en ese rincón donde era poco probable que la encontrara?

Savanna no dejó de mirar por encima del hombro mientras intentaba no respirar ante el hedor de la rata y se acercaba un poco más. No quería tocar nada, pero sentía demasiada curiosidad como para no abrir esa mochila. Y luego se alegró de haberlo hecho.

Contenía tres libros de texto de instituto y varios cuadernos pequeños llenos de deberes. El nombre escrito en esos deberes era el de Emma Ventnor.

Capítulo 30

—¿Qué hago? —a Savanna le temblaba la mano que sujetaba el móvil.

Estaba todavía de pie en el sótano de Dorothy, contemplando fijamente su descubrimiento. Pero no sabía si debía dejar la mochila allí o llevársela con ella. Temía que si se la llevaba, no sería admisible como prueba en un juicio. No estaba familiarizada con los procesos judiciales, pero sabía, sobre todo después de lo que había encontrado, que Gordon no podía quedar libre. Había que hacer las cosas bien.

El detective Sullivan no respondió de inmediato. Ella tenía la impresión de que estaba meditando. Se lo había contado todo, le había enviado las fotos del coche, así como algunas de la mochila y de lo que había encontrado en el interior.

—¿No podría pensar un poco más deprisa? —preguntó cuando sintió que ya no podía esperar ni un segundo más—. El corazón está a punto de salírseme del pecho. Estoy respirando el hedor de una rata en descomposición y podría estar de pie encima de la tumba de Emma. Si su mochila está aquí, su cadáver también podría estarlo. Y no quiero descubrirlo.

—Lo siento. He estado estudiando las fotos que ha enviado. Dado que el departamento de policía corrió con los gastos de su desplazamiento a Utah, el abogado defensor de Gordon podría argumentar que estaba trabajando para nosotros cuando entró en casa de Dorothy.

—Y eso no es bueno, ¿verdad que no?

—Para nosotros no. Significa que las pruebas seguramente no serán admitidas. Existen algunas excepciones a las normas sobre obtención ilegal de pruebas, pero dado cómo entró en la casa, dudo que se apliquen a nuestro caso.

Savanna temía seriamente que fuera a vomitar. Cerró los ojos y tragó con dificultad.

—Pero si dejo la mochila aquí, ¿podrá conseguir una orden de registro antes de que Dorothy se deshaga de ella?

—No va a deshacerse de ella.

—¿Cómo puede estar tan seguro? Me sorprende que no lo haya hecho aún.

—Cualquier cosa que tire a la basura dejará de estar protegida por las leyes de privacidad. Y ella sabe muy bien que la hemos estado vigilando de cerca. Dejarla en el sótano significa que sigue manteniendo el control sobre ella, que puede asegurarse de que no caiga en manos de otra persona. De no haberla encontrado, podría haber seguido allí eternamente.

—Aunque podría ser más sencillo. A lo mejor no quiere tocarla. A lo mejor la encontró ahí y decidió dejarla donde estaba en lugar de involucrarse hasta el punto de deshacerse de ella. De ese modo podrá fingir que no tiene nada que ver, que no es asunto suyo, que no siente la responsabilidad de entregar a su propio hijo.

—Podría ser. Si la toca, y podemos demostrar que lo hizo, podría verse implicada en el encubrimiento de los crímenes de Gordon. Tal y como están las cosas, podría asegurar que no tenía ni idea de que la mochila estaba en su sótano.

—Pero claro que lo sabe. Por eso se asustó tanto cuando mencioné a Emma Ventnor aquella noche en mi casa de Silver Springs.

Alguien tenía que haber puesto las trampas para ratas en ese sótano. Y, al hacerlo, Dorothy sin duda habría tropezado con la mochila de Emma y reconocido el nombre al oírlo, no por las noticias, pues el suceso había ocurrido hacía un año, sino por ver el nombre de Emma escrito en los deberes, tal y como le había pasado a Savanna. A lo mejor al principio no había estado segura de su importancia, y por eso la había dejado donde estaba. Pero entonces Savanna le había hablado de lo que le había sucedido a Emma Ventnor, y ella había comprendido de dónde había salido esa mochila y el papel que había jugado el accidente en el secuestro de esa cría. Y por eso había hecho todo lo necesario para ocultar los daños en su coche, ya que no había modo alguno de demostrar que había chocado contra la camioneta de Gavin para destruir pruebas. También había retirado la llave de reserva de debajo de la piedra. No le preocupaba un posible robo y era una persona en general descuidada. ¿Por qué si no iba a preocuparle algo así?

—Pero dijo que necesitaría una causa probable para solicitar una orden de registro —insistió ella—. Sin esta mochila, no tenemos nada que no tuviésemos ya.

—Sí que tenemos. Gracias a las fotos que ha enviado, tenemos el Celica.

Incapaz de soportar por más tiempo el hedor, Savanna cerró la mochila y se apartó hasta alcanzar un lugar en el que pudiera ponerse completamente erguida. Sin embargo, se resistía a avanzar más. No se resignaba a tener que dejar atrás lo que había encontrado, por todo lo que implicaba. Gordon era culpable. Él sabía dónde estaba Emma, sabía si estaba viva. ¿Cómo iba a marcharse y dejar allí una prueba de tal calibre?

Aun así el detective le estaba diciendo que hiciera precisamente eso.

—¿Cree que bastará con el Celica? —después de lo que había hecho, necesitaba más seguridad.

—Dijo que la camioneta era azul, ¿no es así?

—Sí...

—Bueno, pues al ampliar una de las fotos que tomó del coche de Dorothy, creo que se distinguen trazas de blanco.

—El coche de Emma era blanco...

—Sí.

—Pero ¿lo ha visto, o cree que lo ha visto?

—No estoy seguro. Pero el hecho de que podría estar ahí, y que asegure que el coche sufría daños en el parachoques cuando Emma desapareció, podría bastar para convencer al juez.

—Que, con suerte, firmará esa orden de registro.

—Eso es.

—Pero esas fotos las hice en el garaje de Dorothy. ¿No se considerarán también obtenidas ilegalmente?

—Ha dicho que la puerta del garaje estaba abierta. Eso significa que cualquiera podría entrar ahí. Pero, solo para asegurarnos, lo plantearemos de otra manera. Sé dónde trabaja Dorothy. Me acercaré hasta allí y yo mismo haré fotos del coche. Con suerte, mañana estaremos registrando su casa.

—Entonces ya puedo marcharme.

—Sí, salga de ahí mientras pueda —contestó Sullivan.

Pero justo antes de que Savanna colgara para dirigirse hacia la escalera, oyó movimiento en la planta de arriba.

—¡Oh, Dios mío! Ha vuelto —susurró antes de colgar.

Gavin estaba en su despacho, comiendo. Aunque cada vez que pensaba en el bebé aún se sentía algo culpable por no volver con Heather, tenía que admitir que era mucho más feliz desde que había tomado la decisión de iniciar una relación con Savanna. Desde que había empezado a salir con ella, había vuelto a comer con su madre y su hermano en la cafetería con los alumnos, como de costumbre. Pero ese día estaba demasiado estresado para relacionarse con nadie. Estaba esperando a que Savanna le comunicara que había salido de casa de Dorothy y que iba de camino al aeropuerto, y no entendía por qué aún no lo había hecho. ¿Seguía hablando por teléfono con Sullivan?

Decidió, por si acaso, dejar de llamarla y de enviarle mensajes. Habían pasado treinta minutos, debían estar muy liados. Pero él necesitaba tener noticias suyas.

Un golpe de nudillos lo sacó de su ensimismamiento.

Dejó el teléfono a un lado y se levantó para abrir la puerta.

Era Aiyana, vestida con una falda de colores y una blusa morada, los cabellos negros sueltos, en lugar de recogidos en su habitual trenza.

—¿No vienes a comer con nosotros? —preguntó.

—Hoy no.

—¿Va todo bien?

—Claro —contestó Gavin, aunque ella lo miró de esa manera que indicaba que no se lo tragaba—. Estoy preocupado por Savanna —admitió al fin.

—¿Y por qué lo estás? Me dijiste que voló a Utah para dedicar un par de días a atender unos asuntos concernientes a su exmarido. No me digas que ese hombre es un maltratador o algo así, y que podría ponerla en peligro.

—Es... complicado —él estiró el cuello para aliviar la tensión que agarrotaba sus músculos.

—¿Qué está pasando? —Aiyana enarcó las cejas.

Considerando la naturaleza de su relación con Savanna, Gavin supuso que ya podría hablarle a su familia de Gordon. Savanna no podía esperar que permaneciera en secreto para siempre. Simplemente aún no lo había contado. Los dos habían estado demasiado centrados en terminar con el viaje a Utah.

–¿Estás segura de tener tiempo para una larga historia?
–Me aseguraré de tenerlo –contestó ella.
–Entonces siéntate –él la invitó a pasar al despacho.

Savanna no había cerrado la puerta del sótano. No se había sentido capaz de ello, no después de lo que le había costado abrirla. Tenía miedo de quedarse atrapada allí abajo y cerrarla habría supuesto cortarse el paso a sí misma de su única vía de escape. Pero en cuanto Dorothy viera la puerta abierta de par en par, sabría que algo estaba pasando. Había estado cerrada a cal y canto. Por no mencionar que la luz estaba encendida.

Savanna se tapó la boca con una mano al oír pisadas sobre su cabeza. La ventana del dormitorio de Dorothy también podría delatarla. Estaba más abierta de lo que había estado a su llegada. Por suerte había dejado todo lo demás tal y como lo había encontrado. De lo contrario, no tendría ninguna posibilidad de no ser descubierta.

¿Por qué no estaba Dorothy trabajando? ¿Se había puesto enferma? ¿Se había tomado el día libre? ¿O, simplemente, había regresado a buscar algo que se hubiera dejado olvidado? ¿O para comer?

En cualquier caso, la entrada al sótano estaba situada en un lugar demasiado céntrico como para que no se diera cuenta de que la puerta estaba abierta. Quizás ya lo había visto, aunque su teléfono había empezado a sonar en cuanto había entrado en la casa. Savanna la oía hablar desde lo que parecía el salón.

En cuanto entrara en la cocina, todo habría terminado...

Aunque su primer impulso fue el de esconderse, Savanna se obligó a subir los ruidosos peldaños. Únicamente podía confiar en que la conversación telefónica mantuviera a Dorothy entretenida. Savanna tenía que llegar hasta esa puerta, tenía que cerrarla, de lo contrario nadie sabría lo que podría suceder. Como mínimo, daría al traste con la prueba de la mochila. Dorothy intentaría deshacerse de ella y, sin los deberes de Emma, Gordon seguramente quedaría libre. Savanna tenía poca confianza en las trazas de blanco que le había asegurado Sullivan que había visto en las fotos del Celica, pues ella no había visto tal cosa. Tenía la sensación de que estaba estirando la verdad para conseguir una orden de registro.

–Se lo dije, no tengo nada que decir. No, déjeme en paz... ¡Eso es ridículo! ¡No puede obligarme a testificar en contra de mi propio hijo!

Savanna comprendió que Dorothy estaba hablando con Sullivan. En cuanto había colgado con ella, había llamado a su exsuegra para intentar crear una distracción.

Savanna sopesó rápidamente las posibilidades que tenía de salir por la parte de atrás. ¿Lo conseguiría?

No tenía mucha esperanza de que así fuera. La casa era demasiado pequeña. Dorothy sin duda la oiría, o la vería, sobre todo si tenía problemas con la cerradura de la puerta trasera. Por lo que estaba oyendo, sabía que la conversación no iba a durar mucho más. Dorothy estaba empeñada en no hablar con la policía. Lo único que podía hacer ella era permanecer en el sótano, cerrar la puerta, apagar la luz y rezar para que Dorothy no se quedara en casa el resto del día. De lo contrario, iba a tener que esperar mucho tiempo antes de poder salir de allí.

La puerta se resistió ante sus intentos de cerrarla del todo. Haría falta forzarla y Savanna no se atrevía a hacerlo.

La cerró lo mejor que pudo sin hacer demasiado ruido y esperó.

Tal y como había previsto, Dorothy colgó casi de inmediato.

–Bastardo –murmuró mientras entraba en la cocina.

Dado que la mujer estaba justo enfrente de la puerta del sótano, Savanna la oía revolver en los cajones y armarios y, seguramente, la nevera.

–No me sacarán nada –añadió Dorothy como si siguiera hablando con Sullivan.

Respirando pausadamente para controlar su miedo, Savanna sujetó con fuerza el picaporte de la puerta del sótano, por si Dorothy se diera cuenta de que no estaba bien cerrada e intentara abrirla. Sujetarla no evitaría que la descubriera, pero sí podría salvarla de ser empujada escaleras abajo. No se encontraba en la posición más segura en caso de que Dorothy pasara al ataque.

«No mires hacia aquí. Termina de hacer lo que estés haciendo y lárgate».

El teléfono de Dorothy volvió a sonar.

–No puede acosarme de este modo –le aseguró al que llamaba, lo que le hizo suponer a Savanna que se trataba, nuevamente, de Sullivan que intentaba ayudarla–. No, no me reuniré con usted para tomar café… ¿Cómo? ¡Yo jamás he hurtado en una tienda! Me da igual lo que se vea en ese video. Tiene que tratarse de otra persona.

Hubo una larga pausa durante la que ella, presumiblemente, escuchaba los argumentos de Sullivan.

–Le digo que no fui yo.

Siguieron discutiendo durante un rato más. Por fin Sullivan debió haberla persuadido porque, tras colgar y soltar una rápida sucesión de juramentos, Dorothy salió por la puerta delantera.

Savanna escuchó atentamente por si Dorothy regresaba. No parecía, pero de todos modos esperó cinco minutos antes de salir corriendo del sótano. Para cerrar la puerta del todo tuvo que emplear el hombro como ariete, pero en cuanto lo hubo conseguido, salió por la puerta de atrás, encontró la cinta adhesiva en el garaje y arregló lo mejor posible el roto de la mosquitera del dormitorio de Dorothy para que el daño no resultara visible desde el interior de la casa.

Cuando por fin llegó al coche de alquiler, le envió un mensaje a Sullivan.

Savanna: Gracias, ya he salido.
Sullivan: Genial. Le comunicaré a Dorothy que al final no será necesario que se reúna conmigo.

Savanna no pudo evitar reírse ante las palabras del detective.

Savanna: ¿Le dijo que la habían grabado hurtando en una tienda?
Sullivan: Sí, pero ahora que lo he comprobado con más detalle, veo que no es ella. :)

–¿Savanna está bien? –preguntó Aiyana.

Gavin levantó la vista del mensaje que había interrumpido su conversación.

–Sí. Gracias a Dios. Va de camino al aeropuerto.

–¿Y sabes por qué ha tardado tanto?

–No me lo ha dicho –Gavin se apresuró a contestar el mensaje.

Gavin: ¿Qué ha pasado?
Savanna: Te lo contaré cuando llegue a casa. Prefiero no hacerlo por teléfono.

Gavin: ¿Va todo bien?
Savanna: Con suerte, todo irá mejor que bien. Te confirmaré a qué hora tienes que recogerme en cuanto cambie el billete de avión. Me muero de ganas de verte XOXO
Gavin: Te estaré esperando.

Gavin respiró hondo mientras dejaba el teléfono a un lado.

—Parece que, sea lo que sea lo que haya sucedido, es algo bueno —le contó a su madre.

A Sullivan le llevó hasta el viernes conseguir la orden de registro. Esperar a que llegara, y esperar a conocer el resultado del registro de la casa de Dorothy, puso a Savanna casi tan nerviosa como cuando había estado registrándola ella misma... y había estado a punto de ser descubierta. No dejaba de pensar en que quizás Dorothy hubiera descubierto que alguien había estado en la casa, que había visto la cinta en la mosquitera, y se había deshecho de la mochila de Emma, con lo cual volverían a no tener nada para asociar a Gordon con la desaparición de Emma.

Pero al final no fue así. Mientras Gavin estaba en el trabajo y los niños disfrutaban de la pequeña piscina hinchable, Savanna recibió la llamada que tanto había esperado recibir de Sullivan.

—Dígame que ha encontrado lo que necesitaba —ella contestó al primer tono.

—Tenemos la mochila —contestó él.

—¿Y... y los restos?

—No. De eso no hay nada.

Lo último no eran buenas noticias, pero el alivio que

sintió Savanna fue tan intenso que casi se quedó sin respiración. Desde que Gordon se había convertido en sospechoso de los tres casos de violación, ella había tenido la sensación de estar viviendo en una realidad paralela. Solo habían pasado unos cuantos meses, pero parecían años. Muchas cosas habían cambiado. Y, de repente, todo había acabado. Gordon no iba a poder lastimarla a ella, ni a nadie, nunca más. Su abogado, el defensor de oficio, en quien tan poco confiaba su exmarido, iba a tener muchos problemas para explicar por qué estaba la mochila de Emma Ventnor en el sótano de Dorothy Gray. De modo que, aunque no encontraran ningún rastro de ADN en la mochila, y no habían perdido la esperanza de encontrarlo, Gordon sería acusado, por lo menos, del secuestro de Emma, si no de asesinato.

–De esta no va a poder librarse –observó ella.

–No –le confirmó Sullivan–. La detective March se ha pasado toda la noche despierta, visionando las mismas cintas de video que ya había repasado, cuando buscaba el coche equivocado. Esta vez ha encontrado dos imágenes distintas del coche de Dorothy, antes de que sufriera la abolladura en la parte delantera. Entre la mochila, la falta de coartada para Gordon, las pruebas del accidente y la proximidad de Gordon al lugar en el que Emma fue secuestrada, tenemos un buen caso.

–¿Y qué pasa con la pintura del Celica? ¿Ayudará?

–Sí, suponiendo que esté ahí. Intentaremos reunir todo lo que podamos para asegurarnos de que pase mucho, mucho tiempo encerrado. Pero la mochila es insuperable. Gordon ha asegurado desde el principio que jamás había visto a Emma Ventnor, que no había oído hablar de ella hasta que había empezado a salir en las noticias. Esto demuestra todo lo contrario. Y ahora que podríamos acusar a su madre de obstrucción a la justicia por chocar contra la camioneta de Gavin para cubrir las huellas del accidente anterior, y de esconder la mochila de Emma en su sótano, puede que por fin empiece a cooperar. Según lo que sepa ella, puede que sea posible incluso recuperar el cuerpo de Emma.

–Entonces piensa que Emma está muerta.

–¿Usted no?

Savanna odiaba admitirlo, pero no se le ocurría dónde si no podría estar la muchacha.

–Por lo menos, y gracias a usted, Gordon ya no podrá hacerle daño a nadie más –concluyó el detective.

Era la primera vez que Sullivan decía algo por hacerle sentir mejor.

–¡Eh! ¿Está intentando consolarme?

–Le debo una disculpa, Savanna –contestó Sullivan tras una breve pausa–. No es la clase de mujer que yo pensaba que era al principio. No la traté bien.

–Y entiendo por qué no lo hizo. Los policías se terminan hartando. Supongo.

–Por desgracia, así es. Todavía me siento mal, pero no me puedo creer que se casara con un hombre como Gordon.

Savanna se apartó para que los niños no la salpicaran con el agua de la piscina y el de la manguera.

–Yo misma casi no consigo entenderlo tampoco. Pero me alegra no estar casada ya con él. Ahora soy mucho más feliz.

–Espero que siga así.

–Gracias –contestó ella antes de colgar para poder llamar a Gavin y darle las buenas noticias.

Epílogo

Ocho meses después…

Gavin apoyaba una mano en la parte baja de la espalda de Savanna mientras la camarera los conducía por Costantini's, el mejor restaurante de Silver Springs. Habían dejado a Branson y a Alia con Aiyana para poder disfrutar de una noche a solas, y él había reservado una mesa en el patio al aire libre, con su fuente burbujeante y miles de plantas en flor.

–Adoro este sitio –murmuró Savanna.

–Lo sé. Por eso estamos aquí –bromeó él.

También porque se trataba del lugar perfecto para celebrar todas las maravillosas cosas que estaban sucediendo. La semana anterior, un excursionista había encontrado los restos de Emma Ventnor en un barranco a las afueras de Nephi. La policía ya podía demostrar que Emma estaba muerta y Gordon sería acusado de asesinato en primer grado, además de secuestro, y seguramente sería condenado a cadena perpetua. Después de meses y meses de preparación, el juicio estaba a punto de comenzar. Pero Savanna no iba a tener que acudir a testificar. Se alegraba de ello, y se alegraba de no haber sabido nada de él, ni de su madre, desde su visita a la cárcel. Gordon ni siquiera había escrito a los niños.

–Pues entonces debes tener algo que contarme –observó Savanna cuando estuvieron sentados y la camarera les había servido el agua.

–Y así es –admitió Gavin.

Aunque muy sutilmente, percibió la ligera tensión que se producía en Savanna ante la afirmación.

–¿Tiene algo que ver con el bebé de Heather?

–Así es –repitió él.

El bebé de Heather ya había nacido y habían estado esperando los resultados de las pruebas de paternidad.

Savanna le tomó una mano, como si necesitara su apoyo para seguir escuchando.

–Cuéntame.

–La pequeña Bella Marie es de Scott.

Savanna abrió la boca y le soltó la mano para llevarse la suya al pecho.

–Debes estar de broma...

–No. Es concluyente.

–Estaba dispuesta a hacer todo lo necesario para apoyarte en esa relación –ella cerró brevemente los ojos–. Espero que lo sepas. Pero no voy a mentirte. Esto lo facilita todo.

–Para mí también será más fácil –Gavin soltó una carcajada–. Heather se mostró muy amargada durante el embarazo.

–Y ahora debe sentirse como una imbécil, pobrecilla.

–Si hizo lo que Scott asegura que hizo, se lo ha ganado a pulso y no se merece ninguna compasión.

–¿Y tú qué crees? –preguntó Savanna–. ¿Intentó Heather quedarse embarazada?

–No me gustaría creer que lo hizo, pero debo admitir que entra dentro de lo posible. Me alegra que no funcionara, y que mi corazón no me permitiera tomar esa decisión equivocada.

—A mí también me alegra –contestó ella–. Pero me preocupa el bebé. Scott sigue furioso. No lo veo como un gran padre.

—Francamente, yo tampoco. Y también me siento mal por ello. Pero espero que la pequeña Bella le robe el corazón.

—Los niños tienen esa costumbre –afirmó Savanna.

—Tus hijos me han robado el corazón a mí, ¿verdad?

—Y tú el suyo –contestó ella con una carcajada–. Te adoran. Entonces… ¿vamos a vender nuestras casas y trasladarnos a Nashville?

—¿Estarías dispuesta a ello?

—Por supuesto. Tienes mucho talento. Si hace falta mudarnos a Nashville, hagamos las maletas esta misma noche.

Gavin se llevó la mano de Savanna a los labios y le besó el dorso.

—Pero aquí se está tan bien. Tu casa tiene un aspecto increíble… gracias a mí –añadió con una sonrisa–. Los chicos van al colegio y están contentos, no recuerdo ya la última vez que Branson mojó la cama. Todo va tan bien.

—Y también nos irá bien en Nashville –insistió ella–. Tus sueños son importantes, y tú también. Te mereces conseguir lo que deseas.

Él sonrió.

—¿Qué pasa? –preguntó Savanna.

—Que lo que yo deseo es quedarme aquí. Por lo que a mí respecta, estamos justo donde tenemos que estar.

—¿Y qué pasa con tu carrera musical? –ella abrió los ojos desmesuradamente.

—Haré lo que pueda desde aquí, veré hacia dónde me lleva. Pero no soy una de esas personas empeñadas en alcanzar a toda costa el éxito en la industria del espectáculo. Soy profundamente feliz, sobre todo ahora que os tengo a ti y a los niños. ¿Cuántas personas podrían decir algo así?

–No muchas –convino ella pensativamente.

–Solo hay una cosa más que necesito de verdad...

–¿El qué?

Gavin sacó del bolsillo el anillo de compromiso que había llevado encima durante todo el día y posó una rodilla en el suelo.

–¿Te casarás conmigo?

ÚLTIMOS TÍTULOS PUBLICADOS EN HQN

Spanish Lady de Claudia Velasco

Enamorarse: clases prácticas de Olga Salar

El viaje más largo de Sherryl Woods

Fuera de combate de Anna Garcia

A las puertas de Numancia de África Ruh

Ese beso... de Jill Shalvis

Hasta que me ames de Brenda Novak

La institutriz y el escocés de Julia London

Conquistar la luna de Marisa Ayesta

Irlanda, Luchando por una pasión de Claudia Velasco

Atracción en Nueva York de Sarah Morgan

Todo lo que siempre quiso de Kristan Higgins

Martina de Carmela Trujillo

Tras la pista que me llevó a ti de Caridad Bernal

Lazos de amistad de Susan Mallery

Cómo enamorarse de un hombre que vive debajo de un arbusto de Emmy Abrahamson